La princesa de Buchenwald

La princesa de Buchenwald; La historia olvidada de Mafalda de Saboya

© 2023 Ana Andreu Baquero

© de esta edición: Libros de Seda, S.L.
Estación de Chamartín s/n, 1ª planta
28036 Madrid
www.librosdeseda.com
www.facebook.com/librosdesedaeditorial
@librosdeseda
info@librosdeseda.com

Diseño de cubierta: Gema Martínez Viura
Maquetación: Rasgo Audaz

Imagen de la cubierta: ©Stephen Mulcahey / Trevillion Images
    (mujer); ©Shutterstock/Posztos (fondo)

Primera edición: marzo de 2023

Depósito legal: M-2401-2023
ISBN: 978-84-17626-97-6

Impreso en España – Printed in Spain

ANA ANDREU BAQUERO

La princesa de Buchenwald

Libros de seda

La lanza ha derribado su ciudad,
y ella, esclava y anciana,
huérfana de sus hijos,
yace en tierra,
manchando con el polvo
su cabeza desventurada.

Hécuba,
EURÍPIDES

Prólogo

Weimar, Alemania
1945

Despuntaba el sol cuando un grupo de hombres cruzó la cancela del cementerio y se adentró en el camino que conducía a la zona sur. Dos de ellos acarreaban la placa de mármol que tanto les había costado conseguir, los otros cinco se repartían el resto de enseres: una cadena de hierro, cuatro palos, una cruz de madera y un pequeño jarrón con flores.

Apostolo Fusco, que se había quedado algo rezagado, observó a la comitiva avanzando solemne hacia su objetivo. A diferencia del día en que habían pisado por primera vez aquel lugar, ya no deambulaban a ciegas por entre las tumbas sin saber dónde buscar, abrumados por la ardua empresa a la que habían decidido entregarse. Esta vez sabían con seguridad cuál era su destino, y aquella certeza les insuflaba una vitalidad que hacía tiempo que habían perdido.

En ese momento se preguntó si no sería aquel designio la razón por la que tanto él como sus compañeros seguían con vida. Desde su captura en el arsenal militar de Pula y durante los dos años de reclusión habían visto morir a muchos de sus compatriotas, unos a causa de las extenuantes horas de trabajos forzados, otros víctimas del hambre o la enfermedad y no pocos asesinados a manos de sus captores.

Ellos, sin embargo, tenían lo que tanto habían anhelado: la libertad. Y había llegado de la forma más inesperada, sin enfrentamientos ni derramamiento de sangre. De un día para otro, ante la proximidad de las fuerzas aliadas, los nazis habían salido huyendo, como las cucarachas cuando se levanta una piedra.

Entonces, en uno de aquellos días de confusión que siguieron a la llegada del ejército estadounidense, visitaron Buchenwald. Lo hicieron junto a los miles de civiles alemanes que afluían desde la ciudad obligados por las fuerzas de ocupación. Querían saber si era cierto lo que contaban sobre aquel otro campo, aquel recinto enorme situado sobre la colina de Ettersberg. Y lo era. Todas aquellas atrocidades eran reales: los furgones repletos de cadáveres desnudos, las cenizas amontonadas junto a los hornos crematorios, los experimentos médicos llevados a cabo en la enfermería...

Fue allí cuando lo supieron, de boca de los reclusos italianos que habían sobrevivido a aquel horror. Y cuando decidieron que a partir de entonces tendrían un objetivo: cumplir el juramento que habían hecho el día de su ingreso en la Regia Marina Italiana.

Durante las semanas posteriores, el espanto dio paso al desasosiego. Al igual que cientos de prisioneros más que vagaban sin rumbo por la ciudad, desconocían cómo y cuándo volverían a casa, si es que algo así todavía existía, y cuando preguntaban, la respuesta de las autoridades militares siempre era la misma: «Hay que esperar». Gracias a Dios, ellos tenían una misión que cumplir, un estímulo que les había dado fuerzas para soportar aquella incertidumbre.

Al final del camino arbolado, Ruggieri, que iba unos pasos por delante del resto, se detuvo. Los demás se unieron a él y miraron al frente. Ante ellos se extendía una explanada de tierra baldía que contrastaba con el resto del cementerio. Allí no había capillas, mausoleos o criptas señoriales, ni tan siquiera una lápida. Tan solo una serie de estacas numeradas separadas entre sí por algunos metros.

Con la determinación de quien se acerca al final de un largo viacrucis, los siete hombres se adentraron en uno de los estrechos senderos que había entre las tumbas y se situaron delante de una de ellas, la número 262.

Dar con aquel túmulo, idéntico a todos los que la rodeaban, había sido la parte más difícil, y en más de una ocasión se habían sentido desfallecer. Pero un día, de improviso, habían descubierto un asiento en el registro con aquel apellido alemán. Junto a él, una escueta anotación: *«unbekannte Frau»;* «mujer desconocida».

—Ha llegado el momento —anunció finalmente Magnani.

No hizo falta decir nada más.

Avallone fue el encargado de extraer la estaca. Una vez la tuvo entre sus manos, contempló de nuevo el nombre de pila labrado en la madera que durante tanto tiempo había permanecido oculto bajo la tierra. Aquella inscripción, que alguien había grabado con la esperanza de que un día saliera a la luz, había sido la prueba definitiva, la confirmación de que la búsqueda había terminado. Seguidamente, la sustituyó por la sencilla cruz de madera de haya. Luego, Colaruotolo y Pasciuto apoyaron en ella la lápida. Era la pieza más valiosa, la que más había costado. La habían pagado con parte de la comida que iban robando de aquí y de allá y que les servía para sobrevivir en aquellos días en los que casi nadie tenía con qué alimentarse.

A continuación y, tras delimitar el lugar con los cuatro palos y ensartar en ellos la cadena para que nadie pudiera pisar por descuido aquel pequeño rectángulo de tierra, dispusieron junto a la sepultura el jarrón con flores.

Cuando hubieron terminado, contemplaron el resultado con el corazón encogido por una mezcla de pesadumbre y satisfacción y, una vez más, releyeron en silencio la inscripción que Mitrano había tallado con esmero. «A Mafalda de Saboya, los marinos de la ciudad de Gaeta: Corrado Magnani, Antonio Mitrano, Giovanni Colaruotolo, Erasmo Pasciuto, Giosuè Avallone, Apostolo Fusco y Antonio Ruggiero».

Capítulo 1

Castillo de Raconiggi, Italia
Septiembre de 1925

Mafalda aprovechó una pausa de la orquesta para apartarse e intentar quitarse el zapato izquierdo sin que el resto de los asistentes se diese cuenta. No le resultó fácil. La parte inferior del vestido de raso blanco que lucía apenas le cubría los tobillos. Le encantaba el diseño liviano de corte recto que tan bien se ajustaba a su figura y que recordaba los modelos filiformes que causaban furor en París, pero en aquel momento no resultaba nada práctico. Aun así, logró extraer el pie con disimulo y agitar los dedos entumecidos al tiempo que paseaba la mirada por la sala.

El salón de Hércules, ya luminoso de por sí, resplandecía como un espectáculo de fuegos artificiales gracias a los destellos de las copas de cristal de Bohemia y de los brillantes que adornaban las cabezas, los escotes y las muñecas de las señoras. Una legión de camareros pululaban solícitos entre los corrillos ofreciendo un refrigerio a los invitados bajo la mirada de su abuela, la reina Margherita, que lo supervisaba todo con gesto escrutador desde una silla colocada en un lugar estratégico. Unos metros más allá, junto a las columnas de mármol, su madre charlaba con la condesa de Jaccarino, Irene de Grecia, y otras mujeres de la realeza europea.

A cierta distancia, un grupo no muy numeroso de caballeros, unos con uniformes de gala y otros con chaqué, conversaba con gesto serio a los pies de una escultura del héroe mitológico que daba nombre al salón y que, ajeno a la celebración, luchaba a brazo partido contra la Hidra. Entre ellos se encontraban su padre, el rey Vittorio Emanuele, junto al presidente del Senado y a Mussolini, y frente a este último, Philipp.

Mafalda tragó saliva.

Justo en ese preciso instante, mientras introducía de nuevo el pie en el zapato, se le aproximó su tía Militza.

—Tengo que felicitarte por tu elección, querida —dijo agarrándola del brazo y haciendo que casi perdiera el equilibrio—. He tenido ocasión de conversar con tu esposo y es un joven encantador. Estoy convencida de que seréis muy felices.

Mafalda había perdido la cuenta de las veces que había escuchado un comentario como aquel en los cinco días que llevaban de celebraciones, pero no le importó. Al fin y al cabo era la protagonista de los festejos y, aunque no llevaba demasiado bien ser el centro de atención, la felicidad de casarse con Philipp compensaba con creces el dolor de pies y las interminables horas alternando con los invitados.

—Gracias, tía —respondió con una sonrisa mientras sacudía suavemente el pie para ajustarlo al zapato sin que esta lo advirtiera—. Yo también lo creo.

—Como comprenderás, no puedo ocultar que me agrada especialmente el hecho de que seamos compatriotas. Sé muy bien que aquí, en Italia, los alemanes no gozamos de muchas simpatías, pero nadie puede negar que tu marido pertenece a una familia exquisita. Príncipe de Hesse Kassel y sobrino del káiser Guillermo, o lo que es lo mismo, bisnieto de la reina Victoria.

Mafalda se limitó a sonreír de nuevo. No era lo que se dice una persona locuaz, en parte por su extrema timidez, aunque con el tiempo había aprendido que para causar buena impresión en sociedad no era necesario llevar la iniciativa en las conversaciones o soltar frases ingeniosas, sino sobre todo saber escuchar. Y a ella se le daba bien escuchar. Sabía en qué momento ladear la cabeza, cuándo asentir con la barbilla y dónde insertar un oportuno «desde luego» o un alentador «sin duda».

—Aun así, he de decir que no comparto la negativa de sus padres a asistir a la boda —continuó la tía Militza abanicándose con tanto entusiasmo que Mafalda temió que las perlas de su collar salieran disparadas—. En ocasiones como esta hay que dejar las cuestiones religiosas a un lado. Mírame a mí, tuve que abrazar la fe ortodoxa cuando me casé con tu tío Danilo.

Mafalda prefirió no opinar al respecto. Indudablemente le incomodaba la ausencia de sus suegros, pero había decidido que no iba a permitir que aquello le amargara las celebraciones. Se había casado con el hombre al que amaba y, a excepción de ciertas reticencias iniciales, la mayor parte de su familia veía con buenos ojos el matrimonio. Además, sabía que su abuela, que era madrina de la madre de Philipp, estaba especialmente satisfecha con el enlace. De hecho, aquella boda compensaba en cierta medida la decepción por la de Jolanda. Su hermana mayor, tan guapa, tan extrovertida, pero a la vez tan testaruda, había dado al traste con las aspiraciones de la familia de casarla con el príncipe de Gales prefiriendo a Calvi de Bergolo, un simple oficial de caballería.

En aquel momento, desde la logia doble comenzaron a sonar las notas de la canción de moda, *Scettico Blues*. El hermano de Mafalda, Umberto, único varón de la familia y heredero de la Corona, volvió a sacar a bailar a María José de Bélgica, la joven con la que todo el mundo esperaba que contrajera matrimonio.

—Hacen muy buena pareja, ¿verdad, tía? —comentó Mafalda buscando desviar la atención de su persona.

La tía Militza abrió la boca para responder pero, cuando estaba a punto de hacerlo, lanzó la mirada por encima del hombro de su sobrina. Mafalda percibió el tacto de un brazo que le rodeaba la cintura.

—*Eccolo*. Aquí tienes a tu esposo.

La joven volvió la cabeza y se topó con los ojos azules de Philipp, que, con el otro brazo extendido, le ofrecía una copa de vino espumante.

—He pensado que quizá tuvieras sed —dijo con una sonrisa que a ella le robó el aliento.

Mafalda aceptó la bebida y un leve sofoco le subió por el pecho hasta acabar instalándose en sus mejillas.

—Gracias, querido —respondió en un susurro.

—Disculpe la interrupción, alteza —prosiguió Philipp volviéndose hacia la tía Militza—. ¿Puedo robársela un segundo? Me gustaría enseñarle algo.

Mafalda agradeció que se dirigiera a su tía en inglés, el idioma que usaban entre ellos habitualmente. Aunque estaba intentando iniciarse en la lengua materna de su marido, le estaba costando horrores.

—¡Faltaría más! —respondió esta—. Y por el amor de Dios, nada de alteza. A partir de ahora puedes llamarme tía.

Philipp ofreció su antebrazo a Mafalda y ella lo agarró permitiendo que la condujera hasta la terraza posterior del castillo, donde dejaron atrás el ambiente cargado de una mezcla de humo de habanos y perfume.

Una vez fuera, en el rellano de la escalera de doble vertiente que bajaba hasta los jardines, Philipp la condujo hacia la izquierda de la balaustrada, lejos de un grupo de invitados que reían a carcajadas.

—Menos mal que has venido, necesitaba un respiro —dijo Mafalda apoyando las manos en la barandilla y dejando que la brisa impregnada del olor a narcisos y hierba fresca le acariciara el rostro.

—Lo sé —respondió él con ternura—. ¿Por qué crees que he acudido a rescatarte?

Al oír aquello Mafalda se volvió sonriente hacia Philipp y una vez más experimentó la plenitud que sentía cuando estaba con él. Adoraba la seguridad y la confianza que le trasmitía y, sobre todo, el saber que estaría siempre ahí, a su lado. Sin embargo, no eran sus atenciones lo que había hecho que se enamorara perdidamente. Estaba más que acostumbrada a la galantería y desde que había comenzado a frecuentar las fiestas de sociedad había conocido a hombres mucho más obsequiosos. Lo que en realidad había hecho que se decantara por él era lo cómoda que se sentía durante sus interminables conversaciones, en las cuales el arte tenía muy a menudo un protagonismo especial. Philipp era un hombre de una extrema sensibilidad con el que se podía charlar durante horas sobre música, pintura o arquitectura. Jamás había conocido a nadie con unos gustos tan similares a los suyos. Era imposible no emocionarse al escuchar la pasión con la que le hablaba sobre su trabajo como decorador de interiores de algunos de los palacios más hermosos de Roma. Y luego estaba su increíble atractivo, acentuado aquel día por el uniforme del ejército prusiano.

—Quería contarte que he estado hablando con Mussolini —dijo él de pronto. A Mafalda le cambió el gesto, pese a que intentó disimularlo.

—Lo sé, te he visto —respondió en un tono más brusco de lo que le hubiera gustado—. ¿Y cómo ha ido?

—He de decir que ha estado realmente amable. No me ha parecido que tuviera nada en mi contra.

—Es un hipócrita —sentenció ella, con gesto malhumorado—. Ya te dije que ha sido uno de los que más objeciones han puesto a que nos casáramos.

Mafalda no soportaba a Mussolini. Tres años antes aquel hombre, con su Marcha sobre Roma, había presionado a su padre para que le permitiera hacerse con el gobierno bajo la amenaza de que, si no aceptaba, lo haría por la fuerza. Al final el rey se había visto obligado a transigir por miedo a que estallara una guerra civil. Después de aquel desagradable episodio la situación se había normalizado, pero ella y su familia no podían dejar de verlo como un chantajista y un usurpador. Además, en el trato personal era zafio y petulante, y Mafalda no entendía cómo tanta gente se quedaba prendada de él con solo oírlo hablar. Pero si había algo que jamás podría perdonarle era que hubiera puesto todo tipo de inconvenientes a su matrimonio con Philipp solo por su origen germánico. Mussolini, como la mayoría de los italianos después de la Gran Guerra, odiaba a los alemanes, y no había dudado en oponerse abiertamente a aquel enlace. Por suerte no se había salido con la suya, pero si hubiera dependido de ella nunca habría asistido a la boda. Desgraciadamente, la lista de invitados era una cuestión de Estado, y su presencia era obligada teniendo en cuenta que no solo era el presidente del Consejo, sino también el notario de la Corona.

—Quién sabe. Quizá nuestra conversación le haya hecho cambiar de opinión —continuó Philipp en tono conciliador—. El caso es que sus ideas políticas no son del todo equivocadas. El liberalismo ha resultado un fracaso... Y no me negarás que la única manera de frenar a los comunistas es la mano dura. Al fin y al cabo la política es una cuestión de equilibrios.

—Si tú lo dices... —dijo Mafalda intentando adoptar un tono más afable mientras le recolocaba con mimo el collar de la Orden del León Dorado, que se le había desplazado hacia la izquierda. No resultaba agradable escuchar a Philipp dándole la razón a Mussolini, aunque solo fuera en parte, pero lo último que se le pasaba por la cabeza era discutir con él sobre política. Desde niña se había acostumbrado a la prohibición de su padre de discutir en familia los asuntos de Estado. El rey se consideraba a sí mismo un alto funcionario que procuraba que su hogar quedara al margen de las tensiones del cargo, y Mafalda le estaba agradecida por ello. Prefería mil veces más al hombre que escuchaba embelesado sus progresos con el arpa y de quien había aprendido los nombres en latín de sus flores favoritas que al soberano adusto y solemne que los demás conocían.

Apenas habían pasado unos minutos cuando apareció su hermana Giovanna.

—Philipp, no quiero ser una aguafiestas, pero mi madre te está buscando —dijo en su habitual tono jovial. Sin embargo, pese a esa voz cantarina, Mafalda percibió un fondo de tristeza en su mirada—. Por lo visto quiere presentarte a no sé qué pariente. Y que conste que yo no tengo nada que ver, soy solo una humilde mensajera.

—Lo siento, querida —se disculpó Philipp a su mujer—. Intentaré que no se alargue demasiado.

—No te preocupes. Yo me quedo aquí un rato más. Giogiò y yo tenemos cosas de que hablar —respondió Mafalda.

Giovanna, a la que todos llamaban cariñosamente Giogiò, era sin lugar a dudas su hermana favorita. Tenía cinco años menos, pero la diferencia de edad se compensaba con la afinidad de caracteres. Había sido su compañera de juegos en la infancia, su confidente cuando habían empezado a interesarse por los hombres y su carabina durante el noviazgo con Philipp. Durante un tiempo la pobre había tenido que acompañarlos día sí y día también a las representaciones de ópera del teatro Costanzi, eso sí, a cambio de algún que otro regalo, en su

mayor parte libros. No obstante, lo que realmente las había convertido en uña y carne había sido su larga convalecencia dos años atrás,
cuando ambas contrajeron el tifus, una enfermedad que había puesto
en peligro sus vidas.

—Estás deslumbrante, Muti —comentó Giogiò apenas se quedaron a solas. Había utilizado el apelativo cariñoso que usaban solo los
miembros más allegados de la familia, y aquello, junto al cumplido,
hizo que Mafalda se sonrojara. No obstante, en su fuero interno percibió un conato de vanidad, una sensación nueva para ella y sin lugar
a dudas muy agradable. Hasta aquel día nunca se había considerado
una persona especialmente agraciada, pero de pronto todo había
cambiado. Tal vez se debiera al vestido, o quizás a la fabulosa diadema
de espigas que le había regalado la familia de Philipp y que en aquel
momento adornaba las ondas al agua que moldeaban su corta melena,
pero el caso es que se sentía una persona distinta. Más bella y, desde
luego, mucho más feliz.

—Gracias —respondió a su hermana con afecto—, aunque no es
de mí de quien quería hablar. Tengo algo que preguntarte y necesito
que me digas la verdad... ¿Has estado llorando?

En ocasiones Giovanna podía ser una excelente actriz, pero su hermana la conocía lo suficientemente bien como para percibir los ojos
ligeramente enrojecidos que se escondían detrás de aquella pose ri-
sueña.

—Un poquito —reconoció Giovanna mirándose la punta de los
zapatos como una niña que tiene miedo de recibir una reprimenda.

—¿Por qué? —inquirió Mafalda—. ¿No te alegras por mí?

—¡Por supuesto que sí! —replicó su hermana levantando la vista
ligeramente ofendida—. Es solo que no puedo dejar de pensar en lo
mucho que te echaré de menos.

—¡Serás tonta! —Mafalda le rodeó los hombros con el brazo y le
dio un beso en la sien—. Sabes que solo estaré una temporada corta en Alemania. Después volveremos a Roma y nos instalaremos
en Villa Polissena. Estaremos a apenas un paseo en automóvil de
Villa Saboya.

—Tienes razón, pero no será lo mismo —respondió Giovanna
con la voz tomada por la congoja—. Ahora eres una mujer casada.

—Lo sé —dijo Mafalda adoptando un tono algo más serio—, pero eso no cambiará el cariño que siento por ti. Sabes que siempre me tendrás para lo que necesites, ¿entendido?

—Entendido —dijo Giovanna enjugándose una lágrima que le corría por la mejilla.

Ambas permanecieron en silencio, contemplando los jardines de Racconigi y las aguas resplandecientes del lago salpicadas de luminarias instaladas para la ocasión. Entonces Mafalda sintió una punzada de desasosiego al pensar en cómo sería su vida al otro lado de los muros del palacio y, movida por un impulso, se abrazó con fuerza a su hermana y volvió a besarla.

Desde la ventanilla del vagón real que abandonaba el apeadero del castillo de Raconiggi, Mafalda observó con el corazón encogido a los miembros de su familia despidiéndose de ella desde el andén. Allí estaban sus hermanos: Umberto, la pequeña María, Giovanna, hecha un mar de lágrimas, y Jolanda, acompañada de su marido. Junto a ellos, con gesto serio, probablemente intentando contener la emoción, su madre y su padre. Al verlos allí de pie, Mafalda fue consciente una vez más de por qué la gente los tenía por una pareja pintoresca: desde la distancia, la diferencia de estatura resultaba más que llamativa, por no hablar del contraste en cuanto a complexión física. Mientras que su madre era una mujer de una fuerte presencia física, su padre era menudo y enjuto hasta el extremo. Debido a los problemas de raquitismo sufridos en la infancia, apenas alcanzaba el metro y medio, de manera que su madre, con sombrero incluido, le sacaba más de una cabeza. Esta diferencia de altura era motivo de burlas y chascarrillos entre alguna gente, pero lo que los demás no veían resultaba más que evidente para sus hijos y para todos aquellos que los conocían en la intimidad, y es que el rey y la reina de Italia estaban hechos el uno para el otro.

Desde niños Mafalda y sus hermanos se habían acostumbrado de tal modo a las continuas muestras de afinidad y entendimiento entre sus padres que habían llegado a creer, ingenuamente, que eran algo común a todas las parejas. A menudo habían presenciado cómo su padre, un hombre por lo general frío y algo severo, entregaba a su madre un ramo de flores al regreso de su paseo matutino por los jardines de Villa Saboya y cómo esta, cuando percibía que las tensiones del cargo comenzaban a hacer mella en su marido, lograba disipar sus nervios con una simple caricia en la rodilla.

Con el tiempo y la madurez, Mafalda comprendió que aquel vínculo que existía entre su padre y su madre, y que hacía que en su hogar reinase la armonía, no era fruto del azar sino de la voluntad, y aunque debía reconocer que ambos ponían de su parte, pronto llegó a la conclusión de que la verdadera artífice del buen funcionamiento del matrimonio era, sin duda alguna, su madre.

Mafalda admiraba su fortaleza. Conocía bien las dificultades que había tenido que afrontar a su llegada a Italia para casarse con el rey; además de las inevitables barreras idiomáticas y las diferencias culturales, la joven princesa de Montenegro había tenido que soportar el rechazo de algunos círculos aristocráticos que la habían apodado «la pastora» por su origen y sus modales sencillos, e incluso de su propia suegra, que no llevaba bien lo poco aficionada que era a las fiestas y a los recibimientos. Pero Elena no se había dejado intimidar, más bien al contrario, en lugar de plegarse a las exigencias de la corte se había concentrado exclusivamente en cumplir las expectativas que había puesto en ella su esposo.

Más tarde, con la llegada de los niños, la joven se había volcado en la vida familiar. En vez de asistir a fiestas y *soirées,* salía a corretear con sus hijos por los jardines, se colaba en las cocinas para enseñarles a preparar postres caseros o planeaba excursiones por el campo. De hecho, era una gran aficionada a la pesca y toda una experta en plantas aromáticas.

No obstante, la reina no se había limitado a cuidar de su marido y sus hijos, sino que había hecho extensivo su instinto maternal al pueblo italiano. Tras el terrible terremoto de Messina, había sido una de las primeras en acudir en socorro de las víctimas y durante la Gran Guerra había transformado el Quirinale y Villa Margherita en hospitales de campaña. A diferencia de muchas mujeres de la aristocracia, que consideraban la caridad un entretenimiento más, ella se entregaba en cuerpo y alma al cuidado de los más desfavorecidos. Sentía pasión por la enfermería y por la medicina natural y, junto a ella, Mafalda y sus hermanas habían visitado hospicios y sanatorios donde habían visto cómo su madre cambiaba ella misma las vendas de los heridos o se dedicaba a poner inyecciones sin pestañear.

Mafalda se preguntó si, ahora que ella también era una mujer casada, sabría estar a la altura como esposa, y decidió que pasara lo que pasase, se entregaría en cuerpo y alma a seguir el ejemplo de su madre. Entonces recordó lo que esta le había dicho la noche antes de la ceremonia: «El único secreto para que un matrimonio funcione es que los dos miembros remen siempre en la misma dirección». Conmovida, sintió cómo la emoción se le acumulaba en la garganta y, en contra de su voluntad, las lágrimas empezaron a manar de sus ojos emborronando las siluetas de sus familiares.

Philipp, que se encontraba a su lado, la rodeó con los brazos y, con delicadeza, le besó suavemente los párpados haciendo suya esa tristeza.

Capítulo 2

Roma
Mayo de 1928

La camarera entró en el salón principal y apoyó una bandeja en una mesita situada junto al sofá. Sin decir palabra, tomó la tetera de plata, vertió parte del contenido en una taza y añadió una rodaja de limón. Luego, con cuidado de que no se escapara ni una gota, la vació en un vaso de cristal que contenía cubitos de hielo. En apenas unos segundos, el color tostado del té se transformó ante sus ojos, aclarándose hasta convertirse en un líquido ambarino que parecía brillar con luz propia.

—¿Desea algo más, alteza?

—No, gracias, Ilaria. Puedes retirarte.

Mientras la joven abandonaba la habitación, Mafalda agarró el vaso y bebió un buen trago, despacio pero sin pausa. Necesitaba refrescarse después de casi una hora paseando por los jardines, agachándose cada dos por tres para comprobar cómo estaban las plantas más delicadas o arrancar alguna que otra hoja echada a perder. No es que no se fiara de Rocco, su diligente jardinero, pero después de un par de semanas fuera había querido comprobar personalmente como avanzaba la floración, en particular la de las peonias y la del rosal Sally Holmes que había plantado en febrero y que le estaba dando algún que otro problema.

Una vez saciada su sed se aproximó al gramófono, hizo girar varias veces la manivela y, sin cambiar el disco, colocó la aguja de acero en el margen externo. Rápidamente, las notas de *Blue Heaven* inundaron la habitación. En otro momento se habría dejado llevar, permitiendo que sus piernas y brazos comenzaran a balancearse al son de la música, pero esta vez prefirió acomodarse en el sofá y cerrar los ojos. Estaba demasiado cansada.

A pesar de no ser excesivamente grande, al menos comparada con las diferentes residencias familiares en las que había pasado su infancia y juventud, administrar una vivienda como Villa Polissena le absorbía mucho tiempo y en ocasiones podía resultar agotador.

La antigua casa de campo, junto a las dos hectáreas de terreno que la rodeaban, se encontraba dentro del recinto de Villa Saboya y había sido el regalo de bodas de los padres de Mafalda. Tras décadas en desuso había sido necesario reformarla de arriba abajo y tanto ella como Philipp se habían entregado por completo a todo tipo de tareas, desde seleccionar personalmente una a una las piezas de mármol que habían servido para reproducir un mosaico romano en el suelo del salón hasta decidir qué imágenes debían representar los frescos de los techos. Sin duda, los estudios de arquitectura de su marido, su experiencia como decorador y sus contactos con los mejores anticuarios habían sido decisivos para que la empresa fuera un éxito. El proceso había sido largo, y todavía quedaban cosas por hacer, pero poco a poco el edificio había ido tomando forma ante sus ojos hasta convertirse en un hermoso palacete de estilo neoclásico. Durante los embarazos ella había tenido que bajar el ritmo, en parte porque no tenía la misma energía y en parte por la insistencia de su madre, a la que siempre le había preocupado su delicada salud, pero Philipp, que era un trabajador incansable, se había dejado la piel para que el ritmo no decayera.

Si el mérito de la casa había que atribuírselo en su mayor parte al talento de Philipp, la belleza de los jardines era fruto de un eficiente trabajo en equipo. Mientras su marido pasaba horas en su estudio diseñando los planos, Mafalda se había dedicado en cuerpo y alma al trabajo manual hasta el punto de plantar con sus propias manos parte de los pinos. Esta colaboración, no exenta de alguna que otra discusión más o menos acalorada, había dado como resultado tres hermosos jardines muy diferentes entre sí. El primero, de estilo italiano, era el más extenso. Estaba situado delante del salón principal y se caracterizaba por una serie de parterres alrededor de un estanque con una estatua de Neptuno en el centro. El segundo, al que llamaban pompeyano, era una copia de un original que Philipp había visto en la antigua ciudad romana y del que se había quedado prendado hasta tal punto que incluso había insistido en respetar las dimensiones del original.

No obstante, el mayor orgullo de Mafalda era el jardín de estilo japonés. A pesar de que ninguno de ellos había visitado jamás el país del Sol Naciente, habían estudiado a fondo tantos libros de jardinería que estaba segura de que no tenía nada que envidiar a los que adornaban los palacios y los templos del otro extremo del mundo. Era el más pequeño con diferencia, pero Mafalda sentía predilección por aquel rincón lleno de encanto en el que la estrella indiscutible era un arce que Philipp había encontrado en un vivero y que había comprado después de que el anciano propietario le convenciera de que se trataba de una rara especie llegada a Europa expresamente para el estreno de *Madame Butterfly*.

De repente Mafalda oyó el rugido de un motor y enseguida supo que se trataba de su marido, de vuelta de una de sus expediciones por la ciudad en busca de algún objeto decorativo en el que nadie había reparado o alguna pieza de mobiliario de la que se había enamorado perdidamente. Pasados unos minutos, este irrumpió en el salón sujetando con ambas manos una caja de cartón.

—Imaginaba que te encontraría aquí, *meine Liebe*.

Mafalda ladeó la cabeza hacia la puerta y sonrió al verlo. Iba vestido con un traje de color oscuro y una corbata gris pero, a pesar de su habitual aspecto, serio y masculino, con su bigotito recortado, el pelo engominado y la frente cada vez más amplia, sus vivarachos ojos azules brillaban como los de un niño deseoso de mostrar a todo el mundo su nuevo juguete.

Ella echó la cabeza hacia atrás y él se aproximó por detrás del sofá y la besó en los labios. Fue un beso prolongado, cargado de ternura.

—¿Otra vez escuchando a Gene Austin? Estoy empezando a sentir celos de ese estadounidense relamido.

Mafalda soltó una carcajada. Su marido adoraba la música clásica, pero era terriblemente intransigente con ciertos movimientos modernos, sobre todo si llegaban de los Estados Unidos.

—¿Dónde están los niños?

—Enrico duerme y Maurizio está fuera, correteando por ahí. No ha parado ni un momento. La pobre *nurse* está agotada.

Philipp rodeó el sofá y dejó la caja sobre la mesita de centro.

—Luego me acercaré a verlos, pero ahora tengo que enseñarte una cosa. No te vas a creer lo que he encontrado en una tienda de Via Babbuino —dijo levantando las solapas y extrayendo con cuidado un paquete envuelto en papel de periódico.

Mafalda lo observó intentando disimular su escepticismo mientras él retiraba el tosco envoltorio con extremo cuidado. Se emocionaba tanto con cada nueva adquisición que en ocasiones, para no decepcionarlo, ella tenía que esforzarse en aparentar que compartía su entusiasmo.

—¿Qué me dices? —preguntó Philipp sujetando una pieza de mármol que representaba una pareja de máscaras típicas del teatro clásico.

Mafalda contempló el trofeo boquiabierta. Fue un gesto espontáneo. En esta ocasión no tuvo que fingir asombro.

—¿Son...?

—Sí, lo son. ¿No es increíble?

Mafalda no daba crédito. Ante sus ojos tenía uno de los elementos decorativos que le faltaban a la fabulosa chimenea de mármol que presidía el salón, la pieza favorita de su marido. Cuando la casa estaba todavía en fase de restauración, su madre, la reina Elena, le había acompañado a las catacumbas situadas bajo *le Cavalle Madri,* donde se amontonaban estatuas y otros objetos de piedra, por si encontraba algo que pudiera serle de utilidad. Desde el primer momento Philipp se había quedado cautivado con aquella obra de Piranesi. A pesar de que su madre le había desaconsejado que la utilizara, precisamente porque le faltaban las cuatro parejas de máscaras, él había insistido en colocarla en un lugar privilegiado.

—¿Y están todas?

—Sí, todas.

Mafalda se puso en pie de un salto y, abalanzándose sobre su marido, le rodeó el cuello con los brazos y estrechó su cuerpo contra el suyo.

—¡Vaya! Supongo que eso significa que te ha gustado la sorpresa. —Le retiró un mechón de la cara, le tomó el rostro con ambas manos y la miró a los ojos—. No sabes cuánto me alegra verte tan feliz, *Mauve* —dijo susurrándole al oído el apodo que le había puesto el mismo día en que se conocieron y que hacía alusión al vestido color malva que lucía—. Hacía tiempo que no sonreías así.

Mafalda sabía a qué se refería. En los últimos tiempos había días en los que se encontraba algo baja de ánimo y lloraba con facilidad. En cierto modo se sentía culpable por ello, al fin y al cabo tenía todo lo que siempre había deseado, pero no podía evitarlo.

Todo había comenzado con la pérdida de su abuela, la reina Margherita, que había fallecido cuando estaba embarazada de Maurizio. En aquel momento tanto Jolanda como su madre le habían dicho que en su estado era normal tomarse las cosas más a pecho, pero con el tiempo se había dado cuenta de que algo en ella había cambiado y que, efectivamente, tenía que ver con la maternidad. Sus hijos despertaban en ella un amor y una ternura infinitos, pero también una inquietud desconocida hasta entonces. Eran la razón de su vida, y la preocupación por su bienestar había hecho de ella no solo una mujer más aprensiva y timorata, sino también más sensible al sufrimiento de los demás. Aquel sentimiento se había acentuado con el atentado de la Feria de Milán hacía unas semanas. La intención de los terroristas era acabar con la vida de su padre, que por suerte había salido ileso, pero la bomba se había llevado por delante a veinte personas, entre ellas varios niños. La noche de la tragedia Mafalda apenas había pegado ojo y pasó las horas muertas rezando por las almas de aquellos desdichados. Desde entonces, en momentos puntuales le asaltaban imágenes aterradoras de cuerpos desmembrados y rostros infantiles cubiertos de sangre. Uno de ellos, de tan solo tres años, se llamaba Enrico. Como su Enrico.

Siempre había vivido entre algodones, protegida del mundo exterior, de los avatares cotidianos a los que se enfrentaban la mayoría de las personas, y durante la mayor parte de su infancia y adolescencia no había sido plenamente consciente de su suerte. Pero la maternidad había acentuado en ella una intensa empatía por quienes no vivían una vida privilegiada como la suya. Aquellas mujeres, aquellos niños sin vida... Asustada, desechó aquellos pensamientos. No. Esta vez no dejaría que la congoja se apoderara de ella. Se agarraría a la felicidad que le había producido la sorpresa de su marido. Aquel inesperado golpe de fortuna, en apariencia insignificante, únicamente podía significar que todo iba a ir bien.

—Bueno, ahora tengo que dejarte —dijo ella apoyando las palmas de las manos sobre el pecho de su marido y besándole de nuevo en los labios, aunque en esta ocasión de manera algo presurosa—. Tengo muchas cosas que hacer. Esta tarde tenemos un invitado muy especial —añadió con una mirada pícara.

—¿De Pinedo?

—¡Ajá!

—¿Y lo saben tus padres?

—¡Por supuesto que no! —respondió Mafalda con una sonrisa fingiéndose escandalizada—. ¡Por quién me has tomado!

El marqués Francesco De Pinedo llegó alrededor de las seis. El famoso aviador, además de ser un héroe de guerra, había protagonizado varias gestas aeronáuticas recorriendo en hidroavión medio mundo, como la que tres años atrás le había llevado desde Italia, hasta Japón y Australia pasando por la India, o la travesía entre Dakar y Pernambuco del año anterior, que lo habían convertido en un pionero de los vuelos de largo alcance. Pero no era ese el motivo de su presencia en Villa Saboya.

Siguiendo las indicaciones que había recibido con anterioridad, De Pinedo entró con su propio automóvil por la puerta de Via San Filippo Martire, la misma que utilizaba el monarca para entrar y salir de incógnito del complejo de Villa Saboya, y que en esta ocasión fue utilizada para mantenerlo al margen de aquella visita.

La familia al completo esperaba al invitado delante de la puerta principal, a los pies de los escalones. Philipp sujetaba entre sus brazos al pequeño Enrico, mientras que Maurizio se escondía parcialmente tras las faldas de su madre, observando la situación con el ceño fruncido, como si se debatiera entre dejarse llevar por la timidez o por la curiosidad. A la izquierda de Mafalda se encontraba Giogiò, intentando, con bastante éxito, mantener la calma.

Mafalda se maravilló de la actitud reposada de su hermana teniendo en cuenta cómo se había comportado desde su llegada a primera hora de la tarde, deambulando de un lado a otro hecha un manojo de nervios y enlazando una pregunta tras otra sin esperar respuesta. Sus principales preocupaciones habían sido su peinado, el vestido elegido para la ocasión o la cantidad de polvos que le cubrían el rostro. Para colmo, a esa candorosa agitación había que sumar el sentimiento de culpa y el miedo a ser descubierta, común a toda hija que actúa a escondidas de sus padres.

Mientras observaba a De Pinedo caminar hacia ellos desde su automóvil, Mafalda tuvo que admitir que, desde luego, era muy atractivo. Sin embargo, no fue hasta que le besó la mano acompañando el gesto con la reverencia de rigor cuando entendió por qué su hermana había perdido la cabeza por él. Aquel hombre bien plantado, de sonrisa afable y mirada cálida, trasmitía una sincera modestia aderezada con un toque de timidez. Erróneamente, Mafalda había dado por sentado que se enfrentaría a un individuo vanidoso, hastiado de recibir elogios, felicitaciones e incluso atrevidos piropos. Al fin y al cabo sus hazañas como piloto de aviación eran el tema de conversación favorito de la mayor parte de los hombres. Por no hablar de las miles de mujeres que bebían los vientos por él. ¡Si incluso el director Silvio Laurenti le había dedicado un largometraje! No obstante, nada en aquel discreto caballero daba a entender que se encontraran ante uno de los personajes más admirados de la nación, «el mensajero de la italianidad», como lo había bautizado el patán de Mussolini.

Acabados los saludos, Philipp y Mafalda lo invitaron a entrar.

—Antes, si no les importa, me gustaría ir por algo que he dejado en el automóvil. Es un regalito para los niños —se justificó De Pinedo—. Si desean acompañarme...

Una vez llegaron al vehículo, el invitado abrió la puerta trasera y extrajo un aparatoso y pesado juguete que dejó a todos con la boca abierta y que provocó que la actitud de desconfianza de Maurizio se esfumara de golpe. Se trataba de un Bugatti de carreras en miniatura, idéntico al original, incluido el neumático de repuesto en el lateral.

Mientras los niños se peleaban por subir, De Pinedo terminó de fascinarlos diciendo:

—El motor funciona con batería, pero he creído más conveniente no cargarlo hasta que los padres dieran su consentimiento.

Mafalda miró a su hermana de soslayo y le guiñó un ojo. Aquel fabuloso regalo había terminado de conquistarla. Era la prueba de que el piloto tenía la suficiente picardía para saber que la mejor manera de ganarse el favor de una madre era congraciarse con sus hijos pero, al mismo tiempo, la necesaria sensatez para dejar que fuesen ella y su marido los que regularan su uso.

—¡Es fantástico! —dijo Philipp, que adoraba los automóviles—. ¿Cree que el asiento es lo bastante grande para que quepa yo?

Cuando acabó la carcajada general, la anfitriona sugirió que pasaran al salón. Una vez allí, y después de disfrutar de un café, Mafalda y Philipp pasaron al segundo punto de su estrategia y, alegando una excusa para ausentarse, sugirieron a Giovanna que le mostrara los jardines al coronel.

Una hora después, De Pinedo y Giogiò regresaron a la casa con los ojos brillantes y las mejillas encendidas y, omitiendo deliberadamente cualquier alusión a lo que pudiera haber sucedido durante el paseo, las dos parejas se sentaron a la mesa en el cenador exterior.

Como era de esperar, muy pronto la conversación se centró en el invitado y en sus últimas proezas surcando los cielos, momento que Philipp, que enloquecía con todo lo que tuviera que ver con la velocidad, aprovechó para interesarse por el funcionamiento de su famoso hidroavión.

Tan ensimismado estaba que parecía haber olvidado por completo la finalidad de aquella visita. Mafalda, sin embargo, la tenía muy presente y escudriñaba con disimulo cada uno de los gestos que intercambiaban De Pinedo y su hermana. Así descubrió que él la buscaba continuamente con la mirada dándole a entender que todo lo que salía de su boca estaba pensado tan solo para sus oídos, mientras que ella, a pesar de no entender gran cosa de lo que estaba diciendo, degustaba cada palabra como si fuera un delicioso manjar.

Mientras contemplaba divertida aquel ir y venir de gestos sutiles y acompasados como una melodía en la que todas las notas y silencios se combinan en perfecta armonía para formar la composición más bella del mundo, Mafalda pensó en sus padres. No se sentía orgullosa de haberse confabulado con Philipp y con su hermana para ocultarles lo que allí sucedía, pero no había tenido más remedio. Desde hacía un tiempo el rey y la reina esperaban ansiosos que el zar Boris de Bulgaria, que buscaba esposa y al que Giogiò había conocido en San Rossore, se decidiera por su hija. De hecho, Kyril, hermano del monarca, había elegido a Mafalda como intermediaria para que trasmitiera a los reyes que la consideraba una posible candidata. Pero ella conocía muy bien los sentimientos arrolladores que su hermana albergaba por De Pinedo y esperaba que el monarca búlgaro acabara decantándose por otra de las aspirantes. No la veía oponiéndose a sus padres y enfrentándose a todo y a todos por su amado. Ellas no eran como Jolanda, capaces de plantarle cara a quien fuera con tal de salirse con la suya. Además, todavía recordaba con ternura cuando Giogiò, siendo todavía una niña, repetía incansablemente que de mayor sería reina como su madre, un comentario que hacía las delicias de esta, que aspiraba a que alguna de sus hijas se convirtiera en consorte de algún monarca europeo.

De todos modos, era mejor no adelantar acontecimientos. ¡Quién sabe! Tal vez conseguían que todo llegara a buen fin. En el caso de Mafalda, las cosas no habían podido salir mejor. A ella también había intentado emparejarla con Leopoldo de Bélgica, pero al final había podido elegir por sí misma al hombre con el que formar una familia y ahora disfrutaba de una vida plena junto a su marido y a sus hijos. Y eso era precisamente lo que deseaba para su hermana.

Mafalda aprovechó la pausa entre el segundo plato y el postre para subir a dar un beso a los niños antes de que se fueran a dormir. Cuando volvió, descubrió sorprendida que la conversación había dado un vuelco radical.

—Lo que sí está claro es que el atentado no buscaba acabar con la vida de sus majestades —comentaba en aquel momento De Pinedo.

—¿Cómo? —preguntó Giovanna sorprendida—. ¿Está seguro de lo que dice?

—Es cuestión de lógica —repuso el invitado—. Por mucho que se insista en que el artefacto estaba equipado con un temporizador, nadie podía saber el momento exacto en que pasaría la carroza real. Estoy convencido de que la verdadera intención de los terroristas era llevar a cabo una masacre.

Mientras se sentaba de nuevo a la mesa, Mafalda sintió un escalofrío. Desde que tenía uso de razón era consciente de que el hecho de pertenecer a la familia real la convertía en el objetivo de todo tipo de perturbados y radicales, al fin y al cabo su propio abuelo había fallecido en un atentado; pero no le cabía en la cabeza que alguien pudiera querer asesinar a decenas de inocentes, entre ellos a varios niños.

—¿Y por qué querrían hacer algo así? —inquirió.

—Para desestabilizar al gobierno, querida —le respondió Philipp—. O peor aún, para contribuir a instaurar el caos. Es el principal objetivo tanto del comunismo como del anarquismo. ¡Cuando pienso en el terrible daño que ha hecho Rusia a nuestra querida Europa!

Mafalda todavía no acababa de entender muy bien la diferencia entre comunistas y anarquistas, lo que sí sabía es que tanto unos como otros odiaban a muerte la monarquía. Solo pensar en lo que habían hecho con el zar Nicolás II y su familia le ponía la carne de gallina.

—Lo importante en este momento es que encierren a los responsables cuanto antes —dijo preocupada—. Mientras sigan en libertad, toda la gente de bien corre peligro.

—Pues por ahora la policía sigue dando palos de ciego —apuntó De Pinedo—. Después de haber arrestado a más de quinientas personas, aún no tienen una idea clara de quién está detrás del atentado. Esperemos que el análisis de los restos del explosivo arroje algo de luz.

—Estoy seguro de que muy pronto se resolverá todo —continuó Philipp—. Mussolini está decidido a desenmascarar a los culpables y ha pedido que todo el peso de la justicia recaiga sobre ellos.

A Mafalda no le agradó la confianza que Philipp pareció poner en el *Duce*.

—Pues tengo entendido que parte de la investigación apunta hacia Giampaoli, el secretario general del partido fascista en Milán —comentó Giovanna.

—En mi opinión se trata solo de rumores infundados para atacar al gobierno aprovechando que está a punto de comenzar el juicio contra Gramsci y sus secuaces —repuso Philipp—. Si lo piensas bien, a los camisas negras no les interesa alterar el orden establecido. Al final, la única manera de combatir a los radicales es contar con un Estado nacional fuerte que termine con la lucha de clases. Por suerte, aquí contamos con un gobierno estable, a diferencia de lo que lleva ocurriendo en mi país desde que acabó la guerra.

—Bueno, parece que con la Gran Coalición la cosa se ha calmado un poco —opinó De Pinedo.

—Así es. Solo espero que la normalidad se afiance, aunque, lamentablemente, no confío demasiado en que así sea. Son muchos años de revueltas, golpes de Estado y crisis económica como para pensar que van a acabar de un día para otro. Al final, se ha demostrado que Alemania no es un país hecho para la democracia. Lo que realmente necesitamos es que se restablezca el orden y la autoridad que reinaba antes de la guerra. Pero para ello, hace falta una personalidad fuerte y con capacidad de liderazgo.

—A propósito de política alemana —continuó el piloto—. ¿Qué opinión le merece el Partido Nacional Socialista de Hitler? Dicen que en las elecciones del día veinte tienen posibilidades de entrar en el Parlamento.

—No sabría decirle. No conozco a su líder, aunque sí tengo algunos conocidos entre sus miembros. Sin ir más lejos, Hermann Göring, que resultó herido en el golpe fallido del veintitrés, se formó con mis hermanos en la academia de cadetes de Lichterfelde. Casualmente hace unos años coincidí con él aquí, en Roma. Buscaba apoyos en el partido fascista italiano.

—¿Hitler? ¿No es ese el que estuvo en la cárcel? —preguntó Mafalda, que de pronto recordó la revuelta que había tenido lugar en una cervecería de Múnich y que había fracasado a las pocas horas.

—Así es —respondió De Pinedo—. Fue condenado a cinco años por alta traición, pero al final pasó solo unos meses en prisión gracias a un indulto. Ahora insiste en que ha cambiado y que está dispuesto a respetar la ley y los preceptos democráticos.

—Pues debe de ser que la promesa no incluye las leyes internacionales —añadió Giogiò—. Tengo entendido que se opone radicalmente al cumplimiento del Tratado de Versalles.

Al oír aquello Mafalda miró a Philipp. Tenía los labios apretados y supo de inmediato que estaba dudando si contestar.

—Sé que desde aquí no es fácil de entender —dijo él finalmente—, pero el rechazo a las condiciones del Tratado no es exclusivo de Hitler. Es algo muy extendido en mi país. —A continuación, con el rostro algo crispado, prosiguió—: Somos muchos los que creemos que fueron excesivas y que no han hecho más que abocarnos a la ruina y asfixiar a la población.

Mafalda posó la mano derecha sobre la de su marido y la acarició levemente. Se le agriaba el carácter cuando se hablaba de la Gran Guerra y de lo que la derrota había supuesto para los alemanes. Él había participado como voluntario y dos de sus cinco hermanos habían perdido la vida en el frente. Además, tras la abdicación forzosa de su tío el Káiser y la instauración de la república, su familia había sido obligada a renunciar a gran parte de su patrimonio.

Aquel gesto de cariño pareció disipar de inmediato su mal humor. Aun así, a Mafalda la conversación le dejó mal sabor de boca. No le había gustado escuchar que su marido había tenido trato con unos golpistas, ni tampoco que deseaba para su país un régimen como el de Mussolini.

Justo entonces, una camarera se acercó a la mesa para retirar los platos y servir el café. Cuando hubo terminado, y después de algún que otro comentario banal, Giovanna dejó la taza sobre su plato y se limpió los labios con la servilleta.

—Siento decir que voy a tener que marcharme —dijo con expresión contrariada—. Papá y mamá deben de estar preguntándose por qué no he vuelto todavía.

De Pinedo, tras consultar su reloj de pulsera, apostilló:

—Ciertamente, se ha hecho un poco tarde. Yo también les dejo. No quiero abusar de su hospitalidad.

Y así, entre frases de cortesía y agradecimientos, Mafalda acompañó a su hermana y a De Pinedo hasta la puerta, algo disgustada por cómo había acabado la velada. Aun así, le bastó ver las miradas de su hermana y del aviador al despedirse para darse cuenta de que el objetivo inicial se había cumplido. Aquella relación tenía muchas posibilidades de prosperar.

Poco después, en su dormitorio, cuando estaban a punto de meterse en la cama, se decidió a hacer a su marido la pregunta que le atormentaba:

—¿De veras crees que tu país necesita un gobernante como Mussolini?

—No creo haber dicho nada de eso —respondió Philipp mientras se acomodaba bajo las sábanas. Se le veía mucho más tranquilo.

—Es cierto, no lo has dicho —admitió Mafalda sentándose al borde del colchón—, pero me ha parecido entender que no te disgustaría.

Philipp se incorporó y se le aproximó por detrás hasta apoyar la barbilla sobre su hombro izquierdo.

—*Mauve,* querida —dijo rodeándole la cintura con el brazo derecho con actitud conciliadora—. Si te he hecho pensar algo así, lo siento. Sabes que no estoy especialmente interesado en la política y que tampoco siento una simpatía especial por el *Duce*. Tan solo envidio la estabilidad de Italia. En este país la monarquía, la Iglesia y el gobierno conviven de forma más o menos cordial, y eso es una garantía contra la amenaza bolchevique. En cambio, en Alemania el peligro de una revolución comunista está muy presente.

Aquellas palabras tranquilizaron a Mafalda. A ella misma le aterrorizaba la idea de que lo sucedido en Rusia se extendiera por el resto de Europa, sobre todo si pensaba en sus hijos.

Entonces, inesperadamente, sintió el tacto de los labios de Philipp deslizándose por su cuello y, dejándose llevar, se recostó sobre la espalda e introdujo la mano bajo la chaqueta del pijama de su marido.

Capítulo 3

Berlín
Septiembre de 1930

Poco después de las siete de la tarde, el Mercedes-Benz en el que viajaba Philipp giró a la derecha y se adentró en la Badenschestrasse. Llevaba la capota echada, lo que impedía que el aire frío y húmedo del otoño berlinés se posara sobre los asientos de cuero y los costosos sombreros de fieltro que reposaban en la parte posterior. Al volante se encontraba su primo Auwi, uno de los siete hijos del káiser Guillermo, con el que le unía una sólida amistad. Había sido su cómplice en los difíciles años de la adolescencia y su compañero de correrías durante los meses que había trabajado para el museo Káiser Friedrich.

Philipp recordaba con cariño aquella época en la que, como correspondía a dos hombres socialmente bien situados y deseosos de dejar atrás los amargos recuerdos de la guerra, habían apurado al máximo las posibilidades de diversión que ofrecía la gran ciudad. Auwi, que por aquel entonces hacía apenas un año que se había separado de su esposa, le había llevado a las fiestas más exclusivas, a varios estrenos cinematográficos y a los espectáculos más memorables de los cabarés de la Kürfustendamm. Sin embargo, no solo habían frecuentado los clubes más selectos, sino también ciertos locales que más de uno habría calificado como «de dudosa reputación», lugares donde los hombres bailaban juntos y las mujeres fumaban habanos vestidas de esmoquin. Y, casualmente, siempre fueron esos antros los que consiguieron colmar por completo sus expectativas. Aquellas noches de desenfreno crearon un vínculo entre ambos amigos que ni los años pasados ni la distancia consiguieron romper.

No obstante, el sitio al que ahora se dirigían nada tenía que ver con los ambientes nocturnos que habían visitado en sus frívolos años de juventud, pues la calle estaba completamente vacía y a aquellas horas, en los barrios de Berlín donde proliferaban los cabarés, los automóviles y los carros tirados por caballos se sorteaban unos a otros en un enjambre caótico. Pero ellos se encontraban en uno de los barrios más elegantes y respetables de la metrópolis, el distrito de Schöneberg, lugar de residencia de buena parte de la alta burguesía.

Al llegar al número siete, Auwi redujo la velocidad y giró el volante hasta situarse frente a un edificio de viviendas con una soberbia fachada de estilo señorial. Entonces sacó el brazo por la ventanilla y, con toda familiaridad, hizo un gesto al portero uniformado que hacía guardia delante de la entrada principal. Este se limitó a responder con una leve inclinación de cabeza y desapareció por el vestíbulo. Acto seguido, y ante la mirada sorprendida de Philipp, un portón comenzó a abrirse lentamente. Auwi miró a su primo de soslayo mientras permitía que el automóvil se deslizara por la rampa que había aparecido tras el portón.

—¿Qué te parece? —preguntó esbozando una sonrisa teñida de cierto orgullo—. Última tecnología.

Al llegar al final de la pendiente, Auwi detuvo el vehículo y, con la misma mano con la que había saludado al portero, presionó un interruptor. Aquel gesto hizo que el recinto en penumbra al que apenas llegaba la iluminación de la calle se inundara de una luz blanca que dejó al descubierto lo que resultó ser un garaje subterráneo de considerables dimensiones que albergaba varios automóviles. A Philipp le sorprendió gratamente. No debía de haber sido fácil incorporar aquel espacio a una clásica vivienda berlinesa erigida hacía más de un siglo y le pareció una prueba más de lo mucho que había cambiado la ciudad.

Llevaba casi dos semanas en la capital, tiempo más que suficiente para comprobar que bastaban unos pocos años para convertir un lugar que habías hecho tuyo en algo totalmente irreconocible. Aun así, la transformación de la metrópolis no era la única novedad relacionada con su estancia en Berlín. Era la primera vez en mucho tiempo que pasaba tantos días lejos de su familia, y no le disgustaba gozar de nuevo de un poco de libertad. Desde que se había convertido en un hombre casado había viajado con frecuencia, e incluso había pasado largas temporadas en Alemania, pero siempre acompañado de su esposa. Sin embargo, no podía culpar a nadie de ello. En líneas generales, estaba bastante satisfecho con las comodidades que le ofrecía el matrimonio y en todo aquel tiempo no recordaba haber sentido la necesidad de escapar de su tranquila vida conyugal. Es más, si en esta ocasión había viajado sin Mafalda había sido por decisión de ella. Tras recibir la invitación de Auwi, su mujer había considerado más oportuno quedarse con los niños en la residencia de sus padres en Kronberg y a él le había parecido una decisión de lo más acertada. Mafalda no soportaba la compañía de su primo al que consideraba, no sin razón, una mala influencia.

Los dos primos bajaron del automóvil y tomaron sus respectivos sombreros al tiempo que Auwi agarraba con la otra mano el ramo de azucenas que reposaba junto a ellos y cuyo aroma era tan intenso que, tras el trayecto en automóvil, prácticamente había anulado la fragancia de la loción italiana de Philipp. Como correspondía a una invitación de carácter informal, ambos iban vestidos con trajes de solapas cruzadas, de corte discreto pero de hechura impecable. El de Philipp, más sobrio, era azul marino; el de Auwi, con un estampado de finas rayas verticales, marrón.

A continuación, con la desenvoltura de quien se siente como en casa, Auwi abrió la única puerta entre metros y metros de paredes desnudas.

—Adelante, querido primo.

Auwi descorrió una reja extensible y dejó al descubierto un cubículo que resultó ser la cabina de un ascensor. Estaba construido con maderas nobles y elegantes vidrieras, y disponía de un pequeño espejo para acicalarse y de un asiento tapizado de terciopelo verde que permitía hacer el trayecto sentado.

—¡Vaya! —exclamó Philipp.

—Pues todavía no has visto nada —respondió Auwi con tono enigmático.

Mientras se elevaban suavemente hacia su destino, Philipp intentó imaginar cómo se desarrollaría la velada. A pesar de los esfuerzos de su primo por infundirle algo de entusiasmo, sabía que no podía esperar demasiado de aquella reunión. Se suponía que debía tratarse de un encuentro agradable y distendido con un número reducido de invitados y, aunque la idea de una noche tranquila no le disgustaba, había algo que no acababa de convencerle. Teniendo en cuenta quién era el anfitrión, sospechaba que el principal tema de conversación serían los resultados de las últimas elecciones, una perspectiva que no le resultaba nada tentadora.

A diferencia de su padre y de sus hermanos, Philipp no sentía una inclinación natural ni por la política ni por la vida castrense. Tal y como repetía su madre, toda familia que se preciara necesitaba un artista, y sin lugar a dudas él había nacido para desempeñar ese papel, aunque en algunos ambientes su pasión por las bellas artes y su escaso interés por otros asuntos provocaba que se sintiera fuera de lugar. A pesar de ello, nunca había logrado mantenerse completamente al margen, ya fuera por su origen o por las circunstancias que le había tocado vivir, tanto la política como el ejército parecían empeñados en formar parte de su vida.

El caso de su primo era diferente. Auwi se había doctorado en Ciencias Políticas y poco después de la contienda mundial se había unido a los Cascos de Acero, una asociación de veteranos de guerra que organizaba desfiles militares para rememorar las glorias de la época imperial. Posteriormente, gracias a ese grupo de nostálgicos había entablado amistad con Hermann Göring, antiguo piloto del ejército y parlamentario del NSDAP, el Partido Nacionalsocialista, que le había convencido para que se afiliara al partido la pasada primavera. Como era de esperar, su padre había puesto el grito en el cielo, pero hacía mucho tiempo que el Káiser había perdido toda autoridad sobre sus hijos y, al fin y al cabo, desde el exilio tampoco podía hacer mucho para meter en vereda al más díscolo de sus vástagos.

A Philipp, en cambio, no le había sorprendido la decisión de su primo. Sabía de sobra que su implicación política obedecía a una lógica más que estudiada. Auwi, en el fondo, albergaba la esperanza de que el partido de Hitler le ayudara a conseguir uno de sus mayores anhelos, sobre todo aprovechando que su hermano Guillermo había sido obligado a renunciar por escrito a los derechos dinásticos.

Philipp no compartía el entusiasmo de su primo. A pesar de que tanto Hindenburg como los nacionalsocialistas habían manifestado cierto interés por la restauración de la monarquía, él no las tenía todas consigo. Y, para ser sinceros, tampoco le interesaba lo más mínimo. Lo único que de verdad le habría reportado algún beneficio personal habría sido que el gobierno revocara la inaceptable expropiación de parte de los bienes de su familia, que les había obligado a solicitar ciertos créditos que les estaba costando afrontar.

El caso era que desde que Auwi había entrado oficialmente en política no desperdiciaba ni una sola ocasión para insistirle en lo mucho que le convenía afiliarse al partido nazi. Y, aunque no se lo había reconocido directamente, esa era en realidad la razón por la que le había llevado hasta allí.

—Después de todo, no te comprometes a nada —le había dicho—. Se trata únicamente de pagar una cuota mensual.

Pero Philipp no acababa de decidirse. Sentía un enorme respeto por Göring, aunque no podía decir lo mismo de otros miembros del partido. Al fin y al cabo, desde sus orígenes y durante un tiempo, el NSDAP no había pasado de ser una vulgar panda de agitadores de las muchas que poblaban la vida política de Alemania desde el final de la guerra y el estúpido golpe de Estado de 1923 se lo había confirmado.

Sin embargo, en los últimos años las cosas habían cambiado. Al menos en apariencia, los miembros más exaltados parecían haberse calmado. Por lo pronto, Hitler había declarado bajo juramento que renunciaba a cualquier tipo de violencia y era evidente que su tono más moderado empezaba a ganarse la confianza de la gente. Bastaba ver los resultados de las elecciones del día catorce, en las que habían pasado de doce escaños a ciento siete, convirtiéndose contra de todo pronóstico en la segunda fuerza política del país.

Al llegar al tercer piso, el ascensor se detuvo. Una vez fuera, Auwi apretó el timbre de la puerta de nogal situada justo enfrente. En apenas unos instantes, una hermosa mujer de mediana edad y aspecto aristocrático apareció ante sus ojos.

—¡Alteza! ¡Qué alegría! Le echábamos de menos —exclamó nada más verlos con un ligero acento extranjero.

—Yo también me alegro de verte, querida Karin —respondió Auwi entregándole el ramo de azucenas.

—¡Oh, gracias! ¡Son maravillosas! —Seguidamente, invitándoles a entrar con un amplio gesto del brazo, añadió—: Pero no se queden ahí. Adelante, están en su casa.

—Antes —interrumpió Auwi—, permíteme que te presente a mi primo, el príncipe de Hesse Kassel. —Y dirigiéndose a este añadió—: Philipp, ella es la señora Göring.

Philipp tomó la mano tendida de la anfitriona y la besó con delicadeza.

—Es un auténtico placer, *Frau* Göring.

—El placer es mío, alteza. Bienvenido a nuestro humilde hogar.

A Philipp le sorprendió gratamente oírle llamarlo alteza. Hacía años que, por ley, los miembros de la realeza habían sido despojados de todos sus títulos, y en Alemania cada vez era más raro encontrar a alguien que se dirigiera a él en esos términos.

Apenas cruzaron el umbral, Philipp comprobó que el hogar al que había hecho referencia la señora Göring no tenía nada de humilde. Ante ellos se extendía un salón sorprendentemente grande considerando que se encontraban en un apartamento, aunque no fueron las medidas de la estancia lo que más llamó su atención. Esta estaba decorada con un gusto exquisito, y tanto los muebles, la mayor parte de época, como la seda de los sofás o el tejido de las alfombras eran de una calidad asombrosa.

—Te gusta, ¿verdad? —le susurró Auwi al oído mientras seguían a la señora Göring.

—¡Y a quién no! —respondió él en el mismo tono de voz.

—Cariño, mira quién acaba de llegar —dijo entonces la anfitriona dirigiéndose al grupo más numeroso de los cuatro o cinco que se repartían por la sala.

En ese momento un caballero extremadamente voluminoso vestido con un traje blanco se volvió para mirarlos.

—Siento el retraso, querido amigo —dijo Auwi—. Se nos ha hecho un poco tarde. ¿Nos hemos perdido algo interesante?

—Tan solo un par de brandis —contestó el anfitrión con una carcajada dándole unas palmaditas con ambas manos a la altura de los hombros—. Nada que no se pueda solucionar.

Philipp se quedó helado al descubrir que aquella mole informe que parecía una gigantesca bala de algodón y que saludaba a Auwi con tanta efusión era, en realidad, Hermann Göring. Resultaba casi imposible reconocer en él al último comandante del escuadrón Richthofen condecorado con la *Pour le Mérite,* o al caballero herido, en su orgullo y en su pierna, que había encontrado años antes en Roma, cuando era un prófugo de la justicia que se recuperaba del disparo que había recibido durante el golpe de Estado. El hombre que tenía delante lucía una barriga tan prominente que le obligaba a inclinar la espalda hacia atrás para mantener el equilibrio y cuya piel del rostro, pálida y flácida, le caía sobre unos pronunciados pómulos y una poderosa mandíbula como un traje de una talla mayor de la que le correspondía. En cierto modo recordaba a los personajes deformes y grotescos de los retratos de Beckmann que causaban furor entre algunos críticos de arte, pero que él encontraba de pésimo gusto. El deterioro era tan evidente que acabó preguntándose si serían ciertos los rumores que hablaban de que había estado ingresado en un psiquiátrico para curarse de una severa dependencia de la morfina.

—¡Querido Philipp! —dijo entonces Göring dirigiéndose a él con el mismo tono jovial y la confianza de haber sido amigo de sus hermanos—. ¡Cuánto tiempo! Me alegro de que hayas accedido a acompañarnos.

—Yo también me alegro de estar aquí. Y muchas gracias por la invitación.

Antes de que pudiera darse cuenta, Philipp tenía una copa de brandi en la mano izquierda, mientras con la derecha saludaba a diestro y siniestro al resto de invitados. En algunos casos eran antiguos conocidos a los que hacía tiempo que no veía, en otros se trataba de perfectos extraños que Auwi se apresuraba a presentarle. Fue así como conoció a Goebbels, un hombre enjuto y poco agraciado con una evidente cojera que, según le explicó su primo, había organizado la campaña de las últimas elecciones. O a Edwin Bechstein, el anciano fabricante de pianos del que tanto había oído hablar. Mientras, la esposa de Göring, que según le informaron era sueca, se desenvolvía con soltura entre los invitados, repartiendo bebidas a todo aquel que tenía las manos desocupadas o acudiendo rauda con un cenicero antes de que alguien se encontrara ante la duda de dónde apagar el cigarrillo.

A pesar de que su primo le había puesto al tanto de la mayor parte de los asistentes, a Philipp le sorprendió descubrir entre ellos un rostro que desde el principio le resultó tremendamente familiar. Hasta que por fin cayó en la cuenta. Ante él se encontraba el famoso magnate del acero.

—No me habías dicho que estaría Fritz Thyssen —le comentó a su primo en cuanto tuvo ocasión.

—Increíble, ¿verdad? Pues aún hay más. Todo lo que ves aquí lo ha pagado él —comentó Auwi bajando la voz y paseando la mirada por el salón—. Cuadros, muebles, cortinas. Todo. Lleva años mostrándose muy generoso con el partido. Sin ir más lejos, el cuartel general de Múnich corrió por cuenta suya.

Philipp se vio obligado a reprimir una carcajada al descubrir la ironía. ¡Qué extraños compañeros hacía la política! ¡Con todo lo que habían despotricado los nazis contra el capitalismo!

—Y no es el único —añadió Auwi—. Otros muchos hombres de negocios colaboran económicamente con la causa. Solo que, de momento, prefieren no hacerlo público.

Poco a poco, Philipp se fue relajando hasta que, más o menos una hora después, cuando empezaba a saborear la tercera copa de brandi y considerar que, a fin de cuentas, no había sido tan mala idea asistir a la fiesta, percibió una ligera agitación que se extendía sutilmente por la sala y que afectaba por igual a todos los presentes. Movido por la curiosidad, echó una ojeada a su alrededor intentando descubrir qué sucedía.

Fue entonces cuando lo vio. Y de pronto descubrió hasta qué punto había sido víctima de una encerrona por parte de su adorado primo.

Junto al umbral, entregando a Karin su gabardina de color beis, se encontraba el líder del partido.

No era la primera vez que lo veía. Como parte del plan urdido por su primo para captarlo para la causa, se había visto obligado a acompañarlo al mitin que se había celebrado en el Sportspalast cuatro días antes de las elecciones, el último gran acto de campaña, al que habían asistido dieciséis mil personas.

Entre discursos, cánticos y presentación de candidatos, el acto se había prolongado más de dos horas, algo excesivo para el gusto de Philipp pero, independientemente de toda la parafernalia, tenía que reconocer que el tal Hitler le había parecido un tipo brillante. Sabía plasmar en palabras los sentimientos y los anhelos de la gente de a pie, desesperada por los estragos que había causado la caída de Wall Street, por las carencias de todo tipo provocadas por la terrible crisis económica. Aquel tipo de mirada inquietante parecía conectar con un pueblo alemán señalado como culpable tras el final de la Gran Guerra, obligado a pagar deudas, desarmado y humillado. Hitler modulaba su voz de forma magistral, bajándola o alzándola en los momentos oportunos como un músico virtuoso. Sin duda, aquel don natural explicaba cómo habían ganado tantos puntos en los comicios.

Y ahora estaba allí, delante de él, con aquel bigote tan característico que muchos de sus seguidores empezaban a copiar.

Mientras los invitados comenzaban a revolotear alrededor del recién llegado, Philipp intentó escurrir el bulto deteniéndose ante uno de los magníficos cuadros que adornaban las paredes tapizadas de terciopelo. Sospechaba que antes o después su primo acabaría llamándolo para presentarle a su paladín y ofrecerle la posibilidad de gozar de un encendido discurso político pensado exclusivamente para él. Al fin y al cabo, era el único invitado que aún no se encontraba entre sus adeptos.

Lentamente, esforzándose para que no se notara demasiado, se fue alejando de la zona de influencia del líder hasta que, pasado un buen rato, mientras contemplaba una copia bastante fidedigna de *Napoleón cruzando los Alpes* y empezaba a pensar que se había librado de una buena, oyó una voz tras él.

—Un hombre de un talento extraordinario, ¿no le parece?

Philipp volvió la cabeza y descubrió unos profundos ojos de color azul que irradiaban una vibrante intensidad.

—Me refiero a Jacques-Louis David, aunque, por supuesto, se trata de una copia. —Acto seguido, tendiéndole la mano, dijo—: Adolf Hitler, encantado de conocerle.

—Philipp von Hessen, un placer.

—¡Vaya! Finalmente conozco al yerno del rey de Italia. Me han hablado mucho de usted. Y por cierto, no sabe cuánto le envidio. Debe de ser un lujo para los sentidos vivir en una ciudad en la que se respira arte en cada rincón.

Philipp, que todavía tenía muy presente al fogoso orador del Sportspalast, se extrañó al descubrir que el hombre que tenía ante sí no se parecía en nada al político combativo y enfervorizado que enardecía a las masas desde su atril. Aquel era un caballero cordial y bastante asequible que incluso trasmitía cierta timidez. Además, conocía al autor del fabuloso retrato del emperador francés.

—¿Le interesa a usted el arte, *Herr* Hitler?

—Mucho. Pero por desgracia soy solo un aficionado que tiempo atrás soñaba con dedicarse a la pintura.

La conversación empezó a fluir casi de forma espontánea. Debatieron sobre la grandeza de los clásicos, la deriva que había tomado el arte de mano de algunos pseudo artistas que se denominaban a sí mismos «modernos» y la necesidad de divulgar el auténtico arte alemán a través de la construcción de museos. Philipp se fue sintiendo cada vez más cómodo. No era fácil encontrar a alguien capaz de discutir de pintura en un ambiente como aquel sin recurrir a un puñado de frases hechas y manidos clichés. Además, Hitler sabía escuchar y no solo se interesaba por conocer sus preferencias pictóricas, sino que mostraba interés por los argumentos que sostenían sus opiniones.

La única vez que se tocó por encima el que podría considerarse un asunto político fue cuando Hitler aludió a la admiración que sentía por Mussolini. Por suerte Philipp consiguió desviar el tema con suma delicadeza. No consideraba oportuno que su interlocutor supiera que el italiano no solo no le tenía en ninguna estima, sino que le consideraba un burdo imitador y, en *petit comité,* no tenía reparos en burlarse de sus gestos y su apariencia.

Al cabo de media hora Philipp se vio obligado a interrumpir una de sus teorías sobre arquitectura clásica. Ernst Hanfstaengl, un periodista medio estadounidense al que todos llamaban *Putzi,* se había sentado al piano y comenzaba a tocar el preludio de *Los maestros cantores de Núremberg.* Apenas escuchó las primeras notas, Hitler se quedó como extasiado, presa de una especie de arrebato místico que hizo que se volatilizara cualquier posibilidad de continuar la charla.

Cuando acabó la pieza, Karin Göring apareció junto a ellos como por arte de magia con una copa de champán.

—Entonces, alteza, ¿ha pensado usted unirse a nuestra noble causa?

Alrededor de las once de la noche, Philipp von Hessen, sentado en la butaca del despacho de Hermann Göring, estampó su firma en la solicitud de ingreso al Partido Nacional Socialista Obrero Alemán. De pie junto a la mesa se encontraban su primo y el anfitrión de la fiesta, que lo contemplaba con satisfacción al tiempo que saboreaba el enésimo habano.

De vuelta a casa, mientras atravesaban la ciudad en el Mercedes-Benz de Auwi, este le comentó:

—Has tomado la decisión más acertada. Te aseguro que no te arrepentirás.

Capítulo 4

Asís
Octubre de 1930

El día fijado para el enlace amaneció hosco y desapacible. La tenue luz otoñal, atemperada por un manto de nubes que se extendía sobre las colinas y las hileras de olivos y vides que crecían a sus pies, lo envolvía todo en una atmósfera melancólica.

Aun así, el pueblecito medieval se encontraba imbuido por el ambiente bullicioso y festivo que había prendido en sus habitantes el día del anuncio oficial y que, conforme se había ido aproximando la fecha, se había adueñado de sus estrechas y empinadas callejuelas, impregnando las fachadas de piedra y las calzadas adoquinadas hasta apropiarse de cada rincón.

La mayor parte de los vecinos habían empezado a tomar las calles muy de mañana. Otros incluso habían pasado la noche a la intemperie, custodiando el que consideraban el mejor emplazamiento para no perderse ni un solo detalle de la boda de la princesa Giovanna.

Para las gentes de Asís, la hija del rey era considerada como algo propio, casi como una de ellos. Hacía años que visitaba el pueblecito con regularidad, movida por su devoción por San Francisco y su afecto por aquel lugar acogedor y místico. Por lo general lo hacía sin previo aviso, negándose en redondo a recibir ningún tratamiento excepcional y poniendo un notable empeño en pasar lo más desapercibida posible. Ese era el motivo por el que quien más y quien menos se había cruzado con ella alguna que otra vez sin reconocerla, aunque prácticamente todos se vanagloriaban de haber coincidido con su alteza en algún lugar insospechado o relataban con pelos y señales una conversación que jamás se había producido.

Lo que ninguno sabía es que el motivo por el que Giovanna había elegido contraer matrimonio allí no era solo el cariño que sentía por Asís, sino una promesa que había hecho años atrás, cuando se había encomendado a San Francisco para que les ayudara a su hermana Mafalda y a ella cuando parecía que el tifus iba a truncar sus cortas vidas.

La multitud se concentraba casi exclusivamente en la explanada situada delante de la basílica superior. Apretujadas tras el cordón de guardias reales, *bersaglieri* y corresponsales provenientes del mundo entero, las familias se empujaban unas a otras, estirando el cuello y aupando a sus hijos cada vez que creían reconocer a un personaje ilustre en el interior de los innumerables automóviles que recorrían el camino pedregoso que bordeaba la colina del Paraíso.

Después de casi una hora de espera, una de las trescientas niñas vestidas de blanco que aguardaban junto a la puerta del templo se agachó para recoger un pétalo que se había desprendido de su rosa blanca cuando, de repente, una gota de lluvia rebotó sobre su mano.

En aquel momento el vehículo en el que viajaba el futuro esposo se detuvo ante la fachada principal del templo y un trueno pareció reventar la nube que se extendía sobre la plaza antes de descargar una violenta lluvia mezclada con granizo. Contrariamente a lo que cabía esperar, la multitud no se movió de donde estaba, sino que se limitó a desplegar sus paraguas o a cubrirse la cabeza con el periódico de la mañana.

En el interior de la basílica, sentada junto a su marido, Mafalda oyó el vigoroso golpeteo de la lluvia al chocar contra las vidrieras. Parecía marcar un ritmo preciso, acuciante y trágico al mismo tiempo, un compás similar al latido de su corazón y que discrepaba con la música cadenciosa del órgano que anunciaba la llegada del futuro esposo, el zar Boris III de Bulgaria.

Aquella era la tercera boda a la que acudía desde principios de año. La primera había sido la de su hermano Umberto con María José de Bélgica, que se había celebrado en enero. Poco después, en abril, Edda Mussolini se había casado con el conde Ciano. Y aún tenía que asistir a la de su cuñado Cristoph con Sofia de Grecia y Dinamarca, que tendría lugar en diciembre. Sin embargo, para ella la ceremonia que estaba a punto de comenzar era la que tenía un significado más trascendental.

Con las manos entrelazadas a la altura de las caderas, observó la majestuosa figura del monarca búlgaro mientras recorría el pasillo central en dirección al altar mayor. A pesar de su calvicie, era un hombre de un encanto considerable, de apariencia regia y facciones agradables, aunque con una poderosa nariz aguileña que desentonaba un poco con el resto de la cara y que, curiosamente, recordaba mucho a la de Giogiò.

No obstante, a Mafalda le importaba bien poco el aspecto físico de aquel caballero algo serio que soportaba estoico el peso de las miradas. No era ella la que debía encontrarlo atractivo. Lo único que le preocupaba, e incluso se podía decir que la atormentaba, era si sería capaz de hacer feliz a su querida hermana.

Mafalda apenas lo conocía. Y lo mismo podía decirse de Giogiò. Se habían visto por primera vez dos años antes, cuando el rey eslavo la consideró una posible candidata, pero poco después, debido a la ausencia de noticias que hicieran pensar en una determinada predilección, el asunto se había ido diluyendo. Mientras tanto la relación con De Pinedo se había ido afianzando hasta convertirse en un amor profundo y apasionado. Pero tras la boda de Umberto la vida se había encargado de dar al traste con las ilusiones algo ingenuas de la joven princesa.

Todavía recordaba con pesar cuando, al día siguiente de las celebraciones por el enlace de su hermano, Boris había pedido verse a solas con Giogiò y ella se había visto obligada a ofrecer Villa Polissena para el encuentro. Después de aquello, los acontecimientos se habían desarrollado de manera vertiginosa.

El golpeteo de la lluvia cesó de improviso y el retumbar de los truenos dio paso al repiqueteo de las campanas. La novia acababa de llegar. Giogiò entró en la iglesia del brazo de su padre al tiempo que empezaban a sonar los primeros compases de la marcha nupcial de Mendelssohn. Llevaba un vestido de terciopelo blanco, un ramo de flores de azahar traídas desde Sicilia y una sonrisa. El rey, de uniforme, caminaba a su lado con gesto de satisfacción.

Mafalda se quedó mirando el rostro de Giogiò y no pudo evitar sentir una profunda admiración por ella. No hacía ni doce horas que, aprovechando que habían conseguido quedarse a solas, su hermana se había abandonado en sus brazos presa de un ataque de llanto incontrolable. Aquella repentina muestra de desconsuelo, ansiedad y miedo le había pillado desprevenida. Hasta entonces había imaginado que aquel tenía que ser un momento difícil para Giogió, pero el frenesí de los preparativos, unido a la templanza y la madurez que la caracterizaban, le habían impedido tener acceso a su alma rota.

Aquel momento de intimidad fraternal había acrecentado en Mafalda los sentimientos de culpa que la habían estado acechando desde que habían comenzado las negociaciones entre las diferentes partes. Porque aquella boda era la consecuencia de una serie de acuerdos ajenos a la pareja que resultaban beneficiosos tanto para el gobierno de Italia como para el de Bulgaria, y así lo habían manifestado tanto su padre como el zar emérito Fernando, pasando por Mussolini y el Consejo Fascista. La Iglesia, sin embargo, se había mostrado algo reticente por el hecho de que Boris profesara la religión ortodoxa.

Y Mafalda, a lo largo de todo el proceso, se había visto obligada a nadar entre dos aguas. Durante meses había facilitado encuentros clandestinos entre Giogiò y De Pinedo a espaldas de sus padres, y a su vez había tenido que lidiar con las presiones de estos para que convenciera a su hermana de lo buen partido que era el zar Boris. Había habido momentos en los que se había culpado a sí misma por favorecer la relación entre Giovanna y el piloto, y otros en los que había considerado hablar seriamente con sus padres y plantearles que dejaran que su hermana tomara sus propias decisiones. La situación había llegado a desquiciarla de tal modo que el pobre Philipp había tenido que soportar más de una mala contestación cuando le había preguntado si estaba segura de lo que estaba haciendo.

Por suerte, Giogiò había demostrado una serenidad y un sentido de la responsabilidad que Mafalda no poseía. Ella siempre había mostrado una tendencia natural a angustiarse ante los problemas, mientras que su hermana, más espiritual, solía aceptar ciertos hechos como una prueba de los designios de Dios, una virtud que le ayudaba a mostrar entereza en los momentos más complicados.

Aquella actitud estoica había hecho que accediera a conocer algo más a Boris, que, en sus breves encuentros, demostró ser un hombre bondadoso y muy reservado, rasgos que compartía con su hermana. Esos puntos en común y la conciencia de Giogiò de que el matrimonio de conveniencia entre sus padres había resultado muy feliz hicieron que acabara aceptando el compromiso y que, con todo el dolor de su corazón, se despidiese para siempre de Francesco De Pinedo. Y, cómo no, lo hizo durante un último paseo por los jardines de Villa Polissena.

Tras el intercambio de votos, Mafalda se secó las lágrimas y, acabada la ceremonia, los novios abandonaron el templo entre vítores y se dirigieron a la Basílica Inferior, donde reposaban los restos de San Francisco. Tras ellos, un cortejo encabezado por el zar Fernando, que caminaba renqueante del brazo de la reina Elena intentando no resbalar sobre los adoquines mojados, recorrió la pendiente sujetándose mantillas y sombreros para que el viento que se había levantando tras la lluvia no se llevara los accesorios que complementaban sus ropas de gala.

Una vez en el interior, Giovanna se arrodilló ante la tumba del Santo de los Pobres y, mientras rezaba en silencio con un coro de ciento sesenta voces entonando alabanzas para gloria de Dios, Mafalda, de la mano de Philipp, pidió a Dios que cuidara de su querida Giogiò.

Capítulo 5

Roma
Mayo de 1931

Espero que esté usted disfrutando de su estancia, *Herr*
Göring —dijo Mafalda.
Se encontraban en el Palacio de la Ópera de Roma, apu-
rando los minutos previos a la representación mientras se deleitaban
con el cóctel servido en su honor en el vestíbulo del palco real.

—No le quepa ninguna duda, alteza —respondió en inglés el
orondo alemán mientras atrapaba al vuelo su tercera copa de Chianti
de la bandeja de un camarero que pasaba junto a ellos—. Siempre es
un placer visitar Roma y, gracias a su esposo, el viaje está resultando
muy grato. Por desgracia, mis compromisos no me permiten gozar de
los encantos de la ciudad tanto como quisiera —añadió con un falso
gesto de aflicción—. Mañana, sin ir más lejos, debo levantarme temprano para asistir a una reunión en el Vaticano.

—¿En el Vaticano? ¿Tiene usted audiencia con Su Santidad?
—preguntó ella sorprendida.

Philipp, que se encontraba de pie entre ambos, tragó saliva. Mafalda
estaba al corriente de los desencuentros del partido nazi con la Iglesia
Católica y esperaba que se alegrara al saber que su marido había conseguido concertar aquella visita. Aun así, cruzaba los dedos para que

Göring no entrara en detalles. No había necesidad de que conociera el verdadero motivo de la reunión, ni tampoco que supiese que su compatriota se entrevistaría en realidad con el subsecretario del cardenal Pacelli porque, a pesar de los esfuerzos de Philipp, el Papa se había negado a recibirlo.

—No exactamente. Su Santidad tiene una agenda muy apretada, pero me entrevistaré con monseñor Pizzardo. No quiero regresar a mi país sin haber manifestado a la Iglesia la voluntad de nuestro Parlamento de mantener buenas relaciones.

Philipp respiró aliviado. La respuesta de Göring había resultado tan convincente que hasta él mismo estuvo a punto de creérsela. Con mucha astucia había obviado el grave conflicto entre los nazis y el Vaticano tras la decisión de varias diócesis alemanas de excomulgar a todo católico que se afiliara al partido. Mientras se llevaba la copa de vino a los labios escrutó con disimulo el rostro de su esposa. Parecía que la respuesta de su contertulio la había contentado, aunque se había quedado pensativa, como si hubiera algo en las palabras de Göring que no acabara de cuadrarle.

—¿Te apetece beber algo más? —propuso al vuelo, antes de que Mafalda decidiera ahondar en el asunto.

—No, gracias, querido. No te molestes. La función está a punto de comenzar.

Por lo general el aperitivo se servía en los entreactos, pero en esta ocasión el refrigerio se había adelantado. Se representaba *Gianni Schicchi*, una ópera de Puccini, el compositor favorito de Mafalda, que constaba de un solo acto.

—Con quien sí he tenido el placer de entrevistarme ha sido con vuestro *Duce* —comentó Göring—. ¡Qué gran hombre! Pueden ustedes estar muy orgullosos de su primer ministro. Imagino que su esposo le habrá hablado de la admiración que nuestro *Führer* siente por él.

Philipp sintió como el canapé que acababa de echarse a la boca se le atragantaba.

—La verdad es que no. No tenía ni idea —respondió Mafalda con un sonsonete que su marido recibió como si le hubiera dado un pisotón—. Pero me alegra saber que existen buenas relaciones entre nuestros dos países —añadió haciendo gala de su dotes para agradar a sus interlocutores sin apenas implicarse.

—Por cierto, *Herr* Göring, ¿qué le parece nuestro teatro de la ópera? —intervino de nuevo Philipp—. ¿Le he contado que ha estado cerrado durante más de dos años debido a las obras de restauración?

—¡Es realmente magnífico! —respondió el alemán—. Digno de una ciudad como Roma.

En ese momento sonó el timbre que anunciaba el comienzo del espectáculo y, tras cederle el paso a la señora, los dos caballeros se acomodaron en el palco con expectación. Apenas se apagaron las luces, Philipp se arrellanó en su asiento y concluyó que la conversación, después de todo, había ido bastante bien.

Una vez en el automóvil que debía llevarles de vuelta a Villa Polissena, Philipp golpeó suavemente con los nudillos el cristal que los separaba del chófer para indicarle que estaban listos para arrancar y, acto seguido, agarró la mano de Mafalda.

—¿Y bien? ¿Qué te ha parecido la velada?

—Ha sido maravillosa. Me alegro mucho de haber venido —contestó Mafalda.

Philipp se sintió reconfortado. Había planeado aquel encuentro para que Göring, que tenía un notable don de gentes y era uno de los dirigentes nazis más agradables en el trato, disipara las reticencias de su mujer hacia ellos. Desde que se había afiliado al partido había empezado a interesarse por las ideas del movimiento y muchas no habían sido de su agrado.

—Ha habido un momento —prosiguió Mafalda—, cuando Lauretta confiesa a su padre hasta qué punto ama a Rinuccio, que he tenido que esforzarme por contener las lágrimas.

Philipp sintió como si recibiera un jarro de agua fría.

—En realidad me refería más bien a la compañía —comentó él—. ¿Qué impresión te ha causado Göring? Él parecía encantado contigo.

—Es un hombre agradable —dijo con poca convicción—, aunque me ha sorprendido ver cómo ingería una copa tras otra. No sé cómo consigue mantenerse sereno con tal cantidad de alcohol en el cuerpo.

Philipp soltó una carcajada.

—Bueno, ya sabes que en Alemania se bebe mucho más que en Italia. De todos modos, debo reconocer que ha empinado el codo más que de costumbre. Pero hay que ser comprensivos, está pasando una época complicada. Su esposa está muy enferma.

—Sí, lo sé —dijo Mafalda cambiando el tono—. Pobre hombre. No me imagino lo difícil que debe de ser estar tan lejos de casa en una situación como esa.

—Así es la política. Cuando eliges servir a tu país te ves obligado a renunciar a una parte de tu vida personal. Y en ocasiones puede resultar muy doloroso.

Mafalda exhaló un suspiro y permaneció unos segundos en silencio. Aquel comentario le había recordado a su hermana Giovanna. No acababa de acostumbrarse a la distancia que las separaba y ni las cartas que se escribían todas las semanas ni las llamadas telefónicas conseguían atenuar la nostalgia.

—Por cierto, ¿qué es eso de la admiración de Hitler por Mussolini? —dijo en tono burlón, intentando alejar de su mente aquellos pensamientos—. Tú que lo conoces, tendrías que decirle que se ande con cuidado con ese palurdo. No está bien que siga viviendo engañado.

Philipp se rio de buena gana. El tono jocoso de su esposa era una muestra de que su plan no había salido del todo mal.

—Tal vez será mejor que lo descubra por sí mismo —continuó siguiendo la broma—. No me gusta dar al traste con las ilusiones de nadie.

Capítulo 6

Berlín
Febrero de 1933

Philipp se llevó a la boca la taza humeante de ponche que le había preparado una de las innumerables doncellas que trabajaban en casa de Göring y que tenían órdenes de atender diligentemente todas las necesidades de sus huéspedes. Poco a poco el líquido dulzón y especiado se deslizó por su garganta mitigando el frío que se había apoderado de él tras un breve trayecto en automóvil por las calles nevadas.

—¡Quién te ha visto y quién te ve, querido primo! —se burló Auwi, sentado al otro lado de una pequeña mesa de caoba con los pies por lo alto—. Tantos años en «la bella Italia» te han convertido en un pusilánime.

—De acuerdo. Soy un friolero y un aburrido —admitió Philipp, con una sonrisa de resignación. Al fin y al cabo había sido él quien se había negado a acudir a un club nocturno tras su apresurada cena con Göring en el restaurante Horcher, donde había aprovechado que su anfitrión había tenido que ir al Ministerio Prusiano del Interior a resolver unos asuntos para sugerir que volvieran a casa a refugiarse de las bajas temperaturas—. Tengo una pregunta —dijo entonces cambiando de tema mientras aproximaba su sillón un poco más a la chimenea encendida—. ¿Es normal que un ministro tenga que acudir a su puesto de trabajo a estas horas de la noche?

—Bueno, normal no, pero a veces sucede —respondió Auwi—. No es fácil compatibilizar las labores de ministro con las de presidente del Parlamento. Por no hablar de lo que conlleva ser la mano derecha de Hitler. Y más aún en plena campaña electoral.

—No entiendo cómo puede con todo —comentó Philipp, que no envidiaba nada la ajetreada vida de Göring. Aun así, admiraba los logros de aquel hombre que en apenas cinco años había pasado de ser un exiliado sin hogar y sin futuro a convertirse en uno de los políticos más poderosos del país con derecho a una residencia oficial tan impresionante como aquella.

—La verdad es que lo lleva muy bien —opinó Auwi—. Hermann nació para esto. Es más, te diría que incluso le viene bien estar tan ocupado. El trabajo ha supuesto un excelente revulsivo. —En aquel momento Auwi se quedó mirando las llamas que crepitaban en la chimenea y su mirada se ensombreció—. He de reconocer que tras la muerte de Karin nos temimos lo peor.

Philipp sabía perfectamente a qué se refería. Su relación cada vez más estrecha con Göring le había permitido descubrir que aquel hombre que hacía temblar a cualquiera con su estruendosa voz podía ser también una persona débil y dependiente capaz de sumirse en la más honda desesperación. Hanfstaegl, el tercer huésped de la casa, que se encontraba en cama con un fuerte resfriado, le había confirmado los rumores que en tantas ocasiones le habían llegado: al parecer, años atrás había estado recluido en un psiquiátrico con una camisa de fuerza a causa de su dependencia de la morfina.

—Debió de ser un duro golpe —dijo desviando la mirada hacia el retrato al óleo de Karin que presidía la sala. En él se veía a la malograda esposa, la mujer que hacía poco más de dos años le había conminado a inscribirse al partido. Bajo la imagen, una mesita con un cuenco con flores y dos candelabros de bronce daban al conjunto el aspecto de un mausoleo.

—No te puedes imaginar hasta qué punto la veneraba Hermann. Desgraciadamente en sus últimos días se vio obligado a dejarla en su lecho de muerte en Estocolmo para acudir a una importante reunión en Berlín con Hitler y Hindenburg. —Auwi hizo una pausa durante la cual cerró los ojos con pesar—. Durante un tiempo los remordimientos por haberla dejado sola lo consumían, pero afortunadamente decidió volcarse por entero en servir a nuestro *Führer* y al partido. Estoy seguro de que eso le salvó.

En ese momento a Philipp se le pasó por la cabeza la posibilidad de que el ímpetu que había percibido en Göring aquellos días, que hacía que se mantuviera despierto hasta altas horas de la madrugada se pudiera deber a una recaída en sus malos hábitos, aunque tampoco tenía prueba alguna que confirmara sus sospechas.

—Pero nada de eso importa ya —comentó Auwi sonriendo con optimismo—. Ahora es un hombre nuevo. Incluso ha conocido a una mujer.

—Lo sé —dijo Philipp—. Me ha hablado de ella. Una actriz de teatro, ¿verdad?

—Sí. La conoció en Weimar. Emmy nosequé. Bueno, y ahora dejemos a un lado los romances y cuéntame qué te parecen nuestros últimos logros. ¿Te dije o no que un día llegaríamos a gobernar el país?

—Reconozco que la alianza con von Papen fue una jugada maestra —dijo Philipp haciendo referencia a las intrigas políticas habían llevado a Hitler a ser designado Canciller—, pero dirigir un gabinete de coalición en el que solo cuentas con dos ministros de tu partido no te da mucha libertad de movimiento.

—Eso está claro —repuso Auwi—. Y el *Führer* lo sabe. ¿Por qué crees que su primera decisión fue convocar elecciones? Necesitamos aumentar nuestro poder en el Parlamento.

—¿Y si no lo conseguís? —preguntó Philipp que seguía refiriéndose al partido como si él no formara parte—. Te recuerdo que en los últimos comicios perdisteis dos millones de votos.

—Lo haremos —repuso Auwi, cuya fe en los nazis parecía inquebrantable.

—¿Ah, sí? —cuestionó Philipp—. ¿Cómo lo sabes?

—Porque conozco a Hitler y sé que, una vez que ha llegado al poder, no lo dejará escapar. Algunos creen que pueden manejarlo a su antojo pero, afortunadamente para Alemania, ha llegado para quedarse. Además, tenemos el apoyo del pueblo. —Hizo una breve pausa y añadió—: Es una lástima que no estuvieras aquí el día en que accedió a la Cancillería. Los desfiles, las antorchas... Tendrías que haber oído a la gente vitoreando a nuestros hombres.

—Ya hemos hablado de eso —dijo Philipp, que enseguida percibió el reproche que se escondía tras las palabras de Auwi—. Sabes que no puedo implicarme en la causa del mismo modo que tú. Una cosa es afiliarme y otra participar activamente en la vida política. Soy padre de familia y a Mafalda no le hace ninguna gracia que mi pertenencia al partido me reste tiempo para estar con ellos. Si he podido venir estos días es porque está en Bulgaria, acompañando a su hermana tras el nacimiento de su primera hija.

Auwi se levantó de su asiento y, sin decir nada, se dirigió a una de las ventanas con su vaso de *whisky* en la mano. Era evidente que la referencia a Mafalda le había incomodado. Entonces se quedó mirando a través del cristal y de repente la expresión de su rostro cambió por completo.

—¡Dios mío! —exclamó con el gesto demudado—. ¡No puede ser!

Philipp, alarmado por la inquietud que percibió en la voz de su primo, corrió hasta donde se encontraba con el fin de averiguar qué era lo que había provocado aquella reacción.

Lo que vio le dejó sin palabras. De las ventanas inferiores de la fachada posterior del Reichstag, que se levantaba frente al palacio, brotaba un resplandor que confería al majestuoso edificio una imagen inusualmente luminosa. Entonces entendió lo que pasaba. El Parlamento estaba siendo presa de las llamas.

Auwi se acercó a la mesita auxiliar, agarró la campanilla de bronce y comenzó a agitarla frenéticamente, una reacción que a Philipp le pareció algo absurda. No entendía qué podía hacer una simple ama de llaves ante una fatalidad como aquella. A continuación salió disparado por la puerta de la sala y su primo lo siguió hasta el vestíbulo.

Una vez al pie de la escalera de mármol, Auwi se apoyó en la barandilla y gritó como un loco en dirección al piso de arriba:

—¡Wanda! ¡Wanda!

El ama de llaves apareció de inmediato por una puerta lateral, aterrorizada.

—¿Qué desea su alteza? —dijo con una voz tan estridente que pareció el graznido de un ganso.

—¿Dónde demonios estabas? —le gritó Auwi hecho una furia—. Corre a despertar a *Herr* Hanfstaegl. Dile que el Reichstag está ardiendo.

La sirvienta comenzó a subir las escaleras a toda prisa sujetándose la falda con ambas manos.

—¡Espera! —le gritó de nuevo Auwi—. Primero tráenos nuestros abrigos.

Wanda giró sobre sí misma con tal premura que perdió el equilibrio. Por suerte, Philipp la agarró raudo del brazo y consiguió evitar que acabara dándose de bruces contra los peldaños.

Mientras la joven recuperaba la compostura y realizaba una aturullada reverencia de agradecimiento que a punto estuvo de hacerle tropezar de nuevo, Auwi descolgó el teléfono situado junto a las escaleras y empezó a marcar números intentando comunicar con alguien. Segundos después, frustrado, dejó el auricular con un golpetazo. Luego arrebató los gabanes a la doncella, que esperaba junto a ellos, y abrió la puerta de la calle al tiempo que Philipp se cubría el cuello con una bufanda.

Apenas cruzaron el umbral, la desoladora imagen que se presentó ante sus ojos hizo que se detuvieran en seco sobre la acera cubierta de nieve. Un único camión de bomberos intentaba en vano apagar las llamas que devoraban incansables el interior del edificio, coronado por una densa columna de humo que se elevaba como una bandera desde la cúpula de acero y cristal. La velocidad con la que se propagaba el fuego solo podía significar una cosa: existían varios focos.

—Está claro que ha sido provocado —dijo una voz detrás de ellos.

Auwi y Philipp volvieron la cabeza y vieron a Hanfstaegl envuelto en una manta, con el pelo revuelto, los ojos vidriosos y la nariz enrojecida.

—He conseguido hablar con Hitler —añadió con la voz tomada por el resfriado—. Goebbels y él vienen de camino.

A Philipp le sorprendió su flema. Era, con diferencia, el más calmado, e imaginó que tal vez se debía a la fiebre.

Los tres hombres se quedaron en silencio, contemplando cómo el símbolo de la democracia alemana empezaba a rodearse de nuevos camiones de bomberos que aparecían desde todos los flancos haciendo sonar sus sirenas. Entonces, mientras los curiosos comenzaban a afluir lentamente, una limusina negra escoltada por una hilera de vehículos policiales enfiló Dorotheenstrasse a toda velocidad en dirección a la explanada delantera del Parlamento.

—¡Debe de ser Göring! —exclamó Auwi—. ¡Vamos!

Philipp, que hasta ese momento había permanecido inmóvil, paralizado por el desconcierto y la ofuscación, echó a correr tras él como si la salvación del Reichstag dependiera de la celeridad de sus pasos. Hanfstaegl, por su parte, se quedó junto al palacio.

Una vez frente a la fachada principal, Philipp advirtió que el prado que se extendía ante él estaba sembrado de camiones de bomberos, con las escaleras desplegadas y mangueras expulsando potentes chorros de agua que poco a poco transformaban la capa nieve en un inmundo lodazal.

—¡Ahí está! —gritó Auwi echando a correr hacia la limusina de la que descendía una figura enérgica con sombrero y gabardina.

Philipp estuvo a punto de seguir a su primo, pero un repentino destello de lucidez le impulsó a mantenerse al margen. Göring, como ministro del Interior, era el máximo responsable de la policía, y lo último que necesitaba en aquel momento era un fisgón estorbando e interfiriendo en la investigación. Entonces se llevó las manos a la cara y se dio cuenta de que tenía las mejillas ardiendo. Era como si la carrera, el estupor y el reflejo de las llamas se hubieran puesto de acuerdo para subir la temperatura de su cuerpo, o mejor dicho, de su rostro, porque los pies los seguía teniendo helados. O tal vez le estaba subiendo la fiebre.

Muy pronto el imponente edificio acabó envuelto en lenguas de fuego que hicieron que el cielo adquiriera un espeluznante color rojo. Fue entonces cuando, inesperadamente, Philipp divisó unas siluetas delante de la puerta principal. Tras frotarse los ojos con incredulidad, convencido de que debía de tratarse de alguna clase de espejismo, vio que se trataba de tres hombres de carne y hueso que emergían de entre las llamas. Dos de ellos llevaban uniformes de policía; el tercero tenía la parte superior del cuerpo desnuda, los hombros cubiertos por una alfombra y las manos esposadas.

Antes de que lo introdujeran a empujones en un coche patrulla, Philipp acertó a verle la cara. No parecía tener más de veinte años y mostraba una expresión altiva y desafiante que le produjo un sentimiento de cólera irrefrenable.

Justo en ese mismo instante, el automóvil de Hitler se detuvo en mitad de la explanada, muy cerca de donde Göring daba órdenes a sus hombres. Apenas bajó, Goebbels y él se aproximaron al ministro e intercambiaron algunos comentarios. Rápidamente un grupo de periodistas se abalanzó sobre ellos.

—¡Se trata de un atentado comunista! —proclamó Hitler alzando la voz para que todo el mundo pudiera oírlo—. Hemos encontrado a uno de los culpables, pero no cejaremos hasta dar con todos los autores de este ultraje. Como canciller de Alemania, les aseguro que el crimen no quedará impune.

Philipp sintió que las manos heladas se le cubrían de sudor. Si lo que acababa de oír era cierto, el asunto era más grave de lo que imaginaba. Aun así, tenía mucho sentido. En las últimas semanas el gobierno había actuado duramente contra los comunistas, prohibiendo sus mítines y suspendiendo la publicación de periódicos afines. Y luego estaba el registro de la sede del Partido Comunista, llevado a cabo tres días antes y donde, según Göring, se estaba preparando un asalto al poder.

Auwi, que había pasado la mayor parte del tiempo pegado a Göring, se aproximó a él.

—¿Qué has averiguado? ¿Se sabe algo del pirómano? —preguntó Philipp.

—Se trata de un comunista holandés —dijo en un tono más ufano que furioso—. Por lo visto apenas habla nuestro idioma, pero eso no será un problema. Los hombres de Röhm sabrán cómo sacarle toda la información.

Philipp sintió un escalofrío. Sin duda aquel muchacho era un delicuente de la peor calaña, pero no querría encontrarse en su pellejo. Las tropas de asalto, también conocidas como SA, tenían fama de ser especialmente crueles, por no decir sádicas, con todo el que consideraban enemigo de la causa. A sus miembros se les conocía como «camisas pardas» y habían desempeñado un papel importante en el ascenso de Hitler.

—¿Y qué crees que le pasará? —quiso saber Philipp, recordando su rostro aniñado.

—¡Que pregunta más tonta! ¿Qué quieres que le pase? —dijo Auwi en un tono entre divertido y condescendiente—. Pues que lo torturarán para que suelte todo lo que sabe y luego lo colgarán. Eso sí, antes le organizarán un bonito juicio, para que nadie tenga nada de qué acusarnos. Pero ahora mismo es lo de menos. Lo importante es encontrar a todos los culpables. Estamos convencidos de que no ha actuado solo.

Mientras escuchaba a su primo, Philipp comenzó a sentir una fuerte presión en la cabeza que le nacía en las sienes y se extendía hacia la nuca.

—¿Te encuentras bien? —preguntó Auwi—. Estás tiritando.

—La verdad es que no, no me encuentro bien. No sé qué me pasa. He debido de enfriarme.

—Será mejor que te vayas a la cama. Aquí no hay nada que hacer y no quiero que te pongas peor. Tu amada esposa va a pensar que no he cuidado bien de ti —dijo Auwi con un tono cargado de sarcasmo.

—Tienes razón. Será mejor que vuelva a la casa. ¿Y tú qué vas a hacer?

—Esperaré un poco para ver si se descubre algo más. La policía está registrando los alrededores. No me extrañaría que encontraran a algún cómplice.

—Bueno, pues mañana hablamos. Buenas noches —concluyó Philipp.

—Buenas noches —respondió Auwi—. ¡Y abróchate ese abrigo! —le gritó mientras se alejaba arrastrando los pies por la nieve salpicada de cenizas.

✸✸✸

Philipp se despertó poco después del mediodía. Tras unos instantes en que los sueños y la realidad se confundieron entre sí formando una maraña difícil de desentrañar, se levantó de la cama renqueante y pulsó el timbre que reposaba sobre la mesita auxiliar. Se puso sobre los hombros el batín de lana, se acercó a la ventana y descorrió las pesadas cortinas de color marrón.

Desde su dormitorio, una de las varias estancias para invitados del segundo piso, se divisaba perfectamente la parte posterior del Reichstag, o mejor dicho, lo que quedaba de él. El fuego había sido apagado y el panorama infernal con el que se había acostado la noche anterior se había transformado en una estampa desoladora. El edificio, todavía humeante, había quedado reducido a una estructura vacía de piedra ennegrecida rematada por un amasijo de hierros.

Pasados unos minutos oyó el ruido de unos nudillos golpeando al otro lado de la puerta.

—¡Adelante! —Su voz le sonó ronca y gutural.

—Buenas tardes, excelencia. Ehhh... Quiero decir... buenas tardes, alteza —se corrigió la joven camarera con voz titubeante—. ¿Se encuentra usted mejor?

—Sí, muchas gracias —respondió Philipp, molesto por la evidente falta de preparación de aquella muchacha de expresión bobalicona—. ¿Se ha levantado ya *Herr* Göring?

—No, alteza. El señor no se ha levantado.

—¿Ah, no? —se sorprendió Philipp.

—No, alteza. El señor no se ha levantado, porque tampoco se ha acostado. De hecho, ni siquiera ha vuelto por aquí desde ayer por la tarde.

Philipp resopló. Aquella mujer era decididamente estúpida.

—¿Y su alteza imperial el príncipe Guillermo de Prusia? —preguntó entonces, remarcando deliberadamente el tratamiento protocolario que le correspondía a Auwi.

—Tampoco, alteza.

—¿Tampoco qué? —preguntó alzando la voz—. ¿Tampoco se ha levantado o tampoco se ha acostado?

—Tampoco se ha acostado —respondió la joven sonrojándose.

—Imagino que *Herr* Hanfstaegl sí que estará en casa...

—Sí, señor. Es decir... alteza. Pero está durmiendo. Sigue con la fiebre muy alta.

Philipp respiró hondo. Aquella mujer estaba acabando con su paciencia.

—Estoy hambriento —dijo entonces—. ¿Cree que podría traerme algo de comer?

—Por supuesto. La cocinera ha preparado un consomé estupendo. ¿O prefiere alguna otra cosa?

—No, gracias. El consomé está bien.

—Por cierto —añadió de pronto la doncella, como si hubiera encontrado la manera de rebajar la tensión—, le he traído la prensa.
—Seguidamente abandonó la habitación y regresó con un puñado de periódicos que dejó sobre la mesa. Señalando el primero de ellos aclaró—: Este acaba de llegar. El chico de los recados ha dicho que se trata de una edición especial.

Philipp lo agarró con desgana y leyó el titular:

«Decreto de emergencia a la vista. El Consejo de Ministros anuncia un paquete de medidas excepcionales para proteger al pueblo alemán de la amenaza comunista».

Capítulo 7

Roma
Abril de 1933

Tras un largo paseo por los bosques de Villa Saboya, Mafalda cruzó el jardín con el pequeño Enrico en brazos y Maurizio trotando unos pasos por delante. Tenía las mejillas sonrosadas y el pelo recogido en un moño adornado con las flores que los niños habían recogido para ella.

A pesar de llevar más de tres horas caminando, el ligero dolor de pies no le pesaba en absoluto. Había sido idea suya aprovechar los primeros días primaverales para hacer una excursión y no se arrepentía. Llevaba semanas deseando compartir un sábado entero con sus hijos y los tres habían disfrutado enormemente. En los últimos tiempos había sido imposible debido a los compromisos de sus hijos con los Hijos de la Loba, la sección infantil de las juventudes fascistas. La decisión de inscribirlos la había tomado Philipp. A ella le había parecido que todavía eran pequeños para vestirse con uniformes militares y aprender a desfilar, especialmente Enrico, que aún no había cumplido los seis años, pero él la había convencido insistiendo en lo beneficioso que podía ser el trato con otros niños de su edad. Por suerte, al final Mafalda había conseguido imponer su voluntad, sobre todo tras descubrir horrorizada las enseñanzas que allí recibían. Todavía se la llevaban los demonios cuando recordaba a Maurizio en posición de firmes recitando a pleno pulmón «creo en el altísimo *Duce,* creador de los camisas negras, y en Jesucristo su único protector». Había tenido que hacer un enorme esfuerzo para no empezar a despotricar delante de los niños ante semejante sacrilegio.

La noticia de que no volverían a asistir a las reuniones no había supuesto ningún problema para sus hijos, más bien al contrario, la habían acogido con alivio. Según le habían contado esa misma mañana, un grupo de mocosos sin educación había tomado por costumbre burlarse de Enrico, y Maurizio había acabado enzarzándose en varias peleas para defender a su hermano menor.

Al abrir la puerta de casa encontraron a Philipp en el pasillo.

—¡Vaya! ¡Qué sorpresa! Justo iba a salir a buscaros.

—¡Papá! —gritaron los niños a coro.

Enrico bajó a toda prisa de los brazos de su madre y tanto él como su hermano corrieron alborozados hacia Philipp, que los esperaba en cuclillas con una sonrisa.

Mafalda contempló la escena con ternura manteniéndose en un segundo plano. Philipp era un padre atento y afectuoso, y los niños sentían tal adoración por él que había tenido que acostumbrarse a esperar pacientemente a que terminaran los abrazos y muestras de júbilo para recibir su dosis de cariño. Por lo general no le importaba, aunque en ocasiones sentía una punzada de nostalgia por el entusiasmo que mostraba su marido años atrás cuando se reencontraba con ella.

—Pero, bueno, ¿dónde os habéis metido? —comentó Philipp divertido apartando a los niños con delicadeza mientras observaba sus zapatos cubiertos de polvo y las briznas de hierba entre sus cabellos rubios.

—Hemos estado en la fortaleza de Monte Antenne y mamá nos ha contado la historia de cuando Rómulo conquistó la colina después del rapto de las «sabrinas» —explicó Maurizio.

Philipp soltó una carcajada.

—Querrás decir las sabinas.

—Eso —respondió Maurizio sonrojándose.

—¡Y hemos visto una familia de ardillas! —intervino Enrico—. Mamá me ha prometido que construiremos una casita de madera para que vengan a vivir delante de la ventana de mi habitación. Así podré verlas siempre que quiera.

—Me parece una idea estupenda —convino Philipp. Se irguió y besó a Mafalda en la mejilla.

—Ya veo que lo habéis pasado de maravilla. ¿Y tú cómo estás?

—Muy bien, aunque un poco cansada.

—¿Tienes un momento? —dijo Philipp mientras se desabrochaba la americana—. Me gustaría hablar contigo.

—Claro, pero antes querría darme un baño. ¿Te importa esperarme en el salón? Enseguida bajo.

—Preferiría hacerlo ahora. No nos llevará mucho tiempo.

A Mafalda le sorprendió aquella respuesta y escrutó el rostro de su marido buscando algún indicio que le permitiera adivinar a qué obedecía aquella premura.

—¿Ha sucedido algo?

—No, nada —la tranquilizó él con una sonrisa que a Mafalda le resultó algo forzada. Con el paso de los años había aprendido a interpretar los sutiles cambios en el rostro de Philipp sin necesidad de que dijera una palabra, y al ver aquella fingida despreocupación supo que se trataba de un asunto delicado.

—Niños, subid a lavaros y a cambiaros de ropa —ordenó.

—Pero, mamá... —protestó Maurizio con un mohín.

—No hay «peros» que valgan. Pina está preparando la merienda y no pienso permitir que comáis con esas manos.

La promesa de saborear los deliciosos dulces de la cocinera hizo que los niños se precipitaran hacia las escaleras sin rechistar. Una vez se quedaron a solas, Mafalda y Philipp se dirigieron al salón para gozar de cierta intimidad.

—Cuéntame. ¿De qué querías hablar? —preguntó ella acomodándose en el sofá y quitándose los zapatos.

Philipp se sentó en un sillón situado frente a su mujer y se aclaró la garganta.

—Vengo de Villa Saboya. He estado con tu padre.

La gravedad de su voz desconcertó a Mafalda. No tenía nada de extraño que se hubiera visto con su padre. Conversaban casi a diario, por lo general sobre historia o sobre política, y nunca había sentido la necesidad de compartir con ella los asuntos que trataban.

—¿Y...?

—Hemos hablado sobre la oferta de Hitler. La de nombrarme gobernador de la provincia de Hesse-Nassau.

Mafalda lo miró a los ojos sin comprender.

—¿Cómo? —preguntó intentando asimilar lo que Philipp quería decirle—. Creí que ya lo habíamos hablado. Fuiste tú el que dijiste que no te interesaba.

—Lo sé, pero Göring me ha pedido que lo reconsidere. Tanto él como Hitler piensan que soy la persona más idónea para el cargo.

En aquel momento Mafalda creyó entender por qué de repente Philipp retomaba aquel asunto. Göring acababa de marcharse de Roma tras una nueva visita oficial y muy probablemente había sacado a relucir la cuestión durante la audiencia con su padre. Aquel hombre le resultaba cada vez más antipático.

—¿Y qué piensa papá? Imagino que estará de acuerdo con nosotros en que no es una buena idea —apostilló Mafalda, convencida de que su padre no podía ver con buenos ojos aquella oferta. Al igual que le sucedía con Mussolini, no se fiaba de los nazis, y menos aún tras el incendio del Reichstag. Hacía poco le había oído sugerir que los culpables del fuego no habían sido los comunistas, sino que se había tratado de un ardid de Hitler para anular a sus rivales políticos y hacerse con el poder. Y no era el único que lo pensaba. Eso sí, se cuidaba mucho de no hacer ese tipo de comentarios delante de Philipp.

—Me ha dicho que no le corresponde a él pronunciarse. Le apena la idea de que tengamos que ir a vivir a Alemania, pero respetará lo que decidamos.

La respuesta de Philipp la sorprendió. Y no solo por la inesperada reacción de su padre, sino porque, de pronto, tuvo la sensación de que se había perdido algo.

—Perdona, ¿has dicho «que tengamos que ir a vivir a Alemania»? ¿Quieres decir que estás pensando aceptar?

Philipp, que tenía la espalda pegada al respaldo del sillón, se inclinó hacia delante y apoyó los brazos en las rodillas acortando la distancia que le separaba de Mafalda.

—Bueno —comenzó, intentando ganar algo de tiempo para escoger las palabras adecuadas—, tal vez no sea tan mala idea.

Mafalda se quedó mirándolo en silencio. Su marido, el mismo que le había repetido desde el día en que se conocieron que no tenía ninguna intención de regresar a su país y que no le interesaba lo más mínimo la política, el hombre que había sido tan feliz decorando su hogar con suma exquisitez y que se podía pasar horas charlando sobre arte o música, estaba sugiriendo que dejaran su casa y a su familia para aceptar un cargo de gobernador a cientos de kilómetros de allí. Y además a petición de un tipo tan inquietante como Göring.

Al ver que su esposa no respondía, Philipp continuó:

—Piénsalo, sería una manera de restablecer lazos con mi tierra y rendir honor a mis antepasados. Al fin y al cabo, sigo siendo el legítimo heredero del landgraviato de Hesse.

Mafalda, que empezaba a sentir como el rubor de sus mejillas aumentaba por momentos, tuvo que contenerse para no decirle a su marido lo que pensaba de sus antepasados. Aquello no tenía nada que ver con la familia y no estaba dispuesta a aceptar que se justificara con una excusa tan absurda.

—¿No crees que ya estás haciendo bastante por ellos? —le espetó.

—¿A qué te refieres? —preguntó Philipp desconcertado.

—Al partido, naturalmente.

Mafalda fue consciente de que su respuesta había sonado algo brusca, pero no conseguía esconder el resentimiento que le empañaba la voz. En un principio no había tenido nada en contra del partido nazi. No le había molestado que su marido se afiliara sin consultárselo, ni tampoco había puesto ninguna pega a que meses después se hiciera miembro de las SA. Al fin y al cabo era su esposa, y como tal le había apoyado en todas sus decisiones, pese a que no siempre las comprendiera. Sin embargo en los últimos meses había tenido la sensación de que aquella gente, con sus continuas reuniones y sus compromisos sociales, estaba empezando a absorberle demasiado. Y a cambiarlo. Aquella inesperada discusión era la prueba de ello.

—No se trata de ellos, como tú los llamas. Se trata, simple y llanamente, de hacer algo por mi país.

—Pero si fuiste tú el que dijo que no —insistió Mafalda, en un tono de voz que sonó casi como un gemido.

—Como ya te he dicho, Göring ha insistido mucho en que acepte. Por lo visto los dos jefes de distrito se han postulado para el cargo, pero ninguno de ellos resulta apropiado —explicó Philipp.

—Tú no tienes experiencia en ese tipo de trabajo y tampoco conoces las necesidades de la región —argumentó Mafalda—. ¡Por el amor de Dios, cariño! Hace más de diez años que no vives allí.

—Ya he hablado de ello con Göring —respondió Philipp con sequedad—. Pondría a mi disposición un grupo de consejeros para que me ayudaran a familiarizarme con mis funciones y me ha asegurado que, en caso de que surgieran problemas con los jefes de distrito, contaría con su total apoyo.

—Sigo sin entender qué te ha hecho cambiar de opinión —dijo Mafalda con un deje de exasperación.

—Varias cosas, supongo. Para empezar, los últimos acontecimientos. Por primera vez en muchos años tengo la sensación de que Alemania empieza a cambiar de rumbo y me gustaría formar parte de ello. Además, creo que ha llegado el momento de hacer algo de provecho con mi vida.

Mafalda sintió que el corazón se le encogía. Aquella última frase la había golpeado de lleno dejándola casi sin respiración. Era como si de repente todo aquello en lo que había creído, la vida que con tanto amor había construido, se acabara de derrumbar como un castillo de naipes.

—Creía que eras feliz —dijo en un susurro.

—¡Y lo soy! ¡Soy inmensamente feliz! —exclamó Philipp esforzándose por sonar convincente, sin darse cuenta de que su esposa había dejado de escucharle.

—Necesito un poco de aire —dijo entonces Mafalda poniéndose en pie y dirigiéndose hacia las puertas de cristal que conducían al jardín.

Él la siguió en silencio con gesto preocupado. Una vez en el exterior, Mafalda se sentó en el borde del estanque artificial y se quedó mirando el agua. Pasados unos minutos alzó la vista hacia su marido, que se encontraba de pie con los brazos a la espalda.

—¿Tiene esto algo que ver con Cristoph?

—Por supuesto que no —respondió Philipp al tiempo que sus facciones se tensaban—. Sabes muy bien que mi hermano pequeño no es el único que se ha comprometido con la causa. Auwi, el príncipe de Waldeck y muchos de mis amigos colaboran de un modo u otro con el partido.

Philipp se había esforzado por sonar contundente, pero Mafalda no estaba dispuesta a dejarse engañar. Sin duda el hecho de que su cuñado Cristoph acabara de ser ascendido a coronel de las SS y hubiese dejado su mísero empleo en una compañía de seguros para trabajar a las órdenes de Göring tenía que ver con el repentino interés de su marido por volver a Alemania.

—Además —añadió Philipp—, sería una oportunidad excelente para que los niños conocieran mejor su país y, de paso, perfeccionaran su alemán.

Una vez más, las palabras de su marido la hirieron profundamente. Parecía que cuanto más se esforzaba ella en entender su punto de vista, más se empeñaba él en acabar con su paciencia.

—No me parece justo que metas a los niños en esto —lamentó—. Sabes que nunca me he negado a viajar a Alemania cada vez que te ha parecido oportuno y fui yo la que propuso que contratáramos una *nurse* alemana desde el mismo día en que nació Maurizio.

—Tienes toda la razón. Tal vez no me he explicado bien —dijo Philipp adoptando un tono mucho más conciliador.

A continuación tomó la mano de Mafalda, se agachó junto a ella y la miró a los ojos.

—*Mauve,* querida, sé muy bien lo difícil que te resulta pensar en separarte de tu familia, pero te aseguro que haré todo lo posible para que tú y los niños sigáis siendo tan felices o más que hasta ahora.

Mafalda tuvo la amarga certeza de que la decisión de Philipp ya estaba tomada, probablemente desde hacía días, y de que nada de lo que se había dicho hasta ese momento tenía la más mínima importancia.

—¿Y cuándo se supone que tendrías que tomar posesión? —preguntó en un susurro.

—En el mes de junio.

A pesar de los esfuerzos por contenerlo, a Mafalda se le escapó un sollozo.

—Amor mío, te lo ruego. No me pongas las cosas más difíciles. No tienes que preocuparte por nada. Te prometo que todo irá bien —la consoló Philipp acariciándole el pelo.

Ella apartó la cara y se levantó de golpe. Las flores que prendían de su moño cayeron al suelo.

—Será mejor que entremos en casa —dijo tragándose las lágrimas—. Los niños se estarán preguntando dónde nos hemos metido y yo necesito darme un baño.

✹✹✹

Aquella noche, como casi todos los sábados, Mafalda y Philipp cenaron en el «Paraíso», el apartamento privado de la reina en Casa Saboya y, como era habitual, la comida no se prolongó mucho. Por deseo del rey, que consideraba que recrearse demasiado en un acto tan rutinario como alimentarse era una pérdida de tiempo, los sirvientes tenían órdenes de recoger todos los platos en cuanto él daba cuenta de sus reducidas raciones, obligando a los demás comensales a comer a toda velocidad a riesgo de quedarse con hambre.

Por lo general a Mafalda aquella manía le resultaba algo irritante desde que los niños habían empezado a comer en la mesa de los mayores, pero aquella noche los pequeños se habían acostado pronto y ella, que apenas había probado bocado, se sintió aliviada cuando su padre se levantó e invitó a Philipp a acompañarlo a la sala contigua a charlar un rato.

—Siento en el alma tener que decirte esto —dijo su madre apenas se quedaron a solas—, pero creo que te estás comportando como una niña consentida.

Aquellas duras palabras la pillaron por sorpresa. No era habitual en ella hablarle de ese modo, y tampoco entendía muy bien a qué se debía aquel comentario.

—No pongas esa cara —continuó la reina mientras tapaba el frasco con el preparado de hierbas que tomaba después de cenar—. Sabes muy bien que detesto que la gente acuda a la mesa sin resolver antes sus diferencias. ¿O es que crees que no me he dado cuenta de que no has mirado a tu marido en toda la noche?

—Tenía entendido que papá te lo había contado todo —comentó Mafalda desconcertada.

—Si te refieres a la oferta de Hitler a Philipp, no me parece motivo suficiente para retirarle la palabra. ¡Válgame Dios, hija! ¡Es tu esposo!

A Mafalda la reacción de su madre le pareció de lo más injusta, sobre todo porque llevaba toda la tarde esperando quedarse a solas con ella para poder desahogarse.

—Pero, mamá, estamos hablando de marcharnos a vivir a Alemania —protestó—. Y lo peor es que lo llevaba considerando desde hace tiempo. ¡Y a mí me había dicho que no le interesaba!

—Perdona que te lo diga, jovencita, pero no eres la primera ni la última que tiene que marcharse de su país obligada por las circunstancias. ¿O te has olvidado de que yo tuve que dejar a mi familia en dos ocasiones? Primero, cuando fui a estudiar a San Petersburgo siendo una niña, y después, cuando me casé con tu padre. —Tras una breve pausa, en la que a Mafalda le pareció que la mente de su madre retrocedía en el tiempo y se le empañaba la mirada, esta continuó—: Tu deber como esposa es apoyar a tu marido, sin dudas y sin fisuras.

Mafalda la miró de hito en hito incapaz de articular palabra. La inesperada dureza en su respuesta la había dejado descolocada.

—Además, es posible que este encargo no se prolongue demasiado —continuó su madre suavizando el tono—. Al fin y al cabo, no sabemos cuánto tiempo permanecerá en el cargo ese tal Hitler... Si hacemos caso a lo que cuentan algunos periódicos, es posible que al cabo de unos meses estéis de vuelta.

Mafalda no había considerado aquella posibilidad y la idea le proporcionó un alivio momentáneo.

—En cualquier caso —concluyó su madre—, tampoco me parece tan grave. Piensa en las renuncias que tuvo que hacer tu hermana Giovanna...

La alusión a Giogiò causó una fuerte impresión en Mafalda. Su madre llevaba razón, no tenía ningún derecho a comportarse como una niña caprichosa. Su hermana había mostrado una entereza admirable aceptando la decisión de sus padres de casarla con el rey Boris y marcharse a un país con numerosos conflictos internos. Aun así, desde el día de su boda jamás se había quejado de su suerte. Es más, se había esforzado desde el principio en estar a la altura de su cargo.

Al ver cómo mudaba el gesto, la reina Elena suavizó todavía más su actitud.

—Escúchame bien, hija mía. Sé mejor que nadie lo difícil que puede ser enfrentarse a un cambio tan radical en tu vida. Estás asustada, y es perfectamente comprensible. Yo también lo estoy. —Tras una pausa continuó—. No me mires así. Soy tu madre, y tengo miedo de que te pueda pasar cualquier cosa y no poder estar allí para ayudarte. Al igual que con el resto de tus hermanos, me da miedo que sufras, que te hagan daño, pero no podemos vivir angustiados por lo que nos pueda deparar el futuro cuando es posible que lo que te aguarda a la vuelta de la esquina no sea otra cosa que la felicidad.

Al oír las palabras de su madre, Mafalda sintió que le invadía una nostalgia anticipada, como si la distancia hubiera comenzado a interponerse entre ella y la vida que había llevado hasta ese momento. Entonces, incapaz de contener por más tiempo las lágrimas que inundaban sus ojos, se abrazó a la reina y descargó sobre ella toda la tensión que había estado acumulando.

—¡Pero estaremos muy lejos! —acertó a decir con la cabeza hundida en su pecho.

—Lo sé, cariño mío —le susurró su madre al oído—. Pero estarás exactamente donde tienes que estar, junto a tu marido y a tus hijos.

Capítulo 8

Kassel
Junio de 1933

A las diez en punto de la mañana, el convoy real se adentró con un suave traqueteo en la estación de ferrocarril de Kassel. Mafalda y Philipp se hallaban en uno de los cuatro vagones centrales marcados con el escudo de la casa Saboya, una estancia elegantemente decorada, con paredes de caoba y una mesa en el centro a la que la familia se refería cariñosamente como «el *salottino*».

Después de casi dos días de viaje, ambos aguardaban en silencio, ansiosos por llegar a su destino tras una última etapa que se había hecho interminable. El tren había estado parado durante varias horas en una vía muerta a pocos kilómetros de la ciudad para que su llegada se produjera a la hora prevista, una pausa que debería haber servido para que pudieran prepararse con calma, pero que había contribuido a acrecentar la inquietud de Philipp y la agitación de Maurizio y Enrico, que esperaban en el vagón contiguo vigilados por las niñeras.

Mafalda, por su parte, no dejaba de pensar en lo inconveniente que resultaba llegar a la ciudad el mismo día del nombramiento. Ella habría preferido hacerlo antes, sobre todo para instalarse con calma en la que sería su nueva casa, un palacete propiedad de la familia de Philipp, pero Göring no había atendido a razones. Según él, era fundamental que su llegada coincidiera con el día de los actos oficiales. Al parecer había sido una recomendación del ministro de Propaganda. Ante su desconocimiento, Philipp había tenido que explicarle qué funciones tenía aquel ministerio del que nunca había oído hablar y, por lo que había deducido de sus palabras, el tal Goebbels debía de ser de una especie de embaucador cuya única misión era convencer a la gente de las bondades del gobierno.

Aun así, lo que de verdad mortificaba a la princesa era el viaje que su marido iniciaría esa misma tarde, inmediatamente después de las celebraciones. Para variar, aquello también había sido idea del ministro. Estaba previsto que recorriera en automóvil las principales ciudades de la región, esta vez sin su familia, acompañado tan solo por Göring. A ella no le había hecho ninguna gracia pero, le gustase o no, este era ahora el superior de su marido.

Al oír el chirrido de los frenos, Mafalda se acercó al espejo, se recolocó la redecilla del sombrero y se aseguró de que lucía su mejor sonrisa. Luego se volvió hacia Philipp, que acababa de lanzar su cigarrillo por la ventana posterior del vagón. Tenía el ceño fruncido y se rascaba la mandíbula con fruición.

—Todo va a salir bien —le dijo colocándose a escasos centímetros de su rostro para ajustarle la corbata del uniforme.

Él se limitó a sonreír con los labios apretados.

Mafalda conocía muy bien aquella actitud hermética. Era su peculiar manera de ocultar hasta qué punto se sentía vulnerable. Los nervios y el miedo a no estar a la altura le convertían en una persona rígida y huraña, nada que ver con el hombre tierno y atento del que se había enamorado.

—Vas a ser el mejor gobernador de la historia —añadió ella antes de besarlo suavemente en la mejilla.

Ya no sentía rencor. El disgusto de los primeros días se había ido mitigando, diluyéndose entre los preparativos del viaje y el amor a su marido hasta convertirse en una especie de murmullo lejano, como la brisa del viento en las hojas de los árboles, que se desvanece cuando dejas de prestarle atención. Pero, sobre todo, las palabras de su madre habían contribuido a deshacer el nudo que se le había formado por dentro y a mitigar sus prevenciones y sus miedos.

Además estaban los niños. No podía permitirse que la vieran malhumorada. No había sido fácil explicarles los motivos por los que tenían que dejar su hogar, y su actitud debía estar acorde con la lista de las cosas maravillosas que les había dicho que harían en Alemania.

En aquel momento la puerta del vagón se abrió desde el exterior y un joven miembro de las SA le tendió la mano para ayudarla a bajar la escalerilla. Mientras, una banda de música comenzó a tocar una alegre marcha militar. Frente a ella, rodeado por un grupo de unas quince personas, se encontraba Göring, embutido en un uniforme marrón idéntico al de su marido excepto por la gorra, el número de condecoraciones y los metros de tela utilizados para su confección.

Philipp bajó justo después y se situó junto a ella. Apenas lo vieron, todos los allí congregados extendieron el brazo derecho apuntando hacia al horizonte y gritaron al unísono una consigna que Mafalda no logró entender.

El hecho de que lo recibieran con aquel gesto en lugar del tradicional saludo militar le provocó cierta perplejidad. Y no porque no lo hubiera visto nunca, sino más bien al contrario. Era el «saludo romano», la forma en que los secuaces de Mussolini se saludaban entre sí. El *Duce* había intentado que se extendiera entre la población con la excusa ridícula de que darse la mano resultaba poco higiénico. Por suerte la gente había hecho caso omiso excepto, por supuesto, los fascistas más acérrimos. De hecho, tanto ella como toda su familia se habían negado siempre a utilizarlo, lo que en más de una ocasión había provocado una mueca de disgusto por parte de Mussolini.

Göring se aproximó a la pareja.

—*Benvenuta in Germania, altezza* —dijo dirigiéndose a Mafalda al tiempo que realizaba un torpe aspaviento que pretendía ser una reverencia.

—*Herr* Göring —respondió ella con una leve inclinación de cabeza.

Al momento bajaron los niños. Maurizio con el mismo gesto ceñudo de su padre y Enrico, que había heredado la timidez de su madre, con expresión temerosa.

Acabados los saludos de rigor, los soldados abrieron un pasillo que les marcó el camino hacia el exterior, donde les esperaba una hilera de automóviles con la capota bajada. Siguiendo las indicaciones de los chóferes, Mafalda y los niños subieron al vehículo situado en segunda posición, mientras que Philipp y Göring se acomodaron en el que encabezaría la comitiva.

El hecho de ser relegada a un segundo plano no le importó lo más mínimo, y casi le supuso un cierto alivio cederle su lugar a Göring. Aun así, la idea de separarse de Philipp le produjo una punzada de angustia. A partir de aquel preciso instante ya no podría volver a hablar en privado con él hasta pasados varios días, al regreso de su viaje.

Aquel pensamiento se esfumó en cuanto comenzaron a recorrer lentamente las calles de la ciudad. Había visitado Kassel en otras ocasiones, aunque conforme avanzaban tuvo la sensación de verla por primera vez. Siempre le había parecido una ciudad con cierto encanto, pero que trasmitía la misma tristeza que el resto del país, como si una sombra perpetua impidiera la llegada de los rayos del sol. Sin embargo, en esta ocasión era diferente. El cielo primaveral le confería a todo un aspecto luminoso y de los rostros de la gente que abarrotaba las aceras emanaba una sincera alegría que, en algunos casos, rozaba la euforia. Vio ilusión, vio esperanza. Entonces pensó que quizá Philipp tuviera razón. Tal vez Alemania estaba abandonando el periodo aciago en el que llevaba sumida más de una década para convertirse de nuevo en una gran nación. Y él, como gobernador de Hesse-Nassau, contribuiría a aquella transformación.

—¡Mira, mamá! ¡Son esvásticas! —exclamó de pronto Maurizio apuntando a los enormes estandartes que colgaban de algunas fachadas—. ¡Como la de papá!

Mafalda le reprendió por señalar con el dedo, pero no pudo evitar que se le escapara una sonrisa. En su mente infantil, el hecho de que toda la ciudad estuviera decorada con el símbolo que adornaba el brazo de su padre era un motivo de orgullo. Podría haber aprovechado para explicarle que en realidad se trataba del emblema del partido nazi, pero prefirió no sacarlo de su error. Sabía que aquel día quedaría marcado para siempre en la mente de sus hijos, y al ver la fascinación que se leía en sus ojos supo que sería un bonito recuerdo.

Le vino a la mente la primera vez que participó en un acto oficial. Fue en 1915, el día en que su padre anunció la entrada de Italia en la Gran Guerra, y todavía sentía escalofríos al pensar en las nefastas consecuencias de aquella decisión. Tuvo que aprender el significado de palabras como «alianza», «entente» o «ultimátum», a interpretar los partes de guerra y a escuchar a hurtadillas las conversaciones de los adultos, temerosa de que estuvieran ocultando a los niños algún hecho funesto. A todo ello había que añadir las prolongadas ausencias de su padre, instalado cerca del frente y al que solo vieron en contadas ocasiones a lo largo de más de dos años.

Al llegar a la Friedrichplatz, los vehículos se vieron obligados a reducir la marcha para recorrer el estrecho paso flanqueado por soldados que dividía en dos a la apabullante muchedumbre. Era como si nadie quisiera perderse aquel acontecimiento y Mafalda se preguntó cuánto tiempo hacía que aquella gente esperaba tener un motivo de celebración.

Delante del Rotes Palais, el lugar desde el que habían gobernado los antepasados de Philipp, les esperaba un numeroso grupo de personas vestidas de gala. De todas ellas, Mafalda tan solo conocía a sus suegros y a sus cuñados, de modo que tuvo hacer un considerable esfuerzo por intentar recordar los nombres de todos ellos cuando le fueron presentados.

Minutos después, en la sala del trono, tuvo lugar la ceremonia de investidura. Fue un acto solemne pero íntimo, al que no tuvo acceso la prensa. A Mafalda le sorprendió su brevedad, aunque muy pronto descubrió el motivo. Por extraño que pudiera parecer, aquel no era el acto central de las celebraciones. La verdadera razón por la que se había organizado todo aquello eran los discursos de las autoridades desde el balcón de palacio. Era un acontecimiento pensado para el pueblo, que esperaba impaciente en el exterior del edificio que le dejaran participar en el festejo.

El primero en dirigirse a la multitud fue Göring. Apenas pronunció la primera palabra, la muchedumbre gritó enfervorecida. Mafalda, por su parte, se quedó mirándolo fingiendo interés. Sus escasos conocimientos de alemán no le permitían entender más allá de alguna que otra palabra suelta en medio de una amalgama indescifrable de consonantes rotundas, aunque tampoco importaba demasiado. Había escuchado discursos como aquel en infinidad de ocasiones, y todos venían a decir lo mismo. Pese a ello, le sorprendió lo áspero y combativo que podía sonar el idioma de su marido y de sus hijos en boca de un hombre tan enérgico y temperamental como Göring. Más que a un acto de proclamación, le pareció que asistía a una reprimenda a la que, inexplicablemente, los asistentes respondían con aplausos y ovaciones.

A continuación fue el turno de Philipp y a Mafalda se le hizo un nudo en el estómago. Sabía el tiempo que había dedicado a prepararlo y temía que los nervios le jugaran una mala pasada. Él no era como Göring o como Mussolini, acostumbrados a dirigirse a las masas. Su marido era un artista, y al verlo frente al micrófono, con aquel uniforme marrón y las botas de cuero, se preguntó qué demonios estaban haciendo allí.

Sin embargo, apenas las palabras comenzaron a salir de su boca, supo hasta qué punto estaba equivocada. Su forma de dirigirse a la gente era muy diferente de la de Göring, más reposada y cadenciosa pero, quizá por eso, extremadamente cautivadora. Era como si, tras el ruido de tambores y timbales de una orquesta de percusión, hubiera comenzado un solo de violín. En realidad no tenía muy claro lo que estaba diciendo, pero sentía como si su voz la meciera, como si la convenciese de que todo iba a salir bien.

Y entonces sintió un deseo irrefrenable de abrazarlo, de pedirle disculpas por haberle puesto las cosas tan difíciles y de decirle lo orgullosa que se sentía de él.

Capítulo 9

Kassel
Diciembre de 1933

—¡**N**o entiendo por qué no podemos salir! —protestó Maurizio con las manos y la nariz pegadas al cristal de la ventana—. Aunque sea al jardín.

Mafalda apoyó la gramática de alemán en su regazo y cerró los ojos
con gesto de resignación. Era la tercera vez que se lo preguntaba y le
estaba siendo imposible concentrarse.

—Ya te lo he explicado —respondió armándose de paciencia—.
Hace demasiado frío y tu hermano todavía no se ha recuperado de las
anginas.

—Pues entonces iré yo solo.

En ese momento, como movido por un resorte, Enrico levantó la
vista de su dibujo.

—¡Eso no es justo! —se lamentó—. Yo también quiero ir.

Mafalda dejó el libro sobre la mesita situada junto a su butaca y se
puso en pie.

—No sé cómo tengo que decirlo. Nadie va a ir a ningún sitio. ¿Es
que no veis la que está cayendo? —dijo con firmeza.

Se acercó a la ventana y miró a través de las marcas de vaho que
había dejado Maurizio. A pesar de que todavía eran las cuatro de la

tarde ya era noche cerrada, y la densa capa blanca que cubría el paseo junto al río Fulda refulgía bajo la luz de las farolas. Había estado nevando desde primeras horas de la mañana y, por el aspecto lúgubre del cielo, podía seguir haciéndolo durante varios días. Aun así, entendía perfectamente a sus hijos. Ella también necesitaba salir. Sentía la misma inquietud que Maurizio, que daba vueltas por la habitación como un animal enjaulado, temeroso de que su encierro pudiera prolongarse para siempre.

Desgraciadamente no podían permitírselo. Ni siquiera bajar un rato al jardín a jugar con la nieve, como había propuesto Maurizio. El estado de Enrico, que había heredado su constitución frágil y su tendencia a enfermar, lo hacía totalmente imposible. Tras tres días en cama, aquejado de fuertes temblores y de pesadillas, aún tenía los ojos impregnados de un brillo febril y, según había dictaminado el médico, necesitaría varios días más para reponerse del todo.

—¿Y por qué no vamos al café Reis? —propuso Maurizio—. Tienen calefacción.

—¡Eso! —exclamó Enrico—. ¡A comer *fetuccini*! ¡Seguro que hoy toca la orquesta!

Mafalda sonrió. A ella también le habría venido bien una escapada a aquel sencillo local regentado por una pareja de compatriotas. No era nada del otro mundo, pero resultaba ideal para combatir la nostalgia escuchando algo de música napolitana o conversando en italiano con algún adulto que no fuera un miembro del servicio. Sin embargo, seguía sin ser el plan más adecuado para una tarde tan desapacible como aquella.

—Se me ocurre algo mejor —dijo entonces, convencida de que la única manera de hacer desistir a sus hijos era proponerles alguna actividad atractiva—. ¿Por qué no preparamos un bizcocho?

—¡O una *pizza*! —opinó Maurizio aplaudiendo como si acabara de tener una idea genial—. ¡La *pizza* de la bisabuela Margherita!

—¡Vale! Y le guardaremos un trozo a papá —añadió Enrico—. ¡Verás lo contento que se pone!

Aquel comentario hizo que a Mafalda se le ensombreciera la mirada, como si la oscuridad del exterior hubiese penetrado en la casa a través de las palabras de su hijo.

—Eso no va a poder ser, cariño —dijo—. Ya sabes que papá está en Berlín. Aún faltan varios días para que vuelva.

La decepción no tardó en aparecer en el rostro del pequeño.

—¿Y no podemos dejarle aunque sea un trocito?

—No, amor mío —respondió Mafalda, conmovida por el gesto enternecedor de Enrico—. Pero podemos hacer una cosa. Una vez que metamos la *pizza* en el horno, podemos terminar tu dibujo y ponerle un bonito lazo para cuando venga papá. Así sabrá lo mucho que le hemos echado de menos. Ya sabes que a él le encantan tus dibujos.

A Mafalda no le faltaba razón. A pesar de su edad, Enrico tenía un talento extraordinario para el arte que hacía las delicias de Philipp.

—Vale —aceptó el pequeño a pesar de que la propuesta no parecía haberle convencido del todo. Luego añadió—: ¿Sabes una cosa, mamá? Cuando sea mayor no seré del partido nazi como papá. Seré pintor, como Leonardo Da Vinci. Así podré comer nuestra *pizza* todos los días.

Aquella noche, cuando se retiró a su habitación, el embriagador olor a tomate, albahaca y masa tostada todavía le impregnaba la ropa, infundiéndole una sensación de calidez que le hacía olvidar las gélidas temperaturas del exterior.

A pesar de que al principio no las había tenido todas consigo, la tarde en la cocina había resultado un éxito. Sus hijos, que la consideraban una cocinera fantástica, no tenían ni idea de que sus conocimientos culinarios se limitaban casi exclusivamente a algunas nociones de repostería y que, hasta aquel día, jamás había preparado una *pizza*. Por supuesto, ella nunca había hecho nada por sacarlos de su error, de manera que, al oír la propuesta entusiasmada de Maurizio, no había tenido más remedio que aceptar, confiando en que no resultara demasiado complicado. Por lo que tenía entendido, el secreto estaba en elaborar una buena masa, y en eso sí que tenía experiencia. Desde que había llegado el invierno y los días se habían vuelto más fríos y cortos, habían preparado suficientes galletas como para alimentar a una familia de cuatro miembros durante varias semanas.

Por suerte, el cocinero que habían traído de Italia había sido de gran ayuda con sus consejos y, además, había demostrado poseer una considerable paciencia. No debía de haber sido fácil para él verlos trajinar en sus dominios, toqueteando sus utensilios y poniéndolo todo patas arriba.

El caso es que los niños habían disfrutado de lo lindo. Eso sí, se habían implicado tanto en la preparación que, antes de sentarse a la mesa, Mafalda había tenido que meterlos a la fuerza en la bañera para quitarles los restos de tomate y el engrudo pegajoso que había quedado adherido a sus cabellos rubios. Pero había merecido la pena, aunque solo fuera para ver cómo disfrutaban saboreando el resultado final. A pesar de que ninguno de los dos había sido nunca de buen comer, aquella noche habían devorado tres trozos de *pizza* cada uno mientras, por enésima vez, escuchaban embobados la historia del pizzero que había bautizado a su creación con el nombre de su bisabuela.

Aun así, de lo que más orgullosa se sentía era de haber conseguido que, al menos aquella tarde, Enrico olvidara la ausencia de su padre. Todavía no llevaba bien sus continuos viajes y eso, junto a su incapacidad infantil para comprender del todo la noción del tiempo, hacía que en ocasiones le preguntara por su regreso varias veces en un mismo día.

Mafalda agarró el atizador y removió las brasas de la chimenea para alimentar un fuego que amenazaba con apagarse. Luego se sentó frente al tocador, se quitó los pendientes que le había regalado Philipp el día de su cumpleaños y se quedó mirándolos durante unos instantes antes de guardarlos en el joyero. La verdad es que ella tampoco acababa de acostumbrarse a que su vida matrimonial se hubiera convertido en una sucesión de despedidas y reencuentros, y había momentos en que la melancolía asomaba sin previo aviso, desde detrás de algún objeto aparentemente inofensivo, amenazando con quedarse si no hacía algo por remediarlo.

Esa era la razón por la que meses atrás, después de que Philipp hubiera inscrito a los niños en la escuela primaria, había empezado a idear mil y una formas de mantenerse ocupada. Era la manera de no dejarse llevar por la nostalgia y había puesto todo su empeño en evitar que esta se colara en su mente a través de algún resquicio. Para ello,

además de recibir clases de alemán, había vuelto a practicar regularmente con el arpa, e incluso había buscado una profesora de *ballet*
clásico para iniciarse en un arte por el que siempre había sentido
fascinación.

A su vez, había dedicado buena parte de su tiempo a visitar la
ciudad, en ocasiones sola y en otras acompañada de los niños, buscando en cada uno de sus rincones algún detalle que le mostrara
una parte de la vida de su marido que hasta entonces le había sido
ajena. En un principio, había procurado no alejarse demasiado de
casa, principalmente por miedo a tener que pedir indicaciones a algún desconocido, pero poco a poco había ido ganando confianza hasta acabar familiarizándose con ella. Así había descubierto que Kassel
era muy similar a Philipp: elegante, tranquila y acogedora, aunque
con un espíritu excesivamente recto y reservado que, en ocasiones,
hacía que se preguntara si era posible llegar a conocerla del todo.

Asimismo, en sus paseos había tenido ocasión de observar una afición de los alemanes que le había llamado la atención. Todos ellos,
hombres y mujeres, desde el más joven al más anciano, parecían sentir
una pasión desmedida por los desfiles, las banderas y los uniformes.
Casi cada día se celebraba alguna parada militar que no parecía obedecer a ningún acontecimiento o efeméride, pero que, indefectiblemente, hacía que la vida se detuviera durante unos instantes. La gente
abandonaba de pronto sus quehaceres; los transeúntes se detenían,
las amas de casa se asomaban a los balcones y los tenderos dejaban sus
negocios para contemplar con el brazo en alto a unos soldados que,
con la barbilla levantada y el pecho henchido, marcaban el paso on-
deando decenas de banderas con el símbolo del partido nazi. A Mafalda, sin embargo, aquellas manifestaciones le provocaban una difusa sensación de incomodidad y, cada vez que oía a lo lejos las notas de
alguna marcha militar, giraba sobre sí misma y buscaba un trayecto
alternativo para no tener que saludar a la bandera.

Pero si había algo que realmente le desagradaba era la aversión que
la mayoría de la gente mostraba por los judíos. Por supuesto que Mafalda sabía del antisemitismo enraizado en Europa desde hacía siglos,
de las humillaciones, expulsiones y pogromos contra ese pueblo en
muchos lugares, pero desde el ascenso al poder de Hitler en Alemania

la persecución estaba adquiriendo un carácter sumamente inquietante. La política antijudía del gobierno nazi se había empezado a manifestar ese mismo año por medio de medidas legales para apartar a esos ciudadanos alemanes de la sociedad, privarlos de sus derechos civiles y arruinar su actividad económica, con la voluntad de aislarlos primero y obligarlos a abandonar el país después. En abril, se había promulgado una ley destinada a purgar la burocracia estatal de judíos y miles de ellos habían sido despedidos de sus cargos públicos.

También le habían llegado noticias que hablaban de actos públicos donde se quemaban libros escritos por judíos, pero ella se negaba a creer que un pueblo tan culto y civilizado como el alemán pudiera caer en una barbarie así. No, no era posible, se decía.

No obstante, y a pesar de aquel agitado mar de fondo, la vida en Kassel estaba resultando menos enojosa de lo que había pensado en un principio. De hecho, había algo que le había gustado desde el primer momento, un descubrimiento imprevisto, una agradable sensación desconocida hasta entonces: el anonimato. A diferencia de lo que sucedía en Roma, cuando caminaba por las aceras nadie se quedaba mirándola, ninguna familia se detenía para hacerle una reverencia y ya no experimentaba ese continuo malestar que le provocaba el saberse observada. Mafalda era una más, una madre como tantas otras que paseaba con sus dos niños, rubios, delgados y de piel clara, exactamente iguales al resto. Como mucho, alguna que otra señora la saludaba con una inclinación de cabeza o se quedaba mirando a los pequeños con una sonrisa, aunque era algo anecdótico y nunca había pasado de ahí. No tenía ninguna duda de que mucha de la gente con la que se encontraba había asistido al nombramiento de Philipp o había visto su fotografía en algún diario local pero, o bien no la recordaban, o consideraban de mala educación mirarla fijamente. Hasta tal punto se sentía cómoda con aquella nueva situación que en ocasiones había permitido que Maurizio y Enrico bajaran a la calle a jugar con otros niños en las escaleras de la Gemäldegalerie, un lugar que se divisaba perfectamente desde la ventana del salón.

Su mirada recayó de pronto sobre la fotografía enmarcada de ella y Philipp que reposaba entre su polvera y la lamparita de noche. Se había tomado el primer día que acudieron a una representación en el teatro estatal y, al ver la expresión de satisfacción de su marido, pensó en el empeño que estaba poniendo en hacer de Kassel una ciudad mejor, más abierta, más cosmopolita y, sobre todo, más artística.

Y sin duda, poco a poco, aquel esfuerzo estaba empezando a dar sus frutos. Tras muchos años sumida en una especie de letargo, Kassel comenzaba a convertirse en un referente de la cultura. Philipp promovía la organización de exposiciones y representaciones de ópera, había conseguido que varias compañías de teatro de prestigio incluyeran a la ciudad en sus *tournées* e incluso estaba negociando con Richard Strauss para que estrenara allí su próxima ópera. Por suerte, tanto Hitler como Göring o Goebbels le habían apoyado. En eso los nazis eran muy diferentes de Mussolini y los demás jerarcas fascistas, que siempre habían manifestado su desprecio por todo lo que tuviera que ver con el arte.

Mafalda se puso el camisón y, antes de meterse en la cama, miró desde la ventana de su habitación para comprobar, decepcionada, que no había dejado de nevar. Mientras se introducía bajo las heladas sábanas de lino, se preguntó cuántas *pizzas* más le tocaría preparar si la tormenta se prolongaba.

Aquella misma noche, poco después de que el reloj de pared situado en el despacho de Göring marcara las doce y media, Philipp levantó la cabeza de los planos extendidos sobre la mesa de caoba.

—¿Y bien? —preguntó el ministro, que le observaba desde su sillón con las piernas extendidas y las manos entrelazadas sobre su prominente barriga.

—Sencillamente impecable —respondió Philipp intentando disimular sus esfuerzos por mantener los ojos abiertos.

Hacía apenas media hora que habían regresado de una cena en casa de Goebbels en la que habían servido un vino exquisito y, aunque habría dado lo que fuera por irse directamente a la cama, Göring se había empeñado en enseñarle los planos de la villa que se estaba construyendo en la recién bautizada Hermann-Göring Strasse, junto al cuartel general de la Gestapo. Philipp agradecía que valorase tanto su opinión, pero le habría estado aún más agradecido si hubiera esperado al día siguiente para consultarle. No solo tenía una necesidad imperiosa de dormir, también le urgía descansar un poco de la compañía de su anfitrión. El ministro le provocaba los mismos efectos que el café italiano, una taza o dos le resultaban vigorizantes pero, si alguna vez se excedía, acababa con dolor de cabeza y una persistente acidez de estómago.

—Emmy está encantada con el proyecto.

Emmy era la prometida de Göring, una voluptuosa actriz divorciada de mejillas sonrosadas que había conseguido devolverle la alegría tras la pérdida de Karin. Por desgracia, el hecho de estar de nuevo enamorado no había conseguido apaciguarlo, al contrario: había acrecentado más si cabe su hiperactividad.

—¡Pero no te quedes ahí de pie, hombre! Siéntate y tómate algo —le conminó el ministro sirviéndose un poco más de *schnapps* de la botella de cristal de Bohemia.

Muy a su pesar, Philipp, que estaba a punto de improvisar alguna excusa para retirarse a su habitación, se dejó caer sobre la butaca situada al otro lado de la mesa y encendió un cigarrillo mientras se preguntaba cuánto tiempo más se prolongaría aquel suplicio.

Tras plantarle delante un vasito a rebosar de licor con un firme golpe que daba la idea de que se trataba más de una orden que de un ofrecimiento, Göring se recostó de nuevo sobre el respaldo haciendo crujir las juntas del sillón.

—Te he visto hablar con Hitler después de la cena —dijo entonces.

Era una frase neutra. Cualquier persona ajena la habría juzgado como un comentario que no necesitaba respuesta, pero Philipp supo de inmediato que Göring esperaba que dijese algo. El problema era que no tenía muy claro el qué.

—Sí, me ha pedido que le explicara el proyecto del nuevo museo que quiero abrir en Kassel —dijo como si el hecho de que el responsable de iniciar la conversación hubiera sido el *Führer* lo eximiese de alguna culpa desconocida—. Parecía muy interesado y me ha agradecido que esté dispuesto a ceder parte de las pinturas de mi familia y mi colección de esculturas griegas —contestó esperando que aquella explicación detallada sirviese para satisfacer la curiosidad de Göring—. Ah, y me ha presentado a Albert Speer.

En ese punto percibió que el interés de Göring aumentaba. Tal vez era aquel el asunto que quería tratar, aunque no acababa de entender por qué podía tener ganas de hablar de un joven arquitecto que apenas había construido nada y cuyo único mérito residía en haber diseñado los elementos decorativos de algunos de los mítines del partido.

—Sí, un muchacho estupendo ese Speer —comentó Göring asintiendo con la cabeza, la mirada fija en la botella de *schnapps*—. Hitler lo tiene en mucha estima; está convencido de que puede hacer grandes cosas por el nuevo Reich.

Philipp creyó entender a qué se debía el interés de Göring. Efectivamente, él también había notado una simpatía por parte de Hitler hacia Speer que no mostraba por otros de sus colaboradores. Además, le había llamado poderosamente la atención que, entre todos los asistentes a la cena, fuera el único que tuviese permiso para tutear al *Führer*. Ni siquiera el propio Göring gozaba de ese privilegio.

—Eso parece. Me han estado comentando algunos de los proyectos arquitectónicos que tienen en mente, empezando por la renovación de la Cancillería —añadió Philipp intentando indagar un poco más en el motivo por el que estaban hablando de aquel hombre.

—Sí, sí. A mí también me han puesto al tanto —comentó Göring con desgana, como si de pronto hubiera perdido el interés por los derroteros que estaba tomando la conversación—. De todos modos, Speer no es el único que ha causado buena impresión en Hitler —dijo entonces—. Has de saber que el *Führer* me ha hablado muy favorablemente de ti.

Aquellas palabras desconcertaron por completo a Philipp. Así que Speer no tenía nada que ver... La conversación iba a tratar sobre él. De repente sintió que las ganas de dormir se diluían entre el humo de su cigarrillo hasta acabar desvaneciéndose.

—¿Ah, sí? —dijo cuando se hubo repuesto de la sorpresa.

Göring soltó una carcajada.

—¡No me vengas ahora con falsas modestias, querido amigo! Eres un hombre inteligente. Estoy seguro de que has notado lo mucho que te aprecia. Hitler no muestra tanto interés por nadie a no ser que piense que tiene algo que aportar. —Tras una breve pausa, añadió en un tono más serio—: Y que conste que estoy de acuerdo con él.

—Gracias —contestó Philipp escuetamente preguntándose si se habría ruborizado o si el calor que sentía se debía al efecto del *schnapps*.

—El caso es que ha decidido hacerte una propuesta —continuó Göring—. Y me ha pedido que sea yo el que te la trasmita. Le gustaría que colaboraras en las relaciones internacionales del Reich.

Philipp se quedó mirándolo de hito en hito.

De súbito se sintió embargado por un tropel de dudas y, casi sin darse cuenta, empezó a hacer conjeturas. ¿Estaba sugiriendo que querían nombrarlo embajador de algún país? En ese caso ya no trabajaría para Göring, sino que pasaría a depender del ministro de Asuntos Exteriores. ¿Y si se estaba hablando de Italia? Mejor no, aquello le pondría en una situación muy comprometida.

—¿Significa eso que tendré que renunciar a mi puesto de gobernador? —dijo apenas consiguió frenar un poco sus pensamientos.

—¡No, no! —respondió Göring agitando las manos como si quisiera disipar las ideas equivocadas que podía haberse hecho Philipp—. Tal vez no me he explicado bien. Nadie pretende que dejes tu puesto. Me refiero a colaboraciones esporádicas. Serías una especie de compromisario. Por supuesto, pondríamos a tu disposición todos los medios necesarios, empezando por los económicos. Y trabajarías de manera extraoficial; solo tendrías que rendir cuentas ante el *Führer*.

Philipp entendió inmediatamente a lo que se refería. Ya había hecho funciones similares años atrás, cuando puso en contacto a Göring con Mussolini o cuando intentó mediar entre el partido nazi y la Santa Sede, solo que en ambos casos las negociaciones habían resultado un completo fracaso. Además, en aquel momento se había tratado de pequeños favores personales. Una forma de ayudar a un partido emergente que buscaba hacerse un hueco en la esfera europea. Pero ahora las cosas habían cambiado. Era evidente que, si aceptaba, habría mucho más en juego que su simple ego.

—Como comprenderás —continuó Göring—, uno de los países en los que podría ser necesaria tu colaboración es Italia, pero no queremos limitarnos al país de tu esposa. Si he de serte sincero, también nos interesan tus relaciones de parentesco y amistad con otros miembros de la realeza europea. Pueden ser de mucha utilidad para el Reich.

A Philipp no le sorprendió aquel comentario, incluso agradeció la franqueza. Siempre había sido consciente de que sus contactos resultaban muy atractivos a las altas jerarquías del partido.

—¿Y qué se espera exactamente de mí? —quiso saber, sin entender aún muy bien cuáles serían sus funciones.

—Para empezar, creemos que ha llegado la hora de que Hitler y Mussolini se encuentren en persona. Empezamos a estar cansados de que nos den largas. Lo demás ya iría surgiendo. Ahora mismo esa sería tu principal objetivo.

Philipp sintió cierto vértigo. La propuesta era de lo más tentadora, pero si acababa aceptando tendría que andarse con pies de plomo. A pesar de que se cuidaban mucho de manifestarlo en público, ni Mussolini ni su suegro soportaban a Hitler. La cuestión del Alto Adigio, un territorio italiano que había pertenecido al Imperio Austrohúngaro, seguía siendo un asunto delicado y las aspiraciones del *Führer* de anexionarse Austria eran vistas como una amenaza por parte de ambos.

—Bueno, ¿qué me dices? —preguntó Göring sacándole de su ensimismamiento.

Philipp se quedó desconcertado. ¿Esperaba en serio que le diera una respuesta inmediata? ¿No le iba a dejar algo de tiempo para que se lo pensara?

Göring le miraba fijamente desde su sillón, con una sonrisa apremiante.

—¿Qué puedo decir? —comenzó el noble alemán, aunque ni él mismo tenía claro cómo responder a esa pregunta—. Me siento muy honrado de que el *Führer* haya pensado en mí para llevar a cabo una tarea tan significativa. —Seguidamente inspiró hondo y, casi sin darse cuenta, añadió—: Haré todo lo que esté en mi mano por servir a mi país.

Capítulo 10

Schorfheide
Agosto 1936

Poco después del mediodía, el conductor de las SA detuvo el automóvil frente a la puerta principal de Carinhall, la residencia veraniega de Göring, a unos setenta kilómetros de Berlín. Mafalda, que viajaba en los asientos intermedios, se alegró de llegar a su destino. Estaba deseando estirar un poco las piernas. Aun así, su alegría no era comparable al entusiasmo de su hermana María, que, sentada a su derecha, contemplaba ensimismada la pintoresca construcción rodeada de bosque que se alzaba frente a ellos.

—¡Oh, Dios mío! —exclamó—. ¡Es absolutamente magnífica!

Mafalda esbozó una sonrisa. Había perdido la cuenta de las veces que le había oído utilizar la expresión «absolutamente magnífico» desde su llegada, hacía casi tres semanas. Por no hablar de su nueva palabra favorita: «arrebatador». Todo en Alemania era arrebatador: los paisajes, los edificios, el idioma. Como a muchas otras veinteañeras le fascinaba todo lo que tenía que ver con el «nuevo Reich», incluido Hitler, del que se había quedado prendada durante el festival de Bayreuth. A Mafalda le parecía de lo más cómico que alguien pudiera considerar atractivo al *Führer,* pero su éxito entre las jovencitas de toda Europa era innegable, y su hermana era una prueba de ello. Por suerte su padre, que cada vez despreciaba más a Hitler y solía calificar-lo de loco y degenerado, no tenía ni idea de las fantasías románticas de la benjamina de la familia, o de lo contrario no le habría permitido que pasara aquellos días con ellos.

—Pues esto no es nada —comentó Philipp dirigiéndose a su cuñada mientras descendía del asiento del copiloto y le abría la portezuela—. Espera a ver el interior. Estoy seguro de que lo encontrarás arrebatador —añadió guiñándole un ojo a Mafalda.

A ella le divirtió el gesto de complicidad de su marido, pero no pudo evitar lanzarle una mirada de reprobación. No estaba bien bur-larse de la pobre María. Además, por muy graciosa que les resultara su forma de expresarse, su hermana tenía toda la razón. El antiguo pabe-llón de caza que Göring había convertido en su refugio era sencilla-mente delicioso. Construido entre dos lagos y rodeado de una densa vegetación, tenía el encanto de las antiguas casas de campo de Prusia, pero con las dimensiones y las comodidades de una mansión. Ella misma, la primera vez que había puesto el pie allí con motivo de la boda de Göring con su nueva esposa, Emmy, se había quedado prendada de sus paredes de madera y sus tejados de paja a dos aguas. Era como si el arquitecto hubiera buscado reproducir las ilustraciones de los cuen-tos de los hermanos Grimm que Philipp leía a sus hijos.

Esta vez también estaban allí para asistir a una recepción, pero mucho más informal. Habían sido invitados a participar en un *Bierabend*, uno más de los innumerables ágapes que se organizaban con motivo de la celebración de los Juegos Olímpicos y que siempre se prolongaban hasta altas horas de la noche. En aquellos días en los que el mundo entero tenía sus ojos puestos en Berlín, los dirigentes del partido nazi se habían embarcado en una actividad frenética para vender las bondades del régimen y, de paso, competir entre ellos para ver quién conseguía más notoriedad. Por suerte en esta ocasión se trataba de un encuentro supuestamente íntimo al que apenas asistirían unas treinta personas. Mafalda todavía se sonrojaba al pensar en la cena fastuosa y multitudinaria a la que habían asistido hacía unos días en casa de Goebbels y que se había convertido en la comidilla de la capi-tal después de que un grupo de invitados se emborrachara e intentara sobrepasarse con las mujeres del servicio.

Antes de que tuvieran tiempo de poner pie en el suelo, un par de criados uniformados se apresuró a recoger sus efectos personales para llevarlos a las habitaciones de invitados, donde se alojarían aquella noche.

—Mamá —dijo Maurizio bajando de un salto de la tercera fila de asientos—, ¿es verdad lo que nos ha contado papá?

—Depende —respondió Mafalda preguntándose si Philipp había vuelto a involucrarla en una de las muchas bromas que solía gastarles a sus hijos—. ¿Qué os ha dicho?

—Que Göring tiene un cachorro de león.

—Pues sí, es cierto. —Mafalda se sintió aliviada por poder responder con sinceridad—. Se llama *Mucki*.

—¿Lo ves? Te lo dije —añadió Maurizio dirigiéndose a su hermano.

—¿Y podremos jugar con él? —preguntó Enrico, que por aquel entonces devoraba los libros de Emilio Salgari.

—No, cariño. Puede ser peligroso —dijo Mafalda recordando el estremecimiento de horror que le había producido la primera vez que se había encontrado de manera fortuita con aquel felino enorme que paseaba libremente por la casa. Al ver el gesto de desilusión de sus hijos añadió—: Aunque tal vez podríamos pedirle a Emmy que nos deje verlo. Eso sí, sin acercarnos.

—¡Pero yo quiero acariciarlo! —protestó Maurizio, que desde que había cumplido diez años a principios de mes se creía mucho mayor de la edad que tenía.

—¿Y si te muerde? —preguntó ella intentando que desistiera de aquella idea descabellada.

—No le morderá —intervino Enrico—. Papá dice que está acostumbrado a convivir con humanos. Además, es solo un cachorrito.

Mafalda no dijo nada. Se limitó a volver a mirar a Philipp con gesto de desaprobación mientras él apretaba los labios y levantaba las cejas como pidiéndole disculpas.

En ese preciso instante Emmy Göring apareció por la puerta principal. Llevaba puesto un desgarbado vestido de flores que, en opinión de Mafalda, la hacía parecer veinte años mayor. No era precisamente joven, pero su completa falta de gusto en el vestir, tan propia de las alemanas, le daba el aspecto de una matrona.

—Bienvenidos a nuestra casa —dijo acercándose a ellos con una amplia sonrisa. A continuación tomó las manos de Mafalda entre las suyas y, dándole unas palmaditas, exclamó—: ¡Qué alegría verte de nuevo por aquí, querida!

A la princesa italiana no le sorprendió aquella familiaridad. Emmy y ella se conocían bien, pero además la alemana tenía por costumbre tratar a todo el mundo como si fueran íntimos, una de esas extravagancias propias de la gente del teatro. María, en cambio, la miraba con curiosidad, como un entomólogo examinaría un extraño espécimen de escarabajo.

—No sé si conoces a la hermana de mi esposa —dijo entonces Philipp—, su alteza real la princesa María.

—No directamente —respondió ella—, pero creo que nos vimos el día de la ceremonia inaugural de los Juegos. ¿Qué tal todo? —le espetó tendiéndole la mano.

Mafalda notó la perplejidad de su hermana, que probablemente esperaba algo parecido a una reverencia, pero nadie más pareció darse cuenta.

—Bien, gracias —respondió María estrechándole la mano con una sonrisa. De repente parecía divertida por el desparpajo de Emmy.

—Vais a tener que disculpar a Hermann —continuó la anfitriona, completamente ajena a las reacciones que había provocado—. Anda por ahí practicando con el arco con algunos invitados. Creo que tenían intención de cazar un corzo, pero han salido temprano, así que no creo que tarden en volver. Mientras tanto, ¿qué os parece si damos un paseo?

—Con mucho gusto —dijo Mafalda—. Creo que a mi hermana le encantaría echar un vistazo por los alrededores.

—Pues no se hable más. Y de paso os contaré lo de las obras de ampliación. Queremos que comiencen el mes que viene —añadió con entusiasmo.

—Si no os importa —intervino Philipp mientras Emmy agarraba a Mafalda del brazo dispuesta a empezar la visita—, nosotros os dejaremos solas. Me gustaría llevar a los niños a la sala de los trenes. Les he hablado mucho de ella y están deseando verla.

A Mafalda le pareció una idea estupenda. Göring, que coleccionaba trenes eléctricos, había instalado en una de las buhardillas una gigantesca maqueta con montañas, túneles y pasos elevados que incluía, además, un pequeño aeroplano que lo sobrevolaba todo. Sin duda, era una buena forma de distraerlos y, de paso, conseguir que se olvidaran del condenado león.

Tras despedirse de los hombres de la familia, Emmy propuso comenzar la visita por el embarcadero situado a orillas del Döllnsee, para luego dirigirse a la zona donde debían realizarse las obras. Según las explicaciones de la anfitriona, que Mafalda intentaba con escaso éxito traducir a su hermana, estaba previsto que el tamaño de la casa se multiplicara por diez y que, entre otras comodidades, se construyeran un gimnasio y una piscina cubierta. Curiosamente, Emmy actuaba como si aquella zona despoblada, en la que ni siquiera se había colocado la primera piedra, fuese mucho más importante que todo lo ya existente. Sin embargo, Mafalda no se dejó engañar. Con la excusa de hablarles del nuevo proyecto, había evitado incluir en el recorrido un lugar muy concreto, un claro en medio del bosque, no muy lejos de la orilla del Wuckersee, el lago que se extendía al otro lado de la casa.

Desde donde se encontraban era imposible distinguir los ocho enormes menhires de granito rojo, y mucho menos la cavidad subterránea que estos custodiaban. Aun así, Mafalda conocía bien aquel lugar, que Göring mostraba siempre a todos sus invitados, y en su fuero interno se alegró de que esta vez Emmy les hubiera ahorrado la visita. Era la cripta donde reposaban los restos de la difunta Karin Göring, la mujer que había precedido a Emmy en el corazón de su marido y que daba nombre a aquella fabulosa mansión.

En aquel momento, Mafalda se quedó mirando fijamente a su anfitriona, que no dejaba de parlotear. Al igual que le sucedía con las esposas de otros dirigentes del partido, siempre la había visto como alguien con quien no tenía nada en común; es más, ni siquiera le resultaba simpática. Sin embargo, de pronto la vio desde una perspectiva muy distinta, la de una mujer condenada a vivir a la sombra de un fantasma. Entonces se preguntó cómo podía alguien soportar aquella constante presencia y no vivir amargada.

Aunque tal vez la respuesta era mucho más sencilla de lo que parecía: Emmy gozaba de una gran ventaja sobre su rival. Karin estaba muerta, ella no.

✤✤✤

Un par de horas más tarde, tras un descanso para refrescarse y cambiarse de ropa, la familia al completo entró en el salón principal, donde poco a poco se iban congregando los invitados. Mafalda iba del brazo de Philipp, mientras que María caminaba detrás con los niños.

En cuanto los vieron, Emmy y Göring se acercaron a saludar. Ella había cambiado su vestido de la mañana por uno de corte muy similar pero de diferente color, y él llevaba puestos unos pantalones bombachos, una camisa de mangas abullonadas y un chaleco de cuero que le hacían parecer una caricatura de Guillermo Tell.

—¡Oh, querida! —exclamó Emmy dirigiéndose a Mafalda y mirando de arriba abajo su vestido de cóctel color beis—. Tú, como siempre, tan maravillosa. ¿Se puede saber quién te cose la ropa? Desde que dejé el teatro estoy buscando un modisto de confianza y no encuentro a nadie que me convenza.

Mafalda se quedó unos segundos sin saber qué decir. La pregunta era de lo más inocente, no así la respuesta. De hecho, no tenía ni idea de cómo salir de aquel atolladero. Detestaba las mentiras, incluso las más inocentes, pero aquel era uno de esos momentos en los que decir la verdad podía provocar una situación de lo más incómoda.

—Te agradezco mucho el cumplido —comenzó a decir algo azorada—, pero desgraciadamente todos mis vestidos están hechos en Italia.

Mafalda contuvo la respiración preguntándose si sus palabras habían sido lo bastante convincentes y, al ver la cara de decepción de Emmy, supo que había dado con la respuesta más adecuada. No estaba segura de que la hubiera creído, pero al menos no volvería a preguntarle. Y sin duda alguna, era lo mejor. No podía revelar a los Göring el nombre del encantador anciano que había confeccionado aquel vestido que tanto había gustado a Emmy y cuya existencia

Mafalda mantenía en el más estricto secreto. Y es que el señor Posner era un magnífico sastre. Un sastre judío.

Lo había conocido a las pocas semanas de instalarse en Kassel, cuando todavía no había oído hablar de la aversión que los nazis sentían hacia los judíos. Ocurrió de manera casual, mientras callejeaba por la ciudad en busca de un lugar donde sirvieran un café decente. Al pasar por delante de su tienda, le llamó la atención un precioso abanico de encaje que había en el escaparate y, sin pensárselo dos veces, entró a preguntar por él a pesar de que por entonces apenas hablaba alemán. La casualidad quiso que el señor Posner se defendiera bastante bien en italiano y, poco a poco, tras varias visitas a la tienda y algunos encargos, Mafalda se convirtiese en su principal clienta. Por desgracia una mañana, hacía tan solo unas semanas, la tienda había amanecido cerrada a cal y canto. Mafalda, imaginando que el motivo habían sido los continuos boicots, las amenazas por parte del gobierno alemán y las leyes cada vez más restrictivas, había intentado localizarlo para proponerle que siguiera cosiendo para ella, aunque fuera a escondidas. Sin embargo, por mucho que lo buscó no consiguió dar con él. Parecía que hubiera desaparecido de la faz de la tierra. Ella esperaba que el motivo fuera que, como muchos otros, hubiese decidido marcharse a algún país menos hostil con su gente y no alguno de los violentos ataques antisemitas que se producían cada vez con más frecuencia.

—Disculpe, *Herr* Göring —intervino de pronto Maurizio, que había logrado abrirse paso hasta situarse frente al ministro—. Siento mucho molestarle, pero mi hermano y yo teníamos mucho interés en preguntarle por su mascota, *Mucki*. Nos han dicho que ahora mismo está encerrado y nos gustaría saber si sería posible conocerlo. Hemos oído hablar mucho de él.

Para sorpresa del pequeño, el discurso que con tanto esmero había preparado fue acogido con un coro de carcajadas.

—Te propongo una cosa, caballerete —dijo Göring inclinándose hacia él cuando hubo acabado de reír—. Si dentro de una hora, después de que hayamos comido un poco, vuestros padres me dan su permiso, haré venir a *Mucki* y yo mismo os lo presentaré. ¿Trato hecho? —concluyó tendiéndole la mano derecha.

—Trato hecho —respondió Maurizio sellando el pacto con un firme apretón de manos.

—Y ahora, ¿por qué no salís un rato a jugar? —sugirió Emmy—. Seguro que os divertiréis mucho más que aquí, rodeados de adultos. —Luego, dirigiéndose a Mafalda, añadió—: Lástima que hoy no hayan venido más niños. Seguro que lo habrían pasado estupendamente con los hijos de Magda.

Mafalda, que conocía la antipatía mutua que se profesaban los Göring y los Goebbels, respondió al hipócrita comentario de Emmy con un gesto de aparente decepción. En realidad se sentía aliviada de que sus hijos no tuvieran que compartir juegos con los vástagos de la familia Goebbels, a los que conocía de otras veladas como aquella. Harald, un hijo de Magda de un matrimonio anterior, era un jovencito desvergonzado y bravucón al que le gustaba ir vestido con su uniforme de las Juventudes Hitlerianas y amedrentar a los demás niños, mientras que los otros tres, hijos del ministro y bastante más pequeños, eran ariscos y malcriados.

Maurizio y Enrico se despidieron educadamente, no sin antes asegurarse de que Emmy los mandaría llamar cuando trajesen al león, y se alejaron dando brincos, entusiasmados ante la perspectiva de conocer al felino. Mafalda, por su parte, tuvo que esforzarse por que su rostro no dejara traslucir el malestar que sentía. La propuesta de Göring le había parecido una temeridad y amenazaba con amargarle la velada. Aunque tal vez debía enfocarlo desde otro punto de vista, pues el hecho de que se hubiera postergado el encuentro le permitía ganar tiempo.

Una vez se hubieron alejado de los anfitriones para permitir que departieran con el resto de invitados, se agarró del brazo de su marido.

—No creo que sea buena idea dejar que los niños se acerquen al león. Ellos no son conscientes del peligro, pero tú y yo sabemos que es una imprudencia —dijo en voz baja esperando que aquella apelación a su sensatez diera resultado—. No quiero tener que lamentar una desgracia —concluyó convencida de que un ligero toque de dramatismo incrementaría la efectividad de sus palabras.

—No te preocupes, *liebling* —respondió Philipp mientras paseaba la vista por el salón saludando con una inclinación de cabeza a todo aquel con el que cruzaba su mirada—. Verás cómo pasado un rato ni siquiera se acuerdan.

Mafalda lo miró atónita. Cualquiera diría que no conocía a sus hijos. A ella le había bastado ver la cara de entusiasmo de Maurizio al estrechar la mano de Göring para comprender que jamás olvidaría aquella promesa. Es más, estaba segura de que en aquel preciso instante tanto él como Enrico estaban contando los minutos que faltaban para el ansiado acontecimiento.

En aquel momento Philipp fue requerido por un grupo de caballeros que departían alegremente alrededor de un sofá, todos ellos provistos de enormes jarras de cerveza, y se desprendió del brazo de su esposa mascullando una excusa. Mafalda, disgustada, aprovechó para sugerir a María que buscaran un lugar algo apartado del bullicio. No estaba de humor para alternar con nadie, y el hecho de que su hermana no hablara alemán era una excusa perfecta para rehuir el trato con alguna gente que nunca había sido de su agrado. Hacía ya mucho tiempo que las opiniones y actitudes de algunos de los individuos con los que alternaba su marido la alteraban, por su desprecio hacia los diferentes y la soberbia y altanería con que se manifestaban, como si Alemania les perteneciera. Además, estaba segura de que el principal argumento de discusión de la velada sería, una vez más, la guerra de España y el apoyo que Alemania e Italia estaban prestando al bando sublevado, y no se sentía con fuerzas de participar en ese tipo de conversaciones.

Tras aceptar sendas copas de vino blanco de uno de los camareros, las dos hermanas se dirigieron al fondo de la sala, abriéndose paso entre los grupos de invitados que se repartían por la estancia. La mayoría eran caballeros uniformados, pero también abundaban hombres de negocios y dignatarios extranjeros acompañados por mujeres acicaladas como pavos reales y cuyo nivel de ordinariez en el vestir permitía discernir sin temor a equivocarse si se trataba de sus esposas o de acompañantes ocasionales. Poco a poco, sorteando a su vez las pieles de oso que cubrían parcialmente el suelo y cuyas voluminosas cabezas y afiladas zarpas ponían en serio peligro su equilibrio, llegaron junto a la chimenea, una construcción colosal que por su tamaño podría haber albergado en su interior a veinte hombres del tamaño del propio Göring sin que pasaran ningún tipo de estrecheces.

Una vez se hubieron detenido, María alzó la mirada y se quedó mirando boquiabierta los cráneos de alces y ciervos con sus respectivas cornamentas que adornaban las paredes.

—¿Crees que los habrá cazado él? —preguntó refiriéndose al dueño de la mansión.

—Ni lo sé ni mi importa —respondió Mafalda.

Apenas hubo terminado la frase, se arrepintió del tono cortante con el que había contestado.

—Lo siento —dijo intentando remediar su falta de tacto—. No era mi intención hablarte así, pero es que estoy algo preocupada.

—¿Preocupada? ¿Por qué? —preguntó María, que, debido a su desconocimiento del alemán, se había perdido la conversación con los anfitriones.

—Por la historia del león —explicó Mafalda—. Göring se ha ofrecido a enseñárselo a los niños. Como comprenderás, a mí me parece una barbaridad exponer a mis hijos a un riesgo innecesario, pero a Philipp no parece importarle. ¡A veces puede llegar a ser tan irresponsable!

María se quedó callada unos segundos, como si no supiera qué decir para disipar la inquietud de su hermana.

—Será mejor que no pienses en ello —dijo por fin—. Göring está muy ocupado con sus invitados y, con un poco de suerte, se olvidará. Y en caso de que no sea así, ya inventaremos algo.

Mafalda se sintió algo aliviada por las palabras de María, pero aun así no las tenía todas consigo. Conocía de sobra lo mucho que disfrutaba Göring haciendo ostentación de sus múltiples extravagancias y no sería la primera vez que utilizaba a su mascota para amenizar una fiesta.

—Y ahora, necesito que me pongas al tanto de quién es toda esta gente —dijo María aproximando su hombro al de su hermana y adoptando un tono deliberadamente frívolo—. Y no omitas nada. Necesito todos los detalles, especialmente los más jugosos. Ya sabes que mis amigas me acribillarán a preguntas cuando vuelva a Italia y, como comprenderás, no puedo decepcionarlas.

Aquel talante trivial y despreocupado, tan propio de María, consiguió despertar una sonrisa en Mafalda y, antes de que quisiera darse cuenta, estaba elaborando un detallado inventario de los presentes aderezado con todo tipo de chismes.

Pasado un buen rato, lleno de risas y complicidad, a María le llamó la atención un caballero que hasta aquel momento le había pasado desapercibido.

—¿Y a aquel de allí? ¿Lo conoces? —preguntó señalando con un sutil movimiento de barbilla al corrillo en el que se encontraba Philipp.

Apenas echó un vistazo, Mafalda creyó adivinar a quién se refería. A pesar de que el grupo era bastante numeroso, tan solo había un hombre lo suficientemente joven como para despertar el interés de su hermana. Era bastante apuesto y en aquel momento dirigía la conversación con una seguridad pasmosa, intercalando sus comentarios con sonoras carcajadas. No lo conocía pero, a juzgar por su uniforme, supuso que debía de pertenecer al Alto Mando la Luftwaffe, la fuerza aérea dirigida por el propio Göring y cuya creación, revelada al mundo el año anterior, había sido considerada un desafío por la mayor parte de los países europeos. Tal vez por eso aquel individuo, al igual que la mayoría de los miembros del flamante ejército alemán, mostraba aquella actitud altiva y retadora que tanto desagradaba a Mafalda. Desde luego, no era el tipo de hombre en el que se habría fijado ella a la edad de María, pero tenía que reconocer que su atractivo era innegable.

Estaba a punto de contestar cuando sintió un tirón en el vestido a la altura de la cadera.

—¿Todavía no ha llegado?

Mafalda bajó la vista y descubrió la expresión inquisitiva de Enrico, que, junto a su hermano Maurizio, aguardaba impaciente una respuesta.

—¿Llegado? ¿Quién? —preguntó aturdida.

—¿Quién va a ser? —intervino Maurizio—. *Mucki*. La señora Göring nos ha dicho que están a punto de traerlo.

Al oír eso Mafalda sintió la urgente necesidad de actuar, de detener aquello, y decidió recurrir a Philipp, como si solo él pudiera protegerlos del peligro que amenazaba a sus hijos.

—Esperad aquí junto a la tía María, yo tengo que hablar con papá —dijo precipitadamente—. Y no os mováis, ¿entendido?

Mientras cruzaba la sala decidió que no debía dramatizar. Lo último que quería era montar un escándalo. Lo mejor que podía hacer era avisar a Philipp de que iba a llevarse a los niños durante el rato que durase aquella absurda exhibición. Seguro que lo entendería. Eso sí, sus hijos no se lo perdonarían jamás, pero no le importaba. Su deber como madre era protegerlos.

Algo más calmada, se detuvo a poca distancia del grupo en el que se encontraba su marido. Habría sido muy inapropiado interrumpir, de modo que esperó a que se produjera una pausa en la conversación. En ese instante el oficial de la Luftwaffe volvía a llevar la voz cantante.

—Yo lo tengo claro. Lo primero que debe hacer Mussolini es librarse de ese botarate que tienen como rey.

Durante unos segundos aquellas palabras, atrevidas e imprudentes, aparentemente inocuas pero cargadas de mordacidad, se quedaron flotando en el aire, suspendidas, hasta que finalmente se clavaron en el pecho de Mafalda, como si de repente el maldito león se hubiera abalanzado sobre ella y le hubiese hincado las garras.

—¿Cariño?

Philipp se había girado y la miraba con gesto ofuscado mientras el resto de los contertulios dejaban escapar una exclamación ahogada y alguna que otra risa reprimida.

—Solo... solo quería decirte que estaré un rato fuera —acertó a decir Mafalda esforzándose por mantener la compostura, pese a que no pudo evitar lanzar una brevísima mirada cargada de ira al militar alemán—. Con los niños.

—¿Quieres que te acompañe? —preguntó Philipp con gesto preocupado, agarrándola por el codo con delicadeza.

Mafalda quiso responder que no era necesario, que prefería estar sola, cuando percibió un cierto revuelo entre los invitados. Habían empezado a desplazarse por la sala, empujándose unos a otros con escasa sutileza hasta dejar un espacio libre en el centro. Era el momento. El espectáculo estaba a punto de comenzar.

En vano, intentó abrirse paso para regresar adonde se encontraban sus hijos, pero justo cuando intentaba cruzar al otro lado el felino, en cuyo cuello relucía un collar de brillantes, irrumpió en la sala y se dirigió lentamente hacia Göring, que lo esperaba sentado en una butaca de madera y cuero que había mandado colocar en mitad de la estancia.

Mafalda se detuvo en seco y, temerosa, buscó a los niños con la mirada mientras en su mente los imaginaba corriendo con los brazos abiertos hacia el animal para acabar siendo brutalmente despedazados. Tardó en encontrarlos, pero cuando dio con ellos lo que vio no se parecía en nada a las terribles escenas que había imaginado. Maurizio estaba parapetado detrás de un voluminoso sillón que apenas permitía vislumbrar parte de su flequillo, mientras que Enrico se encontraba en el umbral de una de las puertas traseras, tirando del brazo de su tía para que abandonaran la sala.

—¿De verdad no piensas dirigirme la palabra?

Philipp lanzó la americana sobre la cama y se aflojó la corbata tirando de ella con brusquedad. Mafalda, que se encontraba de espaldas a él, junto a la ventana, lo miró de reojo intentando mantener la calma. Si dejaba escapar toda la rabia que le bullía en el pecho acabaría diciendo cosas de las que luego se arrepentiría.

Le estaba costando gestionar aquella situación. Como siempre, en los momentos de tensión sentía una necesidad imperiosa de gritar a los cuatro vientos cómo se sentía, de romper a llorar o de proferir una sarta de reproches, pero no podía. Debía mantener la calma.

—Es por lo de tu padre, ¿verdad?

Mafalda no dijo nada, pero tensó los hombros y el cuello se le puso rígido.

—Si es por eso, no me parece justo que lo pagues conmigo —continuó Philipp mientras ella seguía con la mirada puesta en el exterior—. No puedes responsabilizarme de las palabras de otros. —Tras un breve silencio, añadió con tono condescendiente—: No merece la pena que te disgustes, no es más que un bocazas. Ni siquiera sabía que tenía delante a un miembro de la familia real italiana.

Mafalda resopló. La torpeza de Philipp era desesperante. Cuanto más intentaba arreglar las cosas, más metía la pata.

—Podrías haberlo defendido —dijo en un tono prácticamente inaudible.

—¿Cómo? —inquirió Philipp.

—He dicho que podrías haberlo defendido —repitió ella volviéndose y alzando la voz de forma considerable—. No me importa que supiera o no quiénes somos, el problema eres tú. No entiendo por qué no has dado la cara por él. Es mi padre. Y tu suegro.

Philipp la miró confundido.

—Con todo lo que ha hecho por ti —añadió Mafalda bajando de nuevo la voz.

Un silencio frío y punzante como un témpano se instaló entre ellos.

—Conque era eso —dijo Philipp pasados unos segundos—. Pues sí, es cierto, podría haber dado la cara por tu padre. Podría haberle contado a todo el mundo que es un hombre extraordinario y un soberano magnífico. ¿Y luego qué? ¿De qué crees que hubiera servido? Sí, tal vez le habría callado la boca a ese majadero... o tal vez no. Lo que sí es cierto es que el mundo está lleno de imbéciles como él. Mi mundo está lleno de imbéciles como él —recalcó—. ¿Tienes idea de las veces que he tenido que callarme con gente de esa calaña? Seguro que no. No te lo puedes ni imaginar. —Inspiró hondo y continuó—: Pensarás que soy un cobarde, y quizá no te falte razón pero, ¿y tú? ¿Qué me dices de ti? —Mafalda lo miró desconcertada—. Sí, querida. Tú tampoco has demostrado mucha valentía cuando te han preguntado por el modisto que te cosió el vestido.

De pronto la rabia que había estado acumulando se disipó por completo y una sensación de vergüenza casi pueril se apoderó de ella.

—Yo... yo...

Seguía estando furiosa, pero no con Philipp. Lo estaba consigo misma, con Göring y su esposa, con aquel nazi estúpido y petulante que le había faltado el respeto a su padre e incluso con el condenado león, que había hecho que tuviera los nervios a flor de piel. Sintió un deseo irrefrenable de salir de allí, de abandonar aquel lugar cuanto antes y volver a casa. Pero no podía hacerlo, y al tomar conciencia de ello los ojos se le llenaron de lágrimas.

—Lo sé, amor mío —prosiguió Philipp acercándose a ella y acariciándole la mejilla—. Sé que no ha sido una noche fácil. Si te sirve de algo, quiero que sepas que sus palabras me han dolido tanto como a ti y, lo creas o no, he tenido que contenerme para no propinarle un puñetazo.

Al oír aquello Mafalda la tensión que había acumulado se disipó y, movida por un impulso, abrazó a su marido por el cuello.

—Te quiero, ¿sabes? —dijo casi en un susurro.

Sus labios se fundieron en un beso intenso y vibrante, tanto como la certeza de saberse igualmente débiles e indefensos.

—Una cosa más —dijo Philipp mientras se arrojaban sobre la cama sin deshacer el abrazo—. Será mejor que no comentes este incidente con nadie de tu familia.

—¿Bromeas? —respondió Mafalda, a la que ni siquiera se le había pasado por la cabeza la posibilidad de repetir en voz alta un comentario tan hiriente—. No pienso darle a ese patán una importancia que no merece.

Capítulo 11

Kassel
Noviembre 1936

Queridísima Muti:

Recibí tu última carta hace ya varias semanas y por fin consigo encontrar un momento para escribirte unas líneas. Llevaba días intentando hacerlo, pero me he visto obligada a postergarlo por varias razones que enseguida entenderás.

Lo primero que debo decirte es que me alegro mucho de que estéis todos bien y que hayáis retomado con normalidad vuestra vida en Kassel. También me gustaría agradecerte de todo corazón las fotos de Maurizio y Enrico el día de su vuelta al colegio. Me han encantado. Una de ellas la he puesto en un precioso marco de plata que me regaló Boris y la he colocado en la repisa de la chimenea de mi dormitorio, y el resto las he incluido en el álbum familiar, junto a las que nos hizo mamá en San Rossore.

En tu carta me preguntabas si había alguna novedad respecto a lo que hablamos durante nuestros paseos por la playa. Pues bien, la respuesta es sí: ¡Estoy embarazada otra vez! Hace tan solo dos semanas que el médico me dio la confirmación y, aunque *todavía es pronto para hacerlo público, necesitaba compartirlo contigo. Tú mejor que nadie sabes lo mucho que he rezado para que sucediera. Como podrás imaginar, la noticia me ha hecho muy feliz, al igual que a Boris, y siento una inmensa gratitud hacia Dios Nuestro Señor por este maravilloso regalo, aunque, como es natural, también me ha provocado cierto desasosiego. Sé que me entenderás cuando te diga que, a la normal preocupación por que el embarazo y el parto transcurran sin sobresaltos, se añade la inquietud por el sexo del bebé. Sabes muy bien que el pueblo búlgaro ansía desde hace años la llegada de un sucesor al trono y mi mayor deseo sería poder complacerlo. Boris finge que a él no le importa e insiste en que no debo preocuparme, que en mi estado no me conviene, pero no puedes imaginar lo abrumadora que puede ser la responsabilidad de engendrar un heredero para la corona de un país que tanto me ha dado y por el que siento tanto cariño.*

Por otro lado, no dejo de preguntarme cómo reaccionará la pequeña María Luisa. A los tres años no se está preparada para ser destronada por un recién llegado, y menos ella, que está acostumbrada a recibir todas las atenciones, pero cuando pienso en la devoción que mostraba por sus primos las semanas que pasamos juntos más me convenzo de que la llegada de un hermanito supondrá un maravilloso aliciente en su corta vida.

Imagino que, una vez hayas asimilado la noticia, te preguntarás por mi estado de salud; pues bien, he de decir que, de momento, este embarazo está siendo mucho más llevadero que el primero. A excepción de unas ligeras nauseas matutinas que apenas duraron un par de semanas, me encuentro estupendamente. Eso sí, me paso el día cayéndome de sueño. ¡Con decirte que hace días que no toco un libro! Al principio lo intentaba, ya sabes que es raro en mí dejar pasar más de un día sin leer, pero tuve que desistir. Antes de terminar una página ya había caído en un profundo letargo.

Bueno, ahora tengo que despedirme. Con mucho gusto seguiría escribiendo durante horas, pero mi cuñada Eudoxia me espera para comer. Tan solo me queda pedirte que incluyas en

tus oraciones a mi futuro hijo y que ruegues a Nuestro Señor
por mi salud y la suya.

Con todo mi amor,
Giogiò

P.D. *Mamá está al tanto de la noticia pero, al tratarse de un asunto*
de Estado, todavía no les he dicho nada a nuestros hermanos.

Mafalda acabó de leer la carta y, con la boca todavía entreabierta por
la sorpresa, la presionó contra su pecho y cerró los ojos. Acto seguido
se llevó la mano derecha al vientre ligeramente abultado y lo acarició
con los ojos brillantes de felicidad. ¡No podía ser cierto! ¡Ella y su
queridísima Giogiò embarazadas al mismo tiempo!

Buscó con la mirada el ángulo superior del folio manuscrito. La
carta estaba fechada el seis de noviembre, lo que significaba que, haciendo un cálculo aproximado, su hermana debía de salir de cuentas
más o menos en el mismo periodo que ella, a principios de junio.
¡Cuanto más lo pensaba, más increíble le parecía! Seguro que Giogiò
estaría de acuerdo en que aquello era una bendición del cielo. No veía
el momento de contárselo.

Gracias a Dios, su hermana parecía llevar el embarazo de maravilla,
lo que resultaba bastante tranquilizador; por desgracia, ella no podía
decir lo mismo. Desde el mismo día en que se habían confirmado sus
sospechas, el doctor Völler, que conocía su naturaleza enfermiza, se había mostrado muy severo y la había obligado a tomar una serie de precauciones que habían trastocado por completo su rutina. No solo había
tenido que renunciar a las clases de danza, algo que le parecía más que
razonable, sino también a sus largos paseos matutinos. Según él, los primeros meses eran los más comprometidos y, además, el clima frío y lluvioso de Kassel podía suponer un riesgo para su frágil constitución.

Como no podía ser de otro modo, Mafalda había acatado las órdenes, y no solo por el respeto que le imponía el carácter estricto del
doctor Völler, sino porque bajo ningún concepto estaba dispuesta
a poner en riesgo la salud de su futuro retoño. Al fin y al cabo, había
algo que no admitía discusión: ya no era ninguna niña; habían pasado
casi diez años desde el nacimiento de Enrico y era perfectamente

consciente de que su salud y su fortaleza, ya de por sí bastante medio-
cres, se habían debilitado con los años. El doctor Völler tenía razón,
toda precaución era poca. Jamás se perdonaría que una imprudencia
suya pudiera dar al traste con aquel embarazo.

Sin embargo, las prescripciones del doctor no eran nada en compara-
ción con las innumerables molestias que su estado le estaba ocasionando.
Al igual que le había sucedido en los embarazos de Maurizio y Enrico,
apenas podía probar bocado porque prácticamente todo lo que se acercaba a la boca le provocaba nauseas, y para colmo hacía días que arrastraba
una tos engorrosa que no la dejaba descansar. De hecho, la tarde anterior
se había sentido indispuesta y, tras visitarla, el doctor había decidido que
lo más conveniente era que guardara cama durante unos días.

En otro momento todas aquellas prohibiciones e inconvenientes
que prácticamente la habían convertido en una reclusa habrían acabado minándole la moral; no resultaba fácil pasarse el día mano sobre
mano, sintiéndose mal y sin poder siquiera atender los requerimien-
tos de sus hijos. Sin embargo, había algo que hacía imposible que des-
falleciera, y era aquella criaturita que crecía en su interior.

A pesar de que la noticia del embarazo había sido, por decirlo así,
inesperada, desde el momento en que Philipp y ella tuvieron conocimiento de su llegada, su futura hija había sido tanto o más deseada
que sus hermanos. Porque Mafalda estaba segura de que esta vez sería
una niña; una niña rubia y sonrosada a la que le estaba preparando el
ajuar más hermoso que se había visto jamás.

Entonces cayó en la cuenta de que debía trasmitirle la buena nueva a Philipp y, con un enérgico movimiento, retiró la colcha que le
cubría hasta la cintura provocando que el resto de cartas sin abrir acabaran diseminadas por el suelo.

—Ayúdame, Palmira —dijo a la doncella, que en aquel instante estaba ahuecándole la almohada—. He decidido que voy a levantarme.

—¿Levantarse? ¡Pero, alteza! —exclamó la joven—. ¿No recuerda
las recomendaciones del doctor? Reposo absoluto. Esas fueron sus
palabras.

—¡Bobadas! —dijo Mafalda, que de pronto se sentía llena de
energía—. Esta mañana me encuentro mucho mejor. Además, solo
pretendo bajar al salón. Tengo que hacer una llamada.

Palmira, mascullando una frase en dialecto véneto que pretendía poner de manifiesto su disconformidad, rodeó la cama y se situó de modo que Mafalda pudiera apoyarse en ella mientras se ponía las zapatillas. Luego le acercó la bata azul celeste que reposaba a los pies de la cama y le ayudó a ponérsela.

—¿Y no preferiría que hiciese yo la llamada? —sugirió Palmira—. La semana pasada aprendí cómo hablar con la operadora.

—No, querida —respondió Mafalda imaginándose a la buena de Palmira intentando pedir en su rudimentario alemán que le pusieran con el despacho de Philipp—. Te lo agradezco, pero se trata de algo personal. Lo que sí necesito es que me abras el grifo del agua caliente y me prepares unas toallas limpias.

Palmira se encontraba en el baño cuando le sobrevino el acceso de tos. Al principio Mafalda lo achacó al cambio de posición, o quizás al hecho de que hacía horas que no bebía nada, pero enseguida fue consciente de que esta vez se trataba de algo más serio.

—¡Palmira! —acertó a decir llevándose la mano al costado mientras su garganta emitía un profundo estertor.

Cuando la doncella regresó a la habitación la encontró sobre la alfombra, inmóvil, con el rostro desvaído y una mancha sanguinolenta en la solapa izquierda de la bata azul celeste.

Apenas cruzó el umbral, Philipp, despojado ya del sombrero y el abrigo, se los entregó atropelladamente al ama de llaves y se precipitó hacia la escalera que conducía al piso superior.

No hacía ni diez minutos que *Fräulein* Fliege, la secretaria de su esposa, le había llamado para decirle que Mafalda había sufrido un desfallecimiento y él, sin esperar a que terminara de relatarle los pormenores, había abandonado su despacho de forma apresurada dejando el receptor del teléfono sobre la mesa.

La casa familiar se encontraba a tan solo tres manzanas del edificio de gobernación, situado en la Adolf Hitler Platz, por lo que habitualmente realizaba el trayecto a pie, pero en esta ocasión le había pedido al chófer que lo llevara en el vehículo oficial. En un primer momento había creído que era la manera más rápida de llegar, pero tan solo había servido para que, mientras Karl se concentraba en esquivar peatones y tranvías, él tuviera tiempo de imaginar todo tipo de calamidades que seguían atormentándole mientras subía los escalones de dos en dos.

Cuando llegó al dormitorio, Philipp se enfrentó a una escena desoladora, aunque menos trágica que las terribles imágenes que habían desfilado por su mente. Mafalda yacía en la cama, con los ojos cerrados, los brazos reposando lánguidamente por encima del embozo y un paño húmedo sobre la frente. Palmira, que se encontraba de pie junto a la mesita de noche, se mordió el labio al verlo, se apartó para permitir que se aproximara al lecho y finalmente abandonó la habitación intentando contener las lágrimas.

Philipp se sentó junto a Mafalda y la miró angustiado. La colcha que le cubría el pecho se levantaba de manera ostensible con cada inspiración y el tono pálido de sus manos contrastaba con la coloración encarnada de las mejillas, que por primera vez en muchas semanas mostraban un intenso e inesperado rubor. Aquella imagen desvalida le provocó una mezcla de ternura y angustia; por un lado le preocupaba perturbar su descanso y al mismo tiempo sentía el irrefrenable impulso de tomarla en sus brazos y sacudirla enérgicamente para comprobar que seguía allí. Entonces, tomó su mano con suavidad, apoyó los labios sobre unos dedos inusitadamente fríos y comenzó a llorar en silencio.

Después de un rato, la puerta de la habitación se entreabrió.

—Alteza, el doctor Völler está aquí.

Philipp oyó la voz de *Fräulein* Fliege, pero no se movió. Y no porque no quisiera, sino porque no conseguía apartar la vista del movimiento acelerado del pecho de Mafalda, como si tuviese miedo de que pudiera detenerse en cualquier momento.

La joven secretaria, sin saber cómo comportarse, se volvió hacia el doctor Völler, un hombre de aspecto pulcro y bondadoso, que la miró con una sonrisa capaz de apaciguar a cualquiera, incluso en situaciones tan ingratas como aquella.

—Déjeme a mí —dijo en un susurro mientras se aproximaba a la cama.

Con delicadeza, pero con la seguridad de quien se ha visto a menudo en semejante tesitura, posó una mano grande y protectora sobre el hombro de Philipp.

—Será mejor que espere fuera —le dijo con firmeza.

Philipp alzó la vista y, al ver la imagen reconfortante del doctor, se levantó sin rechistar, como si hubiera estado esperando que alguien le dijese cómo actuar.

Pasados unos minutos, durante los cuales Philipp no se separó de la puerta de la habitación, el doctor salió con gesto circunspecto.

—Me temo que no son buenas noticias, alteza —comenzó mientras se frotaba compulsivamente la mandíbula, como atusándose una barba inexistente—. Todo parece indicar que nos encontramos ante un caso de pulmonía.

Al escuchar esa palabra, Philipp sintió que le fallaban las piernas.

—¿Pulmonía? —repitió con voz temblorosa.

—Me temo que sí. Como bien sabe, se trata de una afección de extrema gravedad y, por desgracia, de complicado tratamiento.

Philipp, que conocía bien las implicaciones de padecer pulmonía, agradeció que el doctor no mencionara las letales consecuencias que solía conllevar.

—Pero ¿por qué? —preguntó intentando contener su desesperación—. Quiero decir, ¿por qué a ella?

—Es imposible saberlo con certeza. Al tratarse de una enfermedad infecciosa, es probable que su estado de debilidad haya influido. No obstante, no me cabe ninguna duda de que el clima severo de nuestra tierra ha desempeñado un papel decisivo.

Philipp sintió una punzada de culpabilidad. Había sido él quien, aun conociendo la frágil salud de Mafalda, la había convencido para trasladarse a Alemania hacía ya cuatro años. Al insoportable dolor que casi le nublaba la razón se añadió una repentina opresión en el pecho.

—¿Y el niño? —inquirió temeroso.

—Ahora mismo solo puedo confirmarle que el embarazo sigue adelante —respondió el doctor—. Por suerte, el latido del corazón se escucha alto y fuerte, aunque eso no significa gran cosa. Aun en el caso, Dios lo quiera, de que su esposa se recupere, tanto la fiebre como la infección podrían ocasionarle daños irreversibles que no estamos en condiciones de predecir.

A pesar de las palabras descorazonadoras del doctor, el saber que su futuro hijo, el niño que crecía en el vientre de Mafalda, luchaba por seguir con vida, despertó en Philipp un atisbo de esperanza. No estaba todo perdido. Aun así, necesitaba algo más.

—¿Y no hay nada que podamos hacer?

—De eso precisamente quería hablarle. —En la voz del doctor se apreció un nuevo matiz. El tono compasivo había adquirido una inflexión más vigorosa y profesional, como si el hecho de poder ofrecerle a un hombre desesperado algo a lo que agarrarse fuera la principal razón por la que ejercía la medicina—. De momento le he suministrado un medicamento para intentar bajar la fiebre, pero se trata de un simple paliativo. Si queremos combatir la enfermedad de manera efectiva será necesario recurrir a tratamientos más complejos. Y cuanto antes mejor.

Philipp no dijo nada, se limitó a mirarlo a los ojos con actitud expectante.

—Hasta ahora —continuó el doctor—, la cura más extendida y con un mayor índice de éxito es el tratamiento con antisuero. Se trata de una terapia que requiere un procedimiento personalizado y una serie de análisis muy específicos. Además, existe también un medicamento muy reciente, el Prontosil, que ofrece resultados ciertamente prometedores. En cualquier caso, antes de proceder habrá que evaluar el caso con detenimiento y para ello resulta indispensable trasladar a su esposa a la clínica.

Philipp lo miró turbado. Era tal su aturdimiento que tenía la sensación de que cada una de las palabras que pronunciaba el doctor formaran parte de un complicado jeroglífico.

—Entiéndame —prosiguió el médico, interpretando el silencio como un signo de desconfianza—. No quiero darle falsas esperanzas. Estamos hablando de tratamientos costosos e inciertos, cuya eficacia no le puedo garantizar. No todos los pacientes...

—Hagámoslo —le interrumpió Philipp. No quería escuchar nada que pudiera crearle más dudas de las que ya tenía. No le había quedado muy claro en qué consistía el tratamiento, pero tenían que intentarlo. Estaba dispuesto a hacer lo que fuera.

—En ese caso, me ocuparé de que la clínica disponga todo lo necesario para que el traslado se realice lo antes posible. Entretanto, la dejaremos descansar con la esperanza de que la fiebre baje al menos un par de grados.

Mientras bajaba las escaleras junto al doctor en dirección a la salida, Philipp, algo más confiado, intentó ver la situación de una forma menos pesimista. Al menos aquella adversidad no le había sorprendido en uno de los innumerables viajes a los que le enviaban tanto Göring como Hitler. No se lo habría perdonado nunca.

—Una cosa más —dijo el doctor antes de marcharse—. Yo en su lugar evitaría que sus hijos vean a su madre en estas condiciones. Las mentes infantiles pueden ser muy impresionables ante determinadas vivencias.

Una vez a solas, Philipp se dirigió a unos de los salones de la planta baja, donde permaneció a oscuras y en silencio, sentado en un sofá de estilo imperio. Transcurridos unos instantes, levantó el auricular del teléfono de baquelita que reposaba sobre la mesa auxiliar.

—Operadora, querría poner una conferencia. —Tras una pausa para escuchar la obligada pregunta que provenía del otro lado de la línea añadió—: Con Roma, Italia.

El sueño se repetía una y otra vez, aunque con ciertas variaciones. La mayoría de las veces se encontraba en Racconigi, jugando despreocupada con sus hermanos. Debía de tener unos diez o doce años, esa edad maravillosa en la que se sentía lo bastante mayor como para vagar libremente por los jardines de palacio pero con la seguridad de que, por mucho que se alejara, siempre habría alguien cerca velando por su bienestar. Por lo general hacía buen tiempo, incluso calor, y o bien jugaban al escondite, o paseaban a caballo por los senderos que discurrían al abrigo de la propiedad. En otras ocasiones estaban tumbados sobre la hierba mirando las nubes o compitiendo para ver quién contaba antes las ramas de algún roble.

Entonces, en un determinado momento, se encontraba sola, en mitad del lago, en una de las barquitas sujetas por cables que lo cruzaban de un extremo a otro. Solo que en el sueño los cables estaban rotos. Y tampoco había remos. Al darse cuenta de que vagaba a la deriva, intentaba acercarse a la orilla desplazando el agua con las manos, pero apenas las sumergía esta se volvía negra y densa y comenzaba a agitarse con violencia hasta hacer volcar la embarcación.

«¡Mamá!», gritaba Mafalda con desesperación. «¡Mamá!» En realidad no sabía muy bien por qué llamaba a su madre. Por alguna razón que desconocía, era consciente de que su madre no podía oírla. Estaba demasiado lejos. Habría sido mejor llamar a sus hermanos, o a alguna de las niñeras, pero cada vez que conseguía asomar la cabeza por encima de aquella sustancia pastosa para tomar una bocanada de aire la única palabra que salía de su boca era esa: «mamá».

«*Tranquilla, amore mio. La mamma è qui.*» La voz era tranquilizadora, pero sonó muy lejana, así que Mafalda intentó gritar con más fuerza. Necesitaba oírla una vez más.

«¡Mamá!».

—Estoy aquí, Mafalda. Contigo.

Era una voz extraña, como si no perteneciese a su pesadilla. Como si proviniera de un sueño distinto, mucho más placentero. Un sueño en el que yacía en su cama infantil de Villa Saboya y su madre le acariciaba el cabello.

Con sumo esfuerzo, entreabrió los ojos. Quería ver su habitación, las cortinas de flores y los muebles de color rosa. Sin embargo, aquel no era su dormitorio. El techo y las paredes estaban desnudos, pintados de verde.

—Mafalda, tesoro, ¿puedes oírme?

—Mamá. —Esta vez se oyó a sí misma pronunciando aquella dulce palabra. Se había despertado. Por fin se había roto el hechizo. La pesadilla que parecía repetirse hasta el infinito había terminado.

—¡Oh, Muti, querida! ¡Estás despierta! —dijo su madre con lágrimas en los ojos—. ¡Estábamos tan preocupados!

Cuando entendió dónde se encontraba, Mafalda también comenzó a llorar. Fue un llanto lento, profundo y liberador que terminó de abrirle los ojos y le ayudó a ordenar las ideas que se agolpaban en su mente.

—Pero ¿qué haces tú aquí? —preguntó enjugándose las lágrimas y tratando de ocultarlas tras una sonrisa—. Se suponía que estabas en Roma.

—Philipp nos llamó el mismo día que enfermaste y, en cuanto me fue posible, me monté en el *saloncino* y me vine para estar junto a mi pequeña.

Mafalda se incorporó levemente y la abrazó. Fue agotador pero, ¡necesitaba tanto aquel abrazo!

Poco a poco, su madre le contó todo lo sucedido y, para su tranquilidad, le informó de que el embarazo seguía su curso.

—¿Y los niños? ¿Y Philipp?

—Están todos perfectamente. Maurizio y Enrico se mueren de ganas de verte. Hemos intentado quitarle hierro a tu enfermedad pero, como es natural, nos han acribillado a preguntas. No acababan de creerse que estabas bien. Al fin y al cabo, llevas ingresada casi dos semanas.

Mafalda la miró atónita. ¿Cómo era posible que aquel delirante duermevela se hubiera prolongado durante todo ese tiempo?

—Y tu esposo —continuó su madre—, pues... imagínate. Consumido por la preocupación. Ha perdido varios kilos. Por suerte, ayer el doctor Völler nos comunicó que la medicación parecía surtir efecto. ¡Qué gran persona es el doctor Völler! ¿Sabías que a él también le apasiona la medicina naturista?

Aquel comentario hizo sonreír a Mafalda. Su madre era incorregible. Incluso en circunstancias como aquella se las había arreglado para sacar a relucir su tema favorito con el doctor Völler.

—Bueno —prosiguió la reina sin darle más importancia al asunto—, el caso es que te vas a poner bien. Y yo me quedaré aquí para asegurarme de que así sea. Y ahora, será mejor que descanses. Yo tengo algo muy importante que hacer: avisar a todo el mundo. —Le acarició la mejilla y añadió—: ¡Oh, hija mía! ¡Se van a poner tan contentos!

La reina Elena cumplió su promesa. Consciente de que la convalecencia se presentaba prolongada, canceló hasta nueva orden todos sus compromisos oficiales con intención de permanecer junto a Mafalda hasta que se recuperase por completo. Y muy pronto su decisión de quedarse en Kassel se demostró mucho más acertada de lo que ya parecía en un principio. Por si no habían pasado suficientes calamidades, poco antes de que a Mafalda le dieran el alta Maurizio y Enrico contrajeron la tosferina. Al tratarse de niños de una cierta edad, el hecho no habría revestido mayor importancia si no hubiera sido porque era una afección muy contagiosa que suponía un grave riesgo para su madre.

Este nuevo contratiempo obligó a Philipp y a su suegra a tomar una decisión que supuso un duro golpe para Mafalda. Dado que se estaba agotando el permiso de veinte días para que el «*saloncino*» permaneciera en Kassel y la ley les exigía enviarlo de vuelta a Italia, resolvieron aprovechar el viaje para enviar a los niños a pasar una temporada a los Alpes piamonteses. Ellos acogieron la noticia con entusiasmo. Interrumpir el curso escolar para realizar un viaje de placer acompañados únicamente por algunos miembros del servicio les pareció tan fascinante que no les importó tener que separarse de su familia. Para Mafalda, en cambio, fue terriblemente doloroso. ¡Ansiaba tanto la energía y el entusiasmo que sus hijos le insuflaban!

A pesar de todo, a medida que pasaron los días Mafalda fue recuperando vitalidad, y con ello también la ilusión y la fuerza de ánimo. Y en buena parte se debió al empeño de su madre. No solo se ocupó de la intendencia de la casa con el vigor que siempre la había caracterizado, sino que hizo todo lo que estuvo en su mano para convertirse en la mejor compañía que una enferma podía necesitar. Le leía en voz alta, le proporcionaba conversación, le contaba todo tipo de chismes cuando necesitaba distraerse y, en los momentos en los que el ánimo decaía, le tomaba la mano y se la sostenía en silencio esperando a que las nubes de tormenta se disiparan por sí solas. Además, como era previsible viniendo de aquella mujer aficionada a la medicina natural, le preparaban todo tipo de tónicos, ungüentos y cataplasmas para contribuir a acelerar su recuperación. Hasta el último rincón de la casa olía a hierbas medicinales; algunas de ellas, como la equinácea y el eucalipto, difundían una agradable fragancia, pero otras que Mafalda no lograba identificar despedían un hedor tan insoportable y penetrante que obligaba a los miembros del servicio a moverse por la casa con la boca y la nariz tapadas por un pañuelo.

Una vez se hizo evidente que la recuperación de Mafalda se había consolidado, Philipp decidió que había llegado el momento de tomar una decisión.

—Tenemos que hablar —le planteó un día que la encontró releyendo una vez más *La historia de San Michele,* el libro que le había dedicado su amigo el escritor Alex Munthe.

Mafalda dejó el volumen sobre su regazo y lo miró con serenidad y entereza. Sabía que tenían que afrontar cuestiones importantes y por fin se sentía con fuerzas de hacerles frente.

Philipp se sentó en un sillón junto a ella y comenzó:

—Llevo un tiempo pensando en lo que vamos a hacer a partir de ahora y creo que por fin he llegado a una conclusión. —Inspiró profundamente y prosiguió—: Después de darle muchas vueltas y de consultarlo con los doctores y con tu madre, creo que en este momento lo mejor para todos es que te marches a Italia.

Mafalda hizo ademán de intervenir, pero él levantó una mano para indicarle que aún no había concluido.

—Déjame terminar, te lo ruego —le pidió Philipp. Parecía muy nervioso—. Me resulta muy difícil tener que separarme de ti —añadió con voz trémula—, pero los dos sabemos que tienes que irte. En ningún lugar estarás mejor que en Roma. Los médicos están de acuerdo en que este clima no te conviene y tu madre no puede quedarse para siempre. Además, creo que nuestro futuro hijo debería nacer allí, así podría atenderte el doctor Di Sant'Agnese.

Philipp se refería al ginecólogo de la familia, un médico judío muy querido por todos que la había atendido en los partos de Maurizio y Enrico. Mafalda sabía que en aquella sugerencia estaba implícita la idea de que el bebé hubiera podido sufrir algún daño durante la enfermedad, un miedo que ambos compartían aunque ninguno de los dos verbalizaba. En cualquier caso, ella habría preferido que fuera el doctor Di Sant'Agnese el que se trasladara hasta allí, pero aquello no era posible. Si la gente supiera que la esposa del gobernador estaba siendo asistida por un judío, Philipp habría tenido que dar muchas explicaciones.

—¿Y tú? ¿Y los niños? —quiso saber Mafalda, a la que le horrorizaba la idea de separar a la familia.

—Yo tendré que quedarme aquí, al menos de momento, pero los niños podrían permanecer contigo en Italia hasta después del verano. Mientras tanto, puedo ir y venir siempre que me sea posible. Ya lo hago a menudo por cuenta de Hitler y estoy seguro de que Göring no tendrá inconveniente en que utilice un avión de la Luftwaffe para ir a veros.

—¿Y después?

—Después no lo sé, amor mío —respondió Philipp con gesto derrotado—. Me he devanado los sesos y sigo sin saber qué es mejor. Tal vez debería dejarlo todo y volver a Italia.

Mafalda lo miró atónita. A pesar de que ella, en su fuero interno, había deseado siempre regresar a su país y recuperar su vida anterior, no era aquella la manera en que lo había imaginado. Philipp había disfrutado mucho ejerciendo como decorador de interiores en Roma, pero nunca lo había visto tan satisfecho de sí mismo como en los últimos tiempos. Ahora era un hombre respetado que se había ganado la confianza de los políticos más poderosos del país por su enorme valía. Y eso, pese a la animadversión creciente que sentía Mafalda por determinados dirigentes y a la incomodidad que le provocaban ciertas actitudes, era importante para su familia.

—¡Pero tú adoras tu trabajo!

—Sí —respondió Philipp frotándose la nuca con la mirada puesta en los dibujos florales de la alfombra—, no puedo negarte que me gusta lo que hago, y mucho más ahora que Hitler me ha confiado la adquisición de obras de arte para el nuevo Reich. Pero no te negaré que también puede resultar agotador. Y lo peor es que cada día tengo menos tiempo para dedicaros a vosotros —concluyó con la voz tomada por la congoja.

A Mafalda le partió el corazón ver el tormento que suponía para Philipp aquella situación. No era justo que tuviera que sentirse culpable por lo que estaba pasando.

—No quiero que te angusties, amor mío —dijo acariciándole el pelo—. Ya encontraremos una solución. Verás como todo sale bien.

Capítulo 12

Roma
Junio de 1937

Mafalda apretó los dientes y, con la mirada fija en la araña de cristal que pendía sobre la cama, intentó contener el dolor de una nueva contracción.

—Aguanta, tesoro —la animó su madre mientras le enjugaba el sudor con un pañuelo.

La reina había sido la primera en acudir a la habitación roja de Villa Saboya hacía ya varias horas, poco después de que su hija hubiera roto aguas. Y también la que se había encargado personalmente de avisar al doctor Di Sant'Agnese.

—Ya casi estamos, alteza —dijo el doctor—. A partir de ahora, cuando yo le diga, tendrá que empujar.

Mafalda inspiró profundamente intentando recuperar fuerzas. Estaba nerviosa. Sabía por experiencia que no solo se enfrentaba al momento más doloroso del parto, sino también al más arriesgado. Aun así, necesitaba acabar con aquel suplicio.

De pronto, en un abrir y cerrar de ojos, todo se aceleró y, sin apenas darse cuenta, se vio envuelta en una vorágine difusa de órdenes, resoplidos y frases de aliento. Fue entonces cuando la intensidad de los dolores alcanzó su punto álgido. Sentía como si fuera a partirse en dos.

—¡Lo tenemos! —anunció el doctor con la voz amortiguada por la mascarilla de algodón que le cubría el rostro—. Un empujoncito más y todo habrá terminado.

Mafalda aferró la mano de su madre y, tensando hasta el más insignificante de los músculos de su cuerpo, empujó con todas sus fuerzas dejando escapar un quejido largo y ronco.

—¡Enhorabuena, alteza! —exclamó el médico asomando la cabeza por detrás de la sábana que cubrían sus piernas flexionadas—. Acaba de dar a luz a un varón.

Automáticamente, el ritmo de los acontecimientos se redujo de golpe. Los gritos y los nervios se interrumpieron y el alumbramiento trajo consigo el cese inmediato de los dolores. Pero Mafalda no se relajó. Todavía no.

—¿Cómo está? —preguntó casi sin aliento, intentando entrever algo mientras su madre le atusaba el cabello y le cubría la frente de besos—. ¿Está bien?

Como si hubiera querido responder a las inquietudes de su madre, el recién nacido prorrumpió en un llanto rotundo y decidido.

—Está estupendamente —le confirmó el doctor alzando entre sus manos enguantadas un cuerpecito cubierto de sangre y fluidos que agitaba las piernas con energía.

Al ver a su pequeño, Mafalda también rompió a llorar. Sin embargo, a diferencia del de su hijo, el suyo fue un llanto indeciso, intercalado con risas e hipidos. Era un llanto de felicidad, de agotamiento, de alivio; de un sinfín de emociones encontradas que habían estado pugnando por abrirse paso y que acababan saliendo a borbotones. Era la reacción espontánea de alguien que ha librado una cruenta batalla. Porque la suya había sido una larga contienda contra la enfermedad y contra el miedo. Durante meses había luchado ferozmente para sacar adelante su vida y la de su hijo, preparándose para afrontar todo tipo de obstáculos, intentando no dejarse vencer por las visiones de terribles secuelas y espantosas malformaciones que la habían atormentado. Y de repente, se sabía victoriosa. No importaba que no fuera la niña deseada, ya no. Su pequeño estaba bien y ya lo tenía con ella.

—Gracias, Dios mío —musitó dejándose caer sobre la almohada.

Siguiendo las órdenes del doctor, la más joven de las mujeres del servicio se apresuró a envolver al pequeño en una toalla y se lo llevó a un rincón para lavarlo mientras la otra se volcaba en sustituir las toallas empapadas de sangre.

—Y ahora, he de pedirle un último esfuerzo.

Mafalda se enjugó las lágrimas y se preparó para la expulsión de la placenta, que gracias a su experiencia y la pericia del ginecólogo se produjo de forma rápida y sin apenas dificultad.

Poco después, una vez la hubieron limpiado y adecentado, la reina Elena, que había insistido en vestir personalmente a su nuevo nieto, se aproximó a la cama con el pequeño en sus brazos.

—Aquí tienes —dijo con la voz tomada por la emoción—. Te presento a tu nuevo hijo.

Mafalda, intentando controlar las sensaciones que le oprimían el pecho, lo acogió delicadamente en su regazo y rozó con los labios su cabecita aterciopelada dejando que el dulce olor de su piel le embriagara los sentidos.

Philipp llegó a media tarde desde el aeropuerto de Littorio, con el traje lleno de arrugas y unas profundas ojeras. Había sabido que Mafalda estaba a punto de dar a luz de madrugada gracias a una llamada de Rosa Gallotti, la secretaria de la reina, y rápidamente se había trasladado al aeródromo de Kassel para embarcar en el avión que Göring le había facilitado en previsión de aquella eventualidad. De eso hacía ya más de doce horas y no había tenido más noticias hasta que, hecho un manojo de nervios, entró por la puerta de Villa Saboya.

Apenas puso un pie en el vestíbulo, la reina acudió rauda a recibirlo.

—¡Philip, querido! —exclamó con los brazos abiertos—. Qué bien que ya estés aquí.

—¿Ya ha acabado todo? ¿Cómo ha ido? —preguntó inquieto mientras soportaba con estoicismo el sofocante achuchón de su suegra.

—Están los dos de maravilla. Ha sido un parto estupendo. Y el niño está perfecto —añadió la reina sabedora de cuáles eran sus más profundos desvelos—. ¡Oh, querido! ¡Es una auténtica ricura!

—¿El niño? —inquirió Philipp sorprendido.

—Sí, hijo. ¿Qué le vamos a hacer? Otro varón. Pero eso sí, tan guapo y rubio como sus hermanos. ¡Si no más!

Al oír aquello, Philipp no pudo evitar sentirse henchido de orgullo.

—¿Puedo verlos?

—¡Por supuesto! ¡Qué pregunta! —respondió la reina encaminándose hacia las escaleras—. Están en el *Paradiso*. Mafalda en la habitación roja y tu hijo en la sala contigua, con la *nurse*. Imagino que ella estará dormida. El doctor ha tenido que administrarle un calmante para el dolor de los entuertos. Están siendo bastante fuertes.

Una vez llegaron al tercer piso, Philipp pasó primero a conocer a su hijo, que dormía plácidamente en un moisés. Unos minutos más tarde entró en el dormitorio de su esposa con mucho sigilo, pues no quería despertarla. Aun así, apenas cruzó el umbral, Mafalda, como si hubiera presentido su presencia, entreabrió los ojos y le dedicó una sonrisa fatigada pero infinitamente acogedora.

Estaba preciosa.

—¿Lo has visto? — le preguntó con voz somnolienta cuando lo tuvo a su lado.

Él asintió emocionado con la cabeza, incapaz de pronunciar palabra.

—Es guapísimo, ¿verdad?

—Sí, lo es —respondió él con ternura—. Igual que su madre. —Entonces la expresión de su rostro se tornó algo más seria—. Siento que no haya sido una niña —dijo acariciándole la mejilla—. Era tu gran ilusión.

Mafalda hizo un ademán quitándole importancia al asunto.

—En un principio sí, no te lo voy a negar, pero después de todo lo que hemos pasado... —Se encogió de hombros con un gesto casi infantil—. ¿Qué quieres que te diga? Ahora mismo soy la mujer más afortunada del mundo. ¡Se le ve tan sano! —La alegría que destilaban sus palabras hizo sonreír de nuevo a Philipp—. Por cierto —añadió de pronto—, ¿has visto ya a Maurizio y Enrico?

—Todavía no, ¿por qué?

—No, por nada. Es solo que han venido a conocer a su hermano y me han preguntado cómo se va a llamar. Como comprenderás, no he querido contestarles hasta hablarlo contigo. ¿Tú qué dices? ¿Sigue pareciéndote bien que le pongamos Otto?

—Otto me parece perfecto —respondió Philipp con convicción. A fin de cuentas era un nombre que había surgido en alguna conversación y sobre el que los dos se habían mostrado bastante de acuerdo—. No obstante, quería plantearte una cosa... ¿Qué te parecería si le pusiéramos Adolf como segundo nombre?

A Mafalda la propuesta le sorprendió. ¿Adolf?

Al ver el gesto de extrañeza de su esposa, Philipp creyó necesario justificar su propuesta.

—Entiéndeme, sería una buena manera de congratularme con Hitler. Ya sabes lo mucho que está haciendo por mí. Además —continuó tras una breve pausa para intentar dilucidar lo que pasaba por la cabeza de su mujer—, al ser un segundo nombre casi no lo utilizaríamos. Para nosotros sería simplemente Otto.

Mafalda no sabía qué pensar. En los últimos años Adolf se había vuelto un nombre muy popular en Alemania, o mejor dicho, el más popular, pero de no ser por su marido jamás se le habría pasado por la cabeza ponérselo a su hijo. Aun así, Philipp tenía parte de razón. Ella misma tenía otros cuatro nombres además del de Mafalda y al final todos en la familia la llamaban sencillamente «Muti».

—Está bien —concluyó—. Se llamará Otto Adolf von Hessen. Al fin y al cabo, no deja de ser un nombre como otro cualquiera.

Capítulo 13

Roma
Noviembre de 1937

—¿**E**stás segura de que no quieres venir?
—Sí, mamá. Estoy segura —respondió Mafalda mientras formaba una pila con los abrigos infantiles que había estado doblando—. ¿Esto dónde va? —preguntó entonces sujetando el voluminoso montón con ambas manos.

—Allí. Junto a los zapatos —dijo su madre indicándole un estante con un gesto de la barbilla sin dejar de trenzar el pelo de una muñeca.

Mafalda sonrió para sus adentros. Era increíble que supiera el lugar exacto de cada cosa sin necesidad de levantar la cabeza de lo que estaba haciendo. Los armarios y estantes que cubrían las paredes de los enormes sótanos de Villa Saboya, conocidos como «el depósito de los pobres», ocupaban varios cientos de metros y en ellos se almacenaban todo tipo de piezas de vestir, ropa de hogar, artículos de higiene personal y juguetes, miles de juguetes. Parecían unos grandes almacenes.

—Pues yo creo que te vendría bien. Así te distraes un poco —continuó diciendo la reina mientras colocaba junto al resto de muñecas la que con tanto esmero había peinado.

A Mafalda le enterneció que su madre insistiera. Sabía que lo hacía con la mejor intención, pero lo que menos le apetecía en aquel momento era participar en la reunión de aquella tarde de «la fábrica de la reina», un encuentro de mujeres de la aristocracia en el que se tejían peleles, gorros de lana y patucos para los niños de las familias más necesitadas.

—Prefiero pasar la tarde con Otto. Esta mañana casi no he podido estar con él.

La reina sonrió con dulzura, comprendía perfectamente las razones de su hija. Lo que no sabía es que no era el único motivo por el que Mafalda rehusaba asistir a la reunión. Hacía días que andaba preocupada por los rumores que corrían por Roma acerca de ella y Philipp, y no tenía ganas de compartir tertulia con algunas de las señoras que, según le había informado una amiga, habían contribuido a difundir aquellas falsedades.

Cada vez que pensaba en ello, a Mafalda se la llevaban los demonios. No podía entender por qué había gente que se dedicaba a divulgar que la razón de su regreso a Italia era el fin de su matrimonio. Ya resultaba bastante difícil sobrellevar aquella situación como para encima tener que aguantar las maledicencias. Todo el mundo sabía que los únicos motivos habían sido la pulmonía y la posterior recomendación de los doctores de evitar el crudo invierno germánico; y si no lo sabían, ya tendrían tiempo de comprobarlo cuando, al llegar la primavera, regresara junto a su marido.

Entonces, sin poder evitarlo, pensó en lo mucho que echaba de menos su vida en Kassel y la rabia se transformó en melancolía. Si años atrás alguien le hubiera dicho que acabaría añorando la tierra de su esposo se habría echado a reír, pero así era. Por muchos inconvenientes que tuviera, por mucho que algunas cosas que allí ocurrían en ocasiones la perturbaran, al menos la gente no se inmiscuía en sus asuntos. Aunque para ser sincera, lo que echaba en falta no era la ciudad propiamente dicha, sino el que había sido su hogar y los entrañables momentos que allí había vivido. Y, lamentablemente, eso era algo que jamás recuperaría.

En aquel instante se dirigió a un extremo de la sala y, fingiendo consultar las listas de los hospicios que solicitaban ayuda, se colocó de espaldas a su madre para evitar que percibiera su congoja.

Hacía ya dos meses que se había separado de Maurizio y Enrico y, a pesar de los esfuerzos, todavía no había conseguido hacerse a la idea. Ante los demás fingía que lo llevaba bien, pero en ocasiones, sobre todo cuando estaba a solas, no podía evitar derrumbarse. Se sentía culpable por haber cedido a las presiones de Philipp, que había insistido en que los enviaran a estudiar a un internado cerca de Múnich, y no estaba segura de si algún día se perdonaría a sí misma el haber sido tan débil. Para él, que se había educado lejos de su familia, separarse de los padres a una edad tan temprana era un paso indispensable en la formación de cualquier niño, pero a ella, que había sido instruida en palacio con profesores particulares, le estaba resultando muy duro. Ni siquiera Umberto, que había recibido una educación más rígida por el hecho de ser el heredero de la corona, se había alejado del ala protectora de sus padres siendo tan niño.

Gracias a Dios tenía a Otto, que siempre conseguía arrancarle una sonrisa. Mientras comenzaba a doblar un montón de baberos tejidos por las monjas benedictinas, Mafalda pensó en su pequeño, que acababa de cumplir cinco meses. Desde el mismo día de su nacimiento, aquel niño rubito y regordete que hacía las delicias de todas las mujeres del servicio se había convertido en el centro de su vida y, aunque no podía suplir la ausencia de sus hermanos y la preocupación por su bienestar, al menos conseguía mantenerla alejada del abismo.

Además, estaban las visitas de Philipp. Sus viajes a Roma eran frecuentes y les permitían verse a menudo aunque, para su gusto, fueran insuficientes. Desde que las relaciones entre Hitler y Mussolini se habían vuelto más estrechas, Philipp tenía cada vez más responsabilidades, y la mayoría tenían que ver con Italia. Cuando no actuaba como mensajero personal del *Führer* ejercía de intérprete entre los miembros de uno y otro gobierno o despachaba con Ciano, el yerno de Mussolini y ministro de Asuntos Exteriores. Sin ir más lejos, la primera y exitosa visita oficial del *Duce* a Alemania, celebrada hacía dos meses, había sido concertada en buena parte por Philipp, que había conseguido revertir el desastroso encuentro anterior en Venecia. Por desgracia los viajes solían ser muy fugaces, de modo que al final tenían que contentarse, como mucho, con compartir cama por las noches y alguna breve conversación antes de que él cayera rendido dejándola con la palabra en la boca.

—Yo voy a tener que marcharme —dijo de pronto su madre una vez hubo terminado con las muñecas—. Rosa me ha pedido que revise unas cartas. ¿Tú qué haces? ¿Te quedas aquí?

—Sí, pero solo hasta que acabe de doblar esto —respondió Mafalda—. Me gustaría pasar a darle la papilla a Otto antes de subir a comer.

Tan pronto como la reina se hubo marchado, Mafalda se sacó un pañuelo de su bolsillo y se secó las lágrimas furtivas que con tanto esfuerzo había reprimido.

Capítulo 14

Berlín
Marzo de 1938

Durante la maniobra de aproximación a la pista de aterrizaje, Philipp miró por la ventanilla del avión y, una vez más, contempló embelesado la terminal del aeropuerto de Tempelhof. La había visto en innumerables ocasiones, pero cada vez que se le presentaba la oportunidad de observarla desde lo alto volvía a maravillarse del colosal edificio de piedra caliza cuya forma semicircular recordaba a las alas extendidas de un águila gigantesca. Sin duda el joven Speer, a quien Hitler había encargado la elaboración de un plan para modernizar la capital, podía sentirse orgulloso de la que se había convertido en la construcción de mayor extensión del mundo.

Una vez tomaron tierra, bajó la escalerilla del pequeño avión privado y, sin más demora, subió al Mercedes negro que le esperaba a pie de pista. A diferencia de los pasajeros de líneas regulares, él no recorrería los imponentes pasillos de mármol del edificio que tanto le fascinaba. No tenía tiempo. Tenía órdenes precisas de dirigirse lo antes posible a la Cancillería para reunirse con Hitler.

No habían pasado ni quince minutos cuando el vehículo oficial se detuvo en los jardines del palacio de la Wilhelmstrasse. Apenas abrió la portezuela, Philipp oyó el ruido ensordecedor de las obras que se

realizaban en la parte posterior, donde se construía a pasos agiganta-
dos la que sería la nueva residencia del *Führer*, un edificio de dimensiones espectaculares que también había sido encargado a Speer.

Mientras subía la escalinata que conducía a la entrada principal,
tiró de las solapas de su abrigo intentando disimular su impaciencia.
Llevaba elucubrando sobre las razones que le habían llevado hasta allí
desde que, a primera hora, le habían llamado a su oficina para orde-
narle que saliera de inmediato para Berlín. Ni siquiera había tenido
tiempo de pasar por casa.

No obstante, aún tuvo que esperar dos horas y media para conocer los
motivos de su visita, el tiempo que el líder supremo del Tercer Reich
tardó en recibirlo. Una vez le informaron de que podía acceder a su
despacho, encontró al *Führer* sentado a su mesa.

—*Heil, Hitler*! —exclamó realizando el saludo pertinente con el
brazo extendido.

El *Führer* no se dio por aludido. Ni siquiera levantó la vista del
trozo de papel de grandes dimensiones que tenía ante sí. A simple
vista a Philipp le pareció una carta manuscrita, aunque no las tenía
todas consigo. Sus sospechas se confirmaron cuando Hitler lo dobló
y lo introdujo en un sobre que lacró con el sello del Reich.

—Buenos días, von Hessen. Me alegro de verle —dijo por fin,
como si acabara de percatarse de su presencia—. Tendrá que disculparme por haberle convocado con tan poca antelación, pero se trata
de un asunto de suma importancia. Necesito que haga llegar esta carta a Mussolini —le espetó alargándole el sobre desde el otro lado de
la mesa sin moverse de su silla.

Philipp extendió el brazo y lo tomó obediente, preguntándose si
de veras le había hecho viajar hasta Berlín en un avión oficial solo
para recoger una carta. De lo que no le cupo ninguna duda fue de que
su actitud distante, tan alejada del talante amistoso que le había demostrado en otras ocasiones, era deliberada. Quería dejar constancia
de quién estaba al mando.

—Es indispensable que se la entregue en mano —continuó mirándole a los ojos con expresión adusta—, sin ningún tipo de intermedia-
rio, y que lo haga esta misma noche. —Al oír aquello, Philipp se quedó
desconcertado—. No disponemos de mucho tiempo —prosiguió

Hitler haciendo caso omiso de la expresión de sorpresa de su interlocutor—. No entraré en detalles sobre el contenido. En su interior está todo lo que el *Duce* necesita saber. Eso sí, necesito que, cuando se encuentre con él, le deje bien clara una cosa: quiero que sepa que todo lo que se expone en la misiva es única y exclusivamente una cuestión alemana y que en ningún caso debe afectar a nuestras relaciones. ¿Me ha entendido?

Philipp tragó saliva.

—¡Sí, señor!

—Una cosa más. En cuanto tenga una respuesta, deberá informarme de inmediato por vía telefónica por medio de nuestra embajada en Roma. No importa lo tarde que sea. Permaneceré despierto hasta recibir su llamada.

—¡A sus órdenes, *mein Führer*!

Philipp hizo chocar los talones y acto seguido se avergonzó de sí mismo. Resultaba un gesto ridículamente servil en un hombre que no iba vestido de uniforme, pero lo había hecho de forma instintiva, tal vez porque intuía la gravedad del asunto.

—Y ahora márchese —le ordenó Hitler dando la cuestión por zanjada—. El avión en el que ha venido le está esperando en el aeropuerto. Espero que tenga un buen viaje.

En contra de los buenos augurios de Hitler, la primera parte del trayecto entre Berlín y Roma fue una de las experiencias de vuelo más desagradables que el noble alemán había afrontado jamás. Una media hora después del despegue, el aparato se vio envuelto en una terrible tormenta eléctrica que puso a prueba no solo la pericia del piloto, sino también el coraje y la templanza de Philipp. Fue como si el destino hubiera querido añadir dramatismo a una misión ya de por sí delicada y hubo momentos en los que llegó a pensar que, por alguna razón, no estaba escrito que aquel avión llegara a puerto.

Por fortuna, al final todo quedó en una desagradable experiencia. Tan pronto como dejaron atrás los Alpes, la tempestad amainó y las fuertes sacudidas dieron paso a un ligero y consolador vaivén.

Una vez pudo soltar el maletín que contenía la carta y que había estado abrazando con fuerza desde que habían empezado las primeras turbulencias, Philipp volvió a preocuparse por la misión que le habían encomendado y que le oprimía el estómago tanto o más que la posibilidad de que el avión se estrellase. A pesar de que el *Führer* no le había desvelado el contenido de la misiva, sus indicaciones habían sido lo bastante reveladoras como para darle a entender el motivo de tanta urgencia: había decidido ocupar Austria.

No le había resultado difícil llegar a aquella conclusión. El *Führer* nunca había escondido sus aspiraciones de anexionarse el país vecino y en los últimos días las presiones sobre el gobierno austríaco para que cediera a sus deseos se habían agudizado, pero lo que realmente le había dado la clave había sido pensar en el reciente anuncio que Schuschnigg, el canciller de Austria, había hecho público: la convocatoria de un plebiscito para dentro de dos días en el que se decidiría su relación con Alemania. Sin duda aquel debía de haber sido el detonante. El *Führer* no podía permitir que el resultado de la votación fuera contrario a sus pretensiones y la única manera de evitarlo era enviar sus tropas antes de que se celebrase.

En aquel instante Philipp cayó en la cuenta de lo ingenuo que había sido. A pesar de todos los indicios y en contra de la opinión general, hasta que hubo recibido la carta de manos de Hitler no creyó que aquella posibilidad llegara a verificarse. Incluso habría puesto la mano en el fuego por que nunca sucedería. Y no es que no estuviera a favor de la anexión de Austria, al contrario, pero tenía a Hitler por una persona lo bastante sensata como para no desobedecer de nuevo los Tratados de Versalles. Además, aquello no era lo mismo que enviar el ejército a Renania como había hecho dos años antes; si sus temores se cumplían, Hitler estaba a punto de cometer un acto de agresión contra una nación extranjera.

Al pensar en las terribles consecuencias que aquello podía acarrear sintió un escalofrío. No solo podía estallar un enfrentamiento armado en Austria, sino que otros países, en particular Francia e Inglaterra, podían considerarlo una declaración de guerra. Y por último estaba Italia. Alemania necesitaba un aliado, y en un momento en el que las relaciones eran todavía inciertas aquel movimiento podía desatar la ira de Mussolini.

Sin embargo eso no era lo peor de todo. Lo que más le preocupaba era que el encargado de trasmitirle al *Duce* la funesta noticia era él.

✸✸✸

Al salir de Villa Venezia, cerca de las diez y media de la noche, Philipp se dirigió a casa. Una vez allí, se encaminó directamente al salón y, sin quitarse siquiera el abrigo, encendió la lámpara de mesa situada junto al teléfono. Hasta ese momento toda la planta inferior había permanecido en penumbra, iluminada solo por la luces del jardín que se filtraban a través de las ventanas. Según le había dicho la criada que le había abierto la puerta, Mafalda se había retirado a su cuarto, pero no subió a saludarla. Primero tenía que acabar con todo aquel asunto.

Sin más demora, levantó el auricular del teléfono y pidió a la operadora que le pasara con la embajada alemana en Roma.

—Soy Philipp von Hessen. Necesito que me ponga con el *Führer* —dijo intentando sonar lo más calmado posible—. Está esperando mi llamada.

La telefonista lo mantuvo un par de minutos en espera mientras establecía la conexión, una pausa que Philipp aprovechó para quitarse el abrigo y aflojarse la corbata.

—Adolf Hitler al habla —escuchó por fin al otro lado de la línea. No se oía muy bien.

—Buenas noches, *mein Führer* —dijo alzando la voz—. Acabo de llegar de Villa Venezia.

No estaba seguro, pero le pareció que Hitler contenía el aliento.

—¿Y bien?

—Tengo que decirle que el *Duce* se ha mostrado muy complaciente. Me ha pedido que le trasmita sus más cordiales saludos y quiere que sepa que, por su parte, la cuestión austríaca es un asunto zanjado.

Lo dijo aceleradamente, casi sin respirar, y obviando algunos detalles; no le contó que Mussolini le había acribillado a preguntas que no había sabido contestar ni tampoco que había tardado más de una hora en darle una respuesta.

—En ese caso, quiero que le diga que nunca lo olvidaré.

Philipp respiró aliviado, aunque se guardó mucho de manifestarlo.

—Así lo haré, señor.

—Nunca jamás, pase lo que pase —insistió Hitler—. Y dígale también que estoy dispuesto a firmar un nuevo acuerdo.

—Sí, señor. Se lo diré.

—Una vez se resuelva toda esta historia con Austria —prosiguió el líder nazi cada vez más entusiasmado—, estaré a su lado para lo que necesite, en lo bueno y en lo malo. Sea lo que sea. Quiero que le trasmita mi más sincero agradecimiento y que sepa que si alguna vez se ve en un apuro o en una situación crítica haré todo lo que esté en mi mano para ayudarle. Se lo garantizo.

A Philipp le sorprendió aquella repentina verborrea. Hitler solía mostrarse muy contenido en las distancias cortas y por un momento se sintió como si estuviera asistiendo a uno de sus discursos.

—A sus órdenes, *mein Führer* —repuso algo descolocado—. También quería decirle que esta tarde un representante de la embajada francesa ha pedido reunirse con el conde Ciano en nombre de su gobierno a propósito de Austria y que el ministro se ha negado a recibirlo. A raíz de eso el diplomático le ha comunicado la suspensión de todas las negociaciones que no sean por escrito.

—Pues trasmítale también mi agradecimiento.

—Una última cosa, *mein Führer,* ¿tengo su permiso para quedarme aquí o necesita que regrese mañana?

—No, no es necesario.

—¿Y debo enviar el avión de vuelta a Berlín?

—Tampoco, puede quedárselo.

—De acuerdo, entonces le llamaré mañana.

—Muy bien, hasta mañana.

✸✸✸

El repentino rugido del motor hizo que Mafalda dejara la revista de modas sobre la mesilla de noche, se cubriera con una bata y se dirigiese a la escalera. Llevaba casi una hora en la cama pero, a pesar del cansancio, no había logrado conciliar el sueño. No se quitaba de la cabeza el inesperado viaje de Philipp. La había telefoneado a última hora de la tarde para decirle que estaba en Roma pero que aún no sabía si podría pasar por casa. La llamada había sido tan breve y el mensaje tan desconcertante que no había tenido tiempo de reaccionar. Desde entonces no conseguía controlar su nerviosismo. No entendía a qué se debía tanto misterio.

Cuando llegó al salón lo encontró en el sofá, con la cabeza recostada sobre el respaldo y la mirada clavada en los frescos del techo. Tenía un aspecto lamentable.

—¿Qué tal? —preguntó ella acariciándole el pelo mientras lo besaba en la frente.

Philipp resopló.

—Bueno…, digamos que podría haber sido peor —dijo mientras dejaba sobre la mesa de centro el vaso de brandi que sujetaba entre las manos.

—¿Has cenado?

—No, pero no tengo hambre.

Mafalda lo miró con preocupación. Se le veía agotado, pero había algo más, algo que iba más allá de la simple necesidad de recuperar fuerzas.

—¿Quieres hablar?

Cuando terminó de escuchar el relato de Philipp, Mafalda se quedó en silencio. No daba crédito a lo que su marido le acababa de revelar.

—¿Y qué pasará ahora? —dijo en un susurro.

—Es difícil saberlo. Por lo pronto habrá que ver cómo reacciona el gobierno austríaco. Imagino que Hitler espera una renuncia del canciller Schuschnigg, pero lo normal es que este ofrezca resistencia. —Philipp suspiró—. Y eso podría desembocar en un baño de sangre.

Al oír aquello, Mafalda sintió un estremecimiento y se arrebujó en la bata.

—Aunque lo que realmente me preocupa —prosiguió Philipp— es que Francia y el Reino Unido decidan apoyar a Austria. En ese caso podríamos vernos envueltos en un conflicto mucho más grave.

—¿Vernos envueltos? ¿A qué te refieres? —preguntó Mafalda con voz trémula—. ¿Quieres decir que podría afectarnos a nosotros?

—No nos engañemos. Yo soy ciudadano alemán, súbdito del país que habría provocado el enfrentamiento. En cuando a Italia... Todo dependería de la actitud de Mussolini. De momento, ha decidido tomar partido por nosotros, pero... ¿quién sabe?

Mafalda no pudo resistir más y se abrazó temblando a su marido. Estaba asustada. Temía por Philipp, por ella, por Italia, pero sobre todo por sus hijos.

Philipp respondió a su abrazo y le besó el cabello.

—No te angusties, amor mío —la tranquilizó pensando que tal vez no debería haberse expresado con tanta crudeza—. Es una situación complicada, pero no tiene por qué acabar de forma dramática. Estoy seguro de que al final todo se resolverá pacíficamente. Nadie quiere otra guerra. Aún hace demasiado poco del horror que provocó la anterior. Los millones de muertos, la destrucción, el miedo...

Mafalda levantó la cabeza y lo miró con los ojos vidriosos y expresión recelosa.

—¿Ni siquiera Hitler?

Philipp se tomó unos segundos para contestar. Al final, con una convicción que no sentía, respondió:

—Ni siquiera Hitler.

Capítulo 15

Roma
Mayo de 1938

Tras varias semanas de cielos sombríos, lluvias intermitentes y nubarrones, la tarde del día cuatro se mostraba resplandeciente. Las fachadas todavía reflejaban la luz de un sol que parecía resistirse al ocaso, una luz que invitaba a salir a la calle, a celebrar la primavera y a disfrutar de una Roma rebosante de color; la tarde perfecta para recibir con todos los honores al hombre más aclamado del momento.

Aunque la visita de Estado de Adolf Hitler había comenzado de manera oficial la noche anterior con la llegada a la estación Ostiense de dos trenes con más de quinientas personas, aquella tarde se celebraría uno de los actos más protocolarios: la cena con la que el rey agasajaba a su ilustre invitado.

Mientras la hilera de vehículos oficiales recorría el trayecto que separaba Villa Saboya del Quirinale, Mafalda, que viajaba junto a su padre, pensó en lo mucho que habían cambiado las cosas en tan poco tiempo. No hacía ni dos meses que Austria se había convertido en una simple región de Alemania y allí estaban ellos, inmersos en una fastuosa celebración, como si nada hubiera sucedido. Pese a los temores de media Europa, ninguno de los terribles auspicios se había

146 ❋❋❋❋ *La princesa de Buchenwald*

cumplido. Los austríacos, contra todo pronóstico, habían recibido a las tropas invasoras con aplausos y vítores y habían renunciado como si nada a su soberanía, Francia e Inglaterra habían mirado para otro lado y las relaciones entre Italia y Alemania, en lugar de romperse, se habían fortalecido.

La comitiva de la que formaba parte recorría poco a poco la Via Venti Settembre. Los elegantes vehículos descapotables se desplazaban a una velocidad deliberadamente pausada para permitir que la multitud que se agolpaba a ambos lados de la calle pudiera saludarlos con vivas a la familia real. Por desgracia, los ciudadanos más implicados eran los miembros del partido fascista, de modo que, cuando Mafalda dirigió la vista hacia la muchedumbre, solo consiguió divisar un grotesco bosque de brazos extendidos vociferando al unísono el consabido «*Heil Hitler*».

No obstante, aun siendo los más visibles, los fascistas convencidos no eran los únicos que se habían echado a la calle. Prácticamente toda Roma había salido de casa deseosa de disfrutar del bullicio, aunque solo fuera para aprovechar los tres días de fiesta nacional que había decretado el *Duce*. Ancianos, jóvenes y familias con niños, vestidos todos con ropa de domingo, se hacinaban tras la barrera de soldados con uniformes de gala afanándose por evitar que sus bruñidos cascos y los penachos de plumas les impidieran divisar el cortejo real.

No obstante, aquella multitud no estaba allí para aclamar a su familia y Mafalda era plenamente consciente de ello; su principal interés era ver al hombre del que todo el mundo hablaba, el que copaba las portadas de los periódicos y que inspiraba temor y admiración a partes iguales.

Lo que ninguno de ellos sabía era hasta qué punto su presencia era fundamental para el éxito de la función que se estaba representando. No eran espectadores: eran figurantes imprescindibles de un espectáculo organizado para gloria y honor del canciller alemán. Los ojos del mundo entero estaban puestos en ellos y, como bien sabía Mafalda, el ministerio de Propaganda alemán se ocuparía de que las imágenes de aquella multitud enfervorizada dieran la vuelta al globo.

Conforme avanzaban la sensación de desagrado que intentaba reprimir se volvía más y más intensa. Ver a su amada Roma engalanada de aquel modo le producía un profundo rechazo. Había presenciado incontables espectáculos como aquel en Alemania, pero era la primera vez que lo veía en su país natal. No es que los desfiles fascistas no fueran habituales en Roma, pero aquello era diferente. La ciudad se había convertido en un imponente escenario teatral; las avenidas estaban flanqueadas de antorchas, coronas de laurel, estandartes y banderas, la mayor parte rojas con la esvástica en honor al invitado, y el resto negras con el *fascio,* haciendo que resultara sorprendentemente difícil vislumbrar alguna tricolor con el escudo de los Saboya. Pero lo que realmente hacía que la capital pareciera un colosal decorado eran las telas pintadas con las que habían cubierto las fachadas más deterioradas y los absurdos arcos del triunfo de cartón piedra que Mussolini había ordenado diseminar por la ciudad.

A pesar de todo, había un actor que se había negado a tomar parte de aquella ópera bufa: Su Santidad Pío XI. Hacía unos días el Papa había hecho las maletas y se había retirado a su residencia veraniega de Castelgandolfo. Su marcha no se debía a un mero capricho, sino que quería dejar claro que no estaba dispuesto a participar en las celebraciones, y sin duda lo había conseguido. Su deliberado desaire estaba en boca de todos y había sido motivo de discusión en todos los periódicos. Y eso no era todo: antes de marcharse había dado órdenes de cerrar a cal y canto los museos vaticanos y clausurar todas las vías de acceso a la basílica de San Pedro para que Hitler no pudiera visitarlos. Por supuesto, el gesto había enfurecido al *Führer,* pero también había provocado una amarga discusión entre Mafalda y su marido aquella misma mañana.

En ese momento, al ver que se acercaban a la plaza del Quirinale, la princesa se ajustó los guantes y se recolocó el collar que le adornaba el escote. Por mucho que le desagradara el acto en el que iban a participar, tanto su aspecto como su comportamiento debían ser impecables. El suyo no dejaba de ser un papel secundario, aunque estaría todo el tiempo en primera línea, junto a los grandes actores. Un pequeño gesto, incluso el más insignificante, podía echar a perder su interpretación. Y ella estaba dispuesta a dejar bien alto el pabellón de la casa real italiana. Como siempre.

De repente, de forma instintiva, Mafalda volvió la cabeza y sintió que el corazón se le encogía. Hasta tal punto se había dejado llevar por su malestar que casi había olvidado que a su lado se encontraba uno de los grandes protagonistas de la obra. Allí estaba él, el que sería su pareja aquella noche, el rey de Italia y emperador de Etiopía. Ver cómo su padre saludaba a las masas con su característico porte regio y los labios apretados en una fina línea que desaparecía bajo el mostacho despertó en ella una mezcla de afecto y de fascinación. Resultaba admirable su capacidad para guardar la compostura en un momento tan complicado para él. Él, que estaba en contra de las últimas actuaciones de Alemania, tenía que transigir con una alianza impuesta por Mussolini que no resultaba de su agrado y presenciar cómo su pueblo se echaba a las calles para vitorear a una de las personas que más aborrecía en este mundo.

Sin dejar de saludar a la multitud, Mafalda le agarró la mano que reposaba sobre el asiento y la apretó suavemente en un gesto de complicidad.

Subieron las escaleras a poca distancia de Hitler y de su madre, que, tal y como establecía el protocolo, abrían el desfile de los asistentes más ilustres. Una vez entraron en la *sala degli Svizzeri,* donde esperaban el resto de los doscientos invitados, se encontraron con una nueva marea de brazos extendidos. Mafalda, cuya mano izquierda estaba apoyada en el antebrazo de su padre, sintió cómo sus tendones se tensaban de golpe.

Mientras se disolvía la comitiva y antes de verse obligada a encadenar un saludo con otro, buscó a Philipp con la mirada. No tardó en encontrarlo charlando con Ciano y Von Ribbentropp. Al verlo allí, vestido de uniforme y manejándose con desenvoltura entre los dos ministros de Asuntos Exteriores, se quedó encandilada por su irresistible atractivo. Tenía que reconocer que, a pesar de sus diferencias en los últimos días, se sentía orgullosa de él. El éxito de la visita era en gran parte mérito suyo y no se podía negar que había hecho un buen trabajo. No solo porque se había dejado la piel en los preparativos sino, sobre todo, por haber contribuido a estrechar los lazos entre los dos países. Y quería pensar que, pese a la opinión de su padre, aquello no podía ser malo. Ella también detestaba a los nazis, pero las relaciones entre Alemania e Italia eran mucho más que una amistad entre sus prepotentes líderes, y Philipp y ella eran buena prueba de ello. Entonces, con un estremecimiento, deseó que acabara aquella absurda ceremonia para volver a casa con su marido y olvidar sus estúpidas diferencias.

Finalizados los saludos de rigor, Mafalda se dirigió a la mesa presidencial y descubrió que se había producido un pequeño incidente. Por lo visto Hitler, al que le correspondía sentarse entre ella y su madre, había decidido por su cuenta y riesgo tomar asiento junto a Edda Ciano, la hija de Mussolini y mujer del ministro, lo que había obligado a un miembro del servicio a sacarlo de su error. Por suerte, todo se había resuelto en pocos segundos.

—Disculpe, *Frau* Hessen —se excusó en alemán al verla a su lado—. Ha habido un malentendido. A propósito, me alegro mucho de verla. Es un placer compartir la velada con la esposa de un querido compatriota.

Mafalda no creyó ni una sola de sus palabras, empezando por la excusa del malentendido, pero lo que de verdad le molestó fue percibir cómo Mussolini, que estaba sentado a su derecha, se removía ligeramente en su asiento. Sin duda se regodeaba en el hecho de que Hitler no hubiera utilizado el tratamiento de alteza para dirigirse a ella y la hubiese definido, simplemente, como la esposa de un alemán.

—El placer es mío, *mein Führer* —respondió bajando ligeramente el tono al pronunciar estas dos últimas palabras que tanto le repugnaban.

En ese momento su padre, que estaba al otro lado de la mesa presidencial, se puso en pie y comenzó el discurso de bienvenida. Cuando hubo terminado, Hitler hizo lo propio y pronunció unas palabras de agradecimiento.

Finalizada su alocución, Mafalda se dirigió de nuevo a él.

—Me alegro de que la estancia en Roma esté resultando de su agrado —dijo aludiendo a lo que había expresado en su discurso.

Justo cuando el *Führer* se disponía a contestarle, uno de los camareros se aproximó por detrás y colocó sendos platos delante de ellos. El de Mafalda era igual al del resto de los comensales. El de Hitler contenía una simple tableta de chocolate.

—Es imposible no sentirse a gusto en una ciudad tan maravillosa. Tan solo llevo aquí un día, pero ha sido suficiente para enamorarme de sus monumentos y emocionarme con la cálida acogida de sus gentes —dijo como si repitiera de memoria un discurso aprendido al tiempo que cortaba un pedacito de la tableta ayudándose del cuchillo y el tenedor.

Mafalda advirtió cómo su madre, sentada al otro lado del invitado, reprimía una expresión horrorizada, pero a ella no le sorprendió. Había compartido tantas veladas con el *Führer* que sus extravagancias habían dejado de escandalizarla. No así a los demás. La mayoría de los que habían tenido trato con él desde su llegada el día anterior andaban estupefactos, en especial los miembros del servicio que se ocupaban de las estancias privadas del Quirinale. Por lo visto ya se habían visto envueltos en varios sucesos dignos de mención debido a las peculiares costumbres de su huésped, sobre todo en lo relativo a los hábitos de sueño. Aparentemente, había exigido que instalaran en su habitación su propia cama, un modesto catre de hierro con una red metálica que le acompañaba allá donde fuera. Y no solo eso, durante la noche había despertado a los sirvientes a horas intempestivas pidiendo a gritos una mujer. En realidad pretendía que le rehicieran la cama, pero alguna mente calenturienta había interpretado erróneamente la demanda y durante algunos minutos se había montado un considerable revuelo.

De súbito, bien porque sentía la necesidad de justificarse o porque le pareció una buena manera de iniciar una conversación, Hitler se volvió hacia su madre y dio rienda suelta a una disertación sobre sus molestias estomacales y las bondades de seguir una dieta exenta de carne.

—¿Qué tal los chicos, alteza? —la interpeló entonces Mussolini.

Mafalda se volvió hacia él y el mal humor volvió a apoderarse de ella. Nunca lo había soportado, pero con los años la antipatía se había convertido en una aversión insana. Por supuesto, el sentimiento era recíproco pero, a diferencia de ella, que se esforzaba por no dejarlo entrever, él se las arreglaba siempre para trasmitirle de un modo u otro su cordial animadversión.

—Bien, gracias —respondió escueta al tiempo que agarraba la copa de vino y se la acercaba a los labios para no tener que extenderse en explicaciones.

—Me han informado de que los mayores están estudiando en Alemania —continuó Mussolini con la boca llena de comida. Luego, sin esperar un mínimo gesto de confirmación, añadió—: Debe de estar muy contenta. Allí aprenderán de primera mano la disciplina y la tenacidad teutonas, dos pilares fundamentales de la educación.

Mafalda tuvo que morderse la lengua. ¿Educación? ¡Qué sabría él de educación!

Antes de que pudiera contestar, el *Duce* continuó con expresión apenada:

—¡Lástima que Múnich esté tan lejos!

El tono mordaz de sus palabras era tan manifiesto que Mafalda supo de inmediato que no se trataba de un comentario inocente. Sin duda le habían llegado noticias de lo difícil que le resultaba estar separada de sus hijos y pretendía atacar donde más le dolía. Era propio de él. Pero esta vez no iba a consentírselo. Entonces, cuando estaba a punto de responder, recordó su propósito de cumplir con su papel en aquella representación y comentó:

—Deliciosa esta pularda, ¿no le parece?

Tres días más tarde, mientras caminaba junto a los ministros de Educación y de Cultura por los jardines de las termas de Diocleciano, Philipp sintió una necesidad imperiosa de sentarse. Por desgracia no podía permitírselo y, por lo demás, tampoco había dónde. Tendría que contentarse con descansar durante el trayecto en coche hasta Villa Borghese, donde estaba previsto que les sirvieran la cena; eso sí, antes recorrerían la Villa Umberto de arriba abajo y, con toda seguridad, se detendrían a admirar todas y cada una de las obras allí expuestas.

No era propio de él mostrarse tan reticente a las visitas culturales, pero aquel día le dolían las piernas y le invadía una sensación de hartazgo que hizo que se avergonzara de sí mismo. Jamás habría creído que pudiese cansarse de admirar unas obras que siempre le habían subyugado, pero el empeño de Hitler por visitar todos los museos y monumentos de la ciudad en tan solo dos días era un auténtico despropósito. Su único consuelo era saber que había otro miembro de la comitiva al que aún le resultaban más tediosas aquellas visitas, y ese no era otro que el propio Mussolini.

Miró al grupo que iba en cabeza, formado por el *Führer,* el *Duce* y Bianchi Bandinelli, el profesor de arqueología elegido para acompañarles por su domino del alemán y al que le habían procurado un uniforme fascista, y esbozó una sonrisa. Mientras Hitler escuchaba sin perder detalle todo lo que el experto les refería, Mussolini caminaba junto a ellos con las manos a la espalda y expresión apática, asintiendo de vez en cuando con la cabeza. Si creía que aquel gesto le hacía parecer un erudito no podía estar más equivocado. Su falta de interés se percibía a la legua. Tal vez un desconocido podría haber atribuido su desidia a la barrera idiomática, pero aquel no era el problema. Mussolini se defendía con soltura en la lengua de su invitado. La verdadera razón por la que se le veía tan fuera de lugar era su vergonzoso desconocimiento de todo lo que tenía que ver con el arte. De hecho, su falta de cultura, unida a una insensibilidad casi indecente, había provocado que en más de una ocasión a lo largo de aquellos días hubiera hecho alguna observación que había resultado cuanto menos bochornosa. Por suerte, después de un par de meteduras de pata había optado por permanecer en silencio y limitarse a repetir hasta la saciedad aquel gesto de asentimiento que tan socorrido le estaba resultando.

Mientras se dirigían a la salida, donde les esperaba la flota de relucientes automóviles que les llevaría a Villa Borghese, Philipp se llevó la mano al cuello intentando aliviar la tensión que acumulaba bajo la nuca. A diferencia del dolor de piernas, para hacer desaparecer aquella molestia se requeriría algo más que un poco de reposo. Lo más probable era que se prolongara al menos otros dos días más, hasta que viese al *Führer* y a su comitiva subir al tren de regreso a Alemania.

En aquel momento pensó que no debía verlo todo tan negro. Aunque para él la presión estaba siendo abrumadora, la visita de Estado no podía ir mejor, al menos en lo referente a la relación entre Hitler y Mussolini. Dejando a un lado la incapacidad manifiesta del italiano para apreciar las obras de arte que tanto interesaban al *Führer,* se podía decir que el vínculo entre los dos era cada vez más estrecho y, por lo que le habían contado, se habían dado pasos importantes hacia la consecución de una alianza formal.

Por desgracia, no se podía decir lo mismo de la relación de ambos con la Corona. En aquellos días su suegro había tenido que soportar estoicamente continuos desaires por parte de la delegación alemana; Hitler y sus ministros no concebían que fuera el rey y no Mussolini el que presidiera todos los actos oficiales y algunos, como Goebbels y Himmler, no habían tenido reparos en dárselo a entender saltándose continuamente el protocolo y mostrándole un menosprecio intolerable. Al menos Hitler había sido algo más discreto, aunque su antipatía mutua era tan patente que no había hecho falta evidenciarlo. Por supuesto, aquellas impertinencias habían hecho las delicias del *Duce,* pero para Philipp estaba siendo muy difícil ver cómo ninguneaban a un hombre por el que sentía un sincero afecto y que bajo ningún concepto se merecía aquel trato. Afortunadamente aquel día ni su suegro ni ningún miembro de su familia política les acompañaba y tampoco estaba previsto que participaran en ningún acto, así que podía disfrutar de un motivo menos de tensión.

Al llegar al lugar donde esperaban los vehículos, el grupo se detuvo en espera de que el invitado acabara de conversar con su guía personal.

—Von Hessen —interpeló de pronto Hitler a Philipp haciéndole un gesto para que se acercara. Cuando se hubo unido a ellos le explicó—: Le estaba hablando al profesor Bianchi del excelente olfato que tiene usted para adquirir obras de arte. —Acto seguido, se volvió de nuevo hacia su interlocutor—. Gracias a él, en cuestión de días llegará a nuestro país una escultura magnífica: el *Discóbolo* de la familia Lancelotti.

Bianchi, un hombre joven con una expresión despierta que destilaba inteligencia, lo miró de hito en hito sin decir una palabra. No obstante, a juzgar por el destello de rencor que percibió en su mirada, debía de estar al tanto de la polémica que se había desatado a propósito de aquella obra.

A pesar de la manera casual en que lo había dejado caer, la información que Hitler acababa de desvelar era una auténtica primicia. En realidad la maravillosa copia en mármol del *Discóbolo* de Mirón a la que se refería hacía tiempo que debía estar en Alemania. Los trámites para su compra se habían realizado hacía casi un año, cuando Philipp había visitado Italia como presidente de la comisión del Reich encargada de la adquisición de obras de arte. Lamentablemente, a pesar del interés de la familia por vender, el ministro Bottai, que se encontraba allí mismo a punto de subir a uno de los automóviles, se había negado rotundamente alegando que la escultura estaba considerada una obra de alto interés nacional. Después de eso las negociaciones se habían estancado exactamente hasta el día anterior, cuando Philipp había conseguido convencer a Ciano y a Mussolini de que permitieran la transacción.

—Bueno —dijo entonces Hitler propinándole a Philipp unas palmaditas en la espalda—. Y ahora será mejor que nos pongamos en marcha. Todavía tenemos muchas cosas que ver.

Philipp, obedeciendo órdenes, se sintió aliviado al poder dirigirse al vehículo situado detrás del automóvil presidencial y, una vez más, se llevó la mano al cuello sintiendo como si la mirada penetrante del profesor italiano se hubiera instalado en su nuca acrecentando el dolor.

Al llegar a la sala egipcia, el lugar donde habían preparado las mesas para la cena, Philipp se sentó entre los dos ministros de Exteriores. Había sido Ciano el que le había pedido que se acomodara en ese lugar y enseguida supo que, una vez más, le tocaría actuar como intérprete. La propuesta no le hizo mucha gracia; aunque la relación con el yerno del *Duce* era bastante cordial, el nuevo ministro alemán le parecía uno de los varios patanes que formaban parte del gobierno. Por suerte la conversación no tendría por qué pasar de un simple intercambio de banalidades. Los encuentros oficiales se celebraban en estancias privadas y para esos momentos en los que se discutían asuntos más delicados Hitler se hacía acompañar de dos profesionales traídos de Alemania que podían traducir con mayor exactitud cualquier intercambio verbal.

Para su sorpresa, apenas pasados unos minutos, Von Ribbentropp, sin motivo aparente, sacó a colación el asunto de Checoslovaquia.

—Como ya le dije ayer, la cuestión de los Sudetes tendrá que resolverse antes o después. La población alemana residente en esa zona tiene derecho a integrarse con sus compatriotas. Y lo mejor es hacerlo por medio de un pacto. Nuestra aspiración de recuperar ese territorio es perfectamente legítima y Francia y Gran Bretaña tendrán que entenderlo.

Philipp procedió a traducir sus palabras mientras se preguntaba con qué derecho aquel incompetente le ponía en una situación tan comprometida. No era el momento ni el lugar para tratar ese asunto. Por suerte, Ciano se limitó a asentir con la cabeza, un gesto muy similar al de su suegro cuando paseaba entre las obras de arte.

—De lo contrario, no dudaremos en utilizar la fuerza —continuó Von Ribbentropp, que parecía alimentar su entusiasmo con solo escucharse a sí mismo—. Y tenga por seguro que no nos limitaremos a tomar lo que nos corresponde. —Al oír aquello, Philipp sintió que la boca se le secaba. No podía creer lo que estaba oyendo—. Si hiciera falta —prosiguió el ministro completamente desatado—, arrasaremos con todo el que se ponga por delante.

Philipp se quedó estupefacto. Aquello no podía estar pasando. ¿En serio tenía que traducir aquella sarta de despropósitos?

Justo cuando el ministro alemán lo miraba con curiosidad, como si se estuviese preguntando cuándo pensaba empezar a trasmitir sus palabras, se oyó un tintineo.

—*Achtung* —dijo Hitler mientras golpeaba suavemente su copa con un tenedor—. Ha llegado el momento de hacer un brindis.

Philipp no escuchó nada más. Se limitó a levantar su copa de vino y, cuando estuvo seguro de que el *Führer* hubo terminado de hablar, se la llevó a la boca y apuró hasta la última gota de un solo trago.

Capítulo 16

Alpes piamonteses
Julio de 1939

L a residencia real de Sant'Anna di Valdieri siempre había sido uno de los lugares favoritos de Mafalda. Situada en un estrecho y alargado valle alpino a pocos kilómetros de la frontera francesa, estaba rodeada de escarpadas montañas que, como si de almenas naturales se tratase, salvaguardaban con su solidez y majestuosidad los prados que tapizaban la cuenca del río. Aquel paraje, apacible y recogido, era su refugio, el lugar ideal para descansar pero, sobre todo, para encontrar la serenidad en aquellos complicados momentos.

No obstante, ella no era la única que ansiaba encontrar la calma en aquellos parajes. Estaba convencida de que la necesidad de sosiego era también el motivo por el que su padre había insistido en que se reuniera allí toda la familia, tal y como habían hecho verano tras verano desde antes de que ella tuviera uso de razón. Daba la sensación de que, con la edad, quisiera recuperar a toda costa los momentos de genuina felicidad que durante años habían compartido en aquel lugar y que, sin darse cuenta, se habían ido diluyendo, escapándoseles entre los dedos como el agua cristalina que bajaba de las cumbres.

Lamentablemente y a pesar de los esfuerzos, no todos habían podido acatar las órdenes del patriarca. Philipp, por ejemplo, apenas había contado con tres días de vacaciones, y Giorgio, el marido de Jolanda, tampoco había podido sustraerse a sus obligaciones como inspector de caballería en Libia. Eso sí, al menos su padre había conseguido reunir a todos sus hijos y a sus once nietos, algo que cada vez resultaba más complicado teniendo en cuenta la velocidad a la que aumentaba la familia. En los últimos dos años habían nacido nada menos que tres varones: el pequeño Otto; Simeón, el benjamín de Giogiò, y Vittorio Emanuele, el segundo hijo de Umberto y María José. Y eso no era todo. Estaba segura de que antes de que quisieran darse cuenta María, que se había casado a principios de año con el príncipe Luis de Borbón y Parma y que deseaba fervientemente convertirse en madre, les anunciaría la llegada de un nuevo miembro.

Aquella tarde Mafalda caminaba junto a Giovanna por el sendero que discurría a la vera del río. Habían decidido salir a dar un paseo las dos solas, aprovechando que su madre se había llevado a los nietos de mayor edad a pescar truchas. No era habitual disponer de tiempo sin niños, ni siquiera en esas fechas, y aquella pequeña escapada era una bonita forma de evocar sus expediciones infantiles, cuando correteaban por aquellos mismos caminos con sus sombreros canotier y sus vestidos de algodón compitiendo para ver quién encontraba la flor más hermosa o el insecto más extraño.

En un momento del recorrido las hermanas se detuvieron para dejar paso a un lugareño que regresaba de pastorear su rebaño de cabras y al que saludaron cariñosamente en dialecto piamontés. Aunque ninguna de las dos dominaba la lengua de los habitantes de la zona, ambas sentían un sincero afecto por aquel idioma plagado de reminiscencias del francés y que su padre utilizaba en la intimidad familiar con la soltura de un campesino. El hombre respondió al saludo con sencillez, quitándose el sombrero de paja e inclinando la cabeza con una sonrisa que hizo que resaltaran aún más los pronunciados surcos que enmarcaban sus ojos.

Una vez el pastor y su rebaño se hubieron alejado, Mafalda volvió a dirigir la mirada a su hermana y cayó en la cuenta de que también aquel rostro, hasta hacía poco impoluto, empezaba a mostrar arrugas cerca de los pómulos. Justo en ese momento Giovanna la miró con los labios fruncidos y su hermana supo de inmediato que había decidido abordar el asunto que tanto les preocupaba.

—Ayer estuve hablando con mamá —comenzó a decir—. Por lo visto hace tiempo que papá no duerme bien. Nunca lo reconocerá delante de nosotros, pero está angustiado ante la posibilidad de que estalle la guerra.

Mafalda sintió una fuerte opresión en el estómago. A pesar de que aquel mismo asunto ocupaba sus pensamientos durante la mayor parte del día, no era lo mismo escucharlo de boca de su hermana. Era como si al verbalizarlo se volviera más real, más tangible y al mismo tiempo más amenazador.

—Es natural —respondió Mafalda afligida pensando en lo cerca que se sentía de su padre—. Son muchos meses intentando evitar el conflicto, negociando, transigiendo... Al final a todos nos asusta que tanto esfuerzo no haya servido para nada.

—A todos no —la corrigió Giovanna.

No hizo falta que dijera nada más. Las dos sabían a quién se refería. El culpable de sus temores, de su desazón y de los desvelos de su padre no era otro que Hitler, el hombre al que su marido debía obediencia y con el que mantenía una relación cada vez más estrecha.

Tras unos segundos en silencio, Giovanna preguntó con cautela:

—¿Y qué dice Philipp?

A Mafalda la pregunta no la pilló por sorpresa. Sospechaba que antes o después alguien de la familia se decidiría a formulársela. El problema es que no tenía una respuesta que ofrecerles.

—La verdad es que ya no sé lo que piensa —reconoció abiertamente—. Hasta hace poco siempre encontraba la manera de justificar cualquier actuación de Hitler. Entendía, o fingía entender, sus aspiraciones territoriales en Austria y Checoslovaquia, y cuando tomaba una decisión que no admitía excusas lo atribuía a la mala influencia de los hombres que lo rodean. Nunca ha soportado a ninguno de los miembros de su camarilla, a excepción de Göring, pero con él las relaciones ya no son tan estrechas como antes.

»En cualquier caso, ahora mismo ya no tengo ni la menor idea de lo que le pasa por la cabeza. Aunque viene a Italia casi todas las semanas a petición de Hitler, cada vez nos vemos menos y las pocas veces que estamos juntos se muestra hermético, casi huraño.

Mafalda dirigió la mirada hacia las afiladas cumbres que las rodeaban, como intentando extraer fuerzas de su vigor.

—Sé muy bien que intenta protegerme —continuó mientras luchaba contra el nudo que le oprimía la garganta—. Cree que si me oculta las cosas me evitará preocupaciones, pero no se da cuenta de lo mucho que sufro al sentirlo tan lejos. E ignorar los problemas no hará que desaparezcan.

Giovanna le agarró la mano para trasmitirle consuelo.

—De todos modos, tampoco debería sorprenderme —prosiguió Mafalda—. Siempre le ha pasado; cuando algo le preocupa, se cierra en banda y no hay manera de derribar la barrera que construye a su alrededor.

»Lo que sí sé —continuó algo más tranquila— es que él no quiere la guerra. Le parece un auténtico despropósito. No es como la mayoría de sus compatriotas, que parecen deseosos de empuñar las armas. Precisamente por eso intentó mediar con el gobierno alemán durante las negociaciones de Múnich. Su problema es que nunca creyó que Hitler pudiera llegar tan lejos.

—¿Y tú qué piensas? —quiso saber Giovanna.

—Yo tengo mucho miedo —se sinceró Mafalda ante la pregunta directa de su hermana—. Me ha llevado tiempo conocer a Hitler, pero ahora sé que es capaz de todo. Es muy sibilino, dice una cosa pero en realidad está pensando la contraria. Además, lleva años preparándose para la guerra y nunca se ha molestado en ocultarlo. El problema es que, hasta ahora, todos lo consideraban simples fanfarronadas y nadie había intentado pararle los pies. Pero eso se ha terminado. Si finalmente invade Polonia, y estoy convencida de que lo hará, Inglaterra le plantará cara. No va a permitir que siga arrasando con todos los países de su entorno o, de lo contrario, acabará por intentarlo también con Francia. O incluso con Gran Bretaña.

—¿De veras lo crees capaz de algo así? —preguntó Giovanna atemorizada.

—Por desgracia, sí. En los últimos tiempos parece más crecido que nunca. Es como si los recientes logros hubieran alimentado su soberbia hasta límites insospechados. Hace unos meses nos visitó en Kassel y lo encontré especialmente desatado. Despotricaba sin pudor contra todo y contra todos.

»En cualquier caso —dijo tras una breve pausa—, hay algo que sí sé con seguridad: tampoco Mussolini desea la guerra. Y tú y yo sabemos muy bien que la razón no es que se haya convertido en un hombre de paz. Puede decir lo que quiera en sus discursos pero, según Philipp, Italia no está preparada militarmente para entrar en un conflicto. Al menos, no en este momento. Y Mussolini lo sabe. Lo más probable es que Hitler le esté presionando para lo contrario, sobre todo después de que firmaran el Pacto de Amistad y Alianza en mayo. Esperemos que resista.

—Pues nadie lo diría —intervino Giovanna—. Si no quiere la guerra, ¿por qué ha invadido Albania?

—Por la misma razón por la que se empeñó en ocupar Etiopía: no quiere ser menos que Hitler. Y, como se ha demostrado, Albania era un objetivo fácil; nadie protestó y apenas se perdieron vidas. Todo lo contrario de lo que podría suceder si se enfrentara a Francia y al Reino Unido.

Aquella posibilidad se quedó flotando en el aire durante unos minutos, y Mafalda y Giovanna siguieron caminando sin decir nada, como si esperaran que la brisa que acariciaba sus cabellos acabara llevándosela para siempre. Francia había sido tradicionalmente un aliado de Italia y su familia tenía lazos de parentesco muy estrechos con la casa real inglesa. No les cabía en la cabeza que sus países acabaran luchando unos contra otros y que Europa volviera a convertirse en un enorme campo de batalla.

Al final, fue Giogiò la que rompió el silencio.

—Mamá está pensando en enviar una carta a las mujeres de las principales casas reales para intentar crear una especie de liga en favor de la paz.

A Mafalda aquel comentario le inspiró una enorme ternura. En ocasiones su madre pecaba de una ingenuidad casi infantil. ¡Como si lo que ellas pensaran contase para alguien! Además, si Mussolini se enteraba pondría el grito en el cielo.

—¿Y Boris? ¿Qué piensa de todo esto? —preguntó entonces evitando aclarar lo que pensaba al respecto.

—Bueno... Ya sabes que a él tampoco se le da muy bien expresar sus sentimientos. Lleva toda la vida afrontando conflictos sin apoyo y se ha acostumbrado a no compartir sus desvelos con nadie. Pero evidentemente también está preocupado. Aunque nuestro caso es, en cierta medida, diferente. Bulgaria lleva muchos años amenazada por los comunistas, y tiene miedo de que la Unión Soviética pueda aprovechar un conflicto a gran escala para invadir nuestro país.

En ese momento fue Giogiò la que estuvo a punto de dejar escapar una lágrima y Mafalda aprovechó para colocarle detrás de la oreja un mechón que se le había desprendido del moño.

—¿Sabes? Tal vez debería avergonzarme —prosiguió Giovanna—. Quiero muchísimo a Boris, pero cuando lo veo abrumado por las dificultades, amenazado por el terrorismo y por sus muchos enemigos, me preocupan mucho más nuestros hijos que mi propio marido. Sobre todo Simeón.

Mafalda se estremeció. Su hermana tenía razón al inquietarse. Aquel pequeño rubito y regordete que tanto se parecía a Otto acabaría, antes o después, reinando en Bulgaria, al igual que su sobrino Vittorio Emanuele heredaría el trono de Italia. O tal vez no. Tal y como se presentaban las cosas, nadie sabía lo que sería de ellos en un futuro.

—¿Puedes creerlo? —prosiguió Giovanna—. Después de tanto tiempo deseando tener un varón... Creí que era lo mejor, que se lo debía al pueblo búlgaro, pero ahora... Ahora solo pienso en protegerlo, en evitar que tenga que enfrentarse a los problemas que afligen a su padre. Y no es que el porvenir de María Luisa no me inquiete, pero su caso es diferente. Ella no tendrá que soportar una carga tan pesada sobre sus hombros.

Las dos hermanas volvieron a quedarse en silencio. No había mucho que decir, ni tampoco que hacer. Ni su futuro ni el de sus hijos dependía de ellas y el hecho de ser perfectamente conscientes de ello les producía una angustia que no podía expresarse en palabras.

❁❁❁

La última semana de agosto, mientras jugaba a las cartas con su mujer y sus hijos en el patio posterior de su casa de Roma aprovechando que disponía de unos días de vacaciones, Philipp oyó el timbre del teléfono e, inmediatamente, supo que le buscaban a él. Unos minutos más tarde, cuando regresó junto a su familia, la expresión de su rostro indicaba que había perdido por completo las ganas de continuar la partida.

—Era de la embajada alemana, la secretaria de Von Mackensen —le dijo a su esposa—. Hitler quiere que regrese mañana.

Mafalda lo miró con gesto preocupado y, olvidando el hecho de que sus hijos estaban presentes, preguntó:

—¿Se trata de Polonia?

Philipp apretó los labios y cerró los ojos por un instante.

—No me lo han dicho, pero me temo que sí.

Capítulo 17

Roma
10 de junio de 1940

—Combatientes de tierra, mar y aire —la voz de Mussolini, estruendosa y metálica, llegaba a través de las ondas de radio y retumbaba en el salón principal de Villa Polissena, al igual que en el resto de los hogares de Italia—, camisas negras de la revolución de las legiones, hombres y mujeres de Italia, del Imperio y del Reino de Albania, escuchad. —Mafalda contuvo la respiración. Sabía lo que estaba a punto de anunciar, pero necesitaba comprobarlo por sí misma—. La hora señalada por el destino resuena en el cielo de nuestra patria. La hora de las decisiones irrevocables. La declaración de guerra ya ha sido entregada a los embajadores de Gran Bretaña y de Francia.

Los dos hijos mayores de Mafalda estaban sentados en un sofá frente a ella. Enrico, que se frotaba las rodillas con nerviosismo, abrió la boca como si quisiera hacer una pregunta, pero su madre levantó la mano pidiéndole que aguardara. Al ver el gesto, Maurizio reprendió a su hermano menor propinándole un puntapié.

Mussolini continuó su discurso arremetiendo contra sus enemigos, a los que atribuyó la responsabilidad de lo que estaba sucediendo por obstaculizar el destino del pueblo italiano, y a continuación se vanaglorió de haber hecho todo lo posible por evitar el conflicto.

Mientras hablaba se oían de fondo los vítores de la gente que se había reunido delante del palacio Venezia y Mafalda imaginó la escena, tan similar a otras que la habían precedido, con Mussolini arengando a las masas con el pecho henchido, los pulgares introducidos bajo el cinturón y su característica·expresión altiva. No podía creer lo que estaba pasando. Aquel hombre estaba enviando a su pueblo a luchar, a enfrentarse a la muerte sin ningún motivo de peso que justificara el sacrificio, y la multitud lo aclamaba. El mundo se había vuelto completamente loco.

Seguidamente el *Duce* hizo una breve alusión al rey, al que se refirió como el «representante del alma de la patria» y luego envió un saludo al *Führer*. Concluyó diciendo:

—¡Pueblo italiano! ¡Corre a las armas y demuestra tu tenacidad, tu coraje y tu valor!

Mafalda apagó la radio para no seguir escuchando los gritos de aclamación y exhaló el aire que había estado conteniendo desde que Mussolini había nombrado a su padre. Después, con expresión grave pero intentando que no la desbordaran los sentimientos, miró a sus dos hijos mayores. Estaban allí a petición suya, porque ella había considerado oportuno que estuvieran presentes en un momento como aquel, y la observaban con una atención exagerada, como si buscasen algún indicio en su rostro que les indicara cómo debían sentirse.

Su falta de reacción, aunque inesperada para Mafalda, era de lo más natural. Hacía meses que no oían hablar de otra cosa, pero ninguno de los dos entendía realmente lo que significaba entrar en guerra. Aquel era un concepto abstracto, intangible, demasiado difícil de comprender. En sus mentes adolescentes no se trataba más que de una idea difusa, formada a partir de comentarios entre los adultos, muchos de ellos contradictorios, titulares de periódicos y algún que otro fragmento de sus lecturas juveniles.

Aun así, y a pesar del desconcierto que la situación les provocaba, la noticia no les había pillado por sorpresa. Tampoco a Mafalda. Desde que nueve meses atrás las fuerzas aliadas declararon la guerra a Alemania a raíz de la invasión de Polonia, ya se sabía que antes o después Italia entraría en combate. Y la gente no hablaba de otra cosa. Lo que no se conocía era cuándo. En un principio Mussolini había conseguido mantenerse al margen declarándose no beligerante, pero la presión de Hitler y la impresionante campaña de Alemania en el norte de Europa le habían empujado a tomar la decisión. Y además contaba con el apoyo de la mayor parte de los italianos. Con un aliado tan potente como aquel, no era descabellado pensar que la guerra acabaría en cuestión de semanas.

Ese era el motivo por el que ya aquella mañana los periódicos habían publicado la noticia a bombo y platillo, como quien anuncia una buena nueva. Después de meses exaltando las victorias del «pueblo germánico», como Mussolini denominaba a su aliado, y alabando su espectacular «guerra relámpago», por fin había llegado el momento de unirse a la lucha y compartir la gloria de los vencedores.

—¿Hay algo que os gustaría preguntarme? —inquirió Mafalda a sus hijos una vez se hubo repuesto un poco. Imaginaba que tendrían infinidad de dudas y esperó ser capaz de darles una respuesta.

—Yo sí —contestó Enrico. Tras unos segundos algo dubitativo añadió—: ¿Tú sabes cuándo empezarán los bombardeos?

Mafalda enseguida entendió a qué se debía aquella pregunta. Desde el inicio de la guerra no había semana en que los periódicos no hablaran del ataque aéreo a alguna ciudad y en cuanto se había sabido que Italia entraría en combate el gobierno había empezado a distribuir octavillas donde se explicaba cómo actuar apenas se oyeran las alarmas. En ellas se conminaba a la población a apagar todas las luces y a bajar las persianas, así como a cubrir los cristales con tiras de papel para evitar que la onda expansiva de las bombas los hiciera añicos.

—No lo sé, *amore mío*. Espero que nunca —respondió Mafalda—. No se puede saber con antelación, pero es importante estar prevenidos. Ya os he explicado cómo hay que actuar en caso de que oigáis las sirenas. Es fundamental que acudamos cuanto antes a los automóviles para dirigirnos a las catacumbas de Le Cavalle Madri. El abuelo ha mandado que las preparen para que sirvan como refugio. Allí estaremos a salvo, ¿entendido?

—Entendido —respondieron los hermanos al unísono.

—¿Alguna otra pregunta?

Mafalda miró alternativamente a sus hijos, dispuesta a resolver con paciencia y buen criterio todas las dudas que pudieran surgirles, pero ellos se limitaron a mirarse entre sí con expresión vacía. Al final fue Maurizio el que se decidió a decir algo.

—Solo una cosa. —Al igual que su hermano, hizo una breve pausa como si tuviera que pensar bien lo que iba a decir—, ¿podemos salir ya a jugar?

Mafalda, aturdida, les dio permiso con un simple gesto de asentimiento y, en apenas unos segundos, se quedó sola en el salón, pensando en la bendita despreocupación de sus hijos en un momento tan aciago como aquel. Era evidente que la guerra les parecía algo tan lejano que no pensaban que pudiera alterar en lo más mínimo sus vidas.

Entonces metió la mano en el bolsillo derecho de su vestido, donde guardaba uno de sus rosarios, y apoyándolo en su vientre, en el que desde hacía seis meses crecía una nueva criatura, rezó para que sus hijos no se equivocaran.

Capítulo 18

Roma
Mayo de 1941

A media mañana, Mafalda entró por la puerta principal de la residencia de sus padres con las mejillas encendidas y la respiración acelerada. Hacía unos veinte minutos que su madre la había llamado por teléfono para decirle que su padre y ella querían hablarle de un asunto importante, de modo que, sin pensárselo ni un segundo, se había puesto al volante y había cruzado a toda velocidad los jardines de Villa Saboya con el corazón latiéndole a un ritmo inusitado.

Tras cruzar el umbral, entregó a una de las criadas el cárdigan que se había llevado a toda prisa y que ni siquiera había llegado a ponerse.

—Sus majestades le esperan en el despacho real —le informó la secretaria de su madre.

—Gracias, Rosa —dijo sin apenas mirarle a la cara.

Sin más dilación, se dirigió la estancia en la que se gestionaban los asuntos oficiales del reino. Necesitaba saber cuanto antes el motivo por el que la habían mandado llamar. Ya en el despacho, encontró a su padre sentado a la mesa y a su madre de pie, a su izquierda. La luz que entraba por la ventana situada en el otro extremo y que le iluminaba directamente el rostro le daba la apariencia de una estatua de mármol. Ambos la observaban con gesto circunspecto.

Mafalda ni siquiera saludó.

—¿Le ha pasado algo a Philipp? —soltó a bocajarro.

Su madre la miró aturdida. Por lo visto, no se esperaba aquella pregunta.

—¿Cómo? —balbució la reina mientras se aproximaba un poco más a la mesa—. ¡Oh, no! ¡En absoluto! —exclamó entonces como si fuera lo más absurdo que hubiera oído en mucho tiempo—. Philipp no tiene nada que ver con esto.

Mafalda respiró tranquila al ver que el rostro de su madre adoptaba una expresión completamente diferente, casi despreocupada. Estaba claro que no se había producido ninguna tragedia de las que imaginaba continuamente desde el comienzo de la guerra. Entonces tomó asiento y, sin poder evitarlo, sintió cierto resquemor hacia sus padres por haberla inducido a imaginar todo tipo de desgracias. Teniendo en cuenta lo que estaba pasando en el mundo, cualquier hecho que se saliera de lo normal podía ser interpretado como una señal de que algo malo había sucedido.

—Te hemos mandado llamar porque te necesitamos para un asunto de vital importancia. Se trata de una cuestión estratégica.

—En aquel momento su padre hizo una breve pausa y añadió con gesto grave—: Está en juego el futuro de Montenegro.

Mafalda dirigió la vista hacia su madre y vio que se mordía el labio inferior.

—Como bien sabes —prosiguió su padre—, tras meses de lucha en los Balcanes, hace algunas semanas las fuerzas del Eje invadimos Yugoslavia y, en apenas unos días, la armada real fue derrotada. —Su padre le hablaba con distancia, como si estuviera dando un parte de guerra, y a Mafalda la alusión a las fuerzas del Eje, el nombre que se había dado al pacto entre Italia, Alemania y Japón, le pareció chocante. Al fin y al cabo, había sido la Wehrmacht la que había hecho todo el trabajo—. Eso significa que, a partir de ahora, se abren una serie de opciones acerca de cómo gestionar la nueva situación. Y, naturalmente, hay muchos intereses encontrados. —Su padre se aclaró la garganta—. Algunos grupos fascistas croatas y albaneses aspiran a repartirse el territorio de Montenegro, pero nosotros tenemos planes muy diferentes. Nuestra intención es que el país natal de tu madre se erija como estado independiente bajo el protectorado de Italia y, al mismo tiempo, restaurar la Corona.

—¿Restaurar la Corona?

Mafalda no daba crédito a lo que acababa de oír. Hacía más de veinte años, desde el final de la Gran Guerra, que la tierra de sus antepasados había dejado de ser un reino para acabar reducida a una simple región de Yugoslavia.

—Así es. Se nos presenta una oportunidad excelente para que Montenegro recupere su antiguo estatus.

Mafalda miró a su madre, que no había vuelto a abrir la boca, aunque no era necesario. Su mirada lo decía todo. Aquel asunto le preocupaba enormemente.

—Hemos entrado en contacto con el Comité de Liberación montenegrino, que ha expresado el deseo de que sea tu madre la que acceda al trono o, en su defecto, tu hermano. Pero, como comprenderás, eso queda totalmente descartado. —A Mafalda le llamó la atención que su padre expresara aquella idea disparatada con el mismo tono reposado que había utilizado hasta entonces, como si estuviera dando un discurso preparado a conciencia—. Según lo dispuesto por tu abuelo en su testamento —continuó—, el legítimo heredero es tu primo Mihajlo, de modo que debería ser él quien se haga cargo de la Corona.

Mafalda repasó mentalmente el árbol genealógico de su familia materna. Su primo Mihajlo, al que siempre habían llamado Michele, era hijo de su tío Mirko, uno de los once hermanos de su madre. Sabía que era bastante menor que ella, pero en aquel momento no recordaba la última vez que se habían visto y, por mucho que se esforzaba en ponerle cara, su mente le devolvía una y otra vez la imagen de un niño de no más de siete u ocho años.

—¡No podéis hablar en serio! —exclamó la princesa. No quería herir los sentimientos de su madre, pero alguien debía poner un poco de cordura—. Hitler jamás lo permitiría. Los tres sabemos por experiencia que se opone a todo lo que tenga que ver con la palabra monarquía.

—Por eso precisamente es imprescindible actuar con celeridad —repuso su padre—. Hay que intervenir cuanto antes y presentárselo todo como un hecho consumado.

—¿Y Mussolini qué ha dicho? —quiso saber Mafalda—. Porque supongo que estará al tanto.

—Se ha desentendido por completo y ha delegado en Ciano —respondió su padre.

Mafalda se quedó pensativa. El hecho de que fuera Ciano el que gestionaba el asunto quería decir que a Mussolini no le importaba demasiado cómo se resolviera. Entonces recordó algo que su padre había dicho al principio de la conversación: «te necesitamos».

—¿Y por qué me habéis mandado llamar? ¿Qué tengo yo que ver en todo esto?

Por primera vez desde que había comenzado la discusión su madre tomó la palabra.

—Actualmente tu primo reside en Alemania, en Bad Homburg. Antes vivía en París con su esposa francesa, pero se exilió después de la ocupación nazi. Queremos que vayas a visitarlo y le hagas la propuesta.

Aunque intentaba adoptar una actitud neutra, Mafalda percibió un matiz suplicante en la voz de su madre.

—¿Yo? ¿Por qué yo? —inquirió desconcertada—. Seguro que hay alguien mucho más apropiado. No puedo dejar solos a mis hijos. Elisabetta ni siquiera ha cumplido un año y desde que nació su hermana Otto está muy enmadrado.

—Eres el único miembro de la familia que se puede mover libremente por Alemania sin levantar sospechas —repuso su padre—. Es tu segunda patria, y tu marido es un miembro conocido y respetado del partido nazi. Nadie le dará más importancia al hecho de que le hagas una visita de cortesía a un pariente cercano.

—Serían solo unos días —intervino su madre con un tono cada vez más lastimero—. Solo tienes que pasarte por el hotel en el que se aloja, charlar un rato con él y marcharte. Te prometo que tus hijos estarán bien. Yo misma estaré pendiente de ellos.

A Mafalda le partía el corazón ver a su madre en aquel estado. Parecía que le fuese la vida en ello y no era para menos. Se trataba de su patria, el lugar donde había nacido y del que su familia había tenido que exiliarse tras una amarga derrota frente al Imperio Austrohúngaro. Pero sentía que le estaba pidiendo demasiado.

—Está bien —dijo por fin—, pero me limitaré a hacer lo que me habéis pedido: conversar un rato con él y trasmitirle vuestras intenciones.

—Es más que suficiente —repuso su padre—. Ahora mismo daré órdenes para que preparen el viaje e informen de tu visita al cónsul de Fráncfort.

Mafalda se levantó de la silla e hizo ademán de marcharse, pero antes de que tuviera tiempo de volverse hacia la puerta su madre abandonó la postura pétrea que había mantenido hasta entonces y se acercó a ella.

—Gracias, hija —le dijo tomándole las manos con la voz tocada por la emoción.

Mafalda no respondió con palabras, sino que se limitó a sonreír y a expresar con su mirada todo el amor que sentía por aquella mujer de apariencia fuerte pero de corazón frágil.

Tras una breve visita a su suegra en su residencia de Kronberg que debía justificar su estancia en Alemania, Mafalda llegó a Fráncfort. Una vez allí, fue recibida por el cónsul italiano, el conde Serra di Cassano, que la esperaba con un chófer y un vehículo oficial para trasladarse juntos a Bad Homburg.

Cuando supo que no tendría que acudir sola al encuentro con su primo, Mafalda sintió un gran alivio, y no porque la entrevista con Michele le provocara ningún tipo de inquietud, sino porque, en caso de que este se mostrara reticente, su acompañante estaría en condiciones de aportar argumentos mucho más persuasivos que los suyos. Jamás se había ocupado de cuestiones políticas y, por mucho que intentara convencerse de que sus padres le habían encomendado aquella gestión porque confiaban en su capacidad, en su fuero interno le preocupaba no estar a la altura.

Durante el trayecto, mientras el automóvil se deslizaba con soltura por las formidables carreteras que Hitler había hecho construir en los últimos años, Mafalda puso al corriente a su compañero de viaje del verdadero motivo de su visita.

—¡Pero eso lo cambia todo, alteza! —exclamó el cónsul una vez hubo escuchado todas las explicaciones—. Nadie me comentó que se tratara de un asunto de esa envergadura. Si lo hubiera sabido, habría tomado precauciones. ¡Y por descontado que no habría elegido un vehículo oficial para trasladarnos!

—¡Oh! ¡No se preocupe! —repuso Mafalda sorprendida por la reacción del diplomático, en su opinión algo exagerada—. No estoy aquí en misión secreta —al oír sus propias palabras se corrigió a sí misma—, mejor dicho, no exactamente. Solo vengo a visitar a un pariente —dijo con una sonrisa nerviosa que pretendía mostrar complicidad—. Lo que discutamos delante de una taza de té no tiene la menor importancia.

La respuesta de Mafalda no pareció tranquilizar al conde, que durante el resto del viaje mantuvo el ceño fruncido y las comisuras de los labios hacia abajo, signos evidentes de que la información que acababa de recibir había supuesto para él una contrariedad.

Media hora más tarde, cuando el automóvil se adentró en las calles de la elegante y coqueta ciudad termal, que como otras muchas localidades alemanas parecía vivir ajena a lo que sucedía en el resto del continente, el cónsul ordenó al chófer que se dirigiera hacia el Gran Hotel.

Una vez en el interior, Mafalda y su acompañante se acercaron al mostrador de recepción, donde les atendió un empleado de una cierta edad con un bigote algo pasado de moda que recordaba al del antiguo Káiser.

—Buenos días —saludó el conde en perfecto alemán—. Veníamos a visitar a uno de sus huéspedes, *Herr* Mihajlo Petrović Njegoš. ¿Podría avisarle, si es tan amable? Nos está esperando.

—Por supuesto. ¿A quién debo anunciar?

—A su prima, *Frau* Mafalda von Hessen.

A Mafalda no se le escapó que Serra di Cassano no revelara su propia identidad, ni tampoco que obviase el tratamiento real para referirse a ella o a su primo, pero no le pareció mal. A pesar del aspecto monárquico del recepcionista, la opinión de los alemanes hacia la realeza no solía ser muy buena.

—Enseguida —respondió el empleado del hotel—. Mientras tanto, si lo desean, pueden acomodarse —añadió señalando un espacio provisto de mesas y sillas de aspecto más que confortable, una buena parte de ellas ocupadas por clientes del hotel.

Mafalda, sin pensárselo dos veces, se dirigió al centro de la sala y, una vez tomaron asiento, alzó la mano para pedir a un camarero que los atendiera.

—Disculpe mi atrevimiento, alteza, pero tal vez deberíamos situarnos en un lugar algo más apartado —sugirió su acompañante en voz baja mientras el camarero apuntaba en su cuadernillo el café con pastas y el té con limón que acababan de pedir.

—¿Usted cree? —preguntó Mafalda.

El cónsul abrió la boca para justificar su recomendación, pero no tuvo tiempo de expresar sus motivos pues, en ese instante, Mafalda se puso en pie para recibir a un joven delgado de rasgos delicados que se aproximaba a la mesa acompañado de una muchacha.

—¡Querida Mafalda! ¡Qué alegría!

Apenas lo tuvo delante, Mafalda se dio cuenta de que no tendría que haber dudado de su capacidad para reconocer a su primo. En su rostro coexistían una serie de rasgos que, aunque difíciles de concretar, probaban que por sus venas corría la misma sangre de su madre y de sus tíos.

Tras intercambiar un cariñoso saludo, y una vez le hubo presentado a su esposa Geneviève, Mafalda y Michele se pusieron al día sobre sus respectivas familias y rememoraron momentos que ambos creían haber olvidado.

—Y dime, ¿qué te trae por aquí? —preguntó el príncipe pasado un rato. Parecía algo descolocado—. Pensaba que habías regresado a Italia.

A riesgo de parecer maleducado, el conde Serra di Cassano, que había permanecido callado sin dejar de mirar de reojo a su alrededor, se decidió a intervenir en la conversación.

—Siento muchísimo interrumpirla, alteza —dijo dirigiéndose a Mafalda con gesto severo mientras se secaba el sudor de la frente con un pañuelo—, pero no puedo permitir que se discutan ciertos asuntos en un lugar como este.

Michele y su esposa se quedaron mirándolo con expresión de desconcierto, y el cónsul, bajando el tono de voz, añadió:

—Disculpen el atrevimiento, ¿creen que podríamos continuar esta charla en un sitio más discreto? ¿Tal vez en su habitación?

—¿En mi habitación? —Michele se mostró dubitativo. Sin duda se preguntaba a qué obedecía aquella inesperada propuesta—. Supongo que sí. Si ese es vuestro deseo...

❁❁❁

Al llegar a la estancia que servía de vivienda a Michele y a su esposa, Mafalda descubrió con sorpresa que se trataba de una alcoba mucho más modesta y austera de lo que había imaginado.

—Como podéis ver, no disponemos de mucho espacio —se disculpó su primo algo avergonzado—. La verdad es que no acostumbramos a recibir visitas.

—¡Oh! No digas tonterías. Es muy acogedora —repuso Mafalda procurando sonar lo más sincera posible.

—Pero no se quede ahí de pie —le dijo Geneviève con un pronunciado acento francés—. Tome asiento, por favor.

Mafalda echó un vistazo a la butaca que le estaba indicando y dudó si aceptar el ofrecimiento. Era uno de los escasos muebles de la habitación y, exceptuando la silla del tocador, el único lugar habilitado para sentarse.

—No, gracias —dijo pensando en lo extraño que podría resultar estar sentada mientras los demás permanecían de pie—. Es muy amable, pero creo que estaremos mejor aquí —añadió acomodándose sobre la cama. Acto seguido, dando unas palmaditas en la colcha, añadió—: Ven aquí conmigo, Michele. Así estaremos más cerca —dijo adoptando un tono familiar.

Una vez su primo accedió a la propuesta, Mafalda procedió a revelarle las verdaderas razones por las que se encontraba allí, exponiéndole al detalle las intenciones de sus padres. Cuando hubo terminado, Michele se quedó un rato en silencio. Después miró a su esposa, que, a petición del cónsul, se había sentado en la butaca, desde donde seguía atentamente la conversación.

—Querida prima —dijo finalmente con voz queda y expresión comedida—, agradezco mucho a tus padres que hayan pensado en mí para un cometido tan importante, pero lamentablemente me veo obligado a rechazar la oferta.

A Mafalda le sorprendió escuchar una negativa tan rápida y directa. Ingenuamente, había supuesto que su primo le pediría algún tiempo para reflexionar y que ella habría regresado a Italia sin ninguna respuesta definitiva.

—Supongo que te costará entender mi decisión —continuó Michele—, y no te juzgo por ello. A pesar de nuestros lazos familiares, tú y yo provenimos de mundos muy diferentes y lo más probable es que mis motivos te resulten incomprensibles. Sea como fuere, no le veo ningún sentido a intentar restaurar una corona que hace tiempo que pasó a la historia. Sería como si alguien pretendiera de pronto resucitar el reino de Nápoles o la república de Génova. —Michele, que había observado cómo el rostro de Mafalda pasaba de la alegría a la decepción, hizo una pausa para tomar aliento—. No me malinterpretes, amo a mi pueblo con todo mi corazón, pero eso no implica que acepte el hecho incontestable de que Montenegro es una provincia de Yugoslavia. Así lo reconocí hace años, cuando se creó el nuevo reino y juré lealtad al difunto monarca Alejandro, y no tengo ninguna intención de faltar a mi palabra. Además, si mi mujer y yo hemos podido salir adelante todo este tiempo ha sido gracias al subsidio que nos ha proporcionado Belgrado.

—Pero ahora las circunstancias han cambiado —protestó Serra di Cassano—. Hace semanas que el príncipe Pablo renunció a la regencia y actualmente Yugoslavia se encuentra a merced de las fuerzas del Eje. Ni siquiera sabemos si seguirá existiendo como tal.

—El señor conde tiene razón —dijo Mafalda—. Nos guste o no, el destino de los Balcanes está supeditado a los intereses estratégicos de unos pocos y, como herederos de nuestro abuelo Nicolás, debemos proteger la integridad de Montenegro.

—Nadie mejor que yo sabe cómo está la situación en este momento —replicó Michele con un cierto matiz de resentimiento—, aunque solo sea porque no tengo ni la menor idea de cómo vamos a mantenernos mi mujer y yo a partir de ahora. Pero desgraciadamente, querida prima, las cosas no son tan sencillas como tú las planteas. Como bien dices, estamos hablando de intereses estratégicos, y yo no estoy dispuesto a que se me utilice como una pieza de ajedrez. —De repente, la descarnada sinceridad que destilaban sus palabras provocó que Mafalda se arrepintiera de haber propiciado una cercanía física que cada vez le resultaba más incómoda—. Es más —continuó su primo con una severidad estremecedora—, déjame decirte que tú tampoco deberías prestarte a determinados juegos. Ha sido una insensatez por tu parte venir hasta aquí con semejante propuesta. Porque imagino que Hitler no sabe nada al respecto, ¿verdad?

Mafalda bajó la cabeza avergonzada, como una niña descubierta en plena travesura.

—En cualquier caso —prosiguió Michele—, lo de menos es lo que le ocurra a un pueblo como Montenegro. Está en juego el destino de toda Europa y espero que, cuando los Aliados derroten a Hitler, todavía quede algo sobre lo que se pueda reconstruir el continente.

Al oír aquello, Mafalda sintió cómo se le encogía el estómago. ¿De veras creía su primo que Alemania e Italia podían acabar perdiendo la guerra?

—Comprendo tu incredulidad, querida prima. Sé que los recientes éxitos del *Führer* resultan incontestables, pero no sería la primera vez que el curso de una guerra acaba dando un vuelco. Si al final Estados Unidos decide intervenir, y tanto mi mujer como yo confiamos en que así sea, Hitler no tendrá nada que hacer.

Minutos después, Mafalda abandonó el hotel agarrada del brazo de Serra di Cassano con gesto apesadumbrado, no solo por la amargura que le habían provocado las duras palabras de su primo, sino también porque su respuesta le rompería el corazón a su madre y procuraría a su padre una nueva preocupación. Tal vez por eso ni ella ni su acompañante repararon en el caballero vestido con gabardina que cruzó el vestíbulo detrás de ellos y que, bajo una anodina camisa blanca, ocultaba la chapa que le identificaba como miembro de la Gestapo, la policía secreta del Estado alemán.

Capítulo 19

Roma
Diciembre de 1942

A su llegada al hospital militar de Monte Mario, Mafalda fue recibida por la condesa Paoletti, la jefa de sección de la Cruz Roja que solía acompañarla en sus visitas y por la que sentía un sincero afecto. Aquella mujer de carácter férreo que insistía en que la llamara Vittorina le recordaba mucho a su madre, no solo en su fortaleza, sino también en su espíritu caritativo. Eran las únicas personas que conocía en las que se combinaban aquellas dos virtudes aparentemente tan opuestas. El temperamento decidido y enérgico no solía casar con la tendencia a la compasión, o al menos eso le decía la experiencia, pero en ellas la norma no se cumplía. Ambas eran capaces de asistir a un médico en una intervención a vida o muerte sin que les temblara el pulso para, minutos después, conmoverse hasta las lágrimas cuando un soldado les enseñaba la foto de sus hijos. Y esa dualidad, junto a su asombrosa capacidad organizativa, hacía que las dos ejercieran de enfermeras con una profesionalidad impropia de dos simples voluntarias.

Ella, en cambio, carecía del valor necesario para llevar a cabo determinadas funciones, sobre todo si había sangre de por medio. Quizá por eso cuando visitaba a los heridos intentaba compensar sus limitaciones volcándose en lo que realmente sabía hacer, trasmitir afecto y ofrecer la máxima empatía. Su capacidad para dar cariño era un rasgo de su personalidad que su madre le había elogiado desde que era niña pero que se había acrecentado con los años, sobre todo con los nacimientos de cada uno de sus hijos. Y cuando se trataba de consolar a un soldado herido, la única manera de darle el amor que necesitaba era recordar que, en algún lugar, la madre de aquel pobre desvalido se consumía de preocupación.

Tras los saludos de rigor y mientras se dirigían al despacho de la condesa esta le comentó:

—Tengo que felicitarla una vez más por el recital, alteza. Desde el sábado no se habla de otra cosa.

Mafalda se sonrojó como una colegiala a la que ensalzan su buen comportamiento delante de sus compañeros y, en su fuero interno, se sintió orgullosa de que el espectáculo que con tanto cariño había preparado hubiera sido un éxito.

—No sabe cuánto me alegro, Vittorina, pero el mérito no fue mío, sino de la gran María Caniglia. Tiene una voz extraordinaria.

—No sea modesta, alteza —repuso la condesa con un tono casi reprobatorio—. Todo el que estaba en la sala sabe que la idea fue suya y que se implicó personalmente en la organización. Lástima que algunos no pudieran asistir.

—De eso quería hablarle —repuso Mafalda—. He estado pensando en la posibilidad de traer a otros cantantes pero el problema siempre es el mismo: los que no pueden levantarse de la cama. Lamento mucho que precisamente los que más necesitados están de distracciones no puedan disfrutar del espectáculo —dijo mientras pasaban junto a un grupo de jóvenes que jugaban a las cartas, dos de ellos sentados en sillas de ruedas—. Pero al final he dado con la solución —continuó bajando el tono y adoptando la actitud cautelosa de quien quiere mantener un secreto—. He contactado con Alfredo Del Pelo y le he convencido para que venga y recorra las habitaciones con su guitarra.

La condesa se llevó la mano a la boca para contener su sorpresa.

—¡Eso es fantástico! —exclamó intentando no levantar demasiado la voz.

—Lo sé. Ha sido muy amable y ha dicho que incluso podría aceptar peticiones —prosiguió Mafalda—. Todavía no hemos concretado la fecha, pero intentaré que sea lo más cerca posible de Navidad.

—Eso sería estupendo. No quiero ni pensar en lo difícil que será levantar los ánimos de nuestros muchachos en esas fechas —dijo la condesa mientras abría la puerta de su despacho.

—Y ahora —intervino Mafalda al tiempo que se quitaba el abrigo y lo reemplazaba por un delantal y una cofia con el símbolo de la Cruz Roja—, necesito que me ponga al corriente de los últimos movimientos.

El rostro de Vittorina adoptó un gesto definitivamente más sobrio.

—Bueno... —comenzó dubitativa—. En estos días ha habido algunas altas, pero estamos a la espera de una nueva remesa de heridos —le informó con gesto circunspecto—. La mayoría de Rusia.

Al oír aquello Mafalda se estremeció. Hacía más de un año que la armada italiana había comenzado a combatir en el llamado «frente oriental» y desde entonces la cantidad de evacuados que llegaban a los hospitales militares había aumentado de forma considerable. Además, los soldados que provenían de aquella zona lo hacían en condiciones terribles; la mayor parte había perdido algún miembro, cuando no varios, a menudo simplemente a causa del frío, y los pocos que se encontraban en condiciones de relatar su experiencia contaban historias espeluznantes de compañeros que morían congelados durante la noche y para los que había tenido que improvisar cementerios creados a partir de las mismas trincheras. Y todo por culpa de un gobierno que los había enviado sin apenas preparación y con una vestimenta totalmente inadecuada para combatir a más de cuarenta grados bajo cero.

—Dicen que la situación allí empieza a ser desesperada —continuó Vittorina—, y en el norte de África las cosas no van mucho mejor.

Al oír aquello Mafalda se limitó a apretar los labios con fuerza y pensó en lo mucho que había cambiado la situación desde el inicio de la guerra, cuando todos creían que la victoria era cuestión de unas pocas semanas. ¡Qué ingenuos habían sido! De eso hacía ya más de dos años, y la euforia inicial hacía mucho que se había desvanecido.

Durante los primeros meses, influida por la prensa y por Mussolini, la gente había creído a pies juntillas que se enfrentaban a un adversario débil, pero llevaban tanto tiempo escuchando que el enemigo se encontraba al límite de sus fuerzas que nadie le daba ya ninguna credibilidad.

Entonces recordó lo que había dicho su primo Michele aquel día en Bad Homburg, cuando había asegurado que los Aliados vencerían a las fuerzas del Eje, y en lo ridícula que le había parecido su apreciación. Pero ahora ya no las tenía todas consigo. Tal vez el caso de Alemania era diferente, pero en los últimos meses Italia había encadenado una derrota tras otra. Aun así, tenía claro que su primo se había equivocado en una cosa: la entrada de Estados Unidos en la guerra no había supuesto el cambio sustancial que él creía.

—¿Necesitarán suministros? —preguntó a Vittorina.

—Casi con toda probabilidad harán falta sábanas y mantas. Y también andamos cortos de vendas y gasas.

—Pues no se preocupe. Hablaré con mi madre y se los haremos llegar lo antes posible. Y una cosa más, ¿cómo se encuentran mis pequeños?

Con aquella pregunta Mafalda hacía alusión a un grupo de soldados que ni siquiera llegaban a los veinte años y por los que sentía una debilidad especial.

—Todos progresan de forma notable, pero el que ha presentado una mejoría espectacular desde la visita de su madre es Carlo Negri.

A Mafalda se le iluminó el rostro. El joven Carlo, un soldado de infantería de Turín al que habían herido en El Alamein, era su favorito. Y no era algo casual. Cuando lo escuchaba hablar de su tierra y de su familia, con aquellos ojos claros y el cabello trigueño, no podía evitar que le recordara a sus hijos, y muy especialmente a Maurizio, tal vez porque en aquel momento era el que tenía más lejos. Su primogénito servía desde hacía dos meses en la sección masculina de la RAD, la fuerza juvenil que servía de apoyo al ejército alemán. Por suerte, y debido a su edad, no había sido reclutado para luchar en el frente, sino que lo habían destinado a las baterías antiáereas de Alsfeld, una población cerca de Kassel donde los riesgos eran mínimos y su padre y su abuela podían visitarlo con regularidad.

Carlo, sin embargo, no había tenido esa suerte. Había llegado al hospital con importantes restos de metralla en el abdomen que requerían una intervención urgente y su madre, una mujer de extracción humilde, no había podido permitirse estar a su lado en un momento tan difícil. Por ese motivo Mafalda se había ocupado personalmente de costearle el viaje y, la noche siguiente a la operación, cuando la pobre señora todavía no había llegado, había permanecido despierta a su lado intentando mitigar su dolor y su soledad.

—¡Me alegro tanto por él! —exclamó la princesa sinceramente conmovida—. Estoy deseando verlo.

—Pues si le parece podemos empezar ya la visita —propuso Vittorina sujetando la puerta del despacho mientras le cedía el paso con un gesto del brazo—. Será mejor que comencemos por esta planta y acabemos en cuidados intensivos. Así podremos ver también a los pacientes que están siendo operados una vez hayan salido de quirófano.

—De acuerdo. Me parece muy buena idea.

Antes de cruzar el umbral Mafalda se santiguó y murmuró algo para sí. Cuando alzó la vista, su rostro presentaba una sonrisa dulce y serena, llena de una alegría que estaba dispuesta a repartir a partir de ese momento.

Capítulo 20

Roma
Julio de 1943

Tras pasar el fin de semana en el macizo del Terminillo, el lunes diecinueve, a primera hora de la mañana, Mafalda y Enrico abandonaron el Hotel Saboya y subieron al automóvil que les llevaría de regreso a Roma. A pesar de la brevedad del viaje, la decisión de pasar un tiempo fuera se había demostrado todo un acierto. Bastaba con mirar a la cara a Enrico, cuyas mejillas mostraban un saludable tono dorado. Desde que, a principios de año, le habían operado de una pequeña malformación en el pie no se le veía tan lozano. Tras varias semanas sin moverse por culpa de la escayola, le había sentado bien alejarse del calor sofocante de la capital y respirar el aire de las montañas.

A Mafalda le reconfortaba ver los beneficios que la estancia había tenido en la recuperación de su hijo, aunque ese no había sido el único propósito de aquel viaje relámpago. La otra razón por la que había improvisado una escapada a los Apeninos había sido pasar unas horas junto a Otto y Elisabetta, que estaban pasando una temporada allí acompañados por las niñeras y algunos miembros del servicio. Eso y apaciguar sus sentimientos de culpa. No acababa de perdonarse el haber consentido separarse de sus pequeños. Tras meses negándose a seguir los consejos de sus padres y las indicaciones de las autoridades, que recomendaban enviar a los niños y a los ancianos lejos de las grandes ciudades, con la llegada del verano había terminado claudicando. El hecho de que los Aliados hubieran hecho caso a la petición del Papa de no bombardear Roma le había servido como excusa durante un tiempo, pero el aumento de las temperaturas había convertido la capital en una olla a presión y todo el que había tenido oportunidad había salido huyendo en busca de un lugar donde el bochorno y el pesimismo reinante no se asentaran en el ánimo con la misma obstinación con que la humedad se adhería a la piel y a los pulmones.

Al igual que otros padres que habían enviado fuera a sus hijos, Mafalda se había decantado por un destino de montaña donde las incursiones aéreas de los Aliados resultaban menos probables, y eso, junto al hecho de que se encontraba a solo cien kilómetros de la capital, era el motivo por el que había elegido el Terminillo, un centro turístico donde en aquellos días convivían los miembros más jóvenes de la aristocracia, los hijos de los dirigentes fascistas y los herederos de los industriales más influyentes.

Mientras el automóvil recorría plácidamente la Vía Salaria, la antigua calzada romana que llegaba hasta las mismas puertas de Villa Saboya, Mafalda intentó no dejarse llevar por la pena de haberse tenido que separar de nuevo de sus hijos y se concentró en rememorar el buen rato que había pasado la noche anterior con Enrico, que en aquel momento dormía plácidamente con la cabeza apoyada sobre su regazo.

En realidad la velada no había empezado con buen pie. Tras despedirse de los pequeños, Mafalda y su segundo hijo habían bajado a cenar al restaurante del hotel y, muy a su pesar, les habían acomodado en el centro de la sala, un gesto de deferencia que no había sido del agrado de ninguno de los dos. Ambos llevaban mal sentirse observados y la posición de su mesa les convirtió de inmediato en el centro de todas las miradas. No obstante, aunque en un principio resolvieron cenar lo más rápido posible y marcharse cuanto antes, y al final se habían enfrascado en una charla alegre y despreocupada que había ayudado a que se abstrajeran de los comentarios que suscitaban.

Sin embargo, a pesar de que la cena había actuado como una especie de bálsamo, lo mejor, sin duda, había sido el momento del postre. Tanto Mafalda como Enrico habían optado por degustar las ciruelas cocidas que les había recomendado el camarero sin que ninguno de los dos pensara en lo inapropiado que habría resultado prescindir de los cubiertos delante de toda aquella gente, y hasta que se las encontraron delante no cayeron en la cuenta de que tendrían que comerlas con cuchillo y tenedor. Inevitablemente, el obligado ejercicio de pericia había resultado de lo más cómico y había provocado que, en un determinado momento, el hueso de una de las ciruelas de Enrico acabara colgando a la altura de su pecho gracias a una hebra de pulpa que lo unía a su boca.

Mafalda sonrió al recordar el ataque de risa de ambos pero, sobre todo, la sensación de ligereza que la había invadido. Por unos instantes tanto las carcajadas contenidas de su hijo como las suyas propias habían conseguido que la guerra desapareciera de sus pensamientos, aquella guerra interminable que la acompañaba a todas horas, que la había obligado a separarse de su marido y de tres de sus hijos y que amenazaba con destruir todo lo que conocía.

Entonces, una vez más, el hastío y el desaliento que desde hacía meses habitaban en los corazones de los italianos volvieron a proyectar una sombra funesta sobre su corazón, la sombra que anunciaba el peor de los desenlaces. Tras la derrota en Túnez hacía dos meses, ya nadie creía en la posibilidad de que Italia resultara victoriosa. El frente, aquel lugar lejano que lo mismo había servido para referirse a Rusia que a África o a los Balcanes y en el que habían perdido la vida cientos de miles de padres, hijos y hermanos, se había desvanecido casi por completo para acabar concentrándose en Sicilia, donde los Aliados habían desembarcado hacía algo más de una semana. Y aquel era el principio del fin. Pocos dudaban ya de que, antes o después, el enemigo acabaría arribando a la península y hasta tal punto había llegado el nivel de desesperación que la mayoría solo esperaba que sucediera lo antes posible.

Mientras tanto Mussolini, que cada vez contaba con menos simpatizantes y al que la gente comenzaba a responsabilizar de la situación trágica en la que se encontraba el país, había viajado a Feltre para encontrarse con el *Führer*. Dadas las circunstancias, algunos ingenuos esperaban que la reunión sirviera para comunicarle su retirada de la guerra, pero Mafalda estaba segura de que aquello no sucedería; cualquiera que conociese mínimamente a Mussolini sabía que nunca habría admitido su derrota. Según le había contado Philipp, a lo máximo que llegaba cuando se discutía sobre sus fracasos era a pedir más apoyo militar al *Führer* a la vez que despotricaba contra su propio pueblo, acusándolo de cobarde e incompetente. Aun así, el *Duce* podía ser un obstáculo para la paz, pero él no era el problema. Con Mussolini o sin él Italia jamás podría desentenderse del pacto que había firmado con Alemania. Hitler no lo habría consentido.

Cuando faltaban pocos kilómetros para llegar a la capital, a la altura de Settebagni, Mafalda sintió que el automóvil aminoraba la marcha y apartó la vista de la vegetación que crecía a orillas del Tíber para mirar hacia delante. Frente a ellos, atravesando la calzada, había un control policial. Lo primero que pensó es que estaría relacionado con el estraperlo, una actividad que, con la dramática escasez de alimentos, se encontraba en pleno auge, y esperó que no les registraran. Tenían pensado llegar a tiempo para comer y su madre se preocuparía si se retrasaban.

Apenas se detuvieron Driussi, chófer de la familia, bajó la ventanilla del conductor y esperó a que un policía se acercara al vehículo.

—Disculpe, pero no pueden continuar —dijo el agente apoyando una mano sobre la puerta mientras con la otra sujetaba un fusil—. Están bombardeando Roma.

Al oír aquello, Mafalda y Enrico se irguieron incrédulos y, buscando alguna explicación más, bajaron apresuradamente del automóvil.

—Siento las molestias, señora —se excusó el agente llevándose la mano al casco a modo de saludo. Por lo visto no la había reconocido—. Tenemos órdenes de bloquear todas las entradas a la ciudad hasta que haya pasado el peligro. Pero no se preocupen, aquí estarán a salvo.

Mafalda sintió la necesidad de llevarle la contraria, de decirle que estaba cometiendo un terrible error cuando, de repente, se oyó un estruendo inquietante. Era como si una pavorosa tormenta se estuviera abatiendo sobre la ciudad y todos los presentes agacharon instintivamente la cabeza.

—Será mejor que regresen al vehículo —les conminó el policía con voz apremiante.

De vuelta al asiento trasero, Mafalda y Enrico se abrazaron con fuerza y se quedaron mirando la silueta de la ciudad, que se alzaba en el horizonte.

Apenas unos segundos después una sucesión de silbidos ensordecedores se unió al estruendo inicial que, progresivamente, se transformó en un fragor ininterrumpido que retumbaba en el suelo y hacía vibrar el automóvil. Fue entonces cuando divisaron una columna de humo que se elevaba desde el centro mismo de la capital y que, en cuestión de segundos, se extendió sobre la ciudad hasta convertir el espléndido sol de Roma en una exangüe candela de luz mortecina.

Llegaron a Villa Saboya dos horas más tarde de lo previsto, envueltos en una especie de niebla amarillenta mientras intentaban soportar de la mejor manera posible el olor a polvo y a ceniza. Una vez bajaron del vehículo, comprobaron que el palacio estaba intacto, aunque sumido en el caos. No hacía ni media hora que habían cesado las sirenas que anunciaban el final del ataque y los miembros del servicio, que parecían haberse multiplicado, corrían de un lado a otro por entre los automóviles aparcados delante del edificio. Mafalda imaginó que acababan de regresar del refugio de Le Cavalle Madri y todavía no habían recibido órdenes de cómo actuar. Por suerte, tanto el interior del recinto real como las calles colindantes parecían haber quedado fuera de los objetivos del enemigo, de modo que no había daños que lamentar, más allá de la zozobra y la aflicción que se habían instalado en los corazones de sus residentes.

En ese momento su madre bajó la escalinata de la fachada principal. Al verla sana y salva, Mafalda respiró aliaviada.

—¡Oh! ¡Gracias a Dios que estáis bien! —exclamó la reina dirigiéndose a ellos con los brazos abiertos.

Mafalda, sin soltar la mano de Enrico, se dejó abrazar pero no respondió al gesto de cariño. Era como si el miedo le hubiese arrebatado la capacidad de expresar sus emociones.

—¿Qué se sabe? —preguntó.

—Muy poco. Al parecer, la peor parte se la ha llevado el barrio de San Lorenzo. —Su madre hablaba de forma apresurada, como si no tuviera tiempo que perder—. Tu padre y yo salimos para allá dentro de unos minutos.

Mafalda imaginó que estaba a punto de sugerirle que los acompañase y rogó por que no lo hiciera. No se sentía con fuerzas. Para consolar a las víctimas se necesitaba una entereza que ahora mismo no tenía. Además no quería dejar solo a Enrico. Y debía llamar a Philipp. Tenía que contarle lo sucedido antes de que se enterara por otras fuentes.

Su madre la observó durante unos segundos y después desvió la mirada hacia su nieto, cuyas mejillas habían perdido por completo el rubor que lucían aquella misma mañana.

—Tú deberías quedarte aquí. —A pesar del tono autoritario de su madre, Mafalda entendió de inmediato que quería protegerlos—. He dado permiso al personal para que todo el que lo desee vaya a comprobar qué ha sido de sus familiares. Y alguien tiene que permanecer al mando. Por cierto, estamos sin luz ni agua, y tampoco funciona el teléfono.

De pronto la idea de no poder comunicarse con Philipp hizo que a Mafalda se le formara un nudo en la garganta, pero enseguida se dio cuenta de que en ese momento era lo de menos. Al fin y al cabo lo realmente importante era que estaban bien.

—Vete tranquila —respondió intentando sonar lo más serena posible—. Ya me ocupo yo.

Poco después de las diez de la noche, cuando se introdujo por fin bajo las sábanas de su cama en Villa Polissena, Mafalda seguía conmocionada por lo ocurrido. No lograba desprenderse de la opresión en el pecho que le habían provocado los estallidos de las bombas y del amargo sabor que le había dejado en la garganta el olor a fuego y pólvora que invadía la ciudad. Aun así, las horribles sensaciones que experimentaba no eran nada comparadas con el horror que le había trasmitido su madre tras regresar de las zonas afectadas y que, a pesar de los sentimientos de culpa, había hecho que se alegrara de no haberla acompañado.

Al parecer sus padres se habían encontrado con un verdadero infierno. La destrucción se había extendido mucho más allá de San Lorenzo y una buena parte de los barrios más humildes había quedado reducida a escombros. Aún no se sabía el número exacto de víctimas mortales, pero se contaban por miles, y en muchos casos los supervivientes habían tenido que dejar a un lado el dolor y la desesperación para rescatar de debajo de las piedras los cuerpos de sus familiares y vecinos, la mayoría de ellos sin vida. Mientras tanto, en el cementerio del Verano, las mismas bombas que habían sepultado a los vivos habían hecho saltar por los aires las tumbas de los muertos, cuyos restos habían quedado desperdigados entre lápidas y mausoleos hechos añicos.

A Mafalda le había impresionado mucho ver a su madre tan afectada; la mujer que siempre había mostrado una fortaleza fuera de lo común ante cualquier desgracia había llegado a casa completamente abatida, con la espalda encorvada y los hombros hundidos, como si su cuerpo no pudiera sostener el peso de tanto dolor. Y Mafalda no había tardado en descubrir por qué. A la pena que le había provocado presenciar tanto sufrimiento y desolación, sus padres habían tenido que añadir una angustia diferente, una aflicción que les había provocado una herida difícil de sanar: la que les habían causado un grupo de personas que, al ver el automóvil real, la había emprendido a pedradas contra ellos culpándoles de la guerra.

Mafalda, con la mirada clavada en el techo, como si mantener los ojos abiertos le ayudara a borrar de su mente las terribles imágenes que una y otra vez se empeñaba en devolverle, pensó en Maurizio. Hasta entonces nunca había sentido con tanta intensidad la preocupación por la vida de su hijo mayor. Lo echaba terriblemente de menos pero, quizá por influencia de Philipp o porque siempre había considerado una suerte que no lo hubieran enviado al frente, había creído que estar destinado en Kassel lo mantenía alejado del peligro. Sin embargo, en aquella zona se concentraban numerosas fábricas de armamento y, aunque nunca habían sido atacados directamente, Maurizio le había contado que en más de una ocasión habían tenido que hacer frente a incursiones aéreas de los Aliados. Y, por primera vez, fue consciente de que por mucho que intentaran protegerse, ni sus hijos, ni su marido, ni ella estaban a salvo en ningún lugar.

Capítulo 21

Roma
Julio de 1943

La tarde del día veinticinco, tras un breve paso por Villa Polissena para cambiarse de ropa, Mafalda llegó a casa de sus padres. Apenas entró, se aseguró de que el reloj del vestíbulo marcaba la misma hora que el que llevaba en la muñeca. Aún no era hora de cenar. Algo más reposada, se dirigió al piso superior, donde se encontraba la que últimamente habían dado en llamar «la habitación de Enrico». En realidad aquel no era su verdadero cuarto, sino solo un dormitorio provisional que habría debido ocupar durante su convalecencia de la operación en el pie, pero cuyo uso se había prolongado varios meses. Apenas se había dado cuenta de que su abuela le consentía todos los caprichos y de que podía utilizar a su antojo la fabulosa sala de cine del abuelo, no había habido manera de sacarlo de allí. Además, así podía compartir juegos con sus primas, las hijas de Jolanda, que residían en Villa María, a muy poca distancia de allí.

Mientras subía las escaleras Mafalda pensó en lo mucho que deseaba ver a su hijo. Se sentía culpable por haber estado la mayor parte de la jornada fuera y quería aprovechar que todavía disponía de algo de tiempo antes de la cena para charlar un poco con él. Por lo general solían pasar los domingos juntos, pero aquella mañana, después de misa, había decidido acercarse al centro de la Cruz Roja para llevar una remesa de artículos para el aseo e informarse de cómo estaba la situación. Una vez allí, había optado por quedarse un rato a colaborar con el resto de voluntarias y al final se había permanecido más tiempo del previsto. En aquellas fechas toda ayuda era poca. Hacía solo seis días del bombardeo de San Lorenzo y el personal sanitario había tenido que encontrar la manera de ingresar a los más de diez mil heridos que necesitaban atención médica urgente. Y no solo eso, a los refugiados que llegaban huyendo de la durísima situación en la que se encontraba el sur del país, sometido desde hacía semanas al asedio por parte de los Aliados, se habían unido los más de cuarenta mil habitantes de la capital que se habían quedado sin hogar por culpa de las bombas.

Gracias a Dios, Roma no había vuelto a sufrir nuevas incursiones, pero todos sabían que solo era cuestión de tiempo que volviera a suceder y, mientras lloraba a sus muertos y se ocupaba de sus heridos, la población convivía con el perenne temor a tener que enfrentarse de nuevo al infierno. De hecho, al menor signo de alarma todo el mundo corría a buscar cobijo y en los últimos días ella misma se había visto obligada a acudir al refugio de Le Cavalle Madri junto a su familia y a todos los habitantes de Villa Saboya hasta en tres ocasiones.

Una vez estuvo delante de la puerta, llamó suavemente con los nudillos y esperó una respuesta por parte de su hijo. Estaba segura de encontrarlo allí, pues su madre siempre lo enviaba a su habitación media hora antes de la cena para que se adecentase un poco, pero no quiso irrumpir sin previo aviso. Si por casualidad entrara justo cuando estaba cambiándose le habría montado un escándalo.

—Adelante.

La voz de Enrico, que estaba dejando atrás los tonos agudos de su infancia para adoptar un timbre más propio del hombrecito en el que se estaba convirtiendo, sonó como un instrumento de cuerda desafinado.

Una vez obtuvo el permiso para entrar, Mafalda abrió la puerta y lo encontró sentado en la cama. Ante él, repartido por la colcha, se extendía todo un repertorio de fragmentos de hierro de diferentes dimensiones. Estaban distribuidos en dos hileras y a simple vista se deducía que la disposición obedecía al tamaño de cada uno de ellos. A Mafalda le produjo cierta inquietud ver aquel muestrario de trozos de metal chamuscado que recordaban a las brasas de un fuego apagado, pero no dijo nada. Sabía que en los últimos días Enrico y sus primas rastreaban los bosques y colinas de Villa Saboya en busca de restos de metralla de los proyectiles antiaéreos y, aunque no podía decir que le agradara aquel pasatiempo, se había prometido a sí misma no reprenderle por ello. Por muy macabro que pudiera parecer a sus ojos, había llegado a la conclusión de que era su particular modo de protegerse de la inquietud y la desazón que les provocaban las bombas.

Una vez se hubo repuesto de la impresión de ver aquel siniestro muestrario, Mafalda se acercó a su hijo y le acarició suavemente el rubio cabello.

—¿Qué tal todo?

—Bien —respondió Enrico de forma escueta. A Mafalda no le pasó desapercibida su postura ligeramente rígida. Daba la sensación de que había algo que lo inquietaba. Justo en ese momento apoyó la mano junto a la caja de cartón en la que solía guardar sus pequeños trofeos y Mafalda advirtió que aprovechaba el gesto aparentemente inocente para introducir bajo un cojín algo que reposaba sobre la almohada.

—¿Qué tienes ahí? —quiso saber.

—Nada. —La respuesta fue tan sucinta y diligente que no hizo sino confirmar las sospechas de Mafalda.

—¿Cómo que nada? —le espetó con severidad—. Déjame verlo —le ordenó extendiendo la mano derecha con la palma hacia arriba mientras lo observaba con el ceño fruncido.

Enrico no ofreció la menor resistencia. Con la resignación de quien se sabe descubierto, apartó el cojín e intentó esquivar la mirada de su madre le entregó la prueba del delito.

Una vez la tuvo en su poder, Mafalda comprobó que se trataba de unas hojas de papel dobladas varias veces y cuyo estado, algo deteriorado, sugería que habían estado expuestas a las inclemencias del tiempo. Apenas terminó de desplegarlas, le bastó un rápido vistazo para reconocer lo que tenía entre las manos: eran dos octavillas de las que lanzaban los aviones aliados cuando sobrevolaban la ciudad. La primera constaba de un texto breve, encabezado por un titular impactante:

«¿Por qué morir por Hitler?». Mafalda lo leyó en silencio. El mensaje no podía ser más sencillo, en él se advertía a los lectores de que la alianza de Mussolini con Hitler había sido un grave error por el que estaba pagando el pueblo italiano pero que, por fortuna, aún estaban a tiempo de redimirse. El contenido no le sorprendió lo más mínimo. Era similar a las proclamas que se podían escuchar en las emisiones que Radio Londres trasmitía en italiano y que la gente escuchaba de forma clandestina. En realidad ella nunca la había sintonizado, pero de una manera u otra todo el mundo sabía lo que allí se decía. De hecho, en los últimos meses aquella emisora prohibida se había convertido en una fuente mucho más fiable que la prensa oficial, que seguía fiel al falso optimismo que se empeñaba en trasmitir el régimen.

El contenido de la segunda octavilla le resultó mucho más provocador. En él se veía una caricatura de Mussolini haciendo aspavientos desde el balcón del Palazzo Venezia mientras un Hitler gigantesco lo manejaba desde lo alto por medio de unos hilos como si fuera una marioneta. A sus pies, un grupo de militares provistos de cascos y bayonetas marchaban junto a un cartel con una flecha que indicaba: «a Rusia, a Libia y a la muerte», todo ello rematado por una frase en latín: «*Ave Caesar. Morituri te salutant*».

Mafalda sintió que se la llevaban los demonios y tuvo que hacer un esfuerzo para no ponerse a despotricar contra su hijo. ¡Cómo podía ser tan imprudente! La posesión de aquel tipo de material considerado subversivo estaba terminantemente prohibida y Enrico lo sabía perfectamente. Los dos habían escuchado a Scorza, el secretario del partido fascista, el día en que había anunciado por la radio la orden de arrestar a quien osara recoger un solo panfleto.

—¿Cómo se te ocurre guardar algo así? ¿Tienes idea de lo peligroso que es? —le recriminó.

—Lo sé, mamá. Lo siento —respondió Enrico casi en un susurro sin levantar la vista del suelo.

—¡No me basta con que lo sientas! —exclamó Mafalda claramente enojada—. Como podrás imaginar, no puedo dejar pasar algo así. Sabes lo mucho que detesto castigarte, pero dadas las circunstancias no me queda más remedio que hacerlo. Mañana hablaré con tu profesor para que se ocupe de que traduzcas dos capítulos más de las

Catilinarias. —En ese momento Enrico levantó la vista y, antes de que tuviera tiempo de decir nada, Mafalda le espetó mientras introducía las octavillas en uno de los bolsillos de su vestido con intención de quemarlas en cuanto tuviera ocasión—: ¡Y no se te ocurra rechistar!

—Solo quería decir que lo siento de veras —comenzó a decir su hijo con la voz tomada y los ojos llorosos—, te prometo de todo corazón que nunca más volverá a ocurrir.

Al ver la actitud arrepentida de su hijo Mafalda se ablandó y, aunque seguía muy enfadada, decidió rebajar la tensión.

—Acepto tus disculpas —dijo sentándose en la cama junto a él—, pero no por ello voy a levantarte el castigo. Tienes que aprender a no hacer determinadas cosas, y sobre todo a no ocultármelas. Y ahora cuéntame —prosiguió cambiando el tono inflexible por otro más conciliador—, ¿has acabado ya el dibujo?

Con aquella pregunta hacía referencia a una maravillosa reproducción de la basílica de San Juan de Letrán en la que su hijo llevaba trabajando varios días. Tenía pensado regalársela a su padre la próxima vez que los visitara, y Mafalda estaba segura de que Philipp, de quien su hijo había heredado el talento y la afición por la pintura, quedaría encantado al ver lo mucho que había mejorado la técnica de su pequeño portento.

—No, hoy no he podido.

—¿Ah, no? —A Mafalda le extrañó que hubiera desaprovechado la oportunidad de dedicar un poco de tiempo a su afición favorita—. ¿Y qué has estado haciendo?

—La verdad es que no mucho... —De pronto Enrico pareció sentir la necesidad de justificarse—. ¡Pero no porque no quisiera, eh! Es que no me han dejado.

—¿Que no te han dejado? ¿Quiénes?

—Un poco todos. La verdad es que han pasado cosas muy raras esta tarde —explicó Enrico con aire pensativo.

Mafalda arqueó una ceja.

—¿A qué te refieres con «cosas muy raras»?

—Pues no sé... Para empezar, a eso de las cinco se ha montado un jaleo impresionante en la puerta principal. Yo estaba aquí tan tranquilo, ordenando mi colección de cromos, cuando he oído voces que venían de fuera. Entonces me he asomado a la ventana y, ¿a que no sabes lo que he visto? —Enrico hizo una pausa cargada de dramatismo y Mafalda pensó que sin duda lo había aprendido de alguna de las innumerables películas que había visto en los últimos meses—. Pues una ambulancia.

Su madre lo miró incrédula.

—¿Una ambulancia? No puede ser.

—En serio. Lo primero que he pensado es que le había pasado algo al abuelo, pero entonces me he dado cuenta de que no podía ser eso porque la gente que ocupaba la ambulancia no eran enfermeros, sino soldados. Y eso no es lo peor —añadió—, al poco tiempo han llegado un montón de soldados más y algunos se han puesto a colocar ametralladoras sobre la hierba.

—¿Cómo? —Aquella historia estaba cobrando tintes cada vez más disparatados y Mafalda empezó a pensar que quizá su hijo le estaba gastando una broma, aunque enseguida lo descartó. Enrico era algo irresponsable, pero no tanto como para hacer mofa de un asunto tan delicado, y mucho menos después de que le hubiera reprendido por su inconsciencia.

—Entonces ha llegado Rosa —continuó— y, con esa cara que pone a veces, que nadie se atreve a rechistarle, me ha dicho: «Su majestad la reina le ruega que se dirija al salón del fondo del pasillo y que espere allí, sin moverse, hasta nueva orden».

A Mafalda le pareció que imitaba la voz de la secretaria de su abuela con tal maestría que, de no ser por lo alarmante que le estaba resultando aquella historia, habría soltado una carcajada.

—Un rato después han llegado las primas y al momento ha aparecido Gambini diciendo que tenía órdenes de acompañarnos al jardín de atrás por la salida de servicio. Para eso hemos tenido que pasar por delante de algunos de los soldados que, extrañamente, no se han puesto firmes ni han saludado.

Mafalda permaneció en silencio. Era mejor no interrumpir a su hijo con preguntas y esperar a que se explicara a su manera.

—¿Sabes? Al principio estábamos muy asustados. Sobre todo después de que la prima Ludovica haya dicho que tal vez había estallado la revolución y que, en ese caso, seguro que nos mataban a todos. Pero luego nos han tenido tanto rato esperando que al final nos hemos puesto a jugar y se nos ha pasado un poco.

—¿Y luego? ¿Qué ha pasado? —inquirió Mafalda impaciente intentando entender algo de aquella rocambolesca historia.

—Pues eso es lo más raro de todo —respondió Enrico—. Cuando ya estábamos muertos de aburrimiento ha vuelto Gambini y nos ha dicho que podíamos volver a la casa. Los soldados habían desaparecido y todo estaba igual que siempre, como si no hubiera pasado nada. Así que al final las primas se han vuelto a Villa María y yo me he venido a mi habitación.

Mafalda se quedó unos segundos con la mirada perdida. Nada de lo que le había contado su hijo tenía sentido, pero estaba convencida de que no se lo había inventado.

—¿Tú crees que podríamos preguntarles a los abuelos qué es lo que ha pasado? —quiso saber Enrico.

—No, *mio caro* —respondió Mafalda con dulzura—. Ya conoces al abuelo, nos tiene terminantemente prohibido hablar de determinados asuntos durante las comidas, así que, como no se decida a explicárnoslo por sí mismo, cosa que no sucederá, no hay modo de sacarle ninguna información. Pero no te preocupes —continuó tras una pausa—, seguro que todo tiene una explicación de lo más sencilla.

»Y ahora, recoge todo eso y termina de arreglarte —le ordenó poniéndose en pie y adoptando una actitud deliberadamente desenfadada—. La cena debe de estar lista y yo me estoy muriendo de hambre. No he comido nada desde esta mañana.

Mafalda, pensativa, decidió que aprovecharía la habitual velada con su madre después de la cena para preguntarle por el alboroto, los soldados pululando por el palacio y esa ambulancia misteriosa.

A la mañana siguiente la princesa se despertó un poco más tarde de lo habitual, aquejada de un fuerte dolor de cabeza, y decidió quedarse un rato más en la cama. La noche anterior había descansado poco y mal, y durante el escaso tiempo que había pasado dormitando había tenido unos sueños extraños de los que apenas recordaba algunas imágenes turbadoras, que le habían dejado una difusa sensación de inquietud.

Uno de los motivos por los que le había resultado tan difícil conciliar el sueño había sido un inexplicable griterío que había oído durante un buen rato pasada la medianoche. En un principio le había costado entender de dónde provenía e incluso llegó a pensar en la posibilidad de que se hubiera escapado alguna fiera del parque zoológico, que se encontraba relativamente cerca de allí, pero al final había descartado aquella idea pues la algarabía parecía proceder más bien del otro lado, de la Vía Salaria.

No obstante, la razón principal de sus desvelos no había sido aquel bullicio, que al fin y al cabo había pasado pronto, sino la enigmática historia que le había contado Enrico la tarde anterior y la posterior reacción de su madre cuando, al acabar de cenar, le había pedido si podía hablar un momento con ella.

La cena había sido más breve de lo habitual y prácticamente nadie había abierto la boca excepto para hacer algún comentario trivial, pero a Mafalda no le había pillado por sorpresa. Desde que se había producido el bombardeo su padre se mostraba cada vez más taciturno y todos procuraban medir sus palabras por miedo a que se les escapara alguna observación inoportuna. Sin embargo, lo que sí le había extrañado había sido la actitud de su madre. Por lo general, una vez terminaban el postre y su padre se retiraba a la biblioteca, la reina solía proponer a Mafalda que se quedara un rato más antes de regresar a Villa Polissena pues, según ella, agradecía tener a alguien con quien charlar un rato. Pero inexplicablemente, justo la noche en que más necesitada estaba ella de compartir sus inquietudes con su madre, esta había anunciado que se retiraba a su habitación alegando que estaba muy cansada. Por supuesto Mafalda no se había tragado aquella excusa absurda; conocía lo bastante bien a su madre como para saber que aquello no era normal y, después de lo que le había contado Enrico, sospechaba que le estaba ocultando algo. El problema es que no acababa de entender qué podía ser.

En aquel momento llamaron a la puerta y una de las criadas la entreabrió con mucho sigilo y asomó la cabeza.

—Adelante, Rosina. Puedes pasar.

—Disculpe que la moleste, alteza, pero ha llamado por teléfono el príncipe Enrico y me ha pedido que le informemos de que debe devolverle la llamada cuanto antes.

—¿Cuánto hace de eso? —preguntó Mafalda mientras se levantaba precipitadamente de la cama y agarraba la bata que reposaba sobre la butaca que tenía más cerca.

—Nada, apenas unos minutos.

La princesa se sentó junto a la mesita de caoba en la que tenía el teléfono y descolgó el auricular. Una vez consiguió ponerse en contacto con su hijo le preguntó alarmada:

—¿Ha pasado algo, *amore mio?*

—Todavía no lo sabes, ¿verdad? —le preguntó Enrico desde el otro lado de la línea con un tono difícil de descifrar—. A mí me lo ha contado Raffaela cuando me ha traído el desayuno. —Tras un par de segundos sin decir nada, que a Mafalda le parecieron interminables, su hijo concluyó—: Ayer por la tarde arrestaron a Mussolini. Y fue aquí mismo, debajo de mi ventana.

No habían pasado ni doce horas cuando Mafalda volvió a subir las escaleras de casa de sus padres en dirección a las habitaciones del piso superior. Sin embargo, a diferencia de lo que había hecho la tarde precedente, esta vez no se dirigió al cuarto de Enrico sino que, siguiendo las indicaciones de una de las doncellas, se fue directa a una salita de estar situada en el ala este del palacio. Respiraba de forma acelerada, algo normal teniendo en cuenta que en los escasos diez minutos que habían trascurrido desde que había hablado con su hijo se había aseado, vestido y conducido desde su casa a Villa Saboya.

Necesitaba hablar con su madre, y cuanto antes mejor. En un principio, se había planteado telefonearle, pero le habían bastado unos segundos de reflexión para descartarlo. Aquel era un asunto que debía tratarse cara a cara. Tenía que mirarle a los ojos, escudriñar cada uno de sus gestos. Porque esta vez no iba a permitir que rehuyera la conversación.

Lo que en ningún momento llegó a plantearse fue intentar hablar con su padre. Si lo que le había contado Enrico era cierto, ni siquiera se encontraría en palacio, pero eso era lo de menos. Aunque hubiera conseguido localizarlo, el tipo de relación que mantenían no contemplaba la posibilidad de que discutiese con ella determinados asuntos. Con su madre, en cambio, era diferente. Con ella podía hablar de cualquier asunto. O al menos así lo había creído su hija hasta la tarde anterior.

Al llegar a su destino, Mafalda encontró la puerta abierta de par en par. Su madre estaba delante de la ventana, en una de las butacas situadas a ambos lados del aparato de radio donde solía sentarse a leer. Pero no estaba inclinada sobre un libro; se mantenía erguida, con la cabeza ligeramente ladeada hacia el altavoz.

Apenas puso pie en la habitación, la reina volvió la cabeza hacia ella y la miró sin atisbo de sorpresa, como si hubiera estado esperándola. Sin embargo, en lugar de saludarla, se llevó el dedo índice a los labios pidiéndole que guardara silencio.

Muy a su pesar, Mafalda se obligó a sí misma a obedecer y se quedó de pie, delante de ella, intentando contener la angustia y la inquietud que bullían en su pecho. Mientras esperaba que se le concediera el permiso para hablar, aguzó el oído y se concentró en las palabras que llegaban a través de las ondas.

«...las fervientes exhibiciones de patriotismo se suceden por toda Italia —declaró la voz engolada del locutor, que sonaba más exaltada de lo habitual—. Mareas de manifestantes espontáneos recorren las calles del país agitando pancartas improvisadas y banderas tricolores. Entre las aclamaciones destacan las dedicadas al rey emperador, que desde ayer ostenta el mando supremo de las fuerzas armadas, así como los vivas al ejército y al mariscal Badoglio, flamante presidente del gobierno. Desde que el pasado día veinticuatro se celebrara la sesión extraordinaria del Consejo Fascista, cuyo voto reprobatorio provocó la dimisión de Mussolini...»

Al oír aquello Mafalda no pudo resistir más tiempo y, con un atrevimiento que a ella misma le sorprendió, giró la ruedecilla que servía para controlar el volumen hasta oír un sonido metálico.

—¡¿Cómo?! ¿Ha dimitido? —inquirió confundida, levantando la voz más de lo debido—. Pero yo creía...

—La noticia de la dimisión es falsa —respondió su madre sin inmutarse en un tono extraordinariamente sosegado—. Se trata solo de un subterfugio.

Aquella repentina franqueza descolocó a Mafalda. Había llegado hasta allí con el convencimiento de que para conocer la verdad habría tenido que sonsacársela e inesperadamente le hablaba con una claridad desconcertante, sin dobleces ni paños calientes.

—Entonces, ¿es cierto? —preguntó con voz temblorosa, como si temiera la respuesta—. ¿Lo han arrestado?

Su madre asintió lentamente con la cabeza, con expresión resignada, un gesto sencillo que, sin embargo, golpeó a Mafalda con una contundencia inusitada.

—¿Y la ambulancia? —preguntó mientras tomaba asiento en la butaca que tenía detrás, buscando apoyo en los reposabrazos.

—Formaba parte de la trama —respondió su madre—. Era la mejor manera de llevárselo sin levantar sospechas. Afortunadamente no se derramó ni una gota de sangre. Ni siquiera hubo disparos.

Mafalda exhaló un suspiro de alivio, pero la inquietud no acabó de disiparse.

—Pero ¿cómo? ¿Por qué?

—No había más remedio. La situación se había vuelto insostenible. Había que apartarlo cuanto antes y formar un nuevo gobierno. Y qué mejor momento que después de que sus propios hombres lo reprobaran. El Consejo Fascista decidió ayer su destitución, pero ya sabes que por ley este solo es responsable de sus actos ante el rey, el único que puede hacerlo. Cuando vino ayer por la tarde, de improviso, tu padre le comunicó su sustitución por Pietro Badoglio. Él no sabía nada de las intenciones de tu padre así que, en previsión de lo que pudiera pasar, se rodeó la casa de varias decenas de carabineros que lo metieron en una ambulancia, diciéndole que lo sacaban de allí de ese modo por seguridad, pues la gente estaba muy alterada en las calles. —En ese momento hizo una breve pausa—. Mafalda, tu padre ha hecho lo que tenía que hacer para salvar a nuestra familia. Además, los Aliados se acercan y nosotros somos vistos como afines al fascismo. Espero que este gesto nos sea tenido de algún modo en cuenta...

Mafalda, atónita, entendió los gritos procedentes de la calle que había oído durante la noche. Debían de ser las primeras muestras de júbilo. Una infinidad de preguntas se agolpaban en su mente, luchando por abrirse paso: ¿El Consejo Fascista y su padre se habían puesto de acuerdo para deshacerse de Mussolini? ¿Y qué pensaban hacer con él? ¿Juzgarlo? ¿Encarcelarlo? Pero la repentina sensación de haber sido traicionada se impuso a todas ellas.

—No puedo creer que me ocultarais algo así —le recriminó a la reina negando con la cabeza, con una mezcla de tristeza y decepción—. ¡Por el amor de Dios! ¡Soy vuestra hija! A quién se le diga que he tenido que enterarme por medio de una criada...

—No entiendo a qué vienen esos reproches —comentó su madre algo desconcertada—. Parece mentira que no conozcas a tu padre; cuando se trata de política, su familia siempre es la última en saberlo. Yo misma no fui informada hasta unos minutos antes.

—Sé perfectamente cómo actúa papá —repuso Mafalda, todavía dolida—, pero no es de él de quien estoy hablando. Ayer, cuando te propuse que tomáramos una tisana después de la cena, te estaba dando la oportunidad de contármelo. Y tú te negaste. ¡Si supieras la noche que he pasado por tu culpa!

—Si es por eso, lo siento —se disculpó su madre—, no tenía ni idea de que fuera ese el motivo; pero ayer no estaba en condiciones de hablar. Apenas había tenido tiempo de asimilar lo sucedido. Me sentía aturdida y decepcionada, igual que tú ahora mismo. —De repente su voz sosegada dejó entrever un ligero matiz de irritación—. Todavía no me cabe en la cabeza que tu padre actuara con tan poco sentido común. ¿A quién se le ocurre hacerlo aquí? ¡En nuestra propia casa! —Seguidamente, como si estuviera discutiendo consigo misma, continuó—: De acuerdo que no tenía que haber sucedido de ese modo, que Mussolini les trastocó los planes cuando pidió entrevistarse con él, pero sigo pensando que podría haberlo hecho en cualquier otro sitio. En el Palazzo Venezia, en el ministerio de la Guerra... ¿Qué sé yo?

En aquel momento a Mafalda le interesaba bien poco dónde hubieran sucedido los hechos. Solo podía pensar en las terribles consecuencias que podían tener para ella y su familia. En especial para su marido.

—Pero ¿qué pasará con Hitler? ¡Se pondrá hecho una fiera!

—Hitler ya lo sabe. Es decir, conoce la versión oficial: que el *Duce* ha dejado el poder de manera voluntaria, consciente de que ya hace tiempo que ha perdido la mayoría de los apoyos dentro del país. Anoche, poco después de que se hiciera pública la noticia, el mariscal Badoglio le comunicó personalmente la dimisión y le dejó bien claro que no tendrá ninguna repercusión en nuestro pacto con Alemania.

En un primer momento la respuesta de su madre la desconcertó: así que, ¿la guerra continuaba? Pero entonces, como si de pronto alguien hubiera descorrido una cortina delante de ella, tuvo una revelación, una certeza que hasta ese momento nunca se le había pasado por la imaginación y que se presentó ante sus ojos con una nitidez que le provocó un escalofrío: su padre no solo detestaba a Hitler, también le temía. Era esa, y no otra, la razón por la que se había apresurado a confirmar su lealtad al Eje y también el motivo por el que necesitaba aparentar que el *Duce* había renunciado por voluntad propia.

—Pero entonces —preguntó aturdida—, ¿qué sentido tiene detener a Mussolini?

—¿Que qué sentido tiene? —preguntó su madre escandalizada—. ¿Te parece poco poner una persona cabal al frente del gobierno y darle un motivo de esperanza a la gente? Mussolini fue el que nos metió en esta guerra y tu padre tenía la responsabilidad de librar a su país de un incompetente como él. Por no hablar de la situación en Sicilia. Los Aliados avanzan cada día más y alguien tiene que dirigir al ejército con un poco de cordura. Porque ten por seguro que, si acaban llegando a la península, Alemania nos dejará en la estacada. —La reina hizo una pausa y se quedó pensativa durante unos segundos—. Si quieres que te diga la verdad, no siento ninguna pena por él. Se lo tiene bien merecido. Lo único que lamento —continuó en un tono más reposado— es lo que estará pasando su pobre mujer, *donna* Rachele.

Mafalda la miró atónita. Su madre nunca dejaba de sorprenderla.

—¡Pero, mamá! ¿Tú te estás oyendo? ¡El país se enfrenta a un auténtico cataclismo y tú te preocupas por la mujer de Mussolini!

—¡Qué quieres que haga! No lo puedo evitar. La imagino encerrada en su casa, sufriendo, sin saber qué ha sido de su marido desde ayer por la tarde y sin nadie a quien preguntarle. Y para colmo, la gente se ha lanzado a la calle para celebrar su caída. ¡Si hasta le están cortando la cabeza a sus estatuas!

En aquel instante Mafalda entendió a qué se refería su madre y comprendió el porqué de sus desvelos por una mujer con la que aparentemente no tenía nada que ver. Como esposa de un hombre de Estado, ella hubiera podido encontrarse en la misma situación que *donna* Rachele, víctima de las decisiones equivocadas de su marido, de un levantamiento popular o de un vuelco en los acontecimientos políticos del país.

—Tengo que dejarte —dijo Mafalda de improviso, levantándose de la butaca.

Su madre la miró con una serenidad asombrosa, como si aquel gesto repentino no le sorprendiera lo más mínimo.

—Imagino que irás a casa a esperar una llamada de Philipp —dijo dando muestras una vez más de su capacidad para leer los pensamientos de su hija antes incluso que ella misma.

Mafalda asintió con la cabeza.

—Haces bien —sentenció—, pero antes he de pedirte algo. —La sala se quedó en completo silencio durante unos segundos y Mafalda tragó saliva—. Por lo que más quieras, cuando hables con él ten mucho cuidado con lo que dices.

Capítulo 22

Roma
Agosto de 1943

Durante las semanas posteriores a los sucesos del veinticinco de julio, Mafalda y sus padres no volvieron a mencionar ni una sola vez lo sucedido aquella tarde en Villa Saboya. Era como si entre ellos se hubiera establecido una especie de acuerdo tácito por el cual debían comportarse como si nada hubiese ocurrido, como si todo siguiera exactamente igual que antes. Y en cierta medida, así era. Tanto en la residencia de los reyes como al otro lado de los muros que la circundaban la vida continuaba como si tal cosa: la población seguía pasando las mismas penurias, la guerra seguía causando estragos en Sicilia y, tal y como había anunciado Badoglio cuando había tomado posesión de su cargo, Italia y Alemania seguían siendo aliados.

Mientras tanto, se había producido un curioso fenómeno que a Mafalda le parecía cuanto menos sorprendente. Tras los días de euforia y embriaguez, y una vez la gente hubo desahogado su rencor contra todos los símbolos que recordaban a Mussolini, a nadie parecía importarle demasiado qué había sido del *Duce*. Era como si la desaparición del hombre que había gobernado el país durante más de veinte años no hubiera tenido ni el más mínimo interés. Ni siquiera Hitler parecía preocupado por conocer el paradero del que había sido su aliado.

Sin embargo, sí se había producido un cambio, aunque tan sutil que casi resultaba imperceptible. Tanto en Mafalda como en el resto de los italianos se había instalado la sensación de que algo estaba a punto de ocurrir, una tenue incertidumbre que se había asentado en sus pensamientos como una niebla pertinaz. Era como si se encontraran inmersos en un compás de espera y nadie supiera a qué tendrían que enfrentarse cuando los instrumentos retomaran la melodía. Algunos hablaban de un inminente desembarco de los Aliados en la península, otros de una revuelta de los fascistas y los más agoreros de una terrible venganza por parte de Hitler. Y después del inesperado golpe de mano de su padre, ninguna de aquellas posibilidades resultaba disparatada.

Mafalda había tenido conocimiento de aquellos rumores por medio de los miembros del servicio, a los que interrogaba regularmente pero con sagacidad, y la idea de que pudieran cumplirse la tenía atemorizada. Pero lo peor era que no tenía a nadie con quién desahogarse, nadie a quien confesarle sus miedos. Después de la conversación que había tenido con su madre al día siguiente de la detención de Mussolini había tomado la decisión de no abrumarla con sus problemas, y la posibilidad de tratar aquellas cuestiones en sus breves conversaciones telefónicas con Philipp quedaba totalmente descartada. Bastante comprometida era ya la situación en la que le había puesto su padre para que ella complicara aún más las cosas. Además, desde que acompañaba a Hitler en todos sus desplazamientos, hacía ya unos meses, nunca sabía exactamente dónde se encontraba y la única forma que tenían de comunicarse era esperar a que él se pusiera en contacto con ella.

Por suerte, en aquellos días aciagos había algo que conseguía arrancarle una sonrisa cada vez que pensaba en ello, y era la inminente visita de su hijo Maurizio, que había conseguido un permiso para viajar a Italia.

✤ ✤ ✤

El día que por fin tuvo ocasión de reencontrarse con su primogénito, a Mafalda la invadió una alegría que no creía haber experimentado en muchísimo tiempo y que incluso le hizo derramar algunas lágrimas, pero no pudo evitar sentir un estremecimiento. No podía creer cómo en los meses que habían estado separados se había podido producir en él un cambio semejante. Debía de haber crecido al menos un palmo y sus facciones infantiles habían sido reemplazadas por un rostro consumido en el que las mejillas eran prácticamente inexistentes. Y eso no era lo peor: cuando lo había rodeado con sus brazos había constatado que la delgadez no era una característica exclusiva de su semblante, sino que se extendía por todo su cuerpo. A partir de ese momento, su principal objetivo fue conseguir que engordara al menos un par de kilos y recuperase una parte del sueño perdido.

Unos días después, cuando parecía haber recobrado su antigua vitalidad, Mafalda decidió reunir a sus dos hijos mayores en el salón. Había llegado el momento de que realizaran la tarea que quería encomendarles y que llevaba tiempo proyectando.

Una vez les puso al corriente de sus planes, ambos manifestaron su conformidad y se apresuraron a reunir todo lo necesario para llevarlos a cabo, uno en el cobertizo del jardinero y el otro en su escritorio. Mientras tanto, Mafalda subió a su habitación y echó un último vistazo al interior de la caja de latón que aguardaba encima de su tocador. A simple vista era una sencilla caja de galletas, algo gastada, que no parecía tener nada de particular, pero su singularidad no radicaba en el recipiente en sí, sino en lo excepcional de su contenido. En su interior se encontraban desde hacía varios días algunos de sus más preciados tesoros, que dadas las circunstancias se había visto obligada a retirar del banco: la diadema de brillantes que lució el día de su boda, con las espigas de trigo cruzadas; otra algo más moderna con piedras intercambiables, y un buen número de pulseras, broches y anillos, todos ellos de enorme valor, tanto económico como sentimental.

Mafalda pasó el dedo delicadamente por algunas de aquellas joyas, recordando con nostalgia los momentos felices en los que las había lucido, y cuando ya no pudo resistir más el nudo que le oprimía la garganta cerró la tapa y abandonó la habitación con la caja entre las manos.

Se reencontró con sus hijos en el lugar establecido, junto a la escalinata de entrada a la casa. Los dos la esperaban ya con las herramientas que iban a necesitar, Maurizio con un pico y una pala, Enrico con un bloc de dibujo y un par de lápices. Debían de ser las tres de la tarde y hacía un calor asfixiante, pero los tres se pusieron en marcha sin hacer la menor alusión a aquel inconveniente. Sabían que tenían que hacerlo a esas horas si querían evitar las miradas indiscretas.

—Este parece un buen sitio —dijo Mafalda después de haber caminado durante un buen rato.

Se había detenido delante de un bosquecillo de encinas situado sobre una pendiente cercana a los muros de Villa Polissena.

—Yo también lo creo —convino Enrico—, tiene suficientes elementos como para que sea fácil recordarlo.

—¿Y tú qué piensas, Maurizio?

—A mí me parece bien. Al fin y al cabo, la tierra debe de estar igual de dura en todas partes.

—Pues no se hable más —sentenció Mafalda.

Durante la siguiente media hora, Maurizio puso todo su empeño en realizar con la mayor rapidez posible un agujero del tamaño y la profundidad adecuados, aplicando los conocimientos que había adquirido para cavar trincheras. Al mismo tiempo su hermano, con su maestría habitual, dibujó una panorámica del lugar esforzándose por captar hasta el más mínimo detalle.

Cuando ambos hubieron terminado Mafalda, que había estado sentada sobre una piedra con la caja sobre su regazo, se puso en pie.

—¿Quieres que lo haga yo? —se ofreció Maurizio extendiendo los brazos hacia ella.

—No, gracias, amor mío.

Entonces, poniéndose en cuclillas, la princesa depositó la caja en el agujero que había realizado su hijo preguntándose cuánto tiempo tendría que pasar hasta poder desenterrar aquel recipiente de latón.

Capítulo 23

Rastenburg
15 de agosto de 1943

Poco después de las diez de la mañana, Philipp terminó de colocarse el cinturón del uniforme y, con un gesto firme, tiró de los bajos de la parte de arriba para eliminar posibles arrugas y se echó un último vistazo en el espejo. A continuación agarró la gorra que reposaba sobre la cama y, colocándosela bajo el brazo, cruzó el umbral de su habitación y enfiló uno de los pasillos que conducían al exterior del cuartel general de Hitler. Caminaba con paso enérgico, como si tuviera que despachar algún asunto importante, pero nada más lejos de la realidad. Tan solo necesitaba estirar las piernas y, de paso, calmar los nervios que le producía pasarse las horas mano sobre mano, esperando. De hecho, los paseos como el que se disponía a dar formaban parte de una rutina obligada, al igual que la lectura, unos hábitos que se había impuesto a sí mismo para tratar de recrear una falsa idea de normalidad en un momento en el que su vida podía calificarse de todo menos de normal. Y no porque la situación política y el incierto devenir de la guerra le obligaran a enfrentarse a una sucesión de acontecimientos inesperados, sino más bien por lo contrario. A pesar de encontrarse en el centro neurálgico del conflicto, el lugar donde se tomaban las decisiones trascendentales, su existencia parecía haberse detenido indefinidamente, como si durante el entreacto de aquella obra de teatro el director hubiera decidido que él, uno de los actores, debía demorar su salida a escena sin motivo aparente.

Apenas puso un pie en la calle, levantó la vista intentando dilucidar si les esperaba un día soleado o, por el contrario, amenazaba con lluvia, pero no era fácil encontrar un resquicio por el que avistar un fragmento de cielo de un tamaño suficiente como para sacarlo de dudas. Por lo general en los frondosos bosques de Prusia Oriental los rayos del sol no solían alcanzar el suelo hasta bien entrado el día, aunque en aquel lugar la luz era todavía más escasa debido a las tupidas redes de camuflaje que, cubiertas de plantas y musgo, pendían de las copas de hayas y abedules y ocultaban el inmenso complejo que Hitler había mandado construir al inicio de la Operación Barbarroja.

Mientras echaba a andar por los mismos caminos de hormigón que recorría día tras día pensó en lo mucho que contribuían la humedad y la penumbra forzosa a que aquel lugar le resultara tan asfixiante. Sin embargo, el principal motivo por el que sentía aquella especie de claustrofobia era el tener que pasar los días prácticamente ocioso, sin hacer nada productivo. Y lo peor era que la situación se prolongaba desde hacía meses, cuando el *Führer* había decidido que debía acompañarlo en todo momento, donde quiera que fuera. La razón que había esgrimido era que debía estar a su completa disposición para enviarlo de inmediato a Italia en caso de necesidad, pero hacía tiempo que no le asignaba ninguna misión y tampoco tenía muchas esperanzas de que la situación cambiara, sobre todo después de la desaparición de la escena política de Mussolini, al que parecía habérselo tragado la tierra. Aunque oficialmente las relaciones entre los dos socios seguían intactas, desde que las decisiones por parte de Italia las tomaban su suegro y el mariscal Badoglio ninguna de las partes parecía interesada en seguir manteniendo un contacto fluido.

Al principio, durante las primeras semanas, la situación había sido más llevadera. Simplemente había tenido que acompañar a Hitler en sus numerosas idas y venidas entre la Cancillería de Berlín y su residencia en Berchtesgaden. Pero todo cambió cuando se instalaron en aquella especie de fortaleza inexpugnable, lúgubre y recóndita que Hitler había bautizado muy acertadamente como La Guarida del Lobo. De eso hacía ya varias semanas, y todo apuntaba a que la estancia aún se prolongaría durante un tiempo.

Para colmo, las estrictas medidas de seguridad dificultaban enormemente el que pudiera comunicarse con su familia, algo que le producía una gran angustia. Por supuesto, nadie podía saber dónde se encontraba el *Führer,* de modo que debía ser él quien se pusiera en contacto con su esposa por vía telefónica, y solo cuando el Alto Mando lo autorizaba. Lo que más le angustiaba era que si sucedía algo grave no tendrían manera de localizarlo. Además, tenía razones fundadas para pensar que todas las llamadas que salían del complejo pasaban por el filtro del sistema de comunicaciones, de forma que tampoco podía hablar con la confianza y libertad que le hubiera gustado, ni conocer de primera mano la verdadera situación en Roma o el paradero del *Duce,* dos cuestiones que le preocupaban especialmente.

Tras recorrer unos metros por el camino de hormigón, Philipp continuó en dirección oeste, flanqueando la vía del tren que discurría a su derecha, justo delante de donde se encontraba la zona de seguridad 1. Era la parte más protegida de las tres áreas concéntricas en las que estaba dividido el campo, todas ellas fuertemente custodiadas y separadas entre sí por vallas de alambre de espino, torres de vigilancia y campos de minas. Era allí donde se encontraba la residencia de Hitler, así como las de Göring o Martin Bormann, el jefe de la Cancillería. Philipp, en cambio, se alojaba en el perímetro intermedio, junto a otros oficiales del Alto Mando. Por suerte, y aunque bajo supervisión, podía moverse con cierta libertad por la mayoría de los más de cuarenta edificios, contando salas de conferencias, centro de telecomunicaciones y despachos, muchos de los cuales tenían el aspecto de sencillas cabañas de madera. Otros, en cambio, eran moles de cemento armado con muros de varios metros de espesor que debían evitar la posibilidad de que Hitler sufriera un ataque contra su persona.

Todas aquellas medidas estaban más que justificadas. Al fin y al cabo el *Führer* ya había sufrido varios atentados contra su vida y el peligro acechaba en cualquier parte, incluso allí, en aquel lugar alejado del resto del mundo. Pero Philipp encontraba que algunos comportamientos de Hitler eran desproporcionados y empezaba a asemejarse a los de un maníaco, como el hecho de que hubiera reclutado a un grupo de mujeres en un pueblo cercano cuya única función era probar antes que él cualquier cosa que tuviera intención de llevarse a la boca.

El caso es que, por un motivo u otro, cada vez abominaba más de las innumerables excentricidades del *Führer*. Antes nunca le habían molestado sus rarezas, pero últimamente, sobre todo desde que lo trataba a diario, lo veía como un auténtico lunático y le costaba reconocer en aquel hombre al líder que había guiado Alemania en los últimos diez años. Él nunca había sentido la ciega devoción que otros le profesaban, pero siempre lo había tenido en gran estima e incluso lo había defendido cuando había cometido el gravísimo error de embarcarlos en aquella terrible guerra. Había querido pensar que estaba mal asesorado y que la culpa la tenían la notable cantidad de ineptos que lo rodeaban.

Pero hacía tiempo que ya no pensaba así. Y el hecho de acompañarlo donde quiera que fuese había empeorado su opinión sobre él. Ahora solo veía a un individuo caprichoso e hipocondríaco que en lugar de ocuparse de los problemas que atenazaban a su gente empleaba la mayor parte del tiempo en actividades recreativas como ver películas, escuchar música u organizar fiestas vespertinas en uno de los dos salones de té que había mandado construir. Eso sí, de vez en cuando convocaba algún consejo de guerra, aunque tenían lugar cuando él quería, independientemente de la situación en el frente y, por lo que le habían contado, acababan convirtiéndose en peroratas sin sentido en las que no hablaba nadie más que él. En cualquier caso, Philipp no participaba de esas reuniones de alto nivel y era mejor así. Desde que convivía día a día con el círculo más cercano a Hitler sus sospechas de que no podía fiarse de nadie se habían confirmado. Todos sin excepción rivalizaban por convertirse en los favoritos del *Führer* y él no quería entrar en ese juego. Era consciente de que, a excepción de Göring, cuyo ascendiente sobre Hitler era cada vez menor, no despertaba muchas simpatías entre los hombres fuertes de Alemania y estos tenían suficiente poder como para hacerle caer en desgracia por cualquier nimiedad.

Lo extraño era que, a pesar de lo mucho que había cambiado su opinión sobre el *Führer*, este parecía seguir teniéndolo en notable consideración, un aprecio en su opinión injustificado que hacía todavía más insufrible su confinamiento. Y es que debido al insomnio crónico que padecía desde hacía años, Hitler podía pasar noches enteras sin dormir y en esos casos, cuando no sabía qué hacer, recurría siempre a las mismas personas: o al doctor Morell o a él, y en ocasiones a ambos.

El doctor Morell era el médico personal de Hitler, un ser insignificante de aliento desagradable con una afición desmesurada por las inyecciones y que gozaba de una confianza ciega por parte de su único paciente. Apenas sentía la menor molestia estomacal, un ligero dolor de cabeza o un cansancio sin importancia, Hitler lo mandaba llamar de inmediato y, como consecuencia, recibía una dosis intravenosa de alguna de las sustancias que ambos consideraban milagrosas. Media hora después, el paciente se sentía imbuido de un vigor extraordinario que hacía que su mente empezara a bullir con todo tipo de ideas, la mayor parte disparatadas, que compartía de inmediato.

Y era entonces cuando entraba en juego Philipp. Independientemente de la hora del día o de la noche, Hitler lo mandaba llamar para que acudiera enseguida con la excusa de tener algo importante que comentarle. Él, indefectiblemente, acudía raudo al enorme búnker en el que se encontraban las habitaciones privadas de Hitler, un lugar donde no podía entrar nadie excepto sus más allegados, y ambos se instalaban en una de las varias salitas situadas junto al dormitorio, por lo general aquella donde se custodiaba la maqueta del museo que tenía previsto construir en Linz. Una vez allí, Hitler comenzaba a disertar sobre las numerosas obras que se expondrían en él, entre las que se encontraba el Discóbolo de Mirón, que Philipp había conseguido para el Reich. A él aquel asunto le producía mucha incomodidad, no se sentía para nada orgulloso de la forma dudosa y en muchos casos ilícita en que se habían conseguido la mayoría de los magníficos tesoros a los que hacía referencia, pero se guardaba mucho de opinar;

la única forma de no desencadenar un repentino ataque de ira era seguirle la corriente, fingir interés y limitarse a intercalar de vez en cuando alguna que otra frase de conformidad.

Al llegar a la altura del lugar donde se aparcaban los vehículos que utilizaban los miembros del Alto Mando, Philipp echó un vistazo a través de la valla intentando dilucidar si había algún movimiento distinto de los habituales. A lo largo de aquel día se esperaba una visita de Estado que conseguiría sacarlo por unas horas de aquel tedio insoportable y que significaba mucho para él: la de su cuñado Boris, zar de Bulgaria. Philipp estaba impaciente por poder encontrarse con alguien cercano a él, y aunque por descontado aquella no era una visita de cortesía esperaba poder charlar un rato y, sobre todo, tener noticias del resto de la familia. Era consciente de que para ello tendrían que esperar a que se produjera un momento de distensión, y probablemente no habría muchos. Imaginaba que Hitler tenía intención de apretarle las tuercas a su cuñado. Bulgaria era un aliado del Eje, pero hasta ese momento Boris había conseguido mantenerse relativamente neutral, sobre todo debido a la compleja situación a la que se enfrentaba, la de gobernar un país con una población principalmente prosoviética y un ejército proalemán. Aun así, dos años antes había firmado el Pacto Tripartito y había permitido que las tropas alemanas cruzaran el país en dirección a la Unión Soviética, desencadenando que Estados Unidos y Gran Bretaña le declararan la guerra. Sin embargo Hitler no había tenido suficiente y se había tomado muy mal que Bulgaria se abstuviera de participar en la invasión. Además, Boris también se había negado a aplicar las leyes raciales y a deportar a los judíos, y cualquiera que conociese al *Führer* sabía que eso era algo que no pasaría por alto. Lo más probable era que aquel día le presionara al máximo para que accediera a sus pretensiones.

Philipp miró su reloj de pulsera y se preguntó cuánto tiempo más tendría que esperar. Desconocía a qué hora estaba prevista la llegada de Boris, pero sabía que Hitler le había enviado un avión de la Luftwaffe para recogerlo y estaba atento a cualquier ruido o movimiento que le indicara que el invitado estaba a punto de aterrizar. Eran tantas las ganas que tenía de ver a su cuñado que apenas había tenido conocimiento de la visita había pedido que le permitiera acudir a recibirlo al aeródromo del complejo. Sin embargo la cúpula se había negado, pues serían Von Ribbentrop y el mariscal de campo Keitel los que lo recogerían directamente en la pista de aterrizaje y lo conducirían en un vehículo al cuartel general.

En aquel momento un miembro de la RDS, el cuerpo de las SS que se encargaba de la seguridad del complejo, surgió de uno de los caminos laterales y, con el fusil apoyado en el hombro y el casco calado hasta las cejas, se aproximó en unas zancadas y se detuvo ante él.

—*Heil Hitler!* —vociferó con el brazo extendido.

Philipp respondió repitiendo el saludo.

—*Herr* von Hesse, su majestad el zar Boris de Bulgaria ha aterrizado hace media hora y ha expresado su deseo de saludarlo. Acompáñeme.

Durante la caminata y mientras cruzaban el puesto de control para acceder a la zona 1, Philipp sintió cómo los músculos del cuerpo se le tensaban y las puntas de los dedos le temblaban ligeramente. No podía creer que por fin fuera a tener noticias directas de Mafalda y de los niños. De repente le asaltó la preocupación. ¿Y si había sucedido algo grave? ¿Sería ese el motivo por el que Boris había pedido verlo nada más llegar? Sin embargo, apenas descubrió que la reunión con su cuñado se celebraría en la sala de conferencias situada junto al búnker de los invitados, la incertidumbre se transformó en sorpresa e, inmediatamente después, en frustración. Tendría que haberlo sospechado desde el principio. El lugar designado para el encuentro no podía ser casual y, sin duda, debía haber sido el propio Hitler el que lo había elegido por una sencilla razón: aquella estancia estaba provista de todo tipo de instrumentos que permitían vigilar cualquier cosa que allí sucediera.

Mientras el soldado le sujetaba la puerta para que entrase, a Philipp se le pasó por la cabeza la idea de hablar en italiano, pero lo descartó de inmediato. Había muchas probabilidades de que alguien les entendiera, y lo único que conseguiría era levantar sospechas.

—¡Philipp, cuánto tiempo! —exclamó Boris directamente en alemán cuando el soldado cerró la puerta tras de sí para dejarlos a solas—. ¡No sabes la alegría que me da verte!

Tenía los brazos extendidos, y aunque Philipp sintió unas ganas inmensas de fundirse con él en un fraternal abrazo decidió que lo mejor era darle a entender cuanto antes que aquella no podía ni debía ser una conversación distendida entre cuñados. El riesgo de que se les escapara algún comentario inoportuno era demasiado alto.

—Yo también me alegro —respondió con gesto serio mientras le tendía la mano derecha y con la izquierda le daba un golpecito en el brazo.

La reacción de Boris fue de desconcierto y Philipp no pudo evitar sentirse mal por ello. Aun así continuó con su pantomima.

—¿Cómo ha ido el viaje? ¿Habéis tenido buen tiempo?

—Sí, sí... —respondió Boris todavía aturdido.

—Y la familia ¿qué tal? ¿Todos bien? Los niños, Giovanna...

—Sí, todos bien. —Conforme avanzaba aquella conversación insulsa y sin sentido, la expresión de Boris cambiaba progresivamente, se volvía cauta, como si empezara a entender que allí estaba pasando algo pero todavía no tuviera claro el qué.

—Estupendo. ¿Y sabes algo de Roma? —preguntó Philipp adoptando un tono trivial, casi como si no le interesara la respuesta.

—Bueno, no sé si te ha llegado que la ciudad fue bombardeada por segunda vez hace dos días... Una verdadera desgracia, pero toda familia está sana y salva, Mafalda...

Philipp sintió un estremecimiento. No se esperaba aquella noticia, y se moría de ganas de saber cómo se encontraban su mujer y sus hijos y cuál era su estado de ánimo, pero debía interrumpir la conversación. No quería que Boris pudiera decir nada que comprometiera en lo más mínimo a su esposa.

—Gracias a Dios. Es un verdadero alivio saber que no les ha afectado directamente. ¿Y hubo muchas pérdidas civiles?

—Cerca de quinientas —respondió Boris, esta vez con cierta naturalidad. Era evidente que había entendido que la conversación debía desarrollarse en un plano superficial.

—¡Pobre gente!

A partir de ese momento se produjo un intercambio de frases hechas, comentarios sobre el buen aspecto de ambos y lo rápido que pasaba el tiempo hasta que finalmente, harto de fingir una naturalidad que no sentía, Philipp decidió zanjar la conversación.

—¿Y hasta cuándo te quedas?

—Creo que regresaré dentro de un par de días.

Philipp respiró aliviado.

—En ese caso estoy seguro de que tendremos ocasión de vernos más veces —replicó—. Y ahora será mejor que no te entretenga más. El *Führer* debe de estar esperándote. A estas horas ya habrá acabado de desayunar.

Al oír aquello Boris levantó las cejas sorprendido, y no era para menos. No faltaba mucho para el mediodía, y al igual que todos los que conocían por primera vez los peculiares horarios de Hitler se quedó estupefacto. Sin embargo, se guardó mucho de hacer ningún comentario.

—Hasta pronto entonces. —Y esta vez, a pesar de lo extraño que resultaba después de la frialdad con la que se había desarrollado el encuentro, Boris se acercó a su cuñado y le dio un sentido abrazo que hizo que Philipp tuviera que morderse los labios para no dejar escapar una lágrima.

Dos días más tarde, mientras aguardaba frente al búnker reservado para los mandatarios extranjeros con las manos en los bolsillos y la mirada puesta en el suelo, Philipp descubrió un guijarro sobre el camino de hormigón y le propinó una patada. Debía de llevar allí algo más de media hora, desde que le habían avisado de que podía ir a despedirse de Boris, y de haber tenido bajo sus pies una superficie de tierra se habría podido distinguir perfectamente el rastro enmarañado que habían dejado sus inquietas pisadas. Pero no era el único que esperaba. A pocos metros de donde se encontraba, el ministro de la Guerra búlgaro, Nikola Mihov, el general Jetchev y el secretario de su cuñado, que lo habían acompañado en aquel viaje, llevaban ya un buen rato sentados en el vehículo que les conduciría al aeródromo. Y por último estaban el chófer y el oficial de las RSD que no se había separado de Boris durante toda su estancia y que hacía guardia en la puerta con el fusil en ristre y su habitual cara de pocos amigos.

Philipp se encontraba allí a sabiendas de que Boris no podría entretenerse mucho. Evidentemente le habría gustado tener una breve charla con él y, de paso, que le hubiera dado alguna pista de cómo se había desarrollado la reunión privada que había tenido con Hitler esa misma mañana, pero sabía que eso no iba a suceder. Después de dos días intentando, sin éxito, intercambiar confidencias, ya había perdido toda esperanza. A excepción de su fugaz encuentro a su llegada al cuartel general, en los casi tres días que habían pasado desde entonces no habían conseguido estar a solas ni un segundo. Cuando no se habían visto obligados a escuchar una de las interminables disertaciones del *Führer* durante las cuales no se podía ni rechistar, les habían sentado en extremos opuestos de la misma mesa o se habían trasladado por el complejo en automóviles diferentes. En un principio Philipp lo había achacado a la mala suerte, pero después de varios intentos infructuosos por parte de ambos le había quedado más que claro que Hitler no estaba dispuesto a permitir ningún intercambio verbal entre ellos que escapara a su control. Aun así, él no había desistido. Había intentado más de una vez burlar a las decenas de ojos que los vigilaban en todo momento, aunque todos los esfuerzos habían sido en vano. El momento en el que más cerca estuvo de intercambiar con su cuñado algo de información fue la tarde anterior, cuando pudieron caminar unos metros el uno junto al otro a la salida de la sala de proyecciones, pero antes de que tuvieran tiempo de abrir la boca Von Ribbentrop surgió de la nada y se interpuso entre ambos.

Cuando ya empezaba a desesperar y a preguntarse por qué Boris se demoraba, este apareció por la puerta y, con su habitual porte señorial y sus modales atemperados, se acercó a él. Philipp esbozó una sonrisa y dio un par de pasos para ir a su encuentro. Sin embargo, una vez lo tuvo cerca, se detuvo en seco sobrecogido. Jamás había visto tal expresión de abatimiento en el rostro de su cuñado. Era algo sutil que habría pasado desapercibido a cualquiera que no lo conociese, pero que a él le provocó un estremecimiento.

—Philipp....

La voz de Boris sonó casi como un susurro y a su cuñado le pareció que su rostro reflejaba una fuerte contención. Era como si el tiempo que les había hecho esperar lo hubiera empleado en intentar reprimir sus emociones, luchando por enmascarar su desasosiego y fingir una serenidad que estaba muy lejos de sentir.

Entonces entreabrió los labios y, sin previo aviso, su semblante mostró un atisbo de determinación. Aquel gesto sutil hizo creer a Philipp que tenía algo importante que trasmitirle y que estaba decidido a hacerlo, pero de repente, con la misma velocidad con la que había llegado, la expresión de arrojo se esfumó y de su boca salió una sola palabra:

—Cuídate.

Philipp, incapaz de responder, se limitó a estrecharle una mano rígida e inesperadamente fría. Luego se quedó allí de pie, en silencio, mirando cómo subía al automóvil y se alejaba sin volver la vista atrás, dejándole un vacío que ya no podría llenar, el vacío que dejan las palabras que jamás serán pronunciadas.

Capítulo 24

Roma
27 de agosto de 1943

—¿Cómo? —Mafalda se cubrió la boca con ambas manos incapaz de contener su estupor—. ¡No! ¡No puede ser! No daba crédito a lo que su padre acababa de contarle. ¿Boris gravemente enfermo? ¡Imposible! Aturdida, buscó con la mirada a su madre que, sentada en uno de los sofás del despacho real, se secaba las lágrimas con un pañuelo.

—¡Nadie se lo explica, hija mía! —sollozó—. ¡Nadie!

Mafalda, conmovida al verla en aquel estado, fue a sentarse junto a ella y le acarició el brazo, un gesto íntimo que no solo pretendía consolar, sino también buscar consuelo. Mientras tanto su padre, que con las manos entrelazadas en la espalda deambulaba por la estancia mascullando imprecaciones en dialecto piemontés, se detuvo y tomó la palabra de nuevo.

—Según el ministro Karadjoff se sintió indispuesto el lunes por la noche, con molestias en el pecho y fuertes vómitos. En un principio lo achacaron a la vesícula. No fue hasta el miércoles, cuando entró en coma, que se empezó a hablar de embolia. Y ahora sospechan que podría haberse complicado con pulmonía.

—¡Pero si hablé el otro día con Giogiò y me dijo que estaban todos bien! —protestó Mafalda. Lo dijo con determinación, como si agarrándose a aquel argumento pudiera demostrar que estaban equivocados, que todo era un absurdo malentendido.

—Ha sido fulminante. Al parecer tu hermana se encontraba en Tzarska, con los niños, esperando que Boris se reuniera con ellos. No supo nada hasta el mismo miércoles.

Mafalda sintió una punzada de rabia. ¿Cómo era posible que nadie la hubiera avisado en casi dos días? ¡Por el amor de Dios! ¡Era su marido!

—Pero eso no es todo —continuó su padre con voz temblorosa—. Desde que anoche se hizo oficial corren todo tipo de rumores. Esta mañana la prensa aliada habla incluso de envenenamiento.

Mafalda sintió que el corazón se le desbocaba.

—¿Envenenamiento? —Sacudió la cabeza con incredulidad—. Eso es ridículo. ¿Quién iba a querer envenenar a Boris?

—Los estadounidenses sostienen que ha sido Hitler —intervino su madre con un hilo de voz.

Mafalda reclinó la cabeza en el respaldo del sofá y se quedó mirando los frescos del techo mientras exhalaba todo el aire de los pulmones. No, no podía ser.

Una vez consiguió reponerse un poco de lo que acababa de escuchar, irguió de nuevo la cabeza y miró fijamente a los ojos de su padre.

—¿Y tú qué piensas?

—No lo descarto —respondió este con gesto circunspecto—. Hace unos días Boris se entrevistó con Hitler en su cuartel general. Es más, tanto el viaje de ida como el de vuelta los hizo en un avión de la Luftwaffe.

A Mafalda empezó a temblarle el labio inferior y tuvo que mordérselo para no soltar un hipido. Si su padre estaba en lo cierto, ya nadie estaba a salvo.

—¡Pero si Bulgaria y Alemania son aliados! —exclamó—. Además, ¿cuánto tiempo hace de eso? —inquirió intentando encontrar respuestas a sus miedos—. ¿Es posible que los efectos de un veneno tarden varios días en manifestarse?

—No lo sé —contestó su padre—. He oído hablar de algunos que sí, pero no te lo puedo certificar. Existen gases tóxicos... —comentó casi entre dientes, como si estuviera elucubrando una hipótesis—. En ese caso, habría bastado utilizar una máscara de oxígeno del avión para suministrárselo. Lo que sí sé es que no podemos descartar otros posibles culpables. Boris tiene enemigos suficientes como para que alguien pudiera estar interesado en su muerte. Todos los tenemos —concluyó con gesto abatido.

De pronto Mafalda pensó en su hermana.

—¡Pobre Giogiò! Allí sola... —gimió—. Y tan lejos...

Su madre sollozó de nuevo y posó una mano sobre la de su hija.

—Tu padre y yo hemos estado hablando de eso antes de que llegaras —comenzó a decir—. Como comprenderás estamos muy preocupados por ella. Si yo pudiera partiría de inmediato para estar a su lado, pero... dadas las circunstancias...

—No, mamá. Tú no puedes ir —repuso Mafalda con firmeza—. La situación de Italia ya es lo bastante complicada y tu lugar está aquí, junto a papá, al igual que el de Giogiò está junto a su marido. Iré yo —zanjó aceptando el encargo implícito que le hacía su madre.

—¿Estás segura? —le preguntó la reina—. No queremos que vayas en contra de tu voluntad. El viaje no será fácil.

—Por supuesto que lo estoy —replicó Mafalda airada—. Giogiò me necesita y los niños pueden quedarse con vosotros. Aquí estarán a salvo.

En ese momento su padre dirigió la mirada hacia su esposa y esta le respondió con un gesto de conformidad que, sin embargo, estaba teñido de cierta inquietud.

—En ese caso, no se hable más —resolvió el monarca—. Ahora mismo mandaré llamar al conde di Vigliano para que te acompañe y ordenaré que lo preparen todo para que puedas salir cuanto antes.

Al día siguiente, poco antes del anochecer, Mafalda emprendió el viaje en dirección a Sofía. Partió mucho más tarde de lo previsto. El motivo de la demora fue un grave inconveniente que contribuyó a aumentar la desazón que se había apoderado de todos. Cuando el rey había dado la orden de preparar el convoy real, al que la familia siempre había denominado cariñosamente *el salottino*, fue informado de que este había sufrido daños irreparables durante el bombardeo del diecinueve de julio, una noticia que nadie les había comunicado hasta aquel momento. Mafalda, consternada y consumida por la impaciencia, sugirió emprender el viaje en uno de los trenes de pasajeros cada vez más escasos y siempre atestados que viajaban en dirección a la frontera norte. Una vez allí, ella y el conde di Vigliano podrían buscar alguna conexión que les permitiera continuar. Su padre se negó en redondo, era demasiado arriesgado. Al final el jefe de la estación Termini propuso utilizar un viejo vagón de grandes dimensiones que pertenecía al ministerio de Asuntos Exteriores y que había sido utilizado por Hitler cinco años antes con motivo de su visita a Roma.

Así pues, hacia las ocho de la tarde, un tren cuyos laterales lucían vistosas esvásticas abandonó Roma en dirección a Bulgaria. Mafalda, a pesar del agotamiento que le producía el estado de tensión permanente en el que se encontraba, pasó buena parte de la noche en vela. La preocupación por la salud de su cuñado, la incertidumbre de no saber qué obstáculos se encontrarían en el camino y la imposibilidad de quitarse de la cabeza el sufrimiento de su querida Giogiò hicieron que no consiguiera conciliar el sueño hasta pasadas las cuatro de la madrugada.

Despertó poco después del amanecer con el sonido chirriante del tren al frenar en la estación de Údine. Una vez se hubo vestido y aseado, se sentó junto a una ventana con una taza de café para observar el movimiento de gente que se desplazaba de un lado a otro por los andenes y se preguntó si ellos también se enfrentaban a un futuro incierto o si, por el contrario, escapaban de algún peligro, pero sobre todo si sentirían el mismo desasosiego que le invadía a ella. Hasta aquel momento la suerte les había acompañado, ni siquiera habían tenido que detenerse ante la amenaza de que se produjera un bombardeo o por desperfectos en las vías, aunque a partir de aquel punto nadie sabía lo que aquel viaje les podría deparar. Para empezar, tendrían que dirigirse a Austria para evitar así la desmembrada y convulsa Yugoslavia, algo que prolongaría el viaje pero que no debería suponer demasiados problemas teniendo en cuenta que ella era ciudadana alemana. Y luego debían atravesar Hungría y Rumania, ambos en guerra abierta tanto con la Unión Soviética como con los Aliados.

Por suerte, su padre le había asegurado que informaría a las embajadas para que la recibieran en las respectivas estaciones y atendieran todas sus necesidades en la medida de lo posible, una solución que conseguía mitigar un poco su angustia.

Estaba sumida en aquellos pensamientos cuando divisó a través del cristal la figura del conde di Vigliano, que caminaba apresuradamente en dirección al tren con un periódico debajo del brazo. No había pasado ni un minuto cuando oyó el sonido de sus nudillos golpeando la puerta del vagón. Una vez le hubo concedido permiso para entrar, su cabeza asomó por el resquicio.

—Alteza —dijo mientras se quitaba el sombrero y se lo sujetaba con una mano a la altura del corazón—, me temo que traigo malas noticias.

Sin decir ni una palabra más, con el gesto contraído y sin apartar el sombrero de su pecho, colocó cuidadosamente el periódico junto a la taza de café. Acto seguido, bajó la mirada como si le produjera pudor la reacción que, sin quererlo, estaba a punto de provocar.

El titular, que ocupaba más de la mitad de la primera página, no podía ser más escueto: «Fallece el zar Boris III de Bulgaria».

El uno de septiembre, ochenta y siete horas después de dejar Roma, Mafalda y el conde di Vigliano llegaron a Sofía, agotados después de un viaje plagado de interrupciones. Tras haber soportado un exhaustivo y humillante registro de todos y cada uno de los vagones en la frontera con Austria, habían cruzado el país alpino hasta llegar a Budapest, donde afortunadamente el regente húngaro les había proporcionado un convoy mucho más cómodo y adecuado con el que se habían adentrado en Rumania. Una vez allí habían tenido que afrontar la parte más complicada del trayecto pues, además de las escalas en Curtici y Bucarest previstas desde un principio, se habían visto obligados a detenerse hasta en dos ocasiones más debido a las numerosas incursiones aéreas aliadas y que, según le explicó Di Vigliano a Mafalda, buscaban destruir las refinerías petrolíferas de Ploiesti.

En el mismo andén en el que se detuvo el tren fueron recibidos por una pequeña comitiva compuesta por el príncipe Kyril, hermano de Boris, el embajador de Italia y el marqués de Montezemolo, agregado militar, que les condujeron de inmediato al Palacio Real. Mafalda, vestida ya de luto riguroso, realizó el trayecto en un Packard de color azabache junto al cuñado de su hermana, que intentó ponerla al corriente de los últimos acontecimientos mientras recorrían las calles flanqueadas de enormes estandartes negros.

—La capilla ardiente se ha instalado en la catedral. Está previsto que permanezca allí hasta el día cinco, fecha fijada para las exequias...

La voz de Kyril le llegaba con dificultad, como si entre ellos se interpusiera un grueso muro de cristal haciendo que el simple acto de escuchar requiriera un esfuerzo ímprobo.

—...se calcula que serán varios cientos de miles. No les importa tener que esperar durante horas para presentarle sus respetos...

Mafalda, sin fuerzas para hacer otra cosa que no fuera asentir de vez en cuando con la cabeza, se esforzaba por desentrañar lo que le decía aquella voz que sonaba tan lejana. A pesar de eso, durante un buen rato apenas consiguió extraer alguna que otra información inconexa.

—...como bien sabe, nuestro sobrino Simeón fue proclamado zar el mismo día del fallecimiento, pero debido a su corta edad la Asamblea Nacional deberá designar un consejo de regentes que...

De pronto, la alusión al pequeño Simeón, que hacía solo un par de meses había cumplido los seis años, consiguió romper aquella especie de insólito encantamiento y arrancar de su boca un gemido.

—¡Oh, Dios mío! —musitó—. ¡Mi pobre niño!

Parte de las lágrimas que Mafalda había derramado durante las interminables horas que había pasado en el tren, encerrada en sí misma y sin hablar con nadie, habían sido por Simeón y María Luisa, a los que quería casi tanto como a sus propios hijos. Pero por lo visto no habían sido suficientes. Apenas oyó el nombre del pequeño el llanto acudió de nuevo a sus ojos.

En aquel momento la voz de Kyril, que hasta entonces había sonado fría y monótona, se tornó más apacible.

—Alteza —la interpeló inclinando la cabeza hacia ella y buscando sus ojos detrás del pañuelo con el que se enjugaba las lágrimas—.

Sé que todo esto es muy duro, estamos todos consternados, pero tendrá que sacar fuerzas de flaqueza. —En ese momento se detuvo un instante, como si se planteara la conveniencia de continuar con lo que estaba diciendo. Finalmente añadió—: Hágalo por su hermana. No es mi intención alarmarla, pero su majestad nos tiene muy preocupados.

Cuando por fin se reunió con Giogiò, a la que encontraron esperándoles a la puerta del palacio, Mafalda hizo caso omiso de los preceptos del protocolo y se lanzó a sus brazos. Fue entonces, mientras ambas lloraban en silencio ajenas a las miradas del reducido grupo de personas que asistían conmovidos a la escena, cuando entendió lo que había querido decir Kyril durante el trayecto en automóvil. El cuerpo de su hermana parecía haberse encogido y encorvado hasta quedar reducido a la mitad. Era tal su fragilidad que llegó a pensar que si la estrechaba con demasiada fuerza se rompería en mil pedazos. Pasado un rato, cuando consiguieron recobrar la compostura, se apartaron ligeramente la una de la otra y, con las manos entrelazadas, se miraron de arriba abajo. Mafalda no le dijo nada sobre su aspecto demacrado, las profundas ojeras o la mirada apagada, entre otras cosas porque durante un buen rato no fue capaz de articular palabra. Pero había otro motivo, y es que lo único que deseaba era permanecer así, recreándose en la visión de su adorada hermana pequeña, como si de alguna manera aquellos instantes pudieran compensar parte del tiempo que habían estado separadas.

Al final Giogiò le soltó una de las manos y, sin mediar palabra, la condujo hasta una salita en el interior de palacio. Una vez allí, tomaron asiento junto a una mesa auxiliar donde alguien había depositado una tetera de plata humeante y dos tazas de porcelana. Entonces, sin necesidad de que Mafalda le preguntara nada, su hermana comenzó a relatarle lo sucedido en los días precedentes.

—Yo estaba con los niños en la casa de la montaña —le explicó—. Cuando llegué ya estaba muy enfermo. Aún no había perdido la conciencia, pero estaba postrado en la cama y apenas reaccionaba. —Su voz sonaba tan débil como frágil era su apariencia y Mafalda se tuvo que contener para no rodearla de nuevo con sus brazos. No quería interrumpirla. Era evidente que necesitaba vaciar su alma del dolor que la estaba consumiendo—. Al verlo en aquel estado me arrodillé junto a él y le agarré la mano. Entonces, como si hubiera reconocido el tacto de mi piel, entreabrió los ojos y a duras penas me preguntó: «¿Qué haces tú aquí?» Fueron sus últimas palabras.

Giogiò hizo una pausa y, con manos temblorosas, se sirvió un poco de té.

—Los médicos hablan de una trombosis coronaria complicada con un infarto —continuó después de beber un par de sorbos y recuperar un poco la compostura—. Dicen que, con toda probabilidad, se debió a un colapso nervioso.

Entonces se quedó pensativa y, tras unos segundos mirando al vacío, exhaló un suspiro y prosiguió:

—Todavía no logro entenderlo. A su regreso de la entrevista con Hitler estuvo con nosotros en Tzarska. Es cierto que estaba terriblemente angustiado. No quiso entrar en detalles, pero imagino que el *Führer* le amenazó con tomar represalias si no hacía lo que le pedía. Y a Boris le aterraba que su pueblo se viera arrastrado de nuevo a una catástrofe como la que vivió durante la Gran Guerra. Aun así estaba bien de salud, en ningún momento se quejó de nada; incluso salió a pasear por el bosque con los niños.

Mafalda decidió aprovechar para preguntarle sobre la cuestión que tanto la atormentaba y que, en un principio, había pensado que era mejor no tocar.

—¿Y no has pensado en que, quizá, la causa del infarto pudiera ser otra? —inquirió intentando hacerlo con el mayor tacto posible.

Giogiò, que tenía de nuevo la taza en sus manos, la apoyó ceremoniosamente sobre su platillo y se quedó mirando a su hermana con gesto muy serio.

—Te refieres a la posibilidad de que fuera envenenado, ¿verdad?

A Mafalda le sorprendió la crudeza con la que lo expresó y sintiéndose algo culpable asintió con la cabeza.

—No te quiero engañar. La verdad es que tanto mis tres cuñados como yo hemos llegado a sospechar que su muerte no se debiera a causas naturales. De hecho, fue Eudoxia la primera que lo pensó, e incluso se lo planteó a los médicos antes de que yo llegara, cuando vio que su salud empeoraba. Pero ellos se lo negaron. Tras su fallecimiento, tanto ella como Kyril me pidieron que autorizara la realización de una autopsia. —Giogiò se detuvo una vez más—. Yo me negué. Era superior a mí. ¡Si supieras todas las cosas que pretendían hacerle! No soportaba la idea de que profanaran su cuerpo de ese modo.

Giogiò se cubrió el rostro con las manos. Pasados unos segundos se frotó los ojos y volvió a mirar a Mafalda con los párpados enrojecidos.

—Tan solo permití que le examinaran el corazón, aunque insistieron mucho en que les dejara analizar también el cerebro. Me negué. En cualquier caso, al final todos han confirmado el diagnóstico, tanto los doctores de la corte como otros dos venidos a propósito de Berlín y Viena. Pero los resultados no excluyen que la causa del paro cardíaco fuera el envenenamiento.

Mafalda se dio cuenta de que a su hermana le atormentaba la posibilidad de haber tomado la decisión equivocada.

—No deberías pensar más en ello —le dijo tomándole la mano que reposaba en su regazo—. Hiciste lo que debías. Además, no creo que, dadas las circunstancias, debas ahondar más en la cuestión. Ahora tienes que centrarte en ti y en tus hijos y, sobre todo, recobrar fuerzas. Os esperan tiempos difíciles.

Mientras decía esto, notó que las manos de su hermana empezaban a temblar. Entonces, consciente de que estaba a punto de derrumbarse, se puso en pie y situándose junto a la butaca en la que estaba sentada le tomó la cabeza con sumo cuidado, la apretó contra su pecho y dejó que impregnara la tela de su vestido negro con sus lágrimas mientras la mecía como cuando era una niña.

El funeral de Estado tuvo lugar al cabo de cuatro días, después de siete jornadas de duelo oficial. Mafalda, por decisión de Giogiò, acudió a la catedral en el mismo automóvil que ella y los niños y, tan pronto como se apeó del vehículo, se sintió invadida por la atmósfera de emoción que reinaba a las afueras del templo. Excepto por la noche de su llegada, en la que había visitado el lugar junto a su hermana para velar durante varias horas el cuerpo embalsamado de su cuñado, había pasado todo el tiempo recluida en el palacio de Vrana y aquella era la primera vez que se encontraba frente a frente con el pueblo de Bulgaria, un pueblo consumido por el dolor.

Ya durante el trayecto hasta la basílica había podido comprobar el gran impacto que había tenido la muerte del zar entre sus súbditos, que se habían echado en masa a la calle, y también sabía de las kilométricas colas de gente para dar su último adiós al monarca, pero a su llegada al majestuoso santuario no pudo evitar sentirse sobrecogida. A pesar de que la plaza se encontraba atestada, en cuanto abrieron la puerta del automóvil se hizo el silencio más absoluto. Todo el mundo, adultos y niños, parecían contener la respiración ante la imagen de la reina y de sus hijos. La mayoría de ellos no habían vuelto a ver a la familia del zar desde su fallecimiento y Mafalda imaginó que la figura de su hermana vestida de luto riguroso y con la cabeza cubierta por un tupido y largo velo debió de resultarles estremecedora. Pero lo que más debió de conmoverles fue la visión de los niños, que tan pronto como bajaron del automóvil se apresuraron a agarrarse con fuerza a la mano de su madre. Nadie podía quedar indiferente al ver a aquellos pequeños a los que la vida les había arrebatado prematuramente a su padre y que, con la cabeza gacha y expresión apesadumbrada, comenzaron a subir las escalinatas de acceso al templo.

Una vez en el interior, mientras el solemne tañido de las campanas quebraba el ambiente de recogimiento, Mafalda, siguiendo el protocolo, se situó en uno de los primeros bancos, con el conde Di Vigliano, el embajador y el resto de la delegación italiana. Mientras, su hermana y los niños recorrieron lentamente el pasillo central y se instalaron en el altar mayor, junto a sus cuñados Kyril, Eudoxia y Nadezhda, en cuyo centro se encontraba el catafalco con el féretro de Boris, cubierto con la bandera de la Casa Real y rodeado de coronas de flores.

A partir de aquel momento y durante casi toda la ceremonia oficiada por el patriarca Neophit y todos los obispos de Bulgaria, Mafalda permaneció sumida en sus oraciones mientras oía los cánticos graves y monódicos que inundaban el templo. En parte lo hizo porque desconocía la liturgia ortodoxa, pero el principal motivo era que sentía una imperiosa necesidad de dirigirse personalmente a Dios, sin intermediarios. Quería rogarle por el alma de su cuñado y, sobre todo, pedirle que velara por el futuro de su hermana y por el bienestar de sus sobrinos. Nadie sabía a qué peligros y amenazas tendrían que enfrentarse a partir de aquel día. Bulgaria se encontraba desde hacía tiempo en una situación crítica, acosada por alemanes y rusos, pero el fallecimiento de Boris la había colocado definitivamente sobre la cuerda floja.

Cuando hubo concluido el servicio religioso, Mafalda levantó la vista y miró al patriarca, que procedía a leer lo que debía de ser una oración de despedida. No podía entender lo que decía, aunque a juzgar por su voz quebrada y por una lágrima que le recorrió la mejilla hasta desembocar en su tupida barba sus palabras debían de estar cargadas de emoción. Preocupada por el efecto que aquel sentido discurso tendría en su hermana y los niños, los buscó con la mirada y la estampa que se presentó ante sus ojos la conmovió. Como siempre había sucedido en los momentos más complicados de su vida, Giogiò era la personificación de la entereza, con la espalda recta y la barbilla alta a pesar del enorme peso que soportaba sobre sus hombros, mientras que María Luisa, situada a la izquierda de su madre, a la que miraba de reojo, parecía más pendiente de esta que de ninguna otra cosa, como si tuviese miedo de que también pudiera desaparecer de sus vidas.

Sin embargo, lo que realmente la sobrecogió fue contemplar al pequeño Simeón. Tenía el cuerpo erguido en actitud casi militar y, como si nada de lo que sucedía a su alrededor pareciera importarle, permanecía con la mirada fija en el féretro de su padre. La postura, que probablemente pretendía imitar la actitud solemne que tantas veces había visto en Boris, mostraba una rectitud impropia de su edad, pero sus ojos apenas parpadeaban y en ellos se podía leer una mezcla de espanto y desconcierto. Mafalda se preguntó qué podía pasar por la mente de aquel niño y no pudo evitar pensar en su hijo Otto, con el que apenas se llevaba un par de semanas. Era incapaz de imaginar cómo podía estar viviendo todo aquello su mente infantil y se le partía el corazón al pensar en la injusticia de que tuviera que pasar por ese trance. Sabía que Giogiò había intentado explicarle lo sucedido de una manera sencilla, pero a su edad nadie estaba preparado para comprender el verdadero significado de la muerte ni para concebir su carácter irreversible. Y menos aún para convertirse, con solo seis años, en su majestad Simeón II, zar de Bulgaria.

Lentamente el patriarca y los obispos abandonaron el altar y se encaminaron hacia el exterior mientras un grupo de hombres, entre los que se encontraban el príncipe Kyril y varios miembros del gobierno, alzaba el féretro en hombros y seguía sus pasos, formando así la cabeza del cortejo fúnebre. Había sido voluntad de Boris que sus restos mortales descansaran en el monasterio de San Juan de Ryla, un pequeño enclave en las montañas que simbolizaba la resistencia búlgara. El problema era que se encontraba a más de cien kilómetros de la capital, por lo que Kyril y Giogiò habían dispuesto que la comitiva recorriera a pie la distancia que separaba la catedral de la estación de ferrocarril, desde donde partiría un tren que les llevaría a su destino final. De ese modo, el pueblo búlgaro podría rendir al zar su último homenaje.

Una vez en el exterior, el féretro fue recibido por un estruendo de salvas de cañón que emergieron desde diferentes puntos de la ciudad y a las que contribuyó un regimiento de granaderos de Cerdeña enviado por el rey de Italia desde su asentamiento en Grecia. Mientras tanto, el ataúd fue colocado en el afuste de un cañón y, tan pronto como se hubo disipado el ruido, el séquito emprendió la marcha.

El olor a pólvora se desvaneció y el cielo se inundó de volutas de incienso que brotaban de cientos de columnas revestidas de tela negra situadas a lo largo del recorrido. Mafalda realizó el trayecto muy cerca de la cabecera del desfile y, una vez más, se estremeció al ver la actitud de los ciudadanos búlgaros. A lo largo de los años había asistido a numerosos funerales de Estado, pero jamás había visto un país tan desolado, tan roto de dolor por la pérdida de su monarca. A diferencia de lo que había sucedido a su llegada a la catedral, ahora las muestras de dolor eran ostensibles. La multitud lloraba abiertamente, incluso profiriendo quejidos lastimeros, y muchos se arrodillaban al ver pasar la comitiva. Era evidente que la gente se sentía desamparada, como si con aquella pérdida se encontraran de improviso desvalidos, como si no pudieran comprender por qué Dios les había arrebatado a su zar dejándolos a merced de un futuro aciago. Entonces entendió por qué Giogiò había decidido que los niños regresaran a palacio tras la ceremonia. Era mejor que no vieran escenas como aquellas.

Después de casi tres horas, el cortejo llegó a la estación, donde se procedió a colocar los restos de Boris en un vagón plataforma para que permaneciera a la vista de todo el que quisiera acercarse a las vías a ver pasar el convoy. Mafalda se situó en el andén junto a sus acompañantes italianos y, a través del velo que ocultaba su mirada, echó un vistazo a los miembros de las diferentes delegaciones extranjeras. Muchos de ellos acabarían allí su cometido, pues a partir de ese momento el número de personas que acompañarían al féretro se reduciría de forma considerable y solo unos pocos, entre los que se encontraba ella, asistirían a la inhumación.

A su derecha, a solo unos pasos de distancia, estaba la delegación alemana, con el mariscal de campo Keitel y el gran almirante Doenitz a la cabeza. Ambos eran hombres de gran influencia y Mafalda conocía personalmente al primero, con el que había coincidido en varias ocasiones. Era el comandante en jefe de las fuerzas armadas y uno de los hombres de confianza de Hitler.

De repente un fuerte sentimiento de repulsa la invadió. Daba igual que oficialmente siguieran siendo aliados de Bulgaria; teniendo en cuenta las sospechas que pesaban sobre Alemania, su presencia allí le parecía de una mezquindad insoportable. De hecho, era tal su indignación que, a pesar de tratarse de los representantes de un país amigo y de que su marido era una destacada personalidad alemana, había evitado por todos los medios cruzar la mirada con ellos.

Aun así, su cercanía le provocaba sentimientos encontrados. Tal vez era absurdo, pero durante el cortejo le había asaltado la idea de que quizá pudieran proporcionarle información sobre Philipp. No esperaba demasiado, tan solo saber si se encontraba bien y, si no era mucho pedir, alguna pista sobre su paradero. Sin embargo, quedaba totalmente descartada la posibilidad de acercarse a ellos. No era ni el lugar ni el momento.

Entonces, como si le hubiera leído la mente, Keitel dirigió la vista hacia donde se encontraba Mafalda y realizó una especie de reverencia. Aquel gesto la sobresaltó. Creía que el velo habría ocultado su indiscreta mirada, pero era evidente que no.

Mafalda, aturdida, respondió con una breve inclinación de cabeza y cuál no sería su sorpresa cuando Keitel, como si hubiera interpretado su gesto como una invitación a acercarse, se dirigió con paso firme hacia ella.

—Alteza, permítame presentarle mi más sentido pésame —dijo mientras Mafalda extendía la mano por debajo del velo para que la besara. Una vez hubo rozado con sus labios el guante que la cubría añadió—: Asimismo, me gustaría hacerle llegar un sincero mensaje de condolencias por parte de nuestro *Führer*.

Dicho esto, Keitel se llevó la mano hacia el pecho y, tras introducirla por debajo de la solapa de su americana, sacó un sobre de color sepia.

Desconcertada, Mafalda miró de reojo a Di Vigliano, que se encontraba a su lado y parecía tan sorprendido como ella. Aquello no tenía ningún sentido. ¿Hitler le enviaba una carta? ¿A ella?

—Por otro lado —prosiguió Keitel haciendo caso omiso de su evidente aturdimiento y tendiéndole el envoltorio rectangular que sostenía en su mano derecha—, no quería marcharme sin entregarle esta misiva. Se trata de un mensaje de su esposo.

Mafalda sintió que el corazón le daba un vuelco y Keitel la miró fijamente a los ojos con una intensidad que hizo que se estremeciera.

—Me encomendó que se la entregara yo mismo en mano —continuó el alemán— y que le pidiera encarecidamente que tenga muy en cuenta sus palabras.

Capítulo 25

Sinaia y Budapest
8 de septiembre de 1943

Sentada en una de las butacas de su vagón dormitorio, Mafalda releyó una vez más la carta de Philipp. Había perdido la cuenta de las veces que había repasado aquel escrito desde que habían abandonado Sofía, dos días después del funeral. De eso hacía ya más de veinticuatro horas y todavía sentía el profundo vacío que le había dejado en el pecho tener que despedirse de Giogiò y de los niños. Sin embargo, lo que más le inquietaba en aquel momento era el escueto mensaje que le había hecho llegar su marido por medio del mariscal Keitel.

De nuevo paseó su mirada por los trazos elegantes y picudos que había dejado Philipp sobre el papel, pero en esta ocasión deslizó la yema del dedo índice por encima de las letras, como si aquel gesto le permitiera leer más allá de sus palabras.

> *Queridísima Muti:*
>
> *Te escribo estas líneas para pedirte que tanto tú como los niños os dirijáis en cuanto os sea posible a la residencia de mis padres en Kronberg, donde espero poder reunirme con vosotros en breve.*

Quedo a la espera de nuestro ansiado rencuentro.

Con todo mi amor,
Tu esposo, Philipp

A pesar de la parquedad de las palabras, desde que las había leído por primera vez de rumbo al monasterio de Ryla le había parecido que estaban cargadas de misterio. No conseguía entender en qué circunstancias había escrito Philipp aquellas líneas ni qué le había movido a hacerlo. Tenía muy claro que se trataba de su caligrafía, pero había algo en aquella forma de expresarse, tan formal y mesurada, que le provocaba cierta inquietud. O tal vez eran solo imaginaciones suyas. A fin de cuentas, en los últimos tiempos Philipp y ella se expresaban siempre con suma cautela, tanto en sus cartas como en sus escasas conversaciones telefónicas, e incluso en casos extremos utilizaban algunas palabras en clave a modo de código que solo ellos entendían. Y en aquella carta no había ni rastro de ellas.

Por otro lado, no tenía nada de extraño que Philipp quisiera verlos. Cada vez le resultaba más complicado ir a Italia y, por mucho que a ella la idea de emprender otro viaje le pareciera muy poco atractiva, era más que comprensible que su marido le pidiera aquel sacrificio. Además, ir a Alemania le habría permitido también ver a su hijo Maurizio, y solo Dios sabía cuánto anhelaba volver a reunir a toda la familia.

Aquella alentadora idea terminó de ayudarle a tomar una decisión: apenas llegara a Roma, hablaría con sus padres para informarles de su partida. Hacía algo más de una semana, justo antes de marchar para Sofía, había dado órdenes de que Otto y Elisabetta regresaran a Roma desde su retiro en el Terminillo, de modo que no les llevaría demasiado tiempo preparar el viaje. Por supuesto, tenía muy claro que su madre se opondría frontalmente a que volviese a dejarles, y más aún cuando supiera que se llevaba a los pequeños, pero después de lo que había vivido en Sofía con Simeón y María Luisa no podía negarle a sus hijos la posibilidad de volver a estar con su padre, aunque solo fuera por unos días.

Apesadumbrada por el recuerdo de sus sobrinos, aunque satisfecha con su resolución, Mafalda echó un vistazo al reloj de la mesita y decidió que lo mejor sería leer una novela que la ayudara a distraerse. Eran ya más de las doce de la noche y no le convenía dormirse. En apenas tres horas estarían en Sinaia, una bella localidad de montaña en los Cárpatos, y al llegar tendría que despertarse de nuevo. En su última escala, hacía solo unas horas, un funcionario les había comunicado que la reina madre Elena de Rumanía quería entrevistarse con ella.

A Mafalda le había sorprendido mucho la petición de aquella prima de Philipp, una mujer muy agradable, algo mayor que ella, con la que le unía una buena relación. No entendía qué motivos podía tener para fijar un encuentro a aquellas horas intempestivas. De hecho, una de las razones por las que Sinaia no estaba incluida en las escalas previstas era que ya se habían detenido en ese lugar a la ida, cuando Elena, que residía allí sola en un fabuloso castillo, había querido verla para darle el pésame por la muerte de Boris. La otra era, precisamente, la hora a la que tenían previsto pasar por la población.

Aun así, Mafalda no había podido negarse. Además, últimamente dormía más bien poco y, aunque estaba deseando regresar a casa, la persona que le había trasmitido la información a Di Vigliano había asegurado que sería la reina en persona la que se acercara a la estación para evitarles inconvenientes o posibles retrasos en su viaje.

Sumida en aquellos pensamientos, Mafalda introdujo la carta de su marido en el sobre y la guardó en el joyero que llevaba siempre consigo. Luego se descalzó para aliviar la ligera hinchazón de los pies y los apoyó en una silla cercana a fin de mitigar la pesadez. Acto seguido agarró el libro que reposaba en la mesita y, mientras lo abría por la página en la que se había quedado la última vez, se preguntó qué podría ser tan importante como para que la reina rumana se tomara tantas molestias. Sin embargo, enseguida desechó aquellos pensamientos. Ya lo descubriría en su debido momento. Últimamente la mayor parte de lo que sucedía a su alrededor carecía de sentido, y bastantes preocupaciones tenía ya como para andar dándole vueltas también a aquel asunto. Lo más probable era que se tratara de algún mensaje de índole política que debía trasmitir a sus padres y seguramente la reina había decidido aprovechar su paso por la región para evitar utilizar otros intermediarios menos fiables.

Mafalda despertó con un chirrido metálico que indicaba que el tren estaba reduciendo de manera drástica la marcha y tardó unos segundos en entender dónde se encontraba. Adormilada, se irguió en la butaca y con la mano derecha descorrió unos centímetros la cortina de la ventanilla al tiempo que se masajeaba el cuello. A través del cristal, y a pesar de la penumbra, reconoció a poca distancia la estación de Sinaia. Era un edificio de aspecto palaciego, pero que perdía parte de su encanto al estar iluminado tan solo por un par de farolas situadas bajo el techo del andén, lo suficiente para resultar visible a los maquinistas aunque no lo bastante como para que lo detectaran los aviones enemigos.

Apurada, se calzó a toda prisa, se puso en pie y, sin dejar de recolocarse el vestido, se dirigió al vagón comedor mientras el tren terminaba de frenar. Una vez allí, volvió a mirar por la ventanilla y vio a Di Vigliano de espaldas, aproximándose a una figura envuelta por una capa negra. Por suerte, él no se había quedado dormido.

Mafalda se acercó a una mesa en la que los miembros del servicio habían colocado una bandeja con todo lo necesario para servir un té para dos personas y comprobó con el dorso de la mano que el metal de la tetera estuviera caliente. Satisfecha, se ahuecó la melena un poco y esperó de pie a que el conde cumpliera su cometido.

Extrañamente, todavía pasaron algunos minutos hasta que Di Vigliano llamó a la puerta corredera.

—Alteza, su majestad la reina madre Elena de Rumanía.

Al verla, Mafalda la saludó con dos besos en las mejillas y esperó a que se retirase la capucha y se desprendiera de la voluminosa capa negra que la cubría para invitarla a sentarse. Sin embargo, al ver sus movimientos agitados y su rostro desencajado mientras entregaba la prenda a Di Vigliano sintió el impulso de tomarla de ambas manos y mirarla a los ojos.

—¿Te encuentras bien, Elena? —le preguntó. Tenía los dedos rígidos y la piel fría—. ¿Ha pasado algo?

—¡Oh, Mafalda! —respondió—. No sabes cuánto lamento haber interrumpido vuestro viaje, pero hay algo muy importante que debes saber.

Hablaba con la voz entrecortada, como si llevara días cruzando las montañas a pie para llegar hasta allí y, Mafalda la invitó a tomar asiento.

En aquel momento Di Vigliano carraspeó.

—Si me disculpan... Será mejor que las deje a solas.

Mafalda le dio su permiso con un gesto y esperó a que abandonara el vagón. Cuando hubo comprobado que la puerta estaba convenientemente cerrada se sentó frente a Elena y la miró con gesto interrogante.

—Él ya lo sabe —dijo la reina—. Se lo he comunicado en cuanto lo he visto en el andén.

—¿Saber el qué?

Elena la miró muy seria.

—Que Italia ha firmado un armisticio con los Aliados.

Mafalda la miró boquiabierta, tratando de asimilar lo que acababa de oír.

—¿Cómo? —Era la única palabra que acertó a pronunciar, pero en ella cabían infinidad de preguntas.

—El general Eisenhower lo ha anunciado por radio esta misma tarde —prosiguió Elena—. Una hora después lo ha confirmado Badoglio. Ha dado órdenes de que cese de inmediato toda resistencia contra las fuerzas anglo-norteamericanas.

Mafalda se llevó la mano a la boca, que todavía permanecía abierta, y sintió que la respiración se le aceleraba cada vez más. Las ideas bullían en su mente. ¿Un armisticio? Pero entonces... eso quería decir que la guerra había acabado. Ya no más muertos, ya no más bombas. Al menos para Italia.

A pesar de ello, no conseguía alegrarse de la noticia. Había algo que le impedía sentirse aliviada.

—¿Y Alemania?

Elena, que permanecía con gesto serio, la miró de hito en hito.

—¿Qué quieres decir con Alemania? ¿Me estás preguntando si ellos también han firmado la paz? ¡Por supuesto que no, querida! —respondió con tono condescendiente—. El *Führer* no haría algo así.

—Pero entonces...

Mafalda no pudo continuar. De su mente empezaban a brotar pensamientos aciagos. Hitler debía de estar furioso. Había permanecido extrañamente indiferente cuando se había hecho pública la misteriosa desaparición de Mussolini, es más, se podía decir que ni siquiera había habido reacción alguna por su parte, pero aquello, sin duda, destaparía la caja de los truenos.

En aquel momento comenzó a temblar.

—Mafalda, escúchame bien. —Esta vez fue Elena la que la tomó de las manos intentando tranquilizarla—. No puedes dejarte llevar por el pánico. Deberás tomar una decisión importante y tendrás que mantener la mente fría. Han pasado solo unas horas desde el anuncio y es imposible saber qué consecuencias tendrá, aunque mucho me temo que no serán buenas. Tenemos que considerar la posibilidad de que Hitler quiera castigar a Italia. Además, desconocemos las condiciones del armisticio, pero ten por seguro que no serán fáciles para tu país. No descarto que el gobierno haya pactado un desembarco masivo de los Aliados en la península. Y en ese caso, solo Dios sabe lo que podría desencadenar.

Mafalda, inmóvil, escuchaba atentamente lo que Elena le decía. Tenía toda la razón. Hacía tiempo que el ejército alemán campaba a sus anchas por Italia y un desembarco aliado provocaría un enfrentamiento a gran escala. Y su mente fue mucho más allá. De pronto, la petición de Philipp cobraba un nuevo sentido. Ahora resultaba indispensable recoger a los niños y marcharse cuanto antes a Alemania.

—En mi opinión —prosiguió Elena—, deberías cancelar de inmediato tu regreso, al menos hasta que sepas algo más. Podéis quedaros aquí. Sabes que en Peleş hay sitio de sobra.

Mafalda la miró con extrañeza y luego dirigió la vista hacia la ventana, en cuyo cristal se reflejaba el interior de aquel vagón, acogedor y luminoso. Detrás se extendía implacable la incierta oscuridad de la noche.

—No. No puedo quedarme —repuso finalmente sacudiendo la cabeza de un lado a otro—. Te lo agradezco mucho, pero será mejor que continúe el viaje de inmediato. —Hablaba despacio, con cautela, como si su mente y sus palabras caminaran de la mano por un sendero desconocido—. Al menos hasta Budapest. Allí, en la embajada, podrán darme más detalles. E incluso podría contactar con palacio para recibir indicaciones.

Elena, que llevaba un rato inclinada hacia ella, le soltó las manos e irguió la espalda con una expresión algo más calmada, como si la respuesta de Mafalda le confirmara que sus palabras habían conseguido al menos serenar sus ánimos.

—Está bien —dijo—. Me parece lo más sensato. Yo misma puedo avisar al embajador desde aquí. Pero, por lo que más quieras, no regreses a Italia. Es muy peligroso.

Al ver el gesto de aprensión de Elena, Mafalda se preguntó si no estaba exagerando. ¿Cómo no iba a volver a Italia?

—No lo entiendes —respondió—. Mis hijos están allí. Además —añadió tras unos segundos de reflexión—, por muy delicada que sea la situación para el país, mi caso es diferente. Soy la esposa de un alemán —sentenció con absoluta convicción—. Y tú sabes tan bien como yo que Philipp no es un alemán cualquiera.

Mientras se apeaba del tren en la estación de Budapest, Mafalda sufrió un ligero vahído que a punto estuvo de hacerle perder el equilibrio. Por suerte, el diligente mozo que la esperaba a los pies de la escalerilla reaccionó a tiempo y le asió un brazo con firmeza evitando que acabara en el suelo.

—¿Se encuentra bien, señora? —le preguntó en alemán aunque con un fuerte acento húngaro.

—Sí, gracias. No ha sido nada —mintió Mafalda. En realidad no se encontraba nada bien. Sentía como si fueran a fallarle las fuerzas de un momento a otro. No había vuelto a pegar ojo desde la breve cabezada antes de su llegada a Sinaia y apenas había probado bocado en las últimas doce horas. Y luego estaba aquel lacerante dolor de cabeza, que le partía de las sienes y se extendía hasta la nuca.

Acudieron a socorrerla varias personas más. No habría sabido decir cuántas, pero distinguió entre ellas al conde Di Vigliano y al embajador de Italia en Hungría, Filippo Anfuso, que fue el que tomó la iniciativa de aproximarla hasta un banco cercano. A Mafalda no le sorprendió verlo allí, sabía que estaría esperándolos para conducirlos personalmente hasta la embajada, aunque tampoco le agradó. Era un fascista destacado y, como todos ellos, prepotente y altivo.

—¿Desea que le traigan un vaso de agua? —le preguntó.

Mafalda lo miró y no vio en él nada de su arrogancia habitual. La observaba con un sincero gesto de preocupación y, al mirarle a los ojos más detenidamente, se dio cuenta de que él también parecía haber dormido poco.

—Se lo agradezco, pero no es necesario —respondió—. Solo quiero que me ponga al tanto de los últimos acontecimientos.

Anfuso no dijo nada, solo miró a su alrededor con gesto de desconfianza. El resto de personas que habían acudido a socorrer a Mafalda ya se habían retirado y exceptuándolo a él, que estaba sentado a su lado, solo quedaban Di Vigliano y el mozo de estación, que la abanicaba con un periódico. No parecía que estuviera entendiendo ni una palabra de su conversación en italiano; aun así, Anfuso debió de pensar que era mejor deshacerse de él.

—Ya es suficiente —le espetó en alemán entregándole un billete que había sacado de su bolsillo—. Puede marcharse.

El chico se desvaneció presuroso entre la multitud que se movía de un lado a otro por el andén.

Anfuso volvió al dirigirse a ella.

—¿Está segura de que no prefiere esperar a que lleguemos a la embajada?

—No —repuso Mafalda con rotundidad—. Necesito saber cómo están las cosas. Y lo necesito ya.

—De acuerdo —accedió Anfuso, bajando de forma evidente el volumen de su voz—. Tenemos una última noticia. Y no es muy alentadora. Nos han informado de que sus majestades abandonaron Roma la pasada madrugada.

Mafalda miró al embajador con expresión desorientada. ¿Su padre y su madre habían optado por marcharse? ¿Cómo era posible? Desde que había sabido del armisticio había barajado todo tipo de situaciones, algunas disparatadas, pero ¿aquello? Aquello sí que no se lo esperaba.

—Al parecer —continuó Anfuso—, la intención sería establecer un nuevo gobierno alejado de la capital. De hecho, les acompañaba su hermano, el príncipe Umberto, así como Badoglio y otros generales.

—Y mis hijos, supongo.

Anfuso tardó unos segundos en responder y Mafalda tuvo la impresión de que tragaba saliva.

—Lo siento, alteza, pero no tenemos constancia de que sus hijos viajaran con la comitiva.

Mafalda se quedó mirándolo y no pudo evitar que se le escapara un gesto de velado desprecio. Aquel hombre era un incompetente.

—Eso es absurdo —le reprochó—. Mis padres no se marcharían dejando a mis hijos en Villa Saboya.

—De hecho, tampoco parece que hayan permanecido en la residencia real —dijo Anfuso. A continuación, con voz apesadumbrada, añadió—: Mucho me temo que en estos momentos desconocemos su paradero.

De repente Mafalda se dio cuenta de la sinceridad casi hiriente que destilaban las palabras del embajador y un dolor punzante le nació en mitad del pecho.

—Estamos intentando ponernos en contacto con el Quirinale, aunque no está resultando fácil. Las comunicaciones están siendo complicadas. No obstante, estoy seguro de que pronto lo conseguiremos.

Anfuso parecía esforzarse en infundirle algo de ánimo, pero sus palabras no tuvieron ningún efecto en Mafalda, que, sacudiendo la cabeza y con la mirada perdida, repetía en voz baja:

—No puede ser. No puede ser.

Di Vigliano, que había permanecido en silencio, probablemente intentando asimilar él mismo las nefastas noticias, tomó la palabra.

—Alteza —dijo—, será mejor que nos dirijamos cuanto antes a la embajada. Este no es el lugar más apropiado para hablar de estos asuntos. Además, allí podrá descansar un poco mientras esperamos noticias de Italia. Verá que en cuanto lo consigamos averiguaremos qué ha sido de los príncipes. Mientras tanto, no debe preocuparse, estoy convencido de que sus majestades se han ocupado de ponerlos a salvo.

Durante el trayecto en automóvil los tres permanecieron en completo silencio. No había mucho más que decir y cualquier comentario alentador por parte de Anfuso o Di Vigliano habría resultado forzado. Una vez llegaron a su destino, una funcionaria, probablemente conocedora de la delicada situación en la que se encontraba, ofreció a Mafalda la posibilidad de reposar en una pequeña sala.

—Es usted muy amable, pero todavía tengo algunos asuntos que discutir con el señor embajador.

Anfuso, al oír aquello, le indicó el camino hasta su despacho y Mafalda insistió en que les acompañara Di Vigliano.

—Los dos nos encontramos en una situación similar —sentenció.

Apenas hubo tomado asiento frente al embajador, la princesa se dirigió a él con firmeza, intentando mantener la mente fría.

—Necesito regresar a Italia de inmediato. He de recoger a mis hijos.

—¡Pero alteza! —replicó Anfuso, alarmado—. Eso sería una temeridad. Tenemos noticias de que las tropas alemanas situadas en el norte de la península están tomando posiciones y algunas de ellas se dirigen ahora mismo hacia Roma. Es muy improbable que permitan la circulación de trenes procedentes del extranjero. Además —añadió alzando ligeramente la barbilla y adoptando un tono solemne—, considero mi deber proteger su integridad. No puedo permitir que corra ningún riesgo.

Acto seguido levantó la vista y buscó la mirada de Di Vigliano. Era el único de los tres que permanecía de pie, como si dada la gravedad de la situación no considerara apropiado concederse un breve momento de reposo.

—Dígaselo usted, señor conde —le apremió Anfuso—. Lo mejor que pueden hacer ambos es dirigirse inmediatamente al país de su esposo. Usted es ciudadana del Reich. Allí estarán a salvo.

—Siento discrepar —respondió Vigliano—, pero creo que su alteza la princesa Mafalda ha dejado clara su intención de regresar a Italia. Y le recuerdo que, como funcionario del reino, es su obligación hacer todo lo que esté en su mano para cumplir sus deseos. Además —continuó—, yo no podría acompañarla a Alemania. Solo poseo la nacionalidad italiana, y teniendo en cuenta lo sucedido... Por último, si decidiera viajar a la ciudad natal de su esposo, aunque solo fuera por unos días, las posibilidades de regresar a Italia más adelante se desvanecerían por completo.

Mafalda observó cómo la actitud soberbia que había visto en Anfuso en otras ocasiones empezaba a asomar de nuevo a su rostro. Sin embargo, justo cuando estaba a punto de responder, alguien llamó a la puerta.

—Disculpe las molestias —dijo la funcionaria que les había recibido a su llegada—. Me envía el señor De Ferrariis. Ha conseguido ponerse en contacto con el Quirinale y tiene al coronel Stampacchia al teléfono.

Capítulo 26

Budapest
11 de septiembre de 1943

Mafalda dejó la pluma sobre el tapete del escritorio y, sujetando la cuartilla de papel con ambas manos, releyó lo que acababa de escribir.

> *Querido Philipp. Intentaré hacer lo que me pides y, dentro de lo posible, llevarme a los niños a Alemania para reunirnos contigo. Hoy mismo viajo en avión a Roma desde Budapest, el único medio disponible. Espero que Dios me ayude. Estoy muy triste por todo.*
>
> > *Muchos, muchísimos besos de tu amada,*
> > *Muti*

Con el corazón encogido, dobló la hoja por la mitad y pensó en el efecto que tendría en su marido aquella nota si finalmente llegaba a sus manos. Era consciente de que sus palabras resultaban algo parcas, aunque había preferido hacerlo así. No disponía de mucho tiempo y tampoco quería entrar en detalles. Tan solo quería decirle que había recibido su carta y que estaba decidida a hacer todo lo posible por cumplir sus deseos. Lo último que pretendía era angustiarle con los obstáculos que estaba encontrando. Tenía que estar muy preocupado por ellos después de los últimos acontecimientos y ella no deseaba aumentar su inquietud volcando en aquel trozo de papel sus miedos y preocupaciones.

Mafalda tomó el sobre que reposaba a su izquierda y escribió cuidadosamente el nombre completo de Philipp seguido por la dirección de su residencia en Kassel. Sabía muy bien que no se encontraba allí, pero desconocía su paradero y su única esperanza era que algún empleado de la casa encontrara la forma de hacérsela llegar. Luego introdujo la carta en el sobre y se levantó de su asiento.

—Aquí tiene —dijo extendiendo el brazo para entregársela a la secretaria, que aguardaba de pie a una distancia respetuosa—. Le rogaría que fuese usted misma la que se ocupara de franquearla y llevarla a la oficina de correos. Es de vital importancia que llegue a su destino.

—Así lo haré, alteza —respondió esta con una leve reverencia.

Seguidamente Mafalda dejó que le ayudara a ponerse la rebeca y ambas se dirigieron al exterior, donde esperaba el automóvil que había puesto a su disposición el regente Horty y que debía conducirles al aeródromo.

El conde Di Vigliano aguardaba ya junto a él. Al verlas llegar, abrió la puerta trasera al tiempo que la saludaba con su habitual inclinación de cabeza y Mafalda se obligó a sí misma a esbozar una sonrisa. No le resultó fácil, pero en aquel momento era la única manera que tenía de mostrarle la enorme gratitud que sentía hacia aquel hombre discreto y reservado. A lo largo de los últimos dos días, en los que la angustia y la desazón se habían apoderado de ella, se había convertido en sus ojos y sus manos. Había sido él quien había conseguido que el ejército italiano enviase un avión para que pudieran regresar y había movido cielo y tierra hasta lograr que un oficial del gabinete real le diera algún tipo de información sobre sus hijos. Por cuestiones de seguridad, este había evitado trasmitirles por teléfono su paradero, aunque gracias a la tenacidad del conde al menos sabía que seguían en Roma y que se encontraban a salvo. Y por eso y tantas otras cosas, Mafalda sentía que siempre estaría en deuda con él.

Pero había una razón más por la cual sentía un profundo afecto por el conde Di Vigliano, y era el hecho de que le hubiese demostrado una lealtad extraordinaria. Después de que la reina Elena, Anfuso y otros funcionarios de la embajada hubieran procurado convencerla de que era una temeridad regresar a Italia, él no había dudado ni por un instante en hacer todo lo posible por secundar sus deseos. Y sin lugar a dudas aquello había evitado que se derrumbara. Lo único que la mantenía en pie, lo que hacía que a pesar de todo siguiera adelante, era la necesidad imperiosa de recuperar a sus hijos. No conseguía pensar en otra cosa que en verlos, estrecharlos entre sus brazos, escuchar sus risas o sentir el tacto de su piel. Y aquel anhelo intenso y doloroso había hecho que naciera en ella una poderosa convicción: fuera lo que fuese lo que les deparara el futuro, tanto si podían regresar a Alemania como si no, en cuanto lograra reunirse con ellos no dejaría que nada ni nadie volviese a separarlos jamás.

El trayecto fue breve y, cuando apenas se encontraban a unos metros de la base aérea, Mafalda vio como la barrera de seguridad se alzaba automáticamente sin que tuvieran que pasar ningún control. Una vez en el interior, el chófer, que parecía conocer a la perfección el lugar, rodeó los edificios de oficinas y los diferentes hangares hasta detenerse justo donde acababa un terreno baldío y comenzaba una pista de cemento, lejos de miradas indiscretas.

—Será mejor que espere aquí, alteza —le sugirió Di Vigliano volviéndose desde el asiento del copiloto—. Voy a comprobar que todo está en orden.

Mafalda observó a través del cristal cómo se dirigía hacia un avión algo apartado de los demás. Era de un color gris oscuro, sobre el que destacaba el distintivo tricolor de la Regia Aeronáutica, y al verlo ante sus ojos sintió un pellizco de inquietud. Iba a ser la primera vez en su vida que subiría a un aeroplano y, a diferencia de Philipp, que era un apasionado de la aviación, a ella aquellos aparatos nunca le habían parecido del todo seguros. Y menos aún después de la muerte, años atrás, de Francesco De Pinedo, el primer amor de Giogiò. El considerado uno de los mejores aviadores del mundo había perdido la vida durante una sencilla maniobra de despegue y aquella tragedia, que había salido en todos los periódicos, la había marcado profundamente.

Tras unos minutos observando cómo Di Vigliano conversaba con dos hombres que habían dejado de examinar el tren de aterrizaje para hablar con él y que debían de ser el piloto y el copiloto, Mafalda lo vio regresar con expresión meditabunda. Impaciente por saber lo que tenía que decirle, bajó la ventanilla.

—Alteza —dijo él inclinándose desde fuera del automóvil—, el capitán Cattaneo me informa de que, por desgracia, no ha sido posible reparar la avería en la radio que ya impidió que saliéramos anoche, justo después de su llegada. —Mafalda contuvo la respiración confiando en que aquello no significara que habría que aplazar de nuevo el viaje—. Aun así —continuó el conde—, y dadas las circunstancias, tanto él como su compañero estarían dispuestos a volar, a pesar de los inconvenientes que ello comporta. —La princesa respiró aliviada—. Eso sí —puntualizó Di Vigliano—, me ha hecho saber que todavía no puede confirmarme dónde podrá aterrizar. Debe tener en cuenta el combustible de que dispone, que no es mucho. —Hizo una pausa y Mafalda entendió que estaba a punto de decir algo que no iba a gustarle—. Lo que sí tiene muy claro es que bajo ningún concepto podrá hacerlo en Roma. Al parecer, desde ayer se están produciendo combates especialmente cruentos entre nuestro ejército y las fuerzas alemanas en numerosos puntos de la capital, y mucho se teme que la ocupación por parte de los nazis sea cuestión de horas.

Mafalda experimentó de nuevo aquella sensación de vértigo que se había adueñado de ella en más de una ocasión desde la noche de Sinaia. Era como si de improviso todos sus puntos de apoyo se desvanecieran y su cuerpo empezara a descender lenta pero irremediablemente por un oscuro precipicio del que no se divisaba el final.

—Pero... —comenzó a decir con voz temblorosa. No pudo continuar.

—Les he convencido para que intenten aproximarse todo lo que sea posible —prosiguió Di Vigliano haciendo como si no hubiera notado que la princesa estaba a punto de echarse a llorar—. Por supuesto, siempre teniendo en cuenta las limitaciones y, sobre todo, la seguridad de su alteza. Aunque no será fácil, y más teniendo en cuenta que no podrán hacer uso de la radio. Han preparado un plan de vuelo que contempla varios destinos posibles en la Costa Adriática. Yo le he sugerido Bari. Me ha asegurado que lo intentará, pero no puede prometernos nada.

Mafalda estuvo a punto de protestar. Bari se encontraba a más de cuatrocientos kilómetros de Roma y, si la situación en la capital era tan grave como decían, sus hijos podían encontrarse en peligro. Si es que no se los habían llevado a otra parte. En cualquier caso, prefirió callar. Nada de lo que pudiera decir cambiaría las circunstancias y lo peor que podía hacer era perder la calma. A fin de cuentas tanto los pilotos como Di Vigliano estaban haciendo todo lo que podían por llevarla hasta sus pequeños.

—Está bien —dijo ella—. ¿Y cuándo cree que podríamos despegar?

Se abrochó el cinturón tal y como le había indicado Di Vigliano y, mientras esperaba a que los motores se pusieran en marcha, rebuscó en su bolso y extrajo algo que siempre la acompañaba. No solía mostrarlo en público, pero esta vez no le importó que el conde, que estaba sentado a su lado, pudiera verlo. Se trataba de una fotografía que se había tomado hacía poco más de dos años. En ella aparecía rodeada por sus cuatro hijos, los dos pequeños sentados en su regazo y Maurizio y Enrico de pie, cada uno a un lado. Era una de sus instantáneas favoritas junto a otra de Elisabetta y Otto que había tomado ella misma con su Leika cuando fue con Enrico a visitarlos al Terminillo. Al pensar en aquella otra imagen, le vino a la mente la noche previa al primer bombardeo de Roma. Enrico y ella habían cenado solos y habían charlado de mil cosas, olvidándose por completo de una guerra que desde aquel lugar idílico parecía tan lejana. ¡Incluso habían acabado riéndose a carcajadas! Desde entonces, no recordaba haber vuelto a sentirse plenamente feliz. A partir del día siguiente las desgracias se habían ido sucediendo una tras otra. La destrucción del barrio del San Lorenzo... nuevos ataques aéreos... la muerte de Boris... ¡Y ahora aquello!

Poco a poco la nostalgia fue dando paso a la impotencia y, casi sin darse cuenta, esta se transformó en resentimiento. A lo largo de los últimos dos días, mientras esperaba una respuesta de Roma, le había dado mil vueltas a la cabeza intentando entender cómo había acabado en aquel atolladero e, irremediablemente, todas sus reflexiones le habían conducido a la misma conclusión: sus padres la habían traicionado.

No necesitaba entender mucho de política para deducir que un armisticio como el que había firmado Italia con los Aliados no era algo que se decidiera de un día para otro. Tenían que haber pasado incluso semanas, durante las cuales su padre y el gobierno de Badoglio habían negociado en secreto las condiciones. Y mientras tanto ella había permanecido ajena a todo. Ni su padre ni su madre habían tenido a bien decirle nada. Ahora entendía también la necesidad de deshacerse de Mussolini y que su madre hubiera evitado responder a sus preguntas el día de la detención. Pero si en aquel momento había acabado perdonándoles pensando que lo hacían por protegerla, lo de ahora no tenía justificación. Habían permitido que se fuera sola a Sofía sin decirle absolutamente nada, sin prevenirla de lo que estaba a punto de suceder, sin alertarla de los peligros. Y no solo eso, después se habían marchado sin más, dejando a sus hijos en Roma. ¡Y a saber dónde y con quién!

El rugido de los motores al encenderse la sacó de sus pensamientos. Agitada, Mafalda miró por la ventanilla circular y vio cómo la gigantesca hélice situada en el ala derecha giraba cada vez más rápido provocando que todo, desde los asientos hasta los cristales, comenzara a vibrar. Lentamente, el avión empezó a desplazarse para situarse al principio de la pista y, antes de que quisiera darse cuenta, el peso de su espalda pareció aumentar de golpe al tiempo que el aparato se deslizaba a toda velocidad por la superficie de cemento.

Entonces, sintiéndose totalmente desamparada, cerró los ojos y, con ambas manos, apretó contra su pecho la fotografía mientras sus labios recitaban en un susurro:

—Padre nuestro que estás en los cielos…

El impacto de las ruedas contra el suelo hizo que Mafalda abriera los ojos de golpe. A pesar de que la maniobra, demasiado brusca, la había hecho saltar en su asiento, el saberse en suelo italiano ayudó a que su cuerpo, rígido durante la mayor parte del vuelo, por fin se destensara. Hasta ese momento y durante las más de tres horas que habían trascurrido desde el despegue había estado rezando o abstraída en sus pensamientos, pero casi todo el tiempo con los ojos cerrados, incapaz de desprenderse de un miedo obstinado y cruel. Miedo a que fallase un motor, a verse sorprendidos por una tormenta o incluso a que les atacara algún avión enemigo. El único instante en el que se había atrevido a mirar por la ventanilla había sido cuando el copiloto había abandonado su puesto para avisarles de que las montañas que sobrevolaban eran los Dolomitas. Mafalda debía reconocer que la noticia de que acababan de entrar en Italia, junto a la visión majestuosa de la cordillera, habían logrado conmoverla. Sin embargo, justo cuando empezaba a entender los motivos por los que a Philipp le fascinaba volar, el avión había dado una sacudida que había provocado que retomara sus oraciones.

Cuando dejó de oír el rugido de los motores, exhaló un suspiro tan rotundo que si se hubiera producido en otra circunstancia se habría avergonzado de sí misma. Abrió los ojos y vio que Di Vigliano ya se había liberado del cinturón de seguridad y se encontraba de pie.

—Alteza —dijo con una tímida sonrisa—, lo hemos conseguido. Acabamos de aterrizar en el aeropuerto de Pescara.

—Gracias a Dios —respondió ella.

Acto seguido guardó la fotografía que reposaba en su regazo y se soltó la correa de seguridad.

—Si le parece —añadió el conde—, me adelantaré para preguntar por el oficial al mando y darle las oportunas explicaciones.

A continuación abrió la portezuela y descendió. Mafalda aprovechó que se marchaba para retocarse el pelo con un pequeño peine y un espejo de mano. Luego se quedó mirando por la ventanilla. Desde donde se encontraba se divisaba una parte de la base aérea que, además de las pistas, estaba compuesta por varios hangares y un edificio central donde se hallaban las oficinas. Extrañamente todo parecía discurrir con aparente normalidad. Un par de vehículos militares circulaban por un camino de tierra que se extendía por uno de los laterales y en una zona cercana un grupo de soldados hacía la instrucción.

Pasados unos minutos, el capitán Cattaneo le avisó de que podía bajar y le ayudó a bajar la escalerilla. Frente a ella, Di Vigliano y un par de militares aguardaban en silencio. Destacaba el que, por sus galones, debía de ser el responsable de la base. El hombre dio un paso adelante. A Mafalda le pareció algo aturdido, aunque se esforzaba por no dar muestras de ello. Probablemente no se había recuperado de la sorpresa de que en el avión que acababa de aterrizar viajara un miembro de la familia real.

Cuando la tuvo delante, el oficial se cuadró y realizó el saludo militar.

—Alteza —dijo—. Coronel Martinetti, para servirle.

—Buenos días, coronel —respondió Mafalda.

—Soy el comandante del aeropuerto y me acompaña el coronel Piccinini —dijo refiriéndose al hombre que se encontraba un paso más atrás.

Este último se adelantó e, igualmente, se llevó la mano a la visera de su gorra a modo de saludo. Una vez realizadas las presentaciones, los dos se quedaron en silencio en espera de sus palabras. Mafalda tragó saliva. Sabía muy bien lo que quería decirles, solo que estaba indecisa por cómo abordar la cuestión. Entonces decidió que lo mejor era no andarse con rodeos.

—Tendrá que disculparme si le parezco algo brusca —dijo—, pero debo pedirle algo. Me gustaría conocer cuanto antes lo acontecido en las últimas horas. Como ya le habrá informado el conde Di Vigliano, venimos directamente desde Hungría. Fue allí donde supimos del armisticio y, aunque tenemos cierta información, allí apenas llegaban noticias. Necesito saber cuál es la situación, sobre todo en Roma.

—Por supuesto, alteza. Estoy a su entera disposición, pero antes permítame acompañarles hasta mi despacho. Imagino que necesitarán reposar un poco y refrescarse. Deben de estar agotados.

Seguidamente les indicó un vehículo militar descapotado.

—El coronel Piccinini nos llevará hasta allí —dijo indicando un edificio que se encontraba a varios cientos de metros.

Desde el asiento delantero, Mafalda contempló sorprendida el gran número de aviones estacionados en hilera a ambos lados las pistas, algunos muy diferentes entre sí. A simple vista le pareció que habría cerca de cincuenta, y se preguntó a qué se debía tal concentración de efectivos. Pensó en consultarlo, pero enseguida lo descartó. En aquel momento tenía otras preocupaciones.

Poco después, cuando se sentaron a la mesa del coronel, este fue el primero en tomar la palabra.

—Antes de nada —dijo—, creo que es mi deber informarle de algo que, en mi opinión, será de su interés. —Al oír aquello Mafalda dejó sobre la mesa el vaso de agua que tenía en las manos y concentró en él toda su atención—. Hace un par de días, la noche del nueve, estuvieron aquí sus majestades los reyes y su alteza real el príncipe Umberto. Iban acompañados por el mariscal Badoglio y varios ministros y generales. —La princesa reprimió un gesto de sorpresa—. Llegaron sin previo aviso —continuó Martinetti—, por la vía Tiburtina, la única que no había sido ocupada por los alemanes. En principio eran una veintena de vehículos, pero más tarde se unieron otros que habían quedado rezagados. En total llegarían al centenar.

—Cuando dice aquí, ¿quiere decir en el aeropuerto? —inquirió Mafalda, todavía algo afectada por lo que acababa de oír.

—Así es, alteza. A su llegada nos informaron de que tenían intención de trasladar al gobierno en pleno a un lugar seguro, lejos de la capital. Entonces les pregunté si debía poner a punto alguno de nuestros aviones, pero respondieron que no, que su intención era dirigirse al puerto para embarcar en una corbeta y, desde allí, navegar hasta Brindisi.

Mafalda no daba crédito. Entonces, movida por un impulso, dijo casi sin pensar:

—En ese caso podrá decirme si mis hijos viajaban con ellos.

Imaginaba cuál sería su respuesta, aunque necesitaba cerciorarse.

Al coronel pareció desconcertarle aquel comentario.

—No, alteza —repuso algo apocado.

Al ver su expresión de incomodidad, como si se sintiera culpable por haber podido disgustarla, Mafalda decidió sacarlo del apuro.

—No se preocupe —dijo intentando que sus palabras no traslucieran la decepción que sentía—. Continúe con el relato, si es tan amable.

258 ✤✤✤✤ *La princesa de Buchenwald*

—Como le iba diciendo —prosiguió el coronel—, tenían intención de dirigirse a Brindisi y, a petición de su majestad, enviamos un avión de reconocimiento para localizar la situación de dos navíos que habían sido previamente advertidos. A su regreso el piloto nos confirmó que uno de ellos, el *Baionetta,* se dirigía hacia aquí, pero que aún tardaría al menos seis o siete horas en llegar a puerto. Y eso era mucho tiempo.

De pronto la actitud de Mafalda cambió. Había dado por hecho que la huida de sus padres había servido para que se pusieran a salvo, pero entonces empezó a angustiarle la posibilidad de que no lo hubieran logrado.

—A raíz de eso les manifesté mi preocupación por su seguridad. Tenía miedo de que en cualquier momento pudieran aparecer soldados alemanes y se desencadenara un enfrentamiento armado. En ese caso, habría bastado un pelotón con un par de tanques para que tuviéramos todas las de perder. —Mafalda lo miró desconcertada—. Dispongo de unos dos mil hombres, pero apenas tenemos doscientos fusiles. Hace un mes nos retiraron la mayor parte de nuestro armamento para enviarlo a los frentes de Sicilia y Calabria.

Mafalda se llevó la mano a la boca. Hacía tiempo que sabía que las cosas no iban bien, pero no imaginaba que la situación del ejército pudiera ser tan desesperada.

Di Vigliano, que por la expresión de su rostro parecía tan preocupado como ella, conminó a Martinetti a seguir adelante.

—Prosiga, por favor.

—Lo que más temíamos era que su majestad el rey y su alteza el príncipe heredero fueran apresados. Era fundamental protegerlos. Al final los dos, junto a su majestad la reina y algunas personas del séquito, fueron trasladados a la residencia de los duques de Bovino, en Crecchio, y se estableció que el embarco se realizaría en Ortona, un lugar más seguro muy cerca de esa localidad.

—¿Y lo consiguieron? —quiso saber Di Vigliano.

—Por fortuna sí.

Mafalda cerró los ojos unos segundos y dio gracias al cielo.

—La principal razón por la que le cuento todo esto —apostilló el coronel— es para que sepa que sus majestades se encuentran ya en la

Apulia —sentenció rotundo. Seguidamente, en un tono decidido, añadió—: Apenas su alteza me dé el consentimiento, ordenaré a alguno de mis pilotos que prepare un aeroplano para que se reúna con ellos. Aunque habrá que apresurarse.

Mafalda lo miró desconcertada.

—Lo siento, creo que no ha entendido a qué se debe mi presencia aquí. No he venido porque desee reunirme con mis padres —aclaró—. Como ya le hemos dicho, nuestro aterrizaje ha sido algo casual. Nuestra primera intención era haberlo hecho en Bari, pero temíamos no disponer de suficiente combustible. La verdad es que no pensaba encontrarme una situación tan dramática. Aun así no tengo alternativa, debo regresar a Roma para recoger a mis hijos.

—¡¿A Roma?! —exclamó Martinetti—. ¡Eso es imposible!

Antes de que Mafalda tuviera tiempo de contestar, Di Vigliano tomó la palabra.

—Escúcheme, coronel —dijo en un tono firme y enérgico, casi como si quisiera reprenderlo—. Su alteza la princesa Mafalda decidió tomar un avión desde Hungría en lugar de trasladarse a Alemania única y exclusivamente porque aquí están sus hijos —enfatizó—. Y está decidida a recuperarlos cueste lo que cueste.

—Entiendo —respondió el coronel cambiando su expresión alarmada por un gesto grave, de sincera preocupación—. Es perfectamente comprensible, y no seré yo el que cuestione los motivos de su alteza para desplazarse a Roma, pero tal vez no he conseguido exponerles con suficiente claridad cuál es la situación ahora mismo. Las noticias que llegan de la capital son muy preocupantes. No ha habido manera de ponerse en contacto con el Estado Mayor o con el Ministerio de la Guerra, pero fuentes bastante fiables nos han informado de que los alemanes han llegado a la ciudad y que ya se está combatiendo en plena calle.

Sacó un pañuelo y se secó el sudor de la frente.

—Y eso no es lo peor —prosiguió—, todo apunta a que la derrota será cuestión de horas. Nuestro ejército se está desintegrando por momentos. Hace más de dos días que no recibimos órdenes y, a falta de alguien que los dirija, nuestros hombres huyen en desbandada. Hace días que a lo largo de la Vía Tiburtina se ven grupos de soldados que caminan sin rumbo, huyendo de los nazis, y desde el día ocho no paran de llegar aviones de todo tipo buscando refugio. Incluso me he visto obligado a desviar algunos a Tortoreto porque no teníamos más espacio. —Tras una pausa que sirvió para que se secara el sudor de la frente, Martinetti prosiguió—: Y luego están los trenes. Muy cerca de aquí pasa la vía del ferrocarril, y yo mismo he podido ver convoys cargados hasta arriba de jóvenes uniformados, incluso encaramados en los techos de los vagones. —Se detuvo y respiró hondo. De repente se le veía exhausto, derrotado—. Y eso no es todo lo malo —continuó—. Antes de que queramos darnos cuenta los alemanes recalarán aquí, y les prometí a mis hombres que, llegado el momento, les permitiría volver a sus casas.

Durante unos segundos se impuso un silencio hondo, trágico.

—Pero usted ha dicho que el gobierno tiene intención de instalarse en Brindisi —dijo finalmente Di Vigliano con un tono casi quejumbroso—, imagino que para dirigir desde allí las operaciones que les permitan retomar el control del país. ¿No le dijeron a usted nada? ¿No le dejaron ninguna indicación de cómo debían actuar?

El coronel contestó todavía más apesadumbrado.

—Cuando estaban abandonando el aeropuerto, uno de nuestros oficiales, el capitán Torazzi, le preguntó al mariscal Badoglio cómo debíamos proceder. Este le respondió: «Si llegan los alemanes, márchense. Dentro de ocho días estaremos de vuelta. Entonces ya se volverán a presentar en sus puestos».

Mafalda sintió ganas de llorar. No podía más, jamás hubiera imaginado que Italia y Alemania acabarían de aquel modo. Su patria y su país de adopción, aliados desde antes de la guerra, a muerte el uno contra el otro. Y sus hijos. ¡Oh, Dios mío! ¿Qué habría sido de sus pobres hijos?

—¿Y qué sugiere usted que hagamos? —preguntó intentando disimular la congoja que le oprimía la garganta.

—En mi opinión solo les queda esperar —respondió el coronel algo menos abatido, como si quisiera agarrarse al único cabo que podría sacarlo de aquel mar de dudas—. Es posible que el mariscal Badoglio tuviera razón. Tal vez sea solo cuestión de días. Los Aliados ya han desembarcado en Salerno, Reggio Calabria y Taranto. Entretanto

—añadió en un tono más expeditivo—, deberían ustedes buscar un alojamiento seguro. Yo les ofrezco gustoso mi residencia. Es grande y está cerca, en Silvi —dijo esforzándose claramente por mostrarse más animoso—. Se encuentra en un lugar apartado, rodeado de vegetación. Creo que se trata del refugio ideal. De hecho, ya he dado cobijo allí a la familia del coronel Piccinini, el oficial que me acompañaba en el momento de su llegada.

Mafalda miró a Di Vigliano buscando respuestas. No sabía qué debía hacer. Era todo demasiado confuso, demasiado perturbador. No estaba en condiciones de tomar aquella decisión. Estaba muy asustada.

Di Vigliano no estaba mirándola. Seguía a su lado, pero parecía encontrarse muy lejos de allí. Tenía la cabeza gacha y el gesto contraído. Mafalda entendió por primera vez que él también debía de estar preocupado por su familia.

Justo en ese instante se oyó como alguien golpeaba la puerta del despacho con los nudillos. Mafalda y Di Vigliano se volvieron sorprendidos y vieron a entrar a un soldado que no tendría más de veinte años.

—Mi coronel —dijo el militar llevándose la mano a la sien—, el general Olmi está aquí. Pide hablar inmediatamente con su alteza.

Martinetti se puso en pie y respondió:

—Pues hágale pasar.

Di Vigliano también se levantó y Mafalda, desde su asiento, se preguntó quién sería aquel general al que se había referido el joven soldado. Lo único que tenía claro es que, por su rango, estaba por encima de Martinetti, y que por alguna razón sabía que se encontraba allí y quería hablar con ella.

—Alteza —dijo al entrar un hombre de cierta edad, con diversas condecoraciones en su uniforme y una energía propia de una persona mucho más joven—, soy el general Olmi, comandante de la 58ª División de Infantería.

Ella lo saludó con un gesto de la cabeza y esperó a que se explicara.

—Mis hombres y yo nos encontramos provisionalmente en la ciudad de Chieti, aunque en las últimas horas la división ha sufrido algunas bajas. —Mafalda entendió enseguida que hablaba de deserciones, y aunque se refería a ello como si no tuviera importancia supuso que debía de tratarse de un número mayor de lo que sus palabras daban a entender—. He sabido que se encontraba aquí y he considerado que era responsabilidad mía ocuparme de su seguridad.

Mafalda no dijo nada, tan solo pensó que se trataba de una visita providencial. El que sí habló fue Di Vigliano. Parecía que aquel hombre le inspiraba confianza y procedió a relatarle todas las vicisitudes por las que habían pasado y su situación actual. Olmi escuchó con gesto serio sin decir ni una palabra. Cuando hubo terminado, el conde le expuso la propuesta de Martinetti de instalarse en su casa.

—Siento disentir, alteza —dijo volviendo a concentrarse en ella—. Se trata sin duda de un ofrecimiento muy generoso —añadió lanzando una mirada casi compasiva al coronel—, pero no me parece lo más adecuado. Creo que se encontraría más segura en Chieti. Está solo a unos veinte kilómetros de aquí y por ahora no hay ni rastro de tropas alemanas. Mis hombres y yo nos ocuparíamos de protegerla y buscarle un alojamiento apropiado.

Mafalda, una vez más, miró a Di Vigliano en busca de respuestas. Y esta vez sí que las obtuvo. El conde, que había permanecido de pie desde la llegada de Olmi, tenía un aspecto mucho más resuelto, casi optimista. Aquella actitud fue el estímulo que ella necesitaba para dejarse llevar por su intuición.

—Le agradezco muchísimo su gentileza —dijo levantándose y mirando hacia el otro lado de la mesa, donde se encontraba el coronel Martinetti—. Ha sido usted muy amable ofreciéndonos su hogar, pero no me gustaría hacerle la vida más complicada, ni tampoco a su familia y a las personas que ya hospeda. La decisión está tomada. Nos instalaremos en Chieti.

Capítulo 27

Chieti
11 de septiembre de 1943

A media tarde, después de recorrer la distancia que separaba el aeropuerto de Pescara del centro de Chieti, el vehículo en el que viajaban Olmi, Mafalda y Di Vigliano se detuvo en una de sus estrechas calles adoquinadas y, siguiendo las indicaciones del general, todos ellos se dirigieron a un edificio de aspecto humilde. Una vez delante, Mafalda levantó la vista y se quedó mirando la fachada. Sobre ella colgaba un cartel que rezaba: «Albergo del Sole».

—Como ya les había dicho, se trata de un alojamiento modesto —se justificó Olmi mientras sujetaba la puerta de entrada—, pero les aseguro que el propietario goza de mi entera confianza. En cualquier caso, tan solo será una noche. Mañana por la mañana, apenas estén listas las habitaciones que están acondicionando para ustedes, podrán instalarse en la residencia del coronel Massangioli. Allí estarán mucho más cómodos.

—No debe preocuparse, general —respondió Mafalda—. Estoy segura de que será perfecto. Basta con que sea tranquilo.

A pesar de que sus palabras podían parecer un mero formalismo, Mafalda había hablado con el corazón. En aquel momento tan solo pensaba en descansar y disponer de un poco de intimidad. De hecho había sido el conde Di Vigliano, que se preocupaba constantemente por su bienestar, el que había insistido en que necesitaban «una estancia adecuada a las necesidades de su alteza». Ella, en cambio, se conformaba con un lugar donde asearse y una cama con las sábanas limpias. Al fin y al cabo no tenía pensado quedarse mucho tiempo. Estaba decidida a viajar a Roma en cuanto fuera posible.

Una vez en el vestíbulo, un hombre de mediana edad y aspecto afable salió de detrás de un mostrador para acercarse a darles la bienvenida.

—Aquí nos tiene, *signor* Ricci —dijo Olmi, aludiendo a la llamada telefónica que había hecho desde el aeropuerto.

—Encantado de recibirles, mi general —respondió el aludido estrechando la mano de su interlocutor. Acto seguido, con un gesto algo más serio, se volvió hacia Mafalda y el conde y les saludó con sendas inclinaciones de cabeza—. Señora... Caballero...

A Mafalda le llamó la atención aquel saludo impersonal aunque respetuoso y se preguntó si Olmi le habría comunicado por teléfono la identidad de sus nuevos huéspedes y la importancia de mantenerla en secreto. En cualquier caso, el hombre no mostró ninguna intención por conocer sus nombres y, una vez intercambiados los saludos de rigor, se dio media vuelta y alargó el brazo para pulsar el timbre que reposaba sobre el mostrador.

Al momento apareció un joven pecoso, de unos quince o dieciséis años, vestido con un pantalón oscuro y una camisa de hilo que parecía pertenecer a alguien más alto y decididamente mucho más robusto. Llevaba el tercer botón desabrochado, señal de que había sido convocado de forma precipitada. El propietario se volvió hacia el casillero de madera que tenía a su espalda y tomó una llave.

—Tonino, llévate las maletas que te indicará el general y acompaña a la señora a la diecinueve —dijo entregándole un llavero de gran tamaño. Luego dirigió la mirada hacia Mafalda y, en un tono entre tímido y nervioso, muy diferente del que había utilizado con el muchacho, añadió—: Espero que sea de su gusto. Se trata de nuestra mejor estancia.

La manera en que lo dijo confirmó a Mafalda que aquel hombre sabía más de lo que daba a entender, y en su fuero interno agradeció su discreción.

—Estoy convencida de que así será —repuso con una sonrisa.

La princesa dejó a Olmi y a Di Vigliano discutiendo algunas cuestiones y siguió a Tonino por las escaleras hasta llegar a una habitación situada en el primer piso.

—Es aquí —dijo el joven, que sin más explicaciones dejó las maletas en el suelo e introdujo la llave en la cerradura.

Al otro lado de la puerta Mafalda se encontró con un cuarto pequeño con dos camas, una junto a la otra, que ocupaban la mayor parte del espacio. Por la forma en que estaban situadas intuyó que antes de su llegada debían de estar separadas, pero que las habían juntado para ofrecerle un lecho de mayores dimensiones y hacer que la estancia pareciera más espaciosa. Aun así, no podía decirse que dispusiera de mucha libertad de movimiento. Por lo demás, el resto del mobiliario se limitaba a una mesita de noche, una banqueta de madera donde el botones dejó sus maletas y un sencillo tocador con una silla Thonet. A Mafalda le pareció todo más que apropiado, sobre todo por el aspecto pulcro y cuidado. El único inconveniente era que carecía de baño propio, pero ya había contado con aquella eventualidad.

Tan pronto como Tonino la dejó a solas, lo primero que hizo fue dirigirse al tocador, situado en un rincón al que apenas llegaba la luz de la ventana. A aquellas horas de la tarde quedaba casi en penumbra, pero aun así tomó asiento y buscó su reflejo en aquel espejo ligeramente desazogado. Ese simple gesto, tan cotidiano, le provocó una inusual sensación de extrañeza. El aspecto demacrado, casi famélico, que habían adquirido sus facciones, con los ojos saltones y las mejillas hundidas, no se correspondía con la imagen que tenía de sí misma hasta aquel momento. Ella siempre había sido delgada, pero aquella mujer parecía una anciana desnutrida, como las que malvivían en los barrios más humildes de Roma, o las madres de los soldados que visitaban a sus hijos convalecientes en los hospitales de guerra. Sobresaltada, apartó la vista. Aquella no era ella, se trataba de un imagen distorsionada debido al cansancio, o quizás a la falta de luz.

Se dirigió a la cabecera de la cama dispuesta a reposar un poco, pero antes sacó la fotografía que la había acompañado durante el vuelo y la colocó sobre la mesita, apoyada en el pie de una lamparilla de noche. Después se sentó sobre la colcha de color amarillo paja, se quitó los zapatos y se quedó mirando el retrato familiar.

Contemplar de nuevo la imagen de sus hijos hizo aflorar las lágrimas a sus ojos. Pero esta vez, a diferencia de lo que había hecho a lo largo de todo el día, no hizo ningún esfuerzo por contenerlas. Desde que había despertado en Budapest no había dejado de pensar en sus pequeños ni un solo segundo, de preguntarse dónde estarían y de rezar por que se encontraran en buenas manos. No obstante, había pasado el tiempo intentando evitar, en la medida de lo posible, que afloraran sus emociones. Aquel era un dolor que tenía que vivir a solas. No podía derrumbarse delante del pobre Di Vigliano, ni confesarle el velado rencor que sentía hacia sus padres o lo mucho que echaba de menos la protección de su marido en esos días convulsos. No tenía derecho a hacerle eso. ¡Bastante hacía el pobre con acompañarla en aquel desventurado viaje!

Sumida en una infinita tristeza, dejó que fluyeran todas las lágrimas que no había derramado en los últimos días. Pasados unos minutos, cuando creía que el dolor y la pena acabarían desbordándose, oyó que alguien llamaba a la puerta. Rápidamente, extrajo un pañuelo de su bolsillo y se enjugó las lágrimas lo mejor que pudo.

—Adelante —acertó a decir intentando alzar una voz que se resistía a salir de su garganta.

La puerta se entreabrió dejando ver a una joven de aspecto resuelto que al verla allí, sentada al borde de la cama, la miró con expresión alarmada. Sin soltar la manivela de la puerta, balanceó el cuerpo hacia delante y hacia atrás, como si dudara si entrar o no.

—Disculpe, señora —dijo finalmente—. No quería molestarla. Venía a traerle unas toallas y a preguntarle si necesitaba algo.

A juzgar por el semblante demudado de la camarera, Mafalda concluyó que debía de tener un aspecto terrible e intentó contrarrestarlo con una sonrisa que pretendió resultar natural.

—Pase, pase —dijo terminando de secarse las mejillas—, no es ninguna molestia.

Una vez obtuvo el permiso, la joven retomó su actitud diligente con un punto de urgencia, como si deseara acabar cuanto antes para dejarla de nuevo a solas con su aflicción.

—Si le parece, le ahuecaré las almohadas y le abriré la ventana para refrescar un poco el ambiente —dijo mientras dejaba las toallas al pie de la cama en un tono que sonó tímidamente afectuoso—. Hoy ha hecho demasiado calor y ahora por fin corre un poquito de brisa.

—Me parece muy bien, gracias —respondió Mafalda, pensando en lo reconfortante que resultaba la naturalidad de aquella muchacha. Era como si todo en ella trasmitiera dulzura y sencillez.

Cuando hubo terminado, la joven se ofreció para satisfacer cualquier otra necesidad que pudiera surgirle y de pronto Mafalda tuvo una idea.

—Pues ahora que lo dice sí que hay algo en lo que podría serme útil —dijo—. ¿Le importaría ayudarme a cambiar el tocador de sitio? Me gustaría acercarlo un poco más a la ventana. Así mañana, cuando amanezca, recibirá directamente la luz del sol.

—Ehhh, sí... claro —respondió titubeante la joven en un tono que contradecía claramente sus palabras—. Pero... no sé... Tal vez sería mejor que llamara al botones.

—¡Bobadas! —exclamó Mafalda—. No hay ninguna necesidad de molestar a nadie. Si usted me ayuda, lo habremos resuelto en un santiamén.

A la joven no pareció disgustarle la idea, y en un momento las dos mujeres se colocaron a ambos lados del mueble dispuestas a desplazarlo. Cuando se situaron en el lugar que Mafalda consideró más apropiado y estaban a punto de dejarlo en el suelo, a la camarera se le escapó de las manos uno de los extremos y acabó soltándolo de forma demasiado brusca.

—¡Oh! ¡Lo siento mucho, alteza!

Azorada, se llevó ambas manos a la boca como si con aquel gesto infantil pudiera tragarse sus palabras y Mafalda sintió por ella una repentina ternura.

—No se preocupe —dijo acariciándole el brazo—. No tiene que avergonzarse de nada. Eso sí —añadió dándole a su voz un matiz de complicidad—, a partir de ahora preferiría que se refiera a mí como señora Hessen. ¿De acuerdo?

—De acuerdo.

—Y por cierto, todavía no conozco su nombre. Así sabré a quién llamar en caso de que tenga que mover algún otro mueble.

—Giovina —contestó la joven con una sonrisa mientras ambas se dirigían hacia la puerta—. Giovina Cellini.

Cuando estaban a punto de despedirse, Mafalda se dio cuenta de que la mirada de Giovina se posaba sobre la fotografía de la mesilla. La muchacha, que todavía no se había repuesto del sofoco, apartó inmediatamente la vista como si se avergonzara de nuevo, esta vez por haber invadido su intimidad.

—Son mis hijos —le explicó Mafalda intentando sacarla de su apuro. Lo hizo con una naturalidad que a ella misma le sorprendió y, sin pensarlo siquiera, agarró la instantánea y se la acercó para que pudiera verla mejor—. Tengo cuatro. El mayor, Maurizio, está en Alemania; a los otros los dejé en Roma, antes de que todo esto sucediera. —Como si hablar de sus hijos supusiera un peso difícil de soportar, sintió la necesidad de sentarse de nuevo en el borde de la cama mientras Giovina permanecía de pie, contemplando la fotografía que sujetaba entre sus manos—. El problema es que ahora no sé dónde se encuentran, ni siquiera tengo la completa seguridad de que sigan con vida. Tengo que ir a buscarlos, pero ahora mismo resulta tan complicado...

Una vez más la angustia y la preocupación se apoderaron de ella, pero en esta ocasión sentía que algo había cambiado. Gracias a Giovina, a la espontaneidad que emanaba, por fin conseguía poner voz a sus pensamientos.

—Y para colmo —prosiguió Mafalda—, en un momento como este mi padre decide que lo mejor es abandonar Roma. ¡No entiendo cómo ha podido hacerlo! ¡No lo entiendo!

Incapaz de contenerse por más tiempo, se llevó las manos a la cara y rompió de nuevo a llorar. Fue un llanto irreprimible, pero al mismo tiempo liberador, y durante un buen rato permaneció en aquella posición, sintiendo el tacto confortante de la mano de Giovina deslizándose por sus cabellos.

Pasados unos minutos, apartó las manos de su rostro y buscó la mirada de la camarera, que había tomado asiento junto a ella y la contemplaba con los ojos humedecidos.

—El problema es que ya no sé qué hacer —continuó diciendo Mafalda—. Recibo consejos de todo el mundo, pero unos y otros coinciden en lo mismo: debo evitar riesgos. En Pescara, por ejemplo, me han ofrecido refugio en una casa de campo, y tal vez tendría que haber aceptado, pero entonces, ¿qué sería de los niños? ¿Y de mi marido? ¿Y de Maurizio?

Agotada, cerró los ojos y, amparándose en el vínculo que se había creado entre ellas en aquellos breves minutos de intimidad, Giovina le pasó el brazo por encima y dejó que recostara la cabeza sobre su hombro.

—No sufra, señora —la consoló—. Verá como todo sale bien.

Al día siguiente, Mafalda se levantó temprano y por primera vez desde su encuentro con la reina Elena en Rumanía tuvo la sensación de haber descansado. No es que hubiera dormido mucho pero, a diferencia de las otras noches, tan solo se había despertado sobresaltada en una ocasión y, después de un par de sorbos de agua, había retomado el sueño sin más problemas. Tal vez por esa razón, o por el hecho de haber podido desahogarse con Giovina la tarde anterior, veía las cosas desde otra perspectiva. Desde luego, los obstáculos que estaban encontrando para llegar a su destino eran muy descorazonadores, pero aun así debía reconocer que sus circunstancias podrían haber sido aún más críticas; podría haberse quedado atrapada en Rumanía, o en Hungría, o, peor aún, el avión en el que habían viajado podría haber sido atacado. Además, cada vez estaba más cerca de Roma y, por lo tanto, de sus hijos. Porque eso sí, aquella mañana estaba convencida de que sus niños tenían que estar bien. Desconocía su paradero, y tampoco sabía cómo lo haría para encontrarlos, pero tenía la seguridad de que si les hubiera sucedido algo de una u otra forma se habría enterado.

Desayunó en el comedor de la pensión con Di Vigliano, que le puso al corriente de algunos de los asuntos que había tratado con Olmi la noche anterior. A petición del conde, el general había enviado un emisario a Roma para que entregara un mensaje al cuñado de Mafalda, Calvi de Bergolo, o a quien fuera que estuviera al mando del gobierno. En él solicitaban el envío inmediato de un vehículo para desplazarse hasta Roma, así como un salvoconducto que permitiera a la princesa moverse por carretera sin miedo a ser detenida por los nazis.

—Al parecer, la situación en la capital es bastante más tranquila —le explicó el conde—. El coronel ha recibido noticias de que el viernes se firmó la rendición y se acordó mantener la consideración de «ciudad abierta». Desde entonces los combates en las calles han cesado y se ha vuelto a una cierta normalidad. Eso sí, ahora que está ocupada por los nazis el riesgo de que sean los Aliados los que ataquen la ciudad sigue ahí. —Antes de continuar, Di Vigliano hizo una pausa. Se le notaba apenado—. A partir de este momento el problema está en cruzar la península. No será fácil, pero si conseguimos que nos envíen un medio de transporte seguro todo resultará más sencillo. Al fin y al cabo su alteza es ciudadana alemana.

—¿Y cuándo cree que sabremos algo? —quiso saber Mafalda.

—No antes de tres o cuatro días —respondió Di Vigliano con gesto apesadumbrado.

Ella cerró los ojos y respiró hondo. Aquello era mucho tiempo.

—¿Y si tomara un tren?

Di Vigliano la miró alarmado.

—Imposible. Demasiado peligroso. Recuerde lo que nos contó el comandante del aeropuerto. Además, no solo van a rebosar, sino que algunos están siendo asaltados por bandidos y prófugos.

—¿Prófugos?

—Así es. Tenga en cuenta que, con el caos, se han producido numerosas fugas de los campos de prisioneros, y algunos están desesperados.

Mafalda sintió un escalofrío.

—Desgraciadamente la situación no es sencilla, pero estoy seguro de que poco a poco se normalizará —la tranquilizó Di Vigliano—. Hay que tener paciencia.

Después del desayuno, Mafalda le comunicó al conde su intención de acercarse a la iglesia que, según le había indicado Giovina, se encontraba al final de la misma calle del hotel.

—Yo me quedaré para el traslado de nuestras maletas a la residencia de la familia Massangioli —le dijo el conde— y para intentar comunicarme de nuevo con Roma. Además, como ya le dije ayer, tengo que hacer unas gestiones a propósito de la cuestión monetaria.

No necesitó decir más. Mafalda sabía perfectamente a qué se refería. La tarde anterior habían estado hablando de la urgencia de contactar con el director de la Banca de Italia en Chieti para solicitar un préstamo. También en ese aspecto su situación era desesperada.

Se despidieron en la puerta y, después de unos minutos caminando, Mafalda encontró sin dificultad la parroquia de la Santísima Trinidad, justo cuando estaba a punto de comenzar la celebración dominical. Una vez acabada la eucaristía, durante la cual permaneció sentada en uno de los últimos bancos para pasar desapercibida, decidió quedarse un rato buscando la paz y el consuelo espiritual que tanto necesitaba.

De vuelta en el hotel, el señor Ricci le informó de que sus pertenencias se encontraban ya en la que sería su nueva residencia e insistió en acompañarla, a pesar de que se encontraba prácticamente a la vuelta de la esquina.

—Verá qué maravilla. Es un edificio magnífico —le explicó de camino—. Los Massangioli son una de las familias más ilustres de la ciudad.

Mafalda comprobó con sus propios ojos que el señor Ricci no se equivocaba. La vivienda era en realidad un hermoso palacio, con una fachada bellamente decorada.

La esposa del coronel, una mujer de una edad similar a la suya, la recibió con los brazos abiertos.

—Espero que se sienta a gusto con nosotros —dijo mientras cruzaban la planta noble en dirección al segundo piso, donde habían preparado una alcoba con todas las comodidades—. Cualquier cosa que necesite, solo tiene que pedirlo.

Para cuando terminó de instalarse era casi mediodía y Mafalda, que no tenía mucho apetito, rechazó educadamente la propuesta de bajar a comer. No obstante, tras la insistencia de su anfitriona, aceptó de buen grado que una de las criadas le subiera un poco de té y unas galletas. Tenía intención de escribir una carta a sus padres y descansar un poco.

A media tarde, después de echar una cabezada, encendió la radio que la familia había puesto a su disposición y comenzó a girar el dial en busca de alguna emisora de noticias. Le llevó un tiempo, pero consiguió situarlo de manera que captara una señal más o menos clara.

> Repetimos la información urgente que nos llegado hace escasos minutos desde Berlín. La Oficina de Noticias Alemana ha hecho público el siguiente comunicado extraordinario: «Desde el cuartel general del *Führer* se hace saber que un grupo de paracaidistas y de tropas de seguridad alemanas, junto a algunos efectivos de las SS, ha llevado a cabo una operación para liberar al *Duce,* que se encontraba retenido contra su voluntad por los traidores enemigos del fascismo. De este modo se ha frustrado su entrega a los angloamericanos, ideada por el gobierno de Badoglio».

Mafalda, que se había servido algo más de té, estuvo a punto de dejar caer la taza. ¿Cómo? ¡Mussolini liberado por los nazis! Aquella era la última noticia que habría esperado escuchar. De hecho, hacía mucho tiempo que el *Duce* había desaparecido de sus pensamientos, casi como si nunca hubiera existido. Ni siquiera se había planteado dónde podía encontrarse.

Turbada por la noticia, dejó el té sobre una mesita y se dirigió hacia la puerta. Tenía que decírselo a Di Vigliano cuanto antes. Apenas la abrió, encontró al conde con el brazo levantado, como si estuviera a punto de llamar con los nudillos. Él también parecía alterado.

—Tengo una noticia que darle —dijo antes de que Mafalda pudiese abrir la boca.

—Acabo de oírlo, es terrible. Han liberado a Mussolini.

Di Vigliano frunció el ceño.

—¿Cómo? —inquirió—. No. Quiero decir… no era eso lo que venía a decirle.

Mafalda no entendía nada.

—He logrado hablar con Villa Polissena. Sus hijos se encuentran bien. Están en el Vaticano.

Capítulo 28

Roma
Septiembre de 1943

Aquella noche, tras saber que sus hijos estaban a salvo y en buenas manos, Mafalda apenas pudo dormir. Por fin lograba atisbar algo de luz después de tanta incertidumbre y agitación. Ahora solo necesitaba llegar a Roma y, por fin, todo aquel suplicio habría acabado. Sin embargo, los días posteriores su entusiasmo se vio empañado por una serie de acontecimientos que pusieron a prueba su entereza. El primero de ellos fue la ocupación por parte de las tropas alemanas del aeropuerto de Pescara. Por fortuna, Martinotti y sus hombres lo habían abandonado pocas horas antes, pero la noticia conmocionó a Mafalda. A pesar de que el comandante les había advertido que más pronto que tarde acabaría sucediendo, no por ello le resultó menos perturbador. Poco después hubo que sumarle un hecho todavía más inquietante: la detención del que había sido su protector, el general Olmi, y la disolución de la división Legnano, la única presencia militar italiana que quedaba en la zona. Aunque nada de eso tuvo un mayor impacto en el estado de ánimo de Mafalda que enterarse de que los altos mandos de las tropas alemanas, que poco a poco habían ocupado la provincia, se habían instalado en un palacio situado en pleno centro de Chieti, muy cerca de donde ella se alojaba.

Afortunadamente la ciudad no sufrió una invasión militar propiamente dicha. En apariencia la vida seguía transcurriendo con cierta normalidad y la gente procuraba, en la medida de lo posible, continuar con sus quehaceres, del mismo modo que Mafalda siguió acudiendo diariamente a la iglesia. No obstante, la presencia de aquellos invasores campando a sus anchas por calles y plazas provocaba en sus habitantes una mezcla de temor y repulsa que se palpaba en el ambiente.

Por si fuera poco, el día quince la radio retransmitió la primera intervención de Mussolini desde su liberación y Mafalda escuchó aterrada cómo, desde una emisora de Múnich, anunciaba su intención de reinstaurar un gobierno fascista.

Ese mismo día, cuando más angustiada estaba por el cariz que estaba tomando todo, regresó el emisario que habían enviado a Roma. Mafalda recibió la buena nueva con alivio, deseando que aquello rompiera la racha de malas noticias, y pidió a Di Vigliano que apenas hablara con el joven militar se reuniera con ella en la residencia de los Massangioli.

—Lo primero que he de decirle —comenzó el conde sin más preámbulos en cuanto tomaron asiento frente a una mesita junto a la ventana— es que el joven que nos confió el general Olmi ha realizado un trabajo magnífico. Al parecer se encontró con numerosos obstáculos, no solo para llegar a Roma sino, sobre todo, para contactar con el gobierno provisional. De ahí que haya tardado tanto en regresar. Por suerte al final logró hablar personalmente con el general Calvi de Bergolo. —Al oír el nombre de su cuñado Mafalda irguió la espalda, como si aquel gesto la hiciera estar más preparada para lo que estaba a punto de escuchar—. Al parecer, cuando le informó de su situación se mostró muy sorprendido y, sobre todo, preocupado por su bienestar. Tanto él como la princesa Jolanda, que se encuentra en Suiza junto a la princesa María José y los hijos de ambas, la creían a salvo en Alemania.

Mafalda pensó en el marido de su hermana mayor y un sentimiento de afecto y agradecimiento se apoderó de ella. El pobre Giorgio, que años atrás había tenido que enfrentarse a la desconfianza de todo el mundo por ser considerado un pretendiente poco idóneo para Jolanda, ahora era el único miembro de la familia que se mantenía al pie del cañón.

—Desgraciadamente —prosiguió Di Vigliano—, tan pronto como nuestro hombre le expuso los motivos de su viaje, su respuesta no fue exactamente la que nos hubiera gustado. —Mafalda tragó saliva—. Básicamente vino a decir que resultaba imposible satisfacer nuestra petición.

La princesa necesitó unos segundos para asimilar lo que acababa de escuchar. Aquello no podía estar pasando. Todas sus esperanzas acababan de esfumarse en un abrir y cerrar de ojos. Poco a poco la congoja se instaló en su garganta, creando una barrera invisible que hacía que cada vez le costara más respirar.

—Según me ha contado el joven emisario —continuó Di Vigliano—, estaba muy contrariado por no poder ayudarla, pero le explicó que no había manera de garantizar que el automóvil que le solicitamos llegara a su destino. Es más, en su opinión, en el caso remoto de que el chófer consiguiera su objetivo el viaje de regreso a Roma entrañaría un grave riesgo para su alteza. Al parecer, los alemanes se incautan de cualquier vehículo que circule por las zonas ocupadas sin hacer ningún tipo de distinción respecto a sus ocupantes.

—¿Y qué me dice del salvoconducto? —inquirió Mafalda entrelazando las manos en su regazo para que se notara lo menos posible el temblor que se había instalado en ellas.

Di Vigliano apretó los labios y negó con la cabeza.

—Tampoco. Dijo que la situación actual no le permite solicitar a los alemanes un documento de esas características. Existe un pacto de no agresión para proteger la capital, pero las relaciones del gobierno provisional con los nazis no son lo que se dice especialmente amistosas. Es más, le pidió a nuestro enviado que trasmitiera a su alteza la importancia de extremar la prudencia.

Mafalda permaneció callada unos minutos mirando por la ventana e intentando poner en orden sus pensamientos. Y no lo consiguió. Era como si su cabeza se hubiera vaciado por completo, y lo único que podía hacer era sentir, sentir aquel vacío enorme que se había apoderado de su mente y de su pecho y que amenazaba con adueñarse de todo su cuerpo.

Pasado un rato, la voz de Di Vigliano la obligó a regresar a la salita.

—No desespere, alteza —le dijo en un tono firme, inclinando el cuerpo hacia ella—. No todo está perdido. —Mafalda le miró a los ojos y se enterneció al ver aquella expresión resolutiva—. Estoy seguro de que encontraremos otra forma de llegar a Roma —continuó—, y le prometo que no cejaré hasta que la encuentre.

Ambos se pusieron en pie y el conde le tendió la mano para despedirse. Mafalda la aceptó entre las suyas y se mantuvo un rato en esta posición sin decir nada. Era la única forma que tenía de mostrarle su gratitud en un momento en el que las palabras no acudían fácilmente a sus labios.

—Confíe en mí —concluyó él, casi en un susurro.

Mafalda se quedó mirando cómo caminaba hacia la puerta, con los hombros encorvados y la cabeza gacha, una postura que no concordaba mucho con las palabras de aliento que acababa de pronunciar. Una vez lo vio marcharse se recluyó en su habitación, donde pasó el resto del día atormentada. Ni siquiera encontró fuerzas para bajar a cenar. No podía creer que sus hijos se encontraran a apenas dos horas de viaje y no hubiera forma de reunirse con ellos. Mientras intentaba dar con la solución a sus problemas consideró una posibilidad que hasta entonces no había contemplado. Tal vez la única opción que le quedaba era ponerse en contacto con las fuerzas alemanas instaladas en la ciudad. Desde su llegada a Chieti tanto ella como el conde habían preferido mantenerse en el anonimato, pero ya no estaba tan segura de que aquella fuera la mejor opción. Quizá, si les explicaba quién era y la situación en que se encontraba, podían ayudarla a conseguir su objetivo. Al fin y al cabo, era la esposa de un alemán, un hombre con un cargo de notable responsabilidad.

Durante un buen rato Mafalda sopesó los pros y los contras y reflexionó sobre cuál sería la mejor forma de abordar la cuestión, pero finalmente recordó el mensaje de su cuñado. No, no podía arriesgarse. Aquellos hombres no tenían por qué conocer a su esposo. Es más, podían tomarla por una embustera. No obstante, en cuanto estuviera en Roma las cosas serían muy diferentes. Porque estaba decidida a llegar a la capital fuera como fuese. Y una vez allí, lo primero que haría sería ponerse en contacto con las autoridades alemanas. En las altas esferas todos sabían quién era Philipp.

Pasados un par de días en los que su estado de ánimo fluctuó sin cesar entre la esperanza y el pesimismo más absoluto, su anfitriona, la esposa del coronel Massangioli, se presentó en su puerta para proponerle un paseo por un parque cercano. Mafalda, a pesar de que no se sentía muy animada, aceptó la invitación. Tenía que intentar sobreponerse y le vendría bien tomar un poco de aire. Además, la compañía de aquella mujer era de las pocas cosas que conseguían apaciguar un poco sus ánimos. De hecho era la única persona, exceptuando al conde Di Vigliano y a la joven camarera del hotel, que conocía sus preocupaciones. Por otro lado, la esposa del coronel solía ponerle al corriente de los últimos sucesos y de los rumores que corrían entre los habitantes de Chieti, una información que le resultaba muy útil para entender cómo se estaban desarrollando los acontecimientos.

—Han empezado a registrar algunas casas —le contó aquella mañana, mientras paseaban bajo la sombra de una hilera de naranjos—. Se presentan de improviso y, si encuentran algo, se llevan a todos los hombres de la familia sin más explicaciones. Ayer, sin ir más lejos, arrestaron al primo de nuestra planchadora. Tenía escondido un trabuco que había sido de su abuelo y que ni siquiera funcionaba.

Mafalda sabía que, días atrás, los alemanes habían dado la orden de que los vecinos entregaran todas las armas que tuvieran en su poder, incluidos los fusiles de caza, y aquella historia hizo que se le helara la sangre.

—¡Pero eso es terrible! —exclamó—. ¿Y qué hacen con ellos?

—Dicen que los montan en un tren y los envían a un campo de prisioneros en el norte, cerca de la frontera con Austria —respondió su anfitriona con gesto de preocupación—. Aunque nadie lo sabe a ciencia cierta.

—¡Dios mío! —murmuró Mafalda consternada.

Aquello le recordó a la época en que había vivido en Alemania. Por aquel entonces los nazis habían creado campos de trabajo para recluir a los comunistas tras la ilegalización de sus partidos. Allí fue donde, según le comentaron años más tarde, también habían acabado muchos judíos. Tenía entendido que les obligaban a realizar todo tipo de trabajos infrahumanos y la posibilidad de que sus compatriotas se vieran sometidos a aquellas vejaciones la hizo estremecer. Nunca podría ni entender ni aceptar que un ser humano sometiera a otro de esa forma, y menos por los motivos que esgrimían los nazis. Su supremacismo y su crueldad la exasperaban cada vez más.

—¡Cómo hemos llegado a esto! —se lamentó Mafalda—. Y lo peor es que ya no queda nadie que defienda este país. El ejército prácticamente ha dejado de existir; los que no han sido detenidos, huyen en desbandada. ¡Y todo por culpa de mi padre!

La señora Massangioli intentó calmarla.

—No debe hablar así —le dijo en tono apaciguador—. Estoy segura de que su majestad tenía buenas razones para actuar como lo hizo. Es más, a juzgar por lo que cuentan, la idea de crear un gobierno provisional fue más acertada de lo que pareció en un principio. He oído que allí empieza a verse algo de esperanza. Los Aliados acaban de conseguir una importante victoria en Salerno y dicen que pronto conquistarán Nápoles.

En ese momento hizo una breve pausa, como si intentara reunir fuerzas, y Mafalda llegó a la conclusión de que no solo pretendía infundirle ánimos a ella, sino también a sí misma.

—Ya verá como el gobierno volverá a tomar las riendas —prosiguió—. Debemos tener confianza. Además —añadió bajando la voz, a pesar de que se encontraban completamente solas—, he sabido que algunos militares huidos se están organizando para combatir a los invasores. Y un buen número de jóvenes de la zona se han unido a ellos.

A Mafalda aquella noticia no le resultó nada esperanzadora, más bien al contrario. ¿Qué pretendían aquellos pobres diablos? Lo máximo que conseguirían sería llevar a cabo algún que otro sabotaje, y a cambio podían perder la vida. En la zona ocupada de Francia existía un movimiento similar y en los más de tres años de ocupación no habían conseguido que los nazis se movieran ni un milímetro de su tierra.

Cuando estaba a punto de expresar su desconfianza en aquel tipo de actuaciones vio aparecer a Di Vigliano. Avanzaba con pasos apresurados por uno de los caminos de tierra laterales que discurrían junto a la verja en dirección a donde se encontraban. Tenía la boca entreabierta, como si el calor y las prisas le obligaran a jadear, y dejaba a su paso una leve polvareda.

—Traigo buenas noticias —dijo cuando aún le faltaban unos metros para llegar a su lado.

Mafalda lo miró de hito en hito, esperando escuchar lo que venía a continuación. No quería hacerse ilusiones hasta haber oído lo que tenía que decirle.

—Tal y como le propuse —continuó Di Vigliano con la voz entrecortada mientras se secaba el sudor de la frente con un pañuelo—, he ido a hablar con el jefe de la estación de ferrocarril. A decir verdad no esperaba encontrarme con un hombre tan poco accesible y con tantas reticencias, pero al final lo he conseguido. Me ha prometido un compartimento para el día veinte a las siete de la tarde. Eso sí, solo disponía de plazas en tercera clase.

El primer impulso de Mafalda fue agarrar con fuerza a la señora Massangioli del antebrazo, como si el contacto físico con otro ser humano fuese la única forma de comprobar que lo que estaba viviendo era real.

—¡Oh, alteza! ¡Eso es fantástico! —exclamó la mujer buscando sus ojos en espera de alguna otra reacción.

—¿Está seguro de que fue eso lo que dijo? —acertó a decir Mafalda sin dejar de mirar a Di Vigliano.

—Sí, alteza, muy seguro —respondió el conde con expresión radiante—. Y gracias a Dios, aún contamos con una buena parte del dinero que nos adelantó el director del banco, de modo que, si usted lo autoriza, regresaré de inmediato a la estación para entregarle un adelanto sobre el precio de los billetes.

—¡Por supuesto que le autorizo! —respondió ella, esta vez sí, con una amplia sonrisa.

—Antes de hacerlo —añadió el conde adoptando un tono más serio—, quiero que sepa que será un viaje lento e incómodo. Y tampoco podemos descartar que se produzca algún intento de asalto, aunque me han asegurado que cada vez son menos frecuentes. Esa es la razón por la que el jefe de estación se ha mostrado tan reacio. No quiere responsabilizarse de lo que pueda pasar.

—Estoy segura de que no será peor que el vuelo desde Hungría —resolvió Mafalda sin inmutarse—. Y ahora, le pido por favor que vaya a cerrar el trato de inmediato, antes de que ese hombre tan agradable decida cambiar de idea.

El día veinte, poco después de las seis y media de la tarde, Mafalda subió al tren que partía desde la estación de Chieti acompañada del conde Di Vigliano. Llevaba un sombrero ladeado que le ocultaba parte de la cara, a pesar de que el gentío que se arremolinaba en el andén no parecía interesado en nada que no fuera evitar quedarse en tierra. Aun así le inquietaba que alguien pudiera reconocerla. Por suerte, el jefe de estación, que suavizó su actitud cuando tuvo el dinero en mano, les había reservado plaza en el último vagón, una pequeña ventaja que les permitió disponer de algo más de privacidad. Desgraciadamente aquel detalle no compensó las estrecheces de un compartimento que resultó ser mucho más pequeño de lo que Mafalda había imaginado y que confirmó las suposiciones del conde respecto a la incomodidad del trayecto. Para colmo, apenas se instalaron se vieron obligados a bloquear la puerta. Les habían advertido que los peligros que les acechaban no solo podían provenir del exterior, sino también de los propios pasajeros, de manera que, antes de que el tren quisiera ponerse en marcha, ya se había creado en el interior una sensación oprimente de bochorno.

Una vez dejaron atrás la estación, se demostró que Di Vigliano tampoco se había equivocado en lo referente a la lentitud. La velocidad renqueante a la que se movían, sobre todo en algunos tramos, hacía pensar que en lugar de viajar en ferrocarril se estuvieran desplazando en coche de caballos y muy pronto Mafalda fue consciente de lo largo y penoso que iba a resultar el trayecto. Pero no desesperó. Había conseguido lo que tanto ansiaba, un medio de transporte para viajar a Roma, y lo único que le importaba era llegar a su destino.

Apenas anocheció, y después de lograr acostumbrarse a aquel espacio tan reducido, el monótono vaivén del vagón la sumió en un agitado duermevela del que salía una y otra vez a la más mínima sacudida o cada vez que se detenían sin motivo aparente, hasta que, en algún punto impreciso en mitad de la península italiana, se quedó profundamente dormida.

—Alteza —oyó decir de pronto. Era la voz de Di Vigliano—. Alteza, despierte.

La sensación de una mano que le sacudía suavemente el hombro la obligó a abrir los ojos.

—Hemos llegado a Roma, alteza.

Mafalda se incorporó de golpe, todavía algo aturdida, y tardó unos segundos en reaccionar.

—Lo hemos conseguido —añadió Di Vigliano con los ojos humedecidos.

Aquella frase hizo que se desprendiera de golpe de cualquier rastro de somnolencia. Emocionada, miró a través de la ventanilla y vio como el andén junto al que se encontraba empezaba a llenarse de gente.

Sin tiempo para dejarse llevar por las emociones, agarraron sus maletas y se apearon del tren a toda prisa. No obstante, apenas pusieron pie en tierra Mafalda se vio invadida por una sensación de desasosiego que hizo que se detuviera en seco. La estación Termini estaba plagada de cientos de soldados alemanes que, con sus cascos metálicos y sus metralletas en ristre, controlaban cada milímetro con actitud desafiante. Di Vigliano, al ver su rostro demudado, obvió todas las normas de protocolo que siempre había respetado y la agarró como si fuera su esposa al tiempo que tiraba ligeramente de ella.

Una vez en el exterior, esquivaron los tranvías que cruzaban por delante de la puerta y pasearon la mirada por los automóviles aparcados en los alrededores.

En la última comunicación con su cuñado, este se había ofrecido a enviar un vehículo para que los recogiera en la estación, pero Mafalda había rechazado la propuesta. No quería ponerlo en un compromiso. Entonces, casi de forma simultánea, tanto ella como Di

Vigliano detuvieron la mirada sobre un automóvil negro. Junto a él se alzaba una figura que le produjo un gran alivio. Era Cerrutti, su chófer de confianza.

❀❀❀

Llegaron a Villa Polissena poco antes de las nueve de la mañana y fueron recibidos por Madeleine, su querida ama de llaves, que, emocionada, les hizo partícipes de lo preocupados que habían estado tanto ella como el resto del servicio. Mafalda la saludó con efusión y, una vez dentro, invitó a Di Vigliano a instalarse en una salita mientras les preparaban algo que llevarse a la boca. Una vez allí, le hizo saber sus intenciones. Tenía muy claro lo que quería hacer y, a pesar del agotamiento, no quería perder ni un minuto más.

—Antes de nada, haré venir a Marchitto —explicó refiriéndose al jefe de policía de la Casa Real, que, según habían averiguado desde Chieti, había sido el encargado de poner a salvo a sus hijos—. Necesito que me ponga al corriente de todo y que me acompañe al Vaticano. Usted puede quedarse aquí, descansando —añadió, consciente de que el conde no había pegado ojo en todo el viaje—. El ama de llaves se encargará de proporcionarle todo lo que necesite.

Di Vigliano le agradeció su hospitalidad y, cuando hubieron terminado de desayunar, ella se dirigió al teléfono. No habían pasado ni veinte minutos cuando el comisario se presentó en la casa. Mafalda lo recibió en una estancia a la que denominaban la salita china por los tapices orientales que adornaban sus paredes y, en cuanto le confirmó que, efectivamente, sus hijos estaban en la Santa Sede, le pidió que le explicara cómo habían acabado allí.

—A media tarde del día ocho fui convocado por su majestad la reina —comenzó a relatarle Marchitto—. Me dijo que el rey y ella iban a trasladarse urgentemente al Quirinale y que debía encargarme de buscar refugio en el Vaticano para los príncipes Enrico, Otto y Elisabetta.

Mafalda, sin apartar la mirada de su interlocutor, bebió un sorbo del té frío que le había preparado una de las doncellas.

—Debo decir que en aquel momento la situación era bastante convulsa. Se acababa de hacer público el armisticio y aunque las calles estaban abarrotadas de gente celebrándolo, en la Casa Real todos temíamos una reacción airada del gobierno alemán. —El hombre tragó saliva—. Desgraciadamente, nuestros presagios acabaron confirmándose al día siguiente.

Marchitto agarró la taza de café, que todavía humeaba en la mesita auxiliar, y bebió de un trago. Luego la dejó sobre su plato y se limpió la boca con una servilleta.

—En cualquier caso —continuó—, la petición de su majestad me pilló por sorpresa. No sabía cómo cumplir sus deseos. Al final me puse en contacto con el comandante de la gendarmería pontificia, hermano de un buen amigo mío, y logré que el secretario de Estado de Su Santidad accediera a concertar una cita para las nueve de la noche. Cuando se lo comuniqué a su majestad, dio orden de que preparara inmediatamente cuatro automóviles para las nueve menos cuarto, dos para su traslado al Quirinale y dos para que me llevara a los príncipes y a la *nurse* alemana.

Mafalda intentó contener la indignación. Tal y como había sospechado desde un principio, nadie había previsto nada y sus padres se habían comportado con una inconsciencia y precipitación vergonzosas.

—La primera reacción del cardenal Maglioni no fue muy positiva. Dijo que no podía hacer nada por ayudarme, que el Vaticano estaba a rebosar de refugiados y de gente que había perdido sus casas en los bombardeos, y que lo mejor que podía hacer era dirigirme a alguna embajada extranjera. Después de mucho insistirle y de explicarle que los príncipes esperaban en el automóvil, acabó convocando a monseñor Montini, que se mostró algo más flexible. Finalmente, el propio Montini resolvió ceder su apartamento personal para que se alojaran en él. Desde entonces no han salido de allí y, por lo que sé, están siendo magníficamente atendidos.

Mafalda sintió un profundo agradecimiento, tanto hacia Marchitto como hacia monseñor Montini, al que conocía personalmente, pero cuando se decidió a hablar le pudo más el enfado para con sus padres. Imaginar a sus hijos esperando en un automóvil a que les dieran cobijo la impulsó a ponerse en pie.

—¡Qué decepción! —exclamó airada caminando de un lado a otro—. ¡Cómo pudieron actuar de ese modo! Sabían lo que estaba por llegar y pusieron en riesgo a mis hijos, a mí y a toda Italia. ¡Y luego salieron huyendo!

—Entiendo su malestar, alteza —intervino Marchitto, que parecía saber muy bien a quién iban dirigidos los reproches de Mafalda—, pero hay algo que desconoce y que tal vez le ayude a entender el desconcierto que vivimos aquel día.

Mafalda lo miró con desconfianza. Nada de lo que pudiera decirle podía justificar la actitud irresponsable de sus padres.

—Su majestad el rey —continuó el comisario— había pedido a los Aliados postergar unos días el anuncio del armisticio; tenía varios motivos de peso por los que necesitaba ganar tiempo. Pero los angloamericanos no estuvieron de acuerdo. Al final, después de varios desencuentros, el general Eisenhower lo anunció por radio sin el consentimiento de nuestro gobierno. Como comprenderá, este hecho dejó a su majestad y al primer ministro en una situación muy delicada.

A Mafalda le sorprendió aquella revelación. De repente entendía muchas cosas. Entonces le asaltó una idea inquietante. Tal vez, si el anuncio se hubiera hecho un par de días más tarde, ella habría tenido tiempo de regresar a Roma. Y tal vez, solo tal vez, aquel era uno de los motivos por los que su padre había querido aplazar el anuncio.

—Es igual —dijo sentándose de nuevo y con un tono mucho más calmado—. Nada de eso importa ya. Ahora solo me interesa recuperar a mis hijos y marcharnos a Alemania en cuanto sea posible —concluyó intentando reprimir el malestar que habían dejado en su interior las últimas palabras de Marchitto—. Ahora, necesito saber cuándo podremos ir al Vaticano. ¿Cree que podríamos hacerlo esta misma mañana?

—No creo que haya ningún problema —repuso Marchitto—. Déjeme que haga una llamada y se lo confirmo.

Capítulo 29

Roma
21 de septiembre de 1943

Salieron de Villa Polissena poco antes del mediodía. Mafalda, demasiado nerviosa como para entretenerse en charlas triviales, permaneció callada durante un buen rato y el comisario, sentado a su lado en el asiento posterior, respetó su mutismo. Sin embargo, poco antes de llegar a la altura de la plaza del Popolo, Marchitto, inesperadamente, rompió su silencio.

—Tendrá que disculparme, alteza, pero me gustaría decirle algo a propósito de lo que ha comentado antes de mi llamada al Vaticano.

Mafalda salió de su ensimismamiento y se volvió hacia él con gesto interrogante.

—Sí, dígame.

—Ha dicho usted que quería marcharse a Alemania —añadió el comisario.

—Así es —respondió Mafalda—. Mi esposo quiere que nos reunamos con él, y estoy decidida a cumplir sus deseos. ¿Por qué?

—Bueno... —repuso Marchitto con cierta indecisión—. Tal vez piense que no es asunto mío, pero como comisario jefe de la guardia real considero mi deber intentar disuadirla.

Mafalda lo miró estupefacta. ¿A qué venía aquello?

—No quiero que me interprete mal —prosiguió—, comprendo perfectamente sus motivos, pero creo que, dadas las circunstancias, no es lo más aconsejable.

—¿Dadas las circunstancias? —inquirió Mafalda sin salir de su asombro.

—Entiéndame —continuó Marchitto—, en este momento los miembros de la familia real italiana no gozan de muchas simpatías entre la élite nazi. Tenga en cuenta que, desde su punto de vista, su majestad el rey les ha traicionado gravemente en dos ocasiones. Primero con la destitución y detención de Mussolini y después con la firma del armisticio.

A Mafalda aquella observación le pareció absurda.

—Siento tener que disentir —replicó molesta—. Sé que sus intenciones son buenas, pero ni mis hijos ni yo tenemos nada que ver con lo que ha hecho mi padre. Además, parece olvidar que mi esposo es ciudadano alemán. Y no uno cualquiera —añadió con gesto severo.

Cuando Marchitto se disponía a responder, el automóvil accedió a la plaza de San Pedro y ambos se quedaron callados. La imagen insólita que se divisaba a través de la ventanilla no permitía mantenerse indiferente. Al igual que el resto de la ciudad, estaba plagada de soldados de la Wehrmacht, solo que en este caso cuatro de ellos desfilaban por parejas a lo largo de una línea blanca pintada sobre los adoquines que unía los dos extremos de la columnata de Bernini.

Mafalda preguntó a Marchitto a qué se debía aquello.

—Pintaron la línea el día once, cuando acabaron los combates en las calles de la ciudad —le explicó este mientras el chófer continuaba su camino en dirección a la zona amurallada que se extendía más allá de la columnata—. El Vaticano permaneció cerrado a cal y canto durante dos días y en cuanto se abrieron de nuevo sus puertas surgió la necesidad de acotar hasta dónde alcanzaba la ocupación de Roma. No sé muy bien de quien partió la idea, si de Kappler, el jefe de la policía alemana, o de Su Santidad. El caso es que desde entonces ningún miembro del ejército alemán puede pisar más allá de ella. A no ser, claro está, que sea invitado por el Sumo Pontífice.

Mafalda quedó conmocionada. Aquella línea aparentemente insignificante y que cualquiera podía sobrepasar en un momento dado era lo único que protegía las vidas de sus hijos y de tantas otras personas que habían encontrado refugio en aquel enclave en medio de la ciudad.

Cuando dejaron atrás la plaza, el automóvil se dirigió sin detenerse hasta la puerta de Santa Ana, el lugar por el que habitualmente accedían las visitas oficiales. Una vez delante de la cancela, flanqueada por dos miembros de la Guardia Suiza, esta se abrió para permitir la entrada del vehículo. Era evidente que la llamada del comisario había surtido efecto. En cuanto estuvieron dentro, un gendarme del puesto de control se acercó a la ventanilla y al ver a Marchitto lo saludó llevándose la mano a la sien. Luego le indicó con un movimiento del brazo que avanzaran hasta el Palacio Apostólico, donde les esperaba una señora que se presentó como el ama de llaves de monseñor Montini.

—Alteza —dijo con una cálida sonrisa que capturó de inmediato el corazón de Mafalda—, no sabe cuánto nos alegra tenerla aquí. Sus hijos y yo hemos rezado mucho para que llegara este momento.

A Mafalda le conmovió pensar que aquella mujer de aspecto afable había acompañado a sus hijos en aquellos días difíciles y entendió a qué se había referido Marchitto cuando había dicho que estaban siendo magníficamente atendidos. Le asaltaron mil preguntas que habría querido hacerle. Le habría gustado saber si Elisabetta seguía despertándose varias veces soñando que caían bombas, si Otto la había hecho enfadar alguna que otra vez con su comportamiento alocado o si Enrico, que, como ella, tendía a perder peso cuando estaba preocupado, estaba comiendo adecuadamente. Pero nada de eso salió de su boca.

—¿Se encuentran bien? —preguntó con voz temblorosa.

—¡De maravilla, alteza! —exclamó la mujer—. Pero, como comprenderá, le han echado mucho de menos.

—¿Puedo verlos?

—Naturalmente. Ahora mismo están almorzando. Hemos preferido no decirles nada hasta que se confirmara su llegada, así que, si tiene la bondad de acompañarme...

Recorrieron en silencio los majestuosos pasillos y después de subir varios tramos de escaleras se detuvieron delante de una puerta de dos hojas de madera maciza.

—Es aquí —anunció el ama de llaves apoyando la mano sobre la manivela dorada.

Mafalda se llevó la mano al pecho intentando apaciguar el ritmo desbocado de su corazón y, de pronto, se le pasó por la mente algo que no había considerado hasta entonces. Tal vez aquella no era la mejor forma de presentarse. Aquella aparición sin previo aviso, después de tantos días separados, podría impresionar a sus hijos.

—Será mejor que entre usted primero —dijo dirigiéndose a Marchitto. Este la miró sorprendido—. Si les pone en antecedentes —le aclaró—, será todo mucho más sencillo.

El comisario, algo desconcertado, accedió a su petición y siguió al ama de llaves hasta la terraza donde, según esta última, solían servir el almuerzo en los días soleados como aquel. Mafalda, por su parte, se mantuvo algo rezagada, observando cómo Marchitto cruzaba el salón y se dirigía hacia una puerta acristalada. Y entonces se dio cuenta de lo absurdo de su razonamiento. ¡Qué sentido tenía posponer todavía más lo que tanto anhelaba! Movida por un impulso irrefrenable, se asomó a la puerta y vio a Enrico y a Otto sentados a una mesa de hierro forjado. Emocionada, quiso llamarlos por su nombre, pero el nudo que le oprimía la garganta impidió que pudiera emitir sonido alguno.

No hizo falta que dijera nada. Bastó que Marchitto se aproximara a la mesa para que los dos levantaran la vista y la viesen allí de pie, unos metros por detrás de él.

—¡Mamá! —gritaron al unísono.

En apenas unos segundos, los tres acabaron fundidos en un único abrazo. Otto, que todavía le llegaba a su madre por debajo del hombro, la rodeó por la cintura, mientras que Enrico, algo más alto, estrechó a ambos contra su cuerpo con esa mezcla de vigor y delicadeza de quien está aprendiendo a controlar sus fuerzas.

Mafalda, desbordada por los sentimientos, cerró los ojos y se empapó de aquella sensación de comunión indisoluble, la misma que había experimentado cuando ambos, en diferentes momentos de su vida, habían habitado en su vientre durante nueve meses.

De súbito, una punzada en el pecho hizo que el corazón se le encogiera.

—¿Y Elisabetta? ¿Dónde está? —preguntó alarmada—. ¿No está con vosotros?

Antes de que pudieran contestarle, una voz infantil disipó de inmediato cualquier atisbo de duda.

—*Mammina!*

Enrico y Otto, sin dejar de abrazar a su madre, volvieron la cabeza permitiendo que esta pudiera ver a la benjamina de la familia. Acababa de soltar la mano de la *nurse* y corría hacia ellos con el enternecedor balanceo propio de los niños de corta edad.

Al ver a su hermana, los dos varones se apartaron ligeramente y Mafalda se puso en cuclillas para recibir a su pequeña con los brazos abiertos. Una vez la tuvo consigo, la alzó en volandas para poder mirarla frente a frente.

—¿Cómo está mi *piccolina*? —le preguntó emocionada mientras sujetaba su diminuto cuerpo con ambos brazos.

Elisabetta no respondió. Se limitó a apoyar la cabeza en el hombro de su madre y hundir el rostro entre sus cabellos. Luego aspiró con fuerza, como si necesitara llenar los pulmones de aquel olor familiar. Pasados unos segundos, irguió de nuevo la cabeza y colocó las manos regordetas sobre las mejillas de Mafalda.

—Mami —dijo con los labios fruncidos en una mueca de extrañeza—, ¿tienes pupa?

Mafalda recordó la imagen que le había devuelto el espejo de su habitación en el Albergo del Sole: los ojos hundidos, la piel apagada y el rictus de preocupación. La había visto más veces durante su estancia en Chieti hasta acabar acostumbrándose. Sin embargo, para Elisabetta aquel rostro envejecido era algo completamente nuevo.

—No, *amore mio,* no tengo pupa —respondió a su hija con dulzura—. Solo estoy un poco cansada.

—¿Y papá? —intervino Enrico—. ¿No está contigo?

Aquella pregunta hizo que a Mafalda se le tensara el cuello y se le erizase la piel.

—Papá sigue en Alemania.

Al ver el gesto de decepción de su segundo hijo, Mafalda se apresuró a contrarrestarlo.

—Me escribió hace poco —le aclaró con dulzura—. Quiere que nos reunamos con él y con Maurizio lo antes posible, y eso es precisamente lo que vamos a hacer ahora.

—¡Bien! —exclamó Otto entusiasmado. Acto seguido, como si no tuviera tiempo que perder, añadió—: ¡Esperadme aquí! ¡Voy a recoger mis cosas!

—No hace falta que corras, tesoro —dijo Mafalda evitando que saliera disparado como una flecha—. Por ahora tendréis que quedaros aquí un par de días más. Todavía tengo que organizar el viaje.

El dejarlos allí hasta tenerlo todo bien atado era algo que había decidido en el último momento, en algún punto durante el trayecto en automóvil hasta allí. Era lo mejor para todos. Desgraciadamente, tal y como había imaginado, sus palabras no fueron bien recibidas por ninguno de los tres. Al ver a Otto haciendo pucheros, Mafalda supo que tenía que hacer algo por desviar su atención. Si dejaba que rompiera a llorar ella misma acabaría deshecha en lágrimas.

—¿Y por qué no nos vamos contigo a casa? —inquirió Enrico.

Mafalda no quiso responder a esa pregunta. No quería echar a perder aquel reencuentro. Era mejor dejar las explicaciones para cuando se despidieran.

—Bueno, ya hablaremos de eso.

Dejó a Elisabetta en el suelo y, agarrando a los dos pequeños de la mano, se dirigió a la mesa en la que hacía poco estaban sentados sus hijos.

—Y ahora necesito que me contéis lo que habéis estado haciendo estos días —dijo confiriendo a sus palabras una alegría impostada.

En cuanto su madre tomó asiento, Otto y Elisabetta se acomodaron sobre su regazo e iniciaron un relato sin pies ni cabeza compuesto de frases superpuestas y anécdotas incomprensibles. Mafalda les escuchó atentamente mientras, con el brazo extendido por detrás de su hija, acariciaba la mano de Enrico, que se había quedado de pie junto a su silla. A diferencia de sus hermanos, no parecía muy dispuesto a relatar sus experiencias y, aunque observaba la escena con una sonrisa, en sus ojos se leía la actitud adulta y reflexiva de quien sabe que sus problemas no han terminado.

Pasado un rato de conversación, apareció por la puerta monseñor Montini. Fue entonces cuando Mafalda se dio cuenta de que Marchitto, el ama de llaves y la *nurse* les habían dejado solos.

—¡Eminencia! —exclamó emocionada.

Inmediatamente tanto los niños como ella se pusieron en pie para recibir a su anfitrión.

—¿Lo veis, niños? —dijo el prelado cuando hubieron terminado los saludos preceptivos—. Os dije que Dios siempre escucha nuestras plegarias. —Dotando a sus palabras un deliberado tono de entusiasmo añadió—: He venido para invitar a vuestra madre a dar un paseo hasta la gruta de Lourdes. ¿Qué os parece si vamos todos juntos? Con un poco de suerte, nos cruzaremos con Su Santidad. A estas horas suele volver de su paseo por Roma. —Y guiñándole un ojo a Mafalda dijo—: ¿Sabe, alteza? La pequeña Elisabetta lleva días practicando cómo realizar la reverencia para saludar al Sumo Pontífice. Tal vez usted podría ayudarla a que la perfeccionase.

La propuesta fue recibida con enorme alborozo no solo por la benjamina, sino también por Otto, que parecía impaciente por desfogar su alegría. Sin embargo a Mafalda le emocionó especialmente ver el brillo de los ojos de Enrico, que, fiel a la pasión por la botánica que había heredado de su madre y de su abuelo, dijo agarrándose a su brazo con cara de entusiasmo:

—¡Verás qué jardines, mamá! ¡Te van a encantar!

Poco antes del anochecer, Mafalda se despidió de Marchitto delante de Villa Polissena. Se sentía tremendamente abatida. No había sido fácil volver a separarse de sus hijos y, a pesar de que tenía previsto regresar al Vaticano al día siguiente, ver a los dos pequeños llorando y estirando los brazos para que los llevara consigo mientras su hermano y la niñera los sujetaban con lágrimas en los ojos lo había hecho todo mucho más doloroso. No obstante, sabía que había tomado la mejor decisión. Después de su larga conversación con monseñor Montini y de escuchar las recomendaciones del comisario, se había reafirmado en su decisión de dejarlos en el

Vaticano. Era el mejor lugar para que estuvieran protegidos hasta que pudieran marcharse a Alemania.

—Buenas noches, alteza —le saludó el mayordomo—. La cocinera me ha encargado que le pregunte si ha cenado ya o si desea que le prepare algo.

Mafalda se quedó pensativa unos segundos y llegó a la conclusión de que, a pesar de no haber probado bocado desde hacía varias horas, no tenía apetito.

—Dile que tomaré solo un vaso de leche caliente. Y haz que lo traigan al salón, por favor —añadió señalando hacia el final del pasillo.

—A propósito —añadió el mayordomo antes de marcharse—. El conde Di Vigliano ha declinado nuestra invitación de alojarse aquí esta noche y se ha marchado a eso de las seis. Ha dejado dicho que estará en el Hotel Imperial y que contacte con él allí en caso de que lo necesite.

Mafalda asintió con la cabeza y decidió que lo llamaría por la mañana para invitarlo a comer. Entendía que quisiera un poco de privacidad, pero estaba segura de que agradecería poder disfrutar de un buen plato de pasta casera en compañía.

A continuación se dirigió a la estancia principal de la casa y en cuanto llegó abrió una de las puertas que daban al jardín. Poco a poco la brisa fresca del otoño recién estrenado inundó la estancia. Antes de acomodarse en su sofá favorito y esperar a que le trajeran la leche, se detuvo delante de la chimenea y contempló las fotografías enmarcadas que descansaban sobre la repisa. La mayoría eran de los niños, pero había una en la que se la veía a ella, vestida con traje de *ballet,* que se había tomado en la época en que residían en Kassel, antes de quedarse embarazada de Otto. Apoyó el antebrazo sobre la superficie de mármol y, con el dedo índice de la mano derecha, comenzó a acariciar uno de los cuatro pares de máscaras griegas que adornaban la embocadura.

Hacía más de quince años que Philipp había encontrado aquellas pequeñas piezas escultóricas en un anticuario, pero Mafalda recordaba a la perfección el brillo infantil en los ojos de su esposo mientras retiraba el papel que las envolvía. Había sido un hallazgo fortuito y tal vez por eso, o por lo extraordinario que resultaba que hubiera recuperado, sin pretenderlo, algo que todos daban por perdido, ella lo había interpretado como una señal de buen augurio. Y no se había equivocado. A partir de aquel momento las máscaras habían sido testigos, desde aquel lugar privilegiado, de innumerables momentos de felicidad familiar.

Pero nada de eso existía ya. Aquella vida, la suya, la de sus hijos y de su marido, la que había construido a lo largo de los años alrededor de aquel hogar, se había desvanecido. Las obligaciones de Philipp, la distancia y, finalmente, la guerra, habían acabado con todo lo que con tanto esfuerzo habían creado. Era como si después de dedicar todo su tiempo y su empeño a tejer la pieza de encaje más hermosa que se pudiera imaginar, alguien hubiera tirado lentamente de un hilo hasta dejarla reducida a una madeja enmarañada.

¡Basta!, se dijo entonces mientras se alejaba de la chimenea. Por muy dolida que se sintiera por lo sucedido no era el momento de dejarse llevar por la rabia o la melancolía. Al fin y al cabo, después de muchos días de miedo y preocupación, había conseguido lo que más ansiaba: recuperar a sus hijos. A partir de ahora, estaba en su mano recomponer lo que otros habían pretendido destruir. Y estaba decidida a hacerlo, a deshacer uno a uno todos los nudos de aquel enredo para volver a tejer los hilos de su maravillosa pieza.

Agotada, se sentó en el sofá y reclinó la cabeza sobre el borde superior del respaldo. Tenía que tomar una decisión. Hasta ahora había superado todo tipo de obstáculos movida por un único objetivo: recuperar a los pequeños y viajar a Alemania para reunirse con Maurizio y Philipp. Pero ahora ya no lo tenía tan claro. Tal vez Marchitto tenía razón respecto a los alemanes. Y tal vez, solo tal vez, debía aceptar la oferta de monseñor Montini de instalarse en el Vaticano con los niños, al menos durante unos días. Pero entonces, ¿qué pensaría Philipp? ¿Qué le pasaría por la cabeza si de pronto no tuviera forma de dar con su paradero? Porque desde la Santa Sede no podría comunicarse con él. Y eso, sin duda, lo volvería loco de preocupación, al igual que le había sucedido a ella con sus hijos. La única forma de evitarlo habría sido advertirle, decirle que había decidido esperar un tiempo hasta que se tranquilizaran las cosas, pero eso no era posible.

Desde su casa no había modo de establecer contacto telefónico con Alemania y, para colmo, ni siquiera sabía dónde se encontraba él.

—Con su permiso —oyó decir de pronto a una de las camareras—. Disculpe si la he molestado, alteza —añadió azorada cuando Mafalda volvió la cabeza—. Le traigo la leche. La puerta estaba abierta y al verla ahí, con los ojos cerrados, he pensado que se había dormido.

—No te preocupes, no estaba dormida —respondió incorporándose. Mientras la joven depositaba la bandeja que llevaba en la mano sobre la mesa de centro añadió—: Pero, efectivamente, va siendo hora de que me vaya a la cama. Ha sido un día muy largo y todo apunta a que mañana también lo será.

El sonido del timbre del teléfono, agudo y penetrante a pesar de provenir de fuera del dormitorio, hizo que Mafalda se despertara con un respingo. Aturdida, permaneció unos segundos con la espalda rígida y las palmas de las manos apoyadas en el colchón, paseando la mirada a su alrededor en busca de algún referente que le indicara dónde se encontraba.

Una vez consiguió situarse, y tras comprobar que su cuerpo respondía a los estímulos que su mente le enviaba, apartó la sábana, descolgó las piernas por el lado derecho de la cama y, a toda prisa, deslizó los pies en el interior de sus chinelas de raso. Justo en ese preciso instante, el sonido que había interrumpido bruscamente sus sueños cesó de improviso para ser reemplazado por la voz amortiguada y prácticamente ininteligible del ama de llaves.

Mafalda, alarmada, se precipitó hacia la puerta cerrada de su habitación. No imaginaba quién podía llamar a aquellas horas. Según el reloj de su mesilla, aún faltaban diez minutos para las siete, y a nadie en su sano juicio se le ocurriría telefonear tan temprano a no ser que se tratara de un asunto urgente.

Apenas puso un pie en el pasillo, lo primero que vio fue la expresión de perplejidad de Madeleine, que estaba de pie junto a la mesita auxiliar donde reposaba el teléfono. Sostenía el auricular lejos de su oído al tiempo que, con la mano que le quedaba libre, tapaba el micrófono.

—Alteza... —dijo en voz baja, en un tono entre aprensivo y vacilante que Mafalda no supo cómo interpretar—, es la secretaria de la embajada alemana. Preguntan por la princesa von Hessen. —Acto seguido, como si necesitara recabar fuerzas para enunciar la frase que venía luego, respiró hondo y añadió—: El teniente coronel Kappler desea hablar con usted.

Mafalda se quedó inmóvil, con el pecho agitado y las piernas temblorosas. ¿Kappler? ¿El comandante de las fuerzas de seguridad alemanas en Roma? ¿El hombre que tenía a sus órdenes tanto a las SS como a la Gestapo?

Un sinnúmero de ideas terribles empezaron a brotar de su mente. En unos segundos imaginó todo tipo de desgracias, desde la repentina llegada de Mussolini a Roma hasta la invasión del Vaticano o la detención de sus padres, pero finalmente se obligó a sí misma a recobrar la serenidad. No podía dejarse llevar por aquellos miedos infundados. Si hubiera sucedido alguna de aquellas calamidades, la última persona que le habría telefoneado para comunicárselo habría sido el tal Kappler. Entonces, como si aquellos gestos automáticos y al mismo tiempo estériles le ayudaran a terminar de apaciguar sus ánimos, se recolocó el camisón agarrándolo por las costuras de los hombros y se atusó los cabellos antes de ponerse al aparato.

—Al habla la princesa Mafalda von Hessen, ¿qué desea? —dijo intentando sonar lo más sosegada posible.

A pesar de que había hablado en italiano, la voz masculina al otro lado de la línea le respondió en un alemán categórico aunque extremadamente cortés. Mafalda, con el corazón en un puño, escuchó atentamente lo que tenía que decirle y conforme progresaba lo que parecía una monótona alocución muy propia de la forma de hablar carente de emotividad de la mayoría de los dirigentes nazis, su estado de ánimo cambió por completo.

—Muchas gracias, teniente coronel —dijo cuando le hubo quedado claro que su interlocutor no tenía nada más que decirle—. Allí estaré.

Acto seguido dejó el auricular en su sitio e, incapaz de contener sus impulsos, agarró al ama de llaves a la altura de los hombros como si estuviera a punto de sacudirla.

—¡No te lo vas creer, Madeleine! —exclamó.

Esta la miró desconcertada ante aquella vehemencia repentina.

—Se trata de mi esposo —explicó atropelladamente entre aturdida y eufórica—. Ha telefoneado a la embajada desde Alemania —añadió con lágrimas en los ojos—. Me han dicho que volverá a llamar a las once y que le gustaría que estuviera allí para poder hablar conmigo.

Esperó la llegada de Marchitto junto a uno de los cuatro cipreses que se alzaban frente a la entrada principal. Había elegido un vestido negro riguroso en recuerdo de Boris y, como único complemento, llevaba un discreto sombrero cloché que le cubría la cabeza. A poca distancia, aunque algo apartado para no obstruir el paseo que conducía a la entrada de la vía San Filippo Martire, aguardaba Cerrutti, sentado en el Fiat 2800 que debía llevarles a la embajada alemana.

Todavía no habían dado las ocho y, aunque faltaban más de tres horas para la llamada de Philipp, había decidido ponerse en marcha enseguida, entre otras cosas porque quería pasar antes por el Hotel Imperial. Necesitaba ver a Di Vigliano, explicarle la situación y proponerle almorzar juntos. Una vez hubiera hablado con su marido tendría que dar algunos pasos importantes, y nadie mejor que el conde para asesorarla sobre cómo proceder.

No obstante, el principal motivo por el que había pedido a Marchitto que se presentara en Villa Polissena lo antes posible era porque quería llegar a su destino con suficiente antelación. Imaginaba que, casi con toda probabilidad, lo había despertado, pero le espantaba la idea de que algún imprevisto acabara impidiendo que hablara con su marido. Teniendo en cuenta la situación y el estado de las comunicaciones, era imposible predecir cuándo volvería a tener ocasión de ponerse en contacto con él. Abrumada, se frotó los ojos, como si aquel gesto pudiese borrar de su mente el temor a que algo así sucediera. No concebía la idea de que su único anhelo en aquel momento acabara desvaneciéndose. Se moría de ganas de oír la voz cálida y reconfortante de Philipp, de preguntarle por Maurizio, de relatarle todas las dificultades por las que había pasado y de encontrar en sus palabras el consuelo que necesitaba después de todo el pesar y la angustia vividos en los últimos tiempos. Además, ya no tendría que tomar sola la difícil decisión que tanto le había angustiado la noche anterior. Su marido sabría qué hacer y, aunque fuera desde la distancia, le proporcionaría los recursos necesarios para conseguir sus propósitos, especialmente si decidían que ella y los niños emprendieran viaje a Alemania.

Pasados unos minutos, el automóvil del comisario asomó por entre la arboleda y antes de que quisieran darse cuenta ambos estaban en el asiento trasero del Fiat en dirección al Hotel Imperial.

—Ha sido muy breve —respondió Mafalda cuando Marchitto le preguntó por su conversación con Kappler—. Estaba tan emocionada que apenas he podido articular palabra, aunque tampoco ha sido necesario. Me ha dicho que tan solo quería informarme de la llamada de mi esposo y pedirme que fuera puntual. Dentro de lo que cabe, he de reconocer que ha sido bastante amable. Se ha disculpado por el horario y me ha explicado que había querido comunicármelo él mismo para evitar que se produjera algún tipo de confusión.

Marchitto se quedó pensativo y Mafalda supuso que se arrepentía de sus dudas del día anterior. Aquello demostraba sobradamente hasta qué punto la influencia de Philipp podía facilitarle las cosas con las autoridades alemanas.

Una vez en el hotel, Di Vigliano se reunió con ellos en una sala donde les sirvieron el desayuno. Mafalda pidió un té con un par de galletas que se limitó a mordisquear mientras le relataba al conde todo lo sucedido en las últimas veinticuatro horas.

—¡No sabe cuánto me alegro, alteza! —exclamó este cuando hubo escuchado todo lo relativo a la llamada telefónica—. Por fin todo parece encauzarse. —Entonces, como si de pronto hubiera entendido la razón de aquella visita, preguntó—: ¿Desea que vaya con usted a la embajada?

—¡Oh, no! —respondió Mafalda—. ¡No es necesario! Ya cuento con la compañía del comisario Marchitto —dijo lanzando a este último una mirada de agradecimiento—. Solo quería contarle personalmente cómo estaban las cosas y proponerle que almorzáramos juntos en Villa Polissena. En cuanto mi esposo y yo hayamos decidido si los niños y yo debemos o no viajar a Alemania tendré algunos asuntos que resolver y me gustaría contar con su colaboración. Después de lo que hemos pasado juntos, le considero mi mano derecha.

Di Vigliano la miró con afecto y a Mafalda le pareció que tenía los ojos humedecidos.

—Entonces, ¿qué me dice? —preguntó con una sonrisa mientras se ponía en pie dispuesta a marcharse—. ¿Le parece bien a la una?

Media hora más tarde, Cerrutti dejó atrás la basílica de Santa María la Mayor y tomó dirección sur hacia Villa Wolkonsky, el palacete donde tenía su sede la embajada alemana. Mafalda conocía el camino casi de memoria. Había estado allí en infinidad de ocasiones, pero nunca por algo que la afectara de forma tan íntima. Se sentía como una joven prometida que esperaba ansiosa la llamada de su amado, solo que en su caso el contenido de la conversación sería mucho más trascendente que una simple y trivial charla entre enamorados. Estaba en juego la seguridad de su familia, lo que la obligaba a intentar mitigar su entusiasmo con una prudencia autoimpuesta.

Una vez pasada la plaza Vittorio Emanuele II, cuando según sus cálculos se encontraban a apenas un par de manzanas de su destino, el automóvil redujo de forma drástica la velocidad. Extrañada, Mafalda miró por la ventanilla y vio a un soldado que les indicaba que se detuvieran.

—Debe de tratarse de algún tipo de control de acceso —la tranquilizó Marchitto.

La imagen le había resultado algo inquietante, pero la afirmación del comisario parecía lógica. Teniendo en cuenta que Alemania ya no era aliada de Italia, sino una fuerza de ocupación, era normal que hubieran establecido un perímetro de seguridad para proteger la emabajada de posibles atentados.

En ese momento, un oficial de las SS abrió la puerta del copiloto e irrumpió en el interior dejándose caer con brusquedad sobre el asiento. Luego, extendiendo el brazo sobre el respaldo de Cerrutti, se volvió hacia ellos.

—¡Bajen inmediatamente del vehículo! —ordenó.

Mafalda, desconcertada y a la vez ofendida por aquel comportamiento insolente, abrió la boca para protestar, pero el comisario, con un sutil gesto de la mano, le pidió que le cediera la iniciativa.

Sin embargo, Marchitto no tuvo tiempo de quejarse por aquel trato vejatorio. Cuando estaba a punto de hacerlo, dos soldados de la Wehrmacht, vestidos con ropa de camuflaje y armados con metralletas, abrieron simultáneamente sendas puertas traseras.

—¿Es que no me han oído? —bramó el oficial en un tono todavía más agresivo—. ¡Fuera del vehículo!

Mafalda y Marchitto, perplejos y asustados por aquella situación inusitada, descendieron con cautela bajo la mirada amenazante de los dos esbirros, que se mantenían inmóviles con las piernas abiertas. Mientras lo hacían, oyeron al SS ordenar a Cerrutti que arrancara de nuevo y, en un abrir y cerrar de ojos, el vehículo se alejó a toda prisa, dejándolos en mitad de la calle.

—¡Andando! —vociferó uno de los soldados señalando hacia delante con la barbilla y agitando al mismo tiempo la metralleta—. ¡*Schnell*!

Mafalda sintió cómo el pánico se apoderaba de ella. Aquello no podía estar pasando. Debía de tratarse de un terrible malentendido. Tenía ganas de gritar, de llorar, de echar a correr pero al igual que Marchitto se limitó a acatar la orden. Necesitaba pensar, entender lo que estaba sucediendo. Pero entonces, mientras desfilaban por la acera pegados al muro que rodeaba los jardines de Villa Wolkonsky con los dos militares a sus espaldas, entendió que nada de aquello podía ser casual. Aquella sincronía de movimientos, de órdenes y de gestos obedecía a un objetivo muy concreto.

Y de súbito cayó en la cuenta. ¡Qué ingenua había sido!

—Nos han tendido una trampa —susurró entonces al comisario.

Marchitto se limitó a mirarla de reojo con expresión contenida y ambos continuaron su camino en silencio, escuchando el ruido siniestro de las botas militares golpeando contra el suelo.

Pasados un par de minutos llegaron al final de la calle, donde se encontraba la entrada principal. Una vez allí, sus captores les obligaron a detenerse y, sin mediar palabra, les indicaron que se situaran a poca distancia de la cancela, con la espalda contra el muro.

En aquel preciso instante Mafalda tuvo la certeza de que todo estaba perdido. No imaginaba qué pretendían los alemanes con aquello, no sabía por qué la habían engañado para hacer que fuera hasta allí, pero estaba claro que su vida y la de Marchitto corrían un serio peligro.

—Tenía usted razón —dijo entre dientes, sintiéndose culpable por no haber hecho caso a las advertencias del comisario.

—¡Silencio! —gritó el soldado que tenía justo delante.

Mafalda, indignada, apretó la mandíbula.

Una hilera de camiones repletos de soldados llegó desde una calle adyacente y se detuvo delante de ellos. Mafalda se quedó petrificada ante aquel despliegue repentino, pero entonces, inesperadamente, la cancela de la entrada se abrió de par en par y el convoy entró en la embajada sin que nadie se dignara siquiera a mirarlos. Luego oyeron una sucesión de órdenes, ruidos y rugidos de motor que provenían del jardín.

Poco después, las pesadas puertas de hierro volvieron a abrirse, en esta ocasión para permitir la salida de un elegante vehículo que debía de pertenecer a la flota de la embajada. Al contrario de lo que había sucedido anteriormente, las personas de su interior sí les prestaron atención; es más, detuvieron el automóvil justo delante de ellos y los ocupantes del asiento posterior se apearon y acercaron adonde se encontraban.

Se trataba un hombre y una mujer, ambos uniformados. Él, a juzgar por sus galones, era un oficial de alto rango, aunque Mafalda no habría sabido decirlo con exactitud; ella parecía una mera acompañante de menor categoría. En cualquier caso, ambos se mostraban igualmente llenos de rabia y rencor.

—Llega usted antes de lo previsto —dijo él con voz sibilina—. ¿Es siempre tan previsora?

Mafalda se quedó boquiabierta. ¿A qué venía aquello?

La mujer dio un paso adelante y la miró fijamente a los ojos.

—¿Y sus hijos? ¿Dónde están? —inquirió.

La pregunta impactó en el pecho de Mafalda con tal violencia que por un momento llegó a creer que el soldado que la tenía encañonada había apretado el gatillo.

—¿Mis hijos? Eso no es asunto suyo —le espetó casi sin pensar.

Había hablado desde el corazón, movida por el afán de proteger a su familia; no obstante, tan pronto como sus oídos escucharon la frase que acababa de salir de sus labios fue consciente de su imprudencia y un frío seco y doloroso se propagó a toda velocidad por su cuerpo hasta penetrar en sus huesos.

El oficial permaneció inmóvil, mirándola con la mandíbula tensa y los ojos cargados de odio.

—Responda a la pregunta.

Lo dijo pausadamente, sin levantar la voz. Pero no hizo falta.

Entonces, como si esa amenaza velada le hubiera infundido una valentía que ignoraba tener, Mafalda alzó la voz y dio rienda suelta a su rabia.

—No pienso hacerlo. —Su actitud era altiva, aunque en su fuero interno estaba aterrorizada—. ¿De veras creen que le voy a revelar a unos desconocidos dónde se encuentran mis hijos? Exijo hablar con el teniente coronel Kappler. Esto no va a quedar...

Antes de que pudiera acabar la frase, el oficial la agarró por el brazo y Mafalda sintió la presión insoportable de aquella mano tosca y despiadada, la mano de alguien que no teme hacer daño porque no conoce la compasión.

—¡Cállese! —gritó el hombre con una voz atronadora que la hizo estremecer.

A continuación, con un movimiento brusco, abrió una de las puertas traseras del automóvil y tiró de Mafalda para forzarla a entrar.

—Queda usted detenida en nombre del *Führer* por conspiración contra el Tercer Reich —sentenció.

Justo entonces Marchitto se adelantó y se colocó entre ella y el vehículo, pero antes de que se diera cuenta uno de los soldados armados tiró de él y lo arrastró sin miramientos hasta el otro lado del automóvil, donde lo introdujo a la fuerza en el asiento del copiloto. Mientras tanto, el oficial y la mujer obligaron a Mafalda a sentarse en la parte posterior y se situaron cada una a un lado.

Apenas inició la marcha, Mafalda fue consciente de que el arrojo con el que se había rebelado ante aquel ultraje la había abandonado por completo. Lo había consumido todo de golpe, en un par de frases estériles que lo único que habían conseguido era enfurecer aún más a sus captores. Se sentía como si la fiera que había fingido ser hubiera sido desenmascarada, dejando al descubierto a una mujer débil y desvalida que tan solo tenía ganas de romper a llorar. Pero no lo haría, no les daría el gusto de mostrar su debilidad.

—¿Se puede saber adónde vamos?

Se esforzó para que su voz sonara menos agresiva y al parecer lo consiguió, pues la mujer no tuvo inconveniente en responderle, aunque de mala gana.

—Al aeropuerto de Ciampino.

La respuesta la desconcertó. ¿Al aeropuerto? ¿Querría decir aquello que la trasladaban a Alemania?

El resto del trayecto permaneció callada, con los dedos clavados en el pequeño bolso de mano que reposaba en su regazo, luchando por no derrumbarse al tiempo que intentaba encontrar un sentido a todo aquello. No dejaba de darle vueltas a la frase del oficial. «Conspiración contra el Tercer Reich». Esa acusación no tenía ni pies ni cabeza. La única razón que le venía en mente por la que le imputaban algo tan grave era la que había insinuado el día anterior Marchitto, que Hitler quisiera vengarse de su padre atacando a cualquier miembro de su familia. Pero entonces, ¿dónde quedaba Philipp en todo esto? ¡Él también era miembro de la familia real! Desbordada por la imposibilidad de encontrar respuesta a todas sus preguntas, Mafalda buscó consuelo en lo único que le daba fuerzas para no desmoronarse: el hecho de que sus tres hijos menores estuvieran a salvo. Al menos el día anterior había tenido el buen juicio de dejarlos en el Vaticano. Si hubiera hecho caso de sus súplicas, y bien sabía Dios que había llegado a considerarlo, en aquel momento estarían corriendo la misma suerte que ella y Marchitto.

Tardaron algo más de media hora en llegar al aeropuerto y, una vez accedieron al interior, Mafalda se estremeció ante el espectáculo desolador que se presentaba ante sus ojos. El que había sido uno de los aeródromos más importantes de Italia no era más que un cúmulo de escombros y edificios derruidos. Era la consecuencia directa de los bombardeos aliados de los últimos meses y, al contemplarlo parcialmente a través del parabrisas, no pudo evitar pensar que aquellas ruinas eran el vivo reflejo de lo que había sucedido a su país.

El soldado que conducía el automóvil, tras esquivar como pudo los cascotes que se encontró en el camino y las grietas más profundas del asfalto, se detuvo frente a lo que unas semanas atrás había sido una edificación.

Mafalda y Marchitto fueron obligados a apearse y, apenas pusieron pie en el suelo, el oficial que los acompañaba se acercó a otro militar que parecía estar al mando de las operaciones de vuelo. Se encontraba a cierta distancia, aunque no la suficiente como para que Mafalda pudiera ver en la expresión de su cara que no tenía buenas noticias para el recién llegado. Después de un airado intercambio de opiniones, el oficial se acercó a un teléfono que colgaba de la pared de una casa destruida.

—¡Le he dicho que no! ¡Que aún no ha llegado! —le oyó vociferar Mafalda—. ¡Lo sé, lo sé! No hay otra opción. La montaremos en uno de los aparatos disponibles. Cuando llegue el junker enviaremos a su acompañante.

Al oír aquello, Mafalda, consciente de que Marchitto no había entendido nada de la conversación en alemán, le susurró:

—Comisario, haga lo posible por salvarse. —Este giró la cabeza y la miró con el rostro demudado—. Yo ya no tengo escapatoria, se me llevan ahora mismo, pero usted aún puede hacerlo. Si lo consigue —concluyó con un hilo de voz—, le ruego por lo que más quiera que piense en mis hijos.

Marchitto abrió la boca para contestar, pero era demasiado tarde. Para entonces, la mujer que los custodiaba había vuelto a introducir a Mafalda en el vehículo que, sin perder ni un segundo, partió en dirección a un aeroplano que esperaba en una de las pistas con los motores encendidos.

Minutos después, mientras el avión alzaba el vuelo alejándola de su amada Roma y separándola irremediablemente de sus hijos, un estruendo la sacó de forma repentina del dolor que la embargaba y de sus aciagos pensamientos.

Aterrada, miró por la ventanilla del aparato y divisó a lo lejos, a su misma altura, un escuadrón de aviones aliados. Entonces entendió el motivo de tanta precipitación, ¡estaban bombardeando el aeropuerto!

Capítulo 30

Weimar, Alemania
Octubre de 1943

Mafalda oyó el ruido de los neumáticos deteniéndose sobre la gravilla. Seguidamente el zumbido del motor se extinguió por completo y una mano le retiró la venda que le cubría los ojos. Antes de que consiguiera enfocar la mirada, la mujer sentada a su izquierda se apeó del vehículo y tiró de su brazo sin miramientos para obligarla a salir. Mafalda se dejó llevar. Ni siquiera se lamentó al sentir cómo aquel brusco movimiento ahondaba aún más en las heridas que le producían las esposas que le constreñían las muñecas. Se había acostumbrado. Desde su detención en Roma, hacía ya varias semanas, el menor desplazamiento se convertía en una sucesión de empujones, sacudidas y zarandeos, y no había tardado en darse cuenta de que cuanto más se rebelaba, cuanto mayores eran sus quejas, más agresivo se tornaba el trato de sus captores.

Una vez fuera del automóvil apretó los labios y echó la cabeza hacia atrás intentando distender el cuello. Tras varias horas aprisionada entre sus dos fornidas acompañantes tenía todos los músculos entumecidos y un dolor lacerante le recorría desde la nuca hasta el final de la columna vertebral. Entornó los ojos para protegerse de aquella luminosidad turbadora que inunda los cielos encapotados cuando el sol está en su punto más álgido y miró a su alrededor buscando entender dónde se encontraban. Por el olor a madera y a tierra mojada, imaginó que se hallaban cerca de una zona boscosa y, teniendo en cuenta el tiempo que había pasado encogida en el automóvil, a muchos kilómetros de Berlín. Aun así, necesitaba algún referente más para comprender qué tipo de lugar era aquel.

Lo primero que vieron sus ojos, a la derecha de la calzada sobre la que se había detenido el vehículo, fue una construcción rectangular de una sola planta. Era de color grisáceo, con el tejado casi plano y una fachada carente de cualquier tipo de ornamento. Debido a su tamaño, no especialmente grande, y a los dos soldados que hacían guardia en la puerta, pensó en algún tipo de acuartelamiento y, extrañada, buscó con la mirada otros elementos que le confirmaran sus sospechas. Lo que vio entonces, a unos cien metros de distancia, la sacó por completo de dudas. Se trataba de otra construcción tan anodina como la primera, aunque mucho mayor, situada al final del largo camino pavimentado sobre el que se encontraban. Pero el tamaño no era la principal diferencia, lo que realmente las distinguía era una especie de atalaya de madera que coronaba el edificio y cuyo fin era servir como puerta de entrada a un descomunal recinto delimitado por alambradas y torres de seguridad.

Aquella visión provocó que sus rodillas, que aún no se habían recuperado del largo viaje, perdieran de improviso la capacidad de mantenerla en pie. Por suerte, la mano firme de una de las mujeres que se encargaban de custodiarla evitó que cayera redonda al suelo.

—¡Vamos! —le espetó tirando de nuevo de ella hacia el edificio de su derecha—. ¡No tenemos todo el día!

Mafalda obedeció órdenes y, mientras rodeaba el vehículo en dirección a la puerta, se obligó a sí misma a contener las lágrimas al tiempo que se recriminaba, como en tantas otras ocasiones a lo largo de los últimos meses, haber sido tan ingenua. Había creído a pies juntillas lo que le habían dicho la noche anterior, en la casa de las afueras de Berlín donde había estado recluida desde su llegada a Alemania. La información, que ahora sabía falsa, se la había dado el teniente Becker, el oficial de las SS que había sido su principal carcelero. Después de días y días de ostracismo, cuando ya había perdido la esperanza de que le dijeran qué iban a hacer con ella, aquel hombre de una edad imprecisa y que alternaba de forma desquiciante las maneras agresivas con inesperados gestos compasivos, le había informado de que a la mañana siguiente la conducirían a una casa, similar a aquella en la que llevaba casi un mes, donde permanecería en arresto domiciliario. Aquella revelación, después de haber hecho todo tipo de conjeturas, de imaginarse sometida a una ejecución sumarísima o convertida en moneda de cambio en algún tipo de negociación, le había regalado un poco de paz a su mente exhausta.

Pero allí no había ninguna casa. Nada de lo que veía se asemejaba ni por lo más remoto a lo que Becker le había hecho creer. Aquello era un campo de prisioneros. A pesar de todo, Mafalda hizo un esfuerzo por no derrumbarse y se aferró a su última esperanza, a la frase que Becker había pronunciado al final del todo, en un tono distraído, como si careciera de importancia, pero que a ella le había devuelto las ganas de vivir: «Allí podrá reencontrarse con su marido».

Philipp. La posibilidad de verlo, de tocarlo, de oír su voz y oler su piel había hecho que el dolor insoportable que arrastraba desde que la habían separado de sus hijos se hiciera un poco más fácil de sobrellevar. Y la idea de poder permanecer a su lado, de compartir el confinamiento, aunque fuera en aquel lugar siniestro, era motivo suficiente para no desfallecer.

Sin embargo, había algo en aquella noticia inesperada que no le había producido ningún tipo de sorpresa. Más bien al contrario, le había confirmado uno de sus principales temores. Desde el mismo día en que habían comenzado los interrogatorios Mafalda había deducido que Philipp también había sido capturado y que se encontraba en una situación similar a la suya, si no peor. Habían bastado unas pocas preguntas en aquel frío cubículo en el sótano de la casa para comprender que los hechos que le imputaban eran también atribuibles a él: las acusaciones de traición al Reich, las preguntas sobre sus conversaciones por teléfono, sobre la detención de Mussolini o sobre su supuesto conocimiento del armisticio semanas antes de que se produjera.

Imaginar que él estaba pasando por una situación similar, aunque con toda probabilidad bastante más dura, le había dado fuerzas para resistir. Mafalda había tolerado sin protestar que la despertaran en mitad de la noche para acribillarla con las mismas preguntas que le habían formulado horas antes, que tardaran una eternidad en atender sus súplicas cuando lo único que había pedido era un poco de agua o que le restringieran el acceso al excusado cuando más lo necesitaba. Había aguantado insultos hacia su persona, hacia su padre y hacia todos los italianos. Y todo ello sin protestar. Tan solo se había desmoronado en una ocasión. Fue tras la bofetada que le propinó uno de los muchos miembros de la Gestapo que pasaron por aquel siniestro habitáculo después de acosarla durante horas con las mismas preguntas acerca de lo que ellos denominaban «el complot». De aquello hacía más de quince días, pero todavía era capaz de sentir el ardor en la mejilla y la magulladura de la cadera a consecuencia del golpe que se había dado al caer de la silla.

Cuando estaba a punto de entrar en el edificio escoltada por sus guardianas, Mafalda oyó un ruido distante, una especie de golpeteo amortiguado que recordaba al que haría una manada de animales atravesando un prado. Dejándose llevar por la curiosidad, volvió la cabeza hacia el lugar del que provenía.

A lo lejos se movía una masa informe, gris como la densa capa de niebla que no acababa de levantarse. Se desplazaba muy poco a poco y Mafalda tardó unos segundos en entender de qué se trataba.

Rodeados por un puñado de soldados que los azuzaban como si, efectivamente, se tratara de un rebaño de ovejas, caminaba un grupo de unos cincuenta hombres cargados de picos y palas. Avanzaban en formación de tres en tres, la mayoría con la cabeza gacha, e iban vestidos con una especie de sayo de rayas de un tono gris azulado y un gorro del mismo material.

—¡Muévase! —le gritó la mujer que sujetaba la puerta de entrada.

Mafalda salió de golpe de su ensimismamiento y se vio forzada a cruzar el umbral y a apartar la vista de aquella imagen turbadora.

Apenas puso un pie en el interior la hicieron detenerse frente a un escritorio junto a la puerta desde donde las observaba una joven vestida de paisano. Llevaba el pelo recogido en un moño y unas gafas diminutas apoyadas sobre una nariz pequeña y respingona.

—¿Nombre? —preguntó en alemán con expresión de fastidio al tiempo que abría lo que parecía un libro de registro.

—Mafalda von Hessen —repuso la más alta de sus acompañantes.

—Estupendo. —A Mafalda le desconcertó aquella palabra tan inapropiada, tan fuera de lugar en una situación como aquella, y se quedó callada, observando aturdida cómo aquella mujer indolente, con la desgana de quien ha realizado una tarea miles de veces, añadía su nombre a una columna que ocupaba casi toda la página. Luego la funcionaria dejó la pluma sobre la mesa y añadió—: El *Oberführer* Pister les espera en su despacho.

La mujer de su derecha la agarró de nuevo por el brazo, la condujo hasta una puerta situada al fondo de aquel pequeño vestíbulo y llamó con los nudillos.

—*Reinkommen!* —gritó una voz ronca desde el otro lado.

La guardiana apoyó la mano sobre el picaporte y abrió con una delicadeza que no casaba con las rudas maneras que había demostrado hasta ese momento. Una vez en el interior, dejó a Mafalda de pie en medio de la habitación, de nuevo ante una mesa, aunque estaba vez mucho más amplia y con un aspecto más señorial. Al otro lado, sentando sobre una butaca, con la espalda ligeramente inclinada hacia atrás, las piernas extendidas y las botas apoyadas sobre una de las esquinas del escritorio, había un hombre de unos sesenta años. Un coronel de las SS.

La mujer abandonó la estancia, no sin antes saludar con el brazo extendido y gritar el consabido *«Heil Hitler»*.

Al ver a Mafalda, el que debía de ser el comandante del campo de reclusión se levantó de su silla y se le acercó con una sonrisa sardónica y las manos a la espalda.

—¡Vaya, vaya! —dijo mientras comenzaba a deambular a su alrededor con expresión taimada—. ¡Mire a quién tenemos aquí! ¡La mayor traidora del reino! ¡Su alteza real, la princesa intrigante!

Mafalda se mantuvo inmóvil, con la mirada al frente y los brazos pegados al cuerpo, rezando para que no la obligara a escuchar otra vez la lista de calumnias que le atribuían. No estaba segura de poder soportarlo.

Entonces su mirada se detuvo en la gorra del uniforme de Pister. Descansaba sobre la mesa, junto a una máquina de escribir, y por un segundo tuvo la sensación de que la insignia de la calavera que lucía en su parte delantera la estaba mirando fijamente con gesto burlón.

—Pues sepa —continuó el tal Pister—, que aquí no nos gustan nada las princesas. —El talante socarrón había dado paso a una actitud de absoluto desprecio—. Y menos aún las que conspiran contra su patria de adopción.

El rostro de aquel hombre repugnante estaba cada vez más cerca del de Mafalda y el hedor que despedía su aliento hizo que a esta se le encogiera el estómago.

—A partir de ahora —prosiguió el tipo sin apartarse ni un milímetro—, se acabó lo de princesa de Saboya. Desde este momento la llamaremos *Frau* von Weber.

A pesar de la sorpresa que le había producido aquella inesperada revelación, Mafalda intentó mantenerse impasible, pero algo que percibió en su mirada pareció irritar aún más al comandante.

—¿Qué pasa? ¿No es de su agrado? —bramó el militar.

Aquel grito inesperado, tan cerca de su oído izquierdo, le hizo bajar la cabeza en actitud sumisa, un gesto que al parecer apaciguó los ánimos de aquel animal.

—Así me gusta.

Entonces, alzando el dedo índice con gesto amenazante, añadió:

—Y no se le ocurra revelar a nadie su verdadera identidad. ¿Entendido?

Mafalda asintió con la cabeza y apretó los puños hasta sentir que las uñas se le clavaban en la fina piel de las palmas de las manos. Le hubiera gustado morderse los nudillos para contener la rabia, pero debía mantenerse impávida. No le daría la satisfacción a aquel individuo de ver el efecto que le producían sus palabras.

—¡Y cuando digo a nadie es a nadie! —vociferó el nazi llenándole la cara de pequeñas gotas de saliva.

Inesperadamente, cuando Mafalda empezaba a pensar que no iba a resistir mucho más sin responder a aquel escarnio, Pister relajó su actitud y regresó a su silla. Una vez allí, levantó el teléfono que tenía a su derecha.

—Envíeme a dos hombres —dijo con un tono menos agrio del que había utilizado antes, aunque igual de implacable—. Necesito que se lleven a una prisionera.

Aquella palabra la golpeó de lleno. Prisionera. Eso era en lo que se había convertido. Una prisionera a la que ni siquiera se le permitía conservar su nombre. Aun así, a pesar del abatimiento y de la humillación, todavía había algo que conseguía evitar que se derrumbara, y fue consciente de que si no se armaba de valor perdería la oportunidad de preguntar por lo que tanto ansiaba, por lo que había estado rondándole la cabeza desde la noche anterior.

—¿Y mi esposo? —inquirió con la voz tomada por la rabia y el desprecio que le infundía aquel depravado.

—¿Su esposo? —bufó el coronel.

—Sí —respondió ella temblando—. En Berlín me dijeron que me reuniría con él.

Pister se llevó una mano a la barbilla y se acarició la mandíbula con una expresión entre divertida y extrañada. Pasados unos segundos, estalló en una sonora carcajada.

—¡Esta sí que es buena! —exclamó golpeando la mesa con la palma de la mano como si aquello fuera lo más desternillante que había oído en mucho tiempo—. ¡Tendré que acordarme de felicitar a mis colegas de la capital! ¡Reconozco que tienen un gran sentido del humor!

La sacaron del edificio casi a rastras y comenzaron de nuevo los zarandeos y empujones para indicarle hacia dónde debía caminar. Al contrario de lo que había supuesto Mafalda, los miembros de las SS que la acompañaban no dirigieron sus pasos hacia el recinto cercado que había visto anteriormente, sino que la obligaron a echar a andar hacia la parte opuesta del camino asfaltado.

Ella obedeció, no por la rudeza de los soldados o lo estéril que hubiera resultado rebelarse, ni tan siquiera porque uno de ellos apuntase a su espalda con un rifle. Aquella amenaza ya no producía ningún efecto sobre ella. Las risas del comandante habían logrado que la rabia y el miedo que había sentido anteriormente se desvanecieran. Y con ellos su voluntad. Ya no había nada por lo que mereciera la pena seguir adelante, ningún objetivo, ningún propósito, y lo único que le quedaba era dejar que fuesen otros los que dirigieran sus pasos.

Después de recorrer un buen trecho, un golpe en el hombro con el cañón del arma le indicó que debía tomar un sendero situado a la derecha. Este conducía hacia una zona donde se erigían más edificios, algo más grandes y complejos que el primero, alrededor de los cuales pululaban numerosos miembros de las SS. Aquello no tenía ni mucho menos el aspecto de un campo de prisioneros, sino más bien el de un pequeño pueblo residencial, con viviendas de diferentes tamaños. Mafalda imaginó que debía de ser allí donde alojaban al personal del campo y, a pesar de que había tratado infinidad de veces con miembros del cuerpo de seguridad de Hitler, entre otros con su cuñado Christoph, verse tan cerca de todos aquellos hombres vestidos de negro y armados hasta los dientes hizo que diera un traspié. Por suerte, al salir del despacho de Pister le habían quitado las esposas, de modo que pudo amortiguar la caída con las manos.

—¡Mujer estúpida! —gruñó uno de los bravucones que la escoltaban al verla de bruces en el suelo.

Mafalda oyó unas risas roncas y crueles y se levantó lo más rápido que pudo.

—¡Déjate de remilgos y muévete! —bramó el que sujetaba el rifle al ver que ella se sacudía la tierra de la falda.

Derrotada, acató la orden y siguió caminando. Pero no fue fácil. La caída había mermado considerablemente sus fuerzas. Estaba agotada, deshecha, y cada paso suponía un tormento debido a una intensa quemazón en la rodilla izquierda.

Por suerte, unos minutos después de dejar atrás al grupo de SS que se había mofado de su desgracia llegaron a una zona algo más despejada y rodeada de hayas.

—*Halt!* —le gritaron para que se detuviera.

Delante de ellos, en mitad de un claro, se elevaba un muro de ladrillo. Mediría más de tres metros y la parte superior estaba rematada por alambre de espino. Al ver aquello, Mafalda supo de inmediato que había llegado a su destino.

—¡Aparta! —le gritó el SS que la había insultado poco antes.

Mafalda se echó a un lado y vio cómo se dirigía al que parecía el único acceso al interior de aquel recinto cerrado, una puerta de hierro macizo. Luego el tipo introdujo una llave en la cerradura y la obligó a entrar.

Al otro lado de la tapia había un barracón de madera, también de forma rectangular, similar al resto de construcciones que había visto antes, aunque de apariencia más precaria. Ocupaba casi todo el espacio delimitado por el muro, a excepción de un pedazo de tierra que de no haber sido porque carecía de cualquier rastro de vegetación podría haberse considerado un pequeño jardín. Era un lugar inquietante, pero lo que más estremeció a Mafalda estaba junto a la puerta de madera que daba acceso a la construcción. Delante de ella, con expresión de desconcierto, había una pareja de avanzada edad. Él, un hombre alto y enjuto con porte señorial, estaba situado detrás de la que debía de ser su esposa; ella se agarraba con afecto a la mano ancha y huesuda que reposaba sobre su hombro.

Mafalda se quedó mirándolos, intentando dilucidar si se trataba de algo real o de una ensoñación fruto del agotamiento, pero antes de que lograra llegar a una conclusión el SS la metió a la fuerza en la cabaña de madera. Lo último que vieron sus ojos antes de que las fuerzas le fallaran por completo fue una estancia oscura y fría y un catre de madera sobre el que su cuerpo cayó desplomado a consecuencia de un brusco empujón.

Capítulo 31

Campo de concentración de Buchenwald
Noviembre de 1943

—**P**or lo que más quiera. Coma algo.

Mafalda entreabrió la boca con desgana y dejó que la mujer sentada en el borde del camastro le introdujera la cuchara en la boca. Tan pronto como su paladar entró en contacto con aquel líquido insípido, una fuerte arcada le subió por la garganta. Pero esta vez, a diferencia de lo que había sucedido con los anteriores intentos, la consiguió dominar.

—Así me gusta. Y ahora, un poco de patata —añadió en alemán la mujer que había pasado la noche junto a Mafalda, antes de deslizar la cuchara por el maltrecho cuenco de metal y pescar uno de los escasos alimentos sólidos que flotaban en el caldo.

Poco a poco, el rechazo a la comida que se había instalado en el cuerpo de la princesa se fue volviendo menos violento hasta que, finalmente, sintió que su estómago volvía a experimentar una cierta sensación de saciedad.

Pasado un rato, la puerta de la habitación se abrió y asomó otra mujer bastante mayor que la primera.

—¿Qué tal, María? —preguntó aproximándose a ellas.

Mafalda se quedó mirando a la recién llegada. Era la mujer que había intentado consolarla a su llegada, cuando se había abandonado a un llanto incontrolable que había creído que nunca cesaría. Y la misma que había visto fuera del barracón cuando la habían llevado hasta allí.

—Mucho mejor —respondió la aludida mostrándole el cuenco que sujetaba entre las manos—. Se ha comido más de la mitad.

Luego lo dejó sobre la mesita de madera y ayudó a Mafalda a erguirse ligeramente, aunque sin terminar de levantarla del todo, para que bebiese un poco de agua del vaso que le acercaba a los labios.

—¡Cuánto me alegro! —exclamó la recién llegada desde los pies de la cama—. Ya era hora.

En ese instante la mujer que respondía al nombre de María se levantó y Mafalda notó que llevaba puesto un ajado vestido recto de rayas verticales con un número y lo que parecía un distintivo en forma de triángulo morado en la pechera. Entonces recordó a los hombres cargados de picos y palas que había visto a su llegada y se preguntó cuánto tiempo habría pasado desde aquello.

—Será mejor que me lleve todo esto —dijo María tomando el plato con los restos de comida. Luego desapareció por un vano en la pared situado a poca distancia de la cabecera de su cama.

—Nos tenía muy preocupados —dijo la mujer mayor agarrando una silla desvencijada y tomando asiento junto a Mafalda—. Muchos internos entran en estado de *shock* en cuanto llegan, pero tres días son demasiados. Nos temíamos que se tratara de un síndrome catatónico.

Mafalda no dijo nada porque tampoco sentía que tuviera nada que decir. Era como si se encontrara en un plano diferente respecto a lo que sucedía delante de sus ojos, como si fuese la espectadora de una obra de teatro a la que hubieran asignado una butaca en primera fila.

—Al final, después de quejarnos repetidas veces, decidieron enviarnos a María —le explicó la mujer. Hablaba lentamente, con un tono de voz afable, como si se dirigiera a un niño de corta edad—. Vino del otro lado, del campo grande, donde tienen a los presos comunes. La trajeron para que se encargara de sus cuidados, y tengo que reconocer que fue un acierto. No se ha separado de su lado desde ayer.

La mujer hizo una pausa y esbozando una sonrisa añadió:

—Por cierto, yo soy Tony, Tony Breitscheid. Mi marido Rudolph y yo llevamos aquí algo más de un mes, aunque antes estuvimos un año y medio en otro campo, cerca de Berlín. Y usted es *Frau* Weber, ¿verdad?

Mafalda se llevó la mano derecha a la boca. El recuerdo del comandante del campo susurrándole aquel nombre al oído había hecho que le volvieran las arcadas.

—Tranquila —la calmó la señora Breitscheid dándole unas palmaditas sobre la mano izquierda, que todavía yacía lánguida sobre el jergón—. No hace falta que diga nada. Lo importante es que se recupere cuanto antes. Y María y yo nos encargaremos de que así sea.

Durante los días siguientes, María y la señora Breitscheid se convirtieron en una presencia constante en la vida de Mafalda, prestándole todo tipo de cuidados y atenciones para que saliera definitivamente del pozo en el que había estado sumida. María, reservada y paciente, se ocupaba de alimentarla, vestirla y asearla con el espíritu de abnegación de una enfermera, y la señora Breitscheid ponía todo su empeño en distraer su mente y acercarse a su alma, entreteniéndola con una locuacidad innata que no requería de preguntas.

Toda aquella dedicación fue surtiendo efecto. Una semana más tarde, Mafalda comenzó a levantarse de la cama cada vez más a menudo para desplazarse por la habitación e incluso, en contadas ocasiones, deambular por el resto del barracón. Los paseos le permitieron descubrir que, más allá de la lóbrega estancia en la que había pasado sus días y del rudimentario retrete que utilizaba para sus necesidades básicas, existían hasta siete dependencias más, incluida una cocina, todas igual de sórdidas que la suya, y distribuidas a ambos lados de un pasillo central. Aquello le hizo suponer que el lugar estaba pensado para más gente y a su vez explicaba el hecho de que tan solo hubiera visto al señor Breitscheid en un par de ocasiones. Su esposa le había comentado que tenía problemas de salud y el hecho de tener estancias separadas le permitía vivir con la privacidad que necesitaba un hombre que convivía con tres mujeres y que, para más inri, estaba enfermo.

Mientras mejoraba su capacidad para llevar a cabo pequeños esfuerzos físicos, Mafalda empezó también a traspasar, de vez en cuando, aquella barrera invisible que la había mantenido encerrada en sí misma, y poco a poco sus crisis de llanto y sus prolongados silencios se fueron espaciando cada vez más. Esta mejora en su estado le permitió conversar con la señora Breitscheid durante intervalos de tiempo cada vez más largos. Para no levantar sospechas, eludía en todo momento hablar de su vida anterior y se limitó a decir que en lugar de señora Weber prefería que la llamaran Muti.

La señora Breitscheid, en cambio, no mostraba ningún reparo en hablar de sí misma. Gracias a ello Mafalda supo que aquella mujer, vestida prácticamente con harapos, había sido jurista, que tenía un hijo de una edad cercana a la de Mafalda que vivía en Dinamarca y que su esposo había sido portavoz del partido socialdemócrata alemán y miembro de la Liga de las Naciones.

—Después del incendio del Reichstag y de que los nazis empezaran a detener a sus principales opositores, mi marido y yo huimos a Francia —le contó una tarde en la que parecía especialmente melancólica—. No fue una decisión fácil. Tanto Rudolf como otros miembros del partido sopesaron quedarse. Les preocupaba dejar al país sin nadie que plantase cara a semejantes energúmenos, pero cuando se sacaron de la manga una ley que permitía a Hitler hacer y deshacer a su antojo sin contar con el Parlamento, con todo el dolor de nuestro corazón resolvimos que había llegado el momento de abandonar.

Estaban sentadas cada una a lado y lado de una mesa y Mafalda esperó a que la señora Breitscheid bebiera un poco de agua de un vaso que reposaba entre las dos.

—Al final se demostró que habíamos hecho lo correcto —continuó la mujer tras una pausa—. Unos meses después el partido socialdemócrata fue ilegalizado. Alegaron que éramos enemigos del Estado alemán y a Rudolf, junto a otros políticos, abogados y periodistas, le retiraron la nacionalidad.

Mafalda, que escuchaba en silencio, echó la vista atrás. La época a la que se refería la señora Breitscheid coincidía con sus primeros meses en Alemania, después de que nombraran a Philipp gobernador de Kassel. ¿Cómo era posible que no supiera nada de todo aquello? Sí, sabía de lo injusto de las leyes raciales, de lo cruel de muchas medidas que el gobierno alemán había tomado. Y por supuesto que había oído hablar del incendio del Parlamento. También sabía que se había juzgado a numerosos miembros del partido comunista por haberlo provocado, pero lo que le contaba la señora Breitscheid le parecía inaudito. Entonces recordó horrorizada lo que había oído decir a su padre en una ocasión: que aquel incendio había sido un ardid de Hitler para deshacerse de sus adversarios.

—Nos instalamos en París —prosiguió Tony Breitscheid—, donde creamos un comité para seguir luchando contra los nazis desde el exilio, pero con la guerra y la ocupación de Francia nos tuvimos que trasladar a Marsella. Allí el gobierno de Vichy detuvo a Rudolph y lo entregó a los nazis, y estos lo enviaron de vuelta a Berlín. —En ese momento tragó saliva y añadió con pesar—: Durante aquellos años nunca perdimos la esperanza de regresar a nuestro país, aunque no imaginábamos que sería de este modo.

Conmovida, Mafalda alargó el brazo y le acarició una mano huesuda con la piel apergaminada y llena de manchas. Era la primera vez que veía a *Frau* Breitscheid tan apenada.

—Después de aquello mi marido pasó diez meses en una cárcel y al final lo enviaron al campo de Sachsenhausen. Contra mí no presentaron cargos, pero pedí que me recluyeran con él. No pusieron ningún inconveniente, al contrario. Y suerte que lo hice, pues estando allí Rudolph sufrió un derrame cerebral y estuvo a punto de morir. Si hubiera estado solo no sé si lo habría superado. Y yo no me lo habría perdonado jamás.

Aquella confesión caló muy hondo en el ánimo de Mafalda. Desde su detención en Roma, el dolor y la desesperación habían hecho que se sintiera la persona más desdichada del mundo, como si nadie hubiese sufrido un tormento como el que los nazis le habían infligido, y de pronto descubría que allí mismo, delante de ella, había otra víctima de la misma maldad, del mismo tipo de crueldad injustificada. Y lo que más le conmovió fue pensar que durante días aquella mujer había dejado a un lado su propia desgracia para ayudarla a ella a sobreponerse.

No obstante, a pesar de la estima y la gratitud que sentía hacia la señora Breitscheid, había algo que en el fondo de su corazón le suscitaba un sentimiento de envidia, un resquemor que en ningún caso se le podía imputar a su compañera de barracón, pero que no por ello era menos doloroso: el hecho de que pudiera estar junto a su marido. Ella ni siquiera sabía dónde se encontraba Philipp, y en los momentos más sombríos incluso se preguntaba si seguiría con vida.

—Aun así —dijo entonces la señora Breitscheid agitando la mano en el aire como si intentara apartar los infaustos recuerdos que se habían apoderado de su mente—, no podemos quejarnos. Al fin y al cabo, somos unos privilegiados.

Mafalda la miró con expresión de sorpresa.

—Sí, querida —prosiguió la señora Breitscheid. Sin dejar de hablar, se puso en pie y se acercó renqueante a la estufa de hierro para meter un poco más de leña—. No sé la razón por la que está usted aquí, y no tiene que contármela si no quiere, pero sí sé que las personas de este barracón, al igual que los internos de otro recinto situado muy cerca de aquí, somos «presos especiales». Es como nos llaman a los que de alguna forma gozábamos de cierto renombre en nuestra vida anterior; por eso somos tratados con cierta deferencia. El resto de reclusos están al otro lado, en un campo mucho mayor. Hay miles de ellos y viven en condiciones mucho peores.

Mafalda, recordó entonces la construcción que había visto a lo lejos el día de su llegada y a los hombres vestidos con la misma ropa que María y, aunque en sus conversaciones con la señora Breitscheid procuraba no hacer demasiadas preguntas, necesitaba saber más.

—¿Qué quiere decir con «condiciones mucho peores»?

—Para empezar —dijo la mujer sentándose de nuevo frente a ella—, viven hacinados en enormes barracones en los que no disponen de ninguna intimidad y les obligan a trabajar de sol a sol, la mayoría en una fábrica de armas que está aquí al lado, aunque también en la ciudad. Y su comida no es como la nuestra. Por muy mala que nos pueda parecer, a nosotros nos traen lo mismo que se sirve en el comedor de la SS, a pesar de que las cantidades no sean muy generosas. Ellos, en cambio, no tienen la misma suerte. Hay gente que muere de inanición, otros por fatiga y muchos por el tifus. Puede preguntarle a María. Como ya le dije, ella viene de allí.

Por primera vez Mafalda entendió a qué se debía aquella actitud sumisa, casi servil, de la mujer que se ocupaba de sus cuidados.

—¿Y se puede saber qué hizo María para que la internaran? —preguntó entonces con cautela, sintiéndose culpable por violar de algún modo su intimidad.

La señora Breitscheid se quedó mirándola con gesto de extrañeza.

—¡Ah, claro! ¡Usted no lo sabe! —exclamó por fin—. María está aquí por ser testigo de Jehová.

Mafalda se quedó boquiabierta.

—A mí no me lo ha dicho —explicó la señora Breitscheid al ver su expresión de asombro—, aunque basta fijarse en el distintivo que lleva en la manga del uniforme. Esa es otra de las cosas que nos diferencia de los prisioneros del otro campo. A nosotros se nos permite vestir con nuestra propia ropa, o con los trapos usados que de vez en cuando nos traen, pero a ellos les obligan a llevar el mismo uniforme de rayas que viste María. Y todos, sin excepción, lucen una marca en el brazo en forma de triángulo cuyo color indica el motivo de su reclusión.

Mafalda sabía muy poco sobre los testigos de Jehová, tan solo que sus creencias eran similares a las de los cristianos, pero la idea de que la pobre María pudiera estar allí solo por sus creencias religiosas la sobrecogió. Y de repente pensó en el señor Posner, el sastre judío que había conocido en Kassel. Había cerrado su negocio de un día para otro y Mafalda quiso pensar que se había decidido a emigrar. Era algo bastante común por aquel entonces, las leyes raciales habían empujado a muchos de ellos a hacerlo. Sin embargo, la desaparición repentina del encantador anciano la había dejado algo tocada.

—Entonces —dijo con voz temblorosa, sabedora de cuál sería la respuesta—, imagino que también habrá judíos.

—Por supuesto. Hay muchos judíos. Muchísimos. Pero están recluidos en una zona especial, apartados de los demás reclusos. El resto son comunistas, socialistas, gitanos, homosexuales... todos aquellos considerados «enemigos de Alemania». Son miles. O mejor dicho, decenas de miles. Y los tratan como a animales. Lo he visto con mis propios ojos. Al poco de llegar, mi marido tuvo uno de sus terribles dolores de cabeza y lo trasladaron a la enfermería, justo en el extremo opuesto del otro campo. Aunque ya teníamos conocimiento de muchas de las cosas que estaban sucediendo. Es igual que en el campo de Sachsenhausen. Al final, todos funcionan de manera similar. Solo que este es mucho más grande.

Se instaló entre ellas un silencio grave y amargo que se prolongó durante unos minutos.

—Bueno —dijo finalmente la señora Breitscheid apoyando las manos sobre la mesa para ponerse en pie—. Ahora tengo que dejarla. Se ha hecho un poco tarde y Rudolf estará preguntándose por qué no he vuelto todavía.

Mafalda se despidió de ella y, mientras observaba cómo abandonaba la estancia, tuvo la sensación de que durante la conversación Tony Breitscheid había envejecido varios años de golpe.

Aquella noche Mafalda tardó en conciliar el sueño. Era algo que le sucedía con frecuencia, pero por primera vez desde su llegada la causa de su incapacidad para quedarse dormida no era su propio dolor. El relato de la señora Breitscheid la había dejado doblemente abatida. Por un lado no conseguía borrar de su cabeza lo que le había contado sobre el otro campo y sobre el trato que recibían el resto de internos, y por otro le atormentaba saber que aquello no había surgido de un día para otro. Se había ido gestando durante años, lentamente, con engaños y argucias, mucho antes de que empezara la guerra.

Turbada, se quedó mirando por la ventana y, mientras fijaba la vista en el muro de ladrillos que se alzaba a menos de medio metro del cristal, su mente evocó algunos episodios de su vida en Alemania que creía haber olvidado, sucesos que habían estado guardados en algún lugar recóndito de su memoria y que de pronto irrumpían de golpe, como si alguien abriera una puerta en un día ventoso. Recordó aquella vez en que Enrico había estado llorando porque el maestro le había reprochado su falta de entusiasmo al realizar el saludo nazi, o cuando, volviendo a casa, había visto a un grupo de muchachos con sus camisas pardas increpar a una señora porque salía de la clínica de un médico judío. Y por supuesto, al señor Posner.

Los ojos se le llenaron de lágrimas. ¡Ojalá hubiera visto la semilla que se escondía bajo el gesto autoritario de aquel maestro insensible, el odio injustificado tras la actitud de menosprecio de aquellos adolescentes, la verdad más allá de la desaparición del anciano judío!

Pero no, no había sido capaz de verlo. Ni ella, ni nadie. O quizá es que no habían querido verlo. Porque era mejor no buscarse problemas. Porque era más cómodo cerrar los ojos. Cada cual tendría sus motivos. Lo cierto era que Hitler había despertado el rechazo de muchos; algunos, como ella o como su padre, habían desconfiado de él desde el principio, otros lo habían desdeñado considerándolo simplemente un payaso fanfarrón y unos cuantos habían pensado que era un gobernante nefasto para Alemania y para Europa, pero todos ellos habían coincidido en que no duraría mucho en el poder. Ninguno, ni siquiera los que más lo detestaban, se habían atrevido a vaticinar que aquel hombre excéntrico y jactancioso habría podido conducirlos a una situación como la que se estaba viviendo. Pero entonces Mafalda tuvo dudas. ¿Y si estaba equivocada? Era imposible que nadie se hubiera dado cuenta. Estaba segura de que muchos tenían que haber intuido que aquel hombre no traería más que desgracias. Pero evidentemente no habían querido alzar la voz. Quizá por temor a las represalias o a que los tomaran por locos. Pero lo más terrible, lo que más inquietud le causó, fue pensar que muchos habían callado porque, simplemente, estaban de acuerdo.

Pasado un rato, Mafalda se quedó dormida mientras rezaba por el bienestar de Philipp y de sus hijos. Sin embargo, ni sus plegarias ni el hecho de encomendarse a Dios impidieron que la sangre y la destrucción, las ruinas y los cadáveres de los que habían muerto y los que estaban por morir se abrieran paso a través de su mente y se apropiaran de sus sueños.

Capítulo 32

Buchenwald, Alemania
Diciembre de 1943

Cuando oyó los golpes en la puerta Mafalda estaba sentada delante de la estufa, dando sorbos a un tazón de agua con unas hojas de manzanilla que habían calentado con el calor de las brasas. Tenía los pies apoyados en el travesaño de la silla y el cuerpo hecho un ovillo.

—¡Adelante! —exclamó sin moverse de su sitio.

María, que había salido minutos antes para ver si podía quitar los carámbanos que se habían formado en los canalones del tejado y rascar la escarcha que cubría los cristales, entró frotándose las manos y calentándolas con el vaho que salía de su boca.

—*Frau* Weber —dijo al cruzar el umbral—, tiene usted visita.

El tono de sus palabras, demasiado solemne para que se estuviera refiriendo a la señora Breitscheid, hizo que Mafalda dejara el tazón sobre la estufa y se pusiera en pie.

—¿Visita? —preguntó preocupada, arrebujándose con la toquilla de lana que le cubría los hombros.

—Sí, señora —respondió sin más explicaciones.

Mafalda la escrutó con gesto interrogante, temerosa de que se tratara de una de las inspecciones a que las tenía acostumbradas *Frau* Gunnard, la detestable guardiana de la SS. Solía realizarlas de forma intempestiva y no estaban motivadas por otra cosa que por el deseo de humillar y mortificar regularmente a los habitantes del barracón. No obstante, la expresión sosegada de María mientras se hacía a un lado para dejar libre el hueco de la puerta hizo que descartara aquella posibilidad.

—Pase, por favor.

Al ver aparecer a la persona a la que María dirigía su invitación, Mafalda se quedó desconcertada. No entendía a qué se debía la presencia de aquel hombre de mediana edad, de ojos grandes y sonrisa plácida, vestido con el uniforme de rayas que caracterizaba a los presos comunes.

—Que la paz del Señor sea con usted —dijo el recién llegado al tiempo que se quitaba un gorro de lana gris que dejaba al descubierto una cabeza totalmente rapada y una mirada limpia y apacible.

En ese momento Mafalda creyó entender quién era aquel desconocido que la visitaba de forma inesperada y se llevó ambas manos a la boca, entre sorprendida y abrumada.

—¡Oh Dios mío! —exclamó—. ¿Es usted el padre Tyl?

La sonrisa de la persona que tenía delante, que debía de rondar los treinta años, se tornó aún más amplia y afable. Aquello confirmó las sospechas de Mafalda, que, emocionada, se acercó a él y le agarró las manos.

—Pero... ¿cómo es posible? —preguntó incrédula.

—Ya le dije que este hombre era capaz de cualquier cosa —intervino María sin ocultar la satisfacción que le producía aquella visita.

Mafalda, sin soltarle las manos, lo miró de arriba abajo. Gracias a María sabía de la existencia de un sacerdote católico de origen checo en el campo, pero jamás se le había pasado por la cabeza que pudiera visitarla.

—Bueno —dijo él—, a quien realmente tiene que agradecérselo es a María. Fue ella la que me hizo llegar la noticia de que en esta parte del campo había una persona necesitada de aliento.

Mafalda, ofuscada, lo invitó a sentarse junto a la estufa. Se sentía alborozada a la vez que cohibida. En más de una ocasión había compartido con María la importancia que tenía para ambas su fe, pero nunca creyó que su discreta acompañante haría algo así por ella. Y de pronto, después de haber deseado con todas sus fuerzas poder hablar con un hombre de Dios, no sabía por dónde empezar. Al final le ofreció lo único que tenía, un poco de aquella infusión que de vez en cuando se preparaba para entrar en calor.

El sacerdote aceptó de buen grado y, tras dejar el gorro de lana sobre la cama, agarró una de las dos sillas que estaban junto a la mesa desvencijada que presidía la habitación y la llevó junto a la estufa. María, haciendo gala una vez más de su prudencia, anunció que tenía cosas que hacer en la cocina y se marchó.

—No sabe cuánto le agradezco su visita, padre —empezó a decir Mafalda con los ojos llenos de lágrimas—. Espero que no le vaya a causar problemas.

—No se preocupe, querida —la tranquilizó el religioso—. Por fortuna, gozo de cierta libertad de movimientos. Pister me permite desplazarme por el campo sin apenas restricciones siempre y cuando no entorpezca la acción de sus hombres. Y los *kapos,* que me conocen y saben que mi única función es confortar a la gente y ofrecer consuelo a los enfermos, hacen la vista gorda. Algunos, sobre todo los menos rectos, me permiten incluso impartir servicios religiosos, sobre todo a aquellos cuyo encuentro con nuestro señor está más próximo.

Aquella alusión a la muerte le recordó lo cerca que se había sentido de ella hacía apenas unas semanas, los días posteriores a su llegada al campo, y las ganas irreprimibles de abandonar este mundo. Entonces pensó en lo mucho que la habría ayudado la presencia de aquel hombre de mirada joven y aspecto avejentado cuya voz trasmitía una serenidad que hacía mucho que no sentía.

—Pero también me ocupo de conseguir cosas materiales —añadió el padre Tyl con una sonrisa.

Mafalda notó que el comentario buscaba disipar la sombra funesta que se cernía amenazante sobre sus cabezas y que se desplazaba por entre las ramas de los árboles y los tejados de los barracones. Aun así, no lo consiguió. La posibilidad de abandonar este mundo estaba siempre presente, la acompañaba en cada uno de sus movimientos y dormía a su lado en el camastro del rincón, como si aguardara el momento propicio para abalanzarse sobre ella.

—De hecho —continuó el sacerdote—, María me ha comentado que anda usted falta de ropa, en especial de abrigo.

—Así es —respondió Mafalda, sorprendida de que aquel hombre ataviado con un sayo raído se preocupara por su vestimenta—. Las únicas prendas que poseo son las que llevaba en el momento de mi detención más un par de vestidos, igual de ligeros, que me entregaron la primera semana junto con esta toquilla. Ah, y unas medias que me cedió la señora Breitscheid.

—¡Pero eso no es nada! —excalmó el padre Tyl—. Si sigue así va usted a acabar con una pulmonía. No se preocupe, yo me ocuparé de procurarle algo con lo que protegerse de este frío.

Mafalda, turbada, le agradeció el ofrecimiento.

—Lo de estos días es solo un pequeño avance de lo que nos espera —continuó con un tono amable pero aleccionador, como si no estuviera seguro de que sus palabras hubieran sido lo bastante convincentes—. Muy pronto llegarán las nieves y para entonces ni siquiera poniéndose toda la ropa a la vez conseguirá entrar en calor. —Mirándola de arriba abajo con gesto reflexivo añadió—: Además, disculpe mi crudeza, pero no me parece que esté en las mejores condiciones para soportar los rigores del invierno.

Mafalda entendió a lo que se refería y se sintió cohibida. En los últimos meses su cuerpo, desde siempre delicado y frágil, había quedado reducido a la mínima expresión y ni el vestido negro ni la toquilla lograban disimular una delgadez progresiva, implacable e insolente, que en aquel momento hizo que se encogiera sobre sí misma, como si fuera ella la culpable de aquellos miembros esqueléticos y de las abultadas articulaciones.

El padre, haciendo caso omiso de la muestra de pudor, continuó escrutándola sin inmutarse, con la expresión de un sastre experimentado que intenta averiguar las necesidades de un cliente inseguro.

—Sin duda le hará falta un abrigo —comentó como si hablara consigo mismo en voz alta—. Lo más grueso posible. Además de una rebeca de lana. Y, por supuesto —concluyó concentrando la vista en los pies de Mafalda—, un calzado más adecuado.

Ella bajó la mirada y observó los zapatos de verano que llevaba desde que había salido por última vez de su casa en Roma. El padre

Tyl tenía toda la razón. No solo eran demasiado ligeros, sino que tenían los tacones consumidos y uno de ellos presentaba una grieta a la altura del meñique que había intentado subsanar colocando debajo un trozo de tela.

—Esto último será lo más complicado, pero seguro que podremos encontrar algo mejor.

Mafalda lo escuchaba obnubilada sin querer saber de dónde pensaba sacar aquellas prendas. Imaginaba que serían piezas usadas, y se estremeció al pensar que, al igual que las ropas que le habían proporcionado las autoridades del campo, pudieran haber pertenecido a alguna otra reclusa. Todavía se sobrecogía al recordar el delicado pañuelo de hilo que había encontrado en el bolsillo de uno de los vestidos que le entregaron por orden de *Frau* Gunnard. Tenía las iniciales ele y hache bordadas en una esquina junto a lo que parecía una pequeña mancha de sangre. Desde entonces, no pasaba ni un día en que no se preguntara por las circunstancias que habían motivado que aquel íntimo trozo de tela acabara en su poder.

Cuando por fin pareció convencido de cómo solventar el problema, el padre Tyl le agarró de nuevo las manos.

—Y ahora, dígame: ¿hay algo más que pueda hacer por usted? No da la impresión de que la estén alimentando muy bien.

Mafalda vaciló. No estaba segura de si debía compartir la idea que llevaba tiempo rondándole la cabeza, pero al ver la expresión comprensiva con la que el padre Tyl la observaba se decidió.

—Gracias a Dios la comida es más que suficiente. No obstante, sí hay algo que me gustaría pedirle —dijo con voz queda—. En cierto modo se trata de algo material, pero va mucho más allá. No tiene nada que ver con mi bienestar, aunque conseguiría aliviar el gran peso que tengo en mi corazón.

El sacerdote la miró con gesto compasivo y luego se inclinó hacia delante.

—Usted dirá. Haré todo lo que esté en mi mano por ayudarla.

Aquella frase terminó de infundir en Mafalda el valor que necesitaba. No podía esperar más. Había llegado el momento de poner voz a sus anhelos.

—Necesito comunicarme con el exterior —declaró con inesperada rotundidad.

El rostro del sacerdote se transformó.

—Pero eso... —La frase inconclusa quedó suspendida en el aire durante unos segundos—. Eso es imposible, *Frau* Weber.

Mafalda no se inmutó. Había imaginado aquella respuesta, sabía que las palabras del sacerdote y su gesto de incredulidad eran la única reacción que podía esperarse, pero no pensaba rendirse. Tenía que convencerle para que la ayudara. Por primera vez tenía acceso a una persona bondadosa con cierto poder en aquel lugar inmundo. Y además era un hombre de Dios.

—Entiendo su respuesta, padre, pero es fundamental que me ponga en contacto con mi familia —insistió Mafalda con tono suplicante. La desesperación modulaba su voz haciendo que sonara más aguda y ligeramente trémula—. Llevo mucho tiempo pensándolo. Necesito que alguien sepa que estoy aquí.

El padre Tyl no respondió y Mafalda tuvo la sensación de que buscaba cómo rehuir la petición infligiendo el menor daño posible.

—Sé que dicho así puede resultar arriesgado —prosiguió ella—, aunque por ahora me basta con que me consiga un poco de papel y una pluma. He de escribir una carta. O quizá varias. Pero tengo que saber que llegado el momento hará lo posible por que lleguen a su destino.

El rostro del sacerdote adoptó una expresión algo más relajada y Mafalda vio en aquel gesto un resquicio de esperanza.

—El papel y la pluma no serán un problema —dijo él finalmente—, pero olvídese del resto. No puedo hacerlo.

Mafalda comenzó a angustiarse. Se había topado con un muro mucho más sólido de lo que había imaginado y no tenía ni la más remota idea de cómo franquearlo.

—Usted no lo comprende, padre —se lamentó cada vez más desesperada—. Es de vital importancia que alguien sepa dónde me encuentro. —Su respiración se estaba acelerando—. Necesito que le digan a mis hijos que estoy viva, que rezo cada día por reencontrarme con ellos y que...

Sobrepasada por los sentimientos que se le agolpaban en el pecho, se cubrió la cara con las manos y rompió a llorar.

—No quiero nada más, padre —continuó entre sollozos con el rostro oculto tras los dedos cubiertos de grietas y sabañones—. No me importa el frío. No me hace falta más ropa. Ni comida. Solo necesito que mis niños me perdonen. Que sepan que no los abandoné.

Permaneció así durante un buen rato, sintiendo la mano del padre Tyl sobre su hombro hasta que, como si de un suave bálsamo se tratara, el calor humano que irradiaba rebajó poco a poco la intensidad de su llanto.

—Tranquilícese, *Frau* Weber.

Aquella frase hizo que retirase las manos empapadas de lágrimas y buscara los ojos cargados de compasión del sacerdote. *Frau* Weber. Ella no era aquella mujer.

De repente se dio cuenta de que no había marcha atrás. Tenía que liberarse de aquel nombre. Un nombre que la había convertido en un ser irreal, una persona ficticia, alguien que podría morir en cualquier momento y a la que nadie echaría de menos. Y todo porque *Frau* Weber, simplemente, no existía.

—Padre —dijo enjugándose las lágrimas con el dorso de la mano derecha—. He de confesarle algo.

Había dejado de llorar y su voz sonó mucho más grave y rotunda.

—No me llamo Weber. Mi nombre es Mafalda. Mafalda María de Saboya, princesa de Italia y landgravina de Hesse-Kassel.

Durante más de una hora las palabras fluyeron de su boca como un torrente, interrumpidas solo por algún que otro sollozo irrefrenable. No omitió nada, ni uno solo de los acontecimientos que se habían sucedido a lo largo de los últimos meses y que la habían conducido hasta aquel barracón húmedo y frío. Le habló de la muerte de Boris, de la forma en que había sabido del armisticio y de su azaroso viaje para reencontrarse con sus hijos en Roma. También le refirió la detención en la embajada alemana, los días de reclusión en Berlín y los interminables interrogatorios a los que la habían sometido. Y, finalmente, le explicó la prohibición por parte de Pister de revelar su verdadera identidad.

—Desconozco qué habrá sido de mis hijos menores —dijo Mafalda cuando hubo terminado de narrar los motivos de su desdicha—, pero espero con toda mi alma que se encuentren a salvo. Al menos tengo la tranquilidad de que los dejé en las mejores manos. Por desgracia, no puedo decir lo mismo de Maurizio, mi primogénito, ni de mi querido esposo. —En aquel momento su voz perdió la fuerza que le había dado liberarse de su secreto—. Me preocupa que mi hijo haya sido enviado al frente. La última vez que supe de él estaba sirviendo en las baterías antiaéreas de Kassel. Afortunadamente no estaba lejos de la casa de sus abuelos paternos, y tenía adónde ir cuando contaba con algún día de permiso, pero las circunstancias han cambiado mucho desde entonces y me temo que lo hayan podido enviar a primera línea. Quién sabe, tal vez como represalia por lo que hizo mi padre. En cuanto a Philipp... —Mafalda apretó los labios como si temiera verbalizar sus miedos—. Ni siquiera estoy segura de que siga con vida.

El padre Tyl, que hasta entonces había escuchado en silencio con el cuerpo inclinado hacia Mafalda, relajó los hombros, irguió la espalda y bebió un trago de la infusión que reposaba sobre la estufa. Luego devolvió la taza de metal a su lugar de origen y con movimientos pausados apoyó las manos sobre las rodillas.

—Está bien. Veré lo que puedo hacer —dijo escuetamente.

—¡Oh, padre! —Mafalda fue incapaz de contener una inesperada risa nerviosa—. ¡No sabe cuánto se lo agradezco! ¡Es usted una persona extraordinaria!

El sacerdote se mostró contenido, serio, como si su mente se encontrara lejos de allí, sopesando los riesgos que podían llegar a correr, los obstáculos que se encontrarían y cómo solventarlos.

—Pero no le prometo nada —aclaró—. Por ahora, le haré llegar el material necesario para escribir y me informaré de las posibilidades que tenemos de burlar los controles.

—Con eso me basta, padre —dijo Mafalda intentando reprimir un entusiasmo casi infantil a la vez que entrelazaba las manos sobre su regazo como si fuera a rezar.

—Y una cosa más —añadió el sacerdote—. En relación a lo que me ha contado... —Antes de continuar, volvió la cabeza hacia el lugar por el que había desaparecido María. La puerta seguía cerrada y a lo lejos se oía ruido de platos y cacerolas entrechocando—. Es usted libre de revelar su historia a quien quiera —dijo bajando la voz—, pero le recomiendo que sea muy cauta. Pister tiene ojos y oídos por todo el campo, incluso en los lugares más insospechados.

Mafalda no daba crédito a lo que estaba oyendo.

—¿Me está sugiriendo usted que María...? —dijo sin poder ocultar su incredulidad. No. No era posible.

—María es muy buena mujer —respondió rotundo el padre Tyl, procurando no alzar demasiado la voz—, pero su credo le obliga a decir siempre la verdad. Bajo cualquier circunstancia.

El buen hombre se rascó la parte inferior de la mandíbula. Estaba claro que le preocupaba elegir las palabras adecuadas.

—Y los de la SS conocen muy bien esta particularidad de los testigos de Jehová y no dudan en utilizarla en su beneficio siempre que pueden.

Mafalda se llevó la mano a la boca. En ningún momento había contemplado contarle la verdad a María, pero tampoco se le había pasado por la cabeza lo que el padre parecía insinuar.

—Entonces, ¿cree usted que le asignaron mis cuidados con un propósito muy determinado?

—No puedo afirmarlo con total seguridad —respondió el padre Tyl—, pero tampoco lo descarto. En cualquier caso, por el bien de ambas, procure no compartir con ella nada que pueda ser utilizado en su contra. No solo se perjudicaría a sí misma, sino que pondría a María en una situación muy delicada.

Capítulo 33

Buchenwald. Barracón número 15
24 de diciembre de 1943

L a víspera de Navidad, mientras desayunaba un trozo de pan y un vaso de leche en polvo aguada, Mafalda pensó que lo que más deseaba en ese momento era que aquellas fechas pasaran cuanto antes. Solo imaginar dónde estarían sus hijos en un día como aquel le provocaba una punzada en el pecho y hacía que los ojos se le llenaran de lágrimas. Lo único que conseguía aliviar un poco su aflicción era la esperanza de que estuviesen a salvo y que, dondequiera que se encontraran, pudiesen al menos asistir a un oficio religioso, algo que a ella le estaba vetado.

—¿Lo ha visto ya, *Frau* Weber? —María acababa de irrumpir en su habitación. Tenía las mejillas encendidas y el rostro iluminado por una sonrisa que no recordaba haber visto jamás—. ¿Ha visto la nieve?

—¿Nieve? —Mafalda saltó con algo lejanamente parecido a la ilusión en su mirada.

—Sí, señora. Nieve. Ha debido de nevar durante varias horas. Está todo cubierto.

Mafalda se dirigió apresurada hacia la única ventana de la habitación y miró a través de los cristales empañados. Desde allí las únicas vistas a las que tenía acceso eran la pared de ladrillos que rodeaba el barracón y, esforzándose un poco, la estrecha franja de tierra de poco más de un palmo que los separaba. Pero sí, María tenía razón. El montículo blanco que se extendía a lo largo del muro, justo por debajo del alambre de espino, era la prueba fehaciente de que había estado nevando.

Sin pensárselo dos veces, se puso el abrigo de paño gris que le había hecho llegar el padre Tyl la semana anterior y se dirigió corriendo al exterior seguida por María. Una vez en la puerta principal, ambas se detuvieron en el umbral y contemplaron extasiadas el recinto rectangular de tierra baldía al que solían llamar «jardín».

—¡Es tan hermosa! —dijo María en un susurro.

Mafalda no respondió. Simplemente inspiró hondo y se quedó mirando conmovida aquel manto impoluto que resplandecía bajo los débiles rayos del sol matutino.

Pasados unos minutos, durante los cuales las dos mujeres permanecieron inmóviles, incapaces de profanar con sus pisadas la belleza que tenían ante sus ojos, Mafalda se volvió repentinamente hacia su compañera.

—Necesito que me hagas un favor —anunció—. Quiero que me traigas la azada. La que pidió hace tiempo la señora Breitscheid para arrancar las malas hierbas de delante de la puerta.

—¿La azada? —preguntó María perpleja por aquella petición extemporánea—. ¡Pero si está rota!

—No importa. Tú tráemela.

Mientras María partía como una exhalación a cumplir su cometido, Mafalda se quitó el abrigo, lo extendió a sus pies y se arrodilló sobre él. Luego introdujo las dos manos en la nieve y comenzó a retirarla como si pretendiera cavar un surco.

Era algo que se le había ocurrido días antes, mientras conversaba en torno a la estufa con sus compañeros de barracón. Durante la charla, que había versado sobre los aviones que de vez en cuando sobrevolaban el campo, el señor Breitscheid había comentado que los Aliados disponían de una tecnología muy avanzada que les permitía realizar fotografías aéreas de gran precisión sin ser alcanzados por los misiles de tierra alemanes.

Tan pronto como escuchó la explicación, la mente de Mafalda empezó a elucubrar. Si al final el plan de comunicarse con el exterior por carta no prosperaba, ¿por qué no intentarlo por otros medios? Bastaba escribir un mensaje escueto, algo que trasmitiera la información de forma sencilla. Eso sí, tenía que ser lo más grande posible y que pudiera borrarse rápidamente si se presentaba el riesgo de ser descubierta. Y para ello la nieve era perfecta.

—Aquí tiene.

María estaba de pie, con la cabeza de la azada en una mano y el palo de madera en otro.

—Ya le dije que estaba rota.

—No importa. Esta parte me servirá —dijo agarrando desde el suelo la pieza de hierro en forma de pala.

—Si me cuenta lo que quiere hacer, tal vez pueda ayudarla.

Mafalda paró de arrastrar el borde de la herramienta por la nieve y levantó la cabeza hacia María. Hasta aquel momento no había pensado en la advertencia del padre Tyl y de pronto se preguntó si estaba arriesgando demasiado. Pero no podía dejarlo pasar. Estaba segura de que la nieve era una señal del cielo, un mensaje de Dios para que no perdiera la esperanza. Y había elegido aquel día para enviársela, el día de Nochebuena.

—Te lo agradezco, María, pero debo hacerlo sola.

Era mejor no involucrarla. Si para su desgracia la interrogaban acerca de aquello, al menos podría declararse inocente.

—Tú vuelve dentro —concluyó—. Hace demasiado frío.

Una vez su acompañante regresó al interior del barracón, Mafalda se empleó a fondo hasta que, pasada una media hora, se sacudió las manos heladas y llenas de agua y barro y se quedó contemplando su obra; una enorme I mayúscula, la inicial de su patria, con el nombre de Mafalda escrito debajo.

Alrededor de las diez de la noche llamaron a la puerta. Mafalda se encontraba de rodillas delante de la cama, recitando sus oraciones en voz baja mientras movía los dedos pausadamente como deslizándolos por las cuentas de un rosario imaginario.

—Adelante —dijo poniéndose en pie, no sin dificultad.

No imaginaba quién podía ser, y la visión de la señora Breitscheid le produjo una gran alegría. Agradecía gozar de algo de compañía en una noche tan señalada, aunque su compañera de barracón, que se declaraba agnóstica, no compartiera sus creencias. Sin embargo, le sorprendió que se presentara a unas horas en las que solía estar acostada.

—¡Oh, Tony, querida! —exclamó Mafalda sacudiéndose la parte delantera del vestido y aproximándose a ella—. ¿Cómo está Rudolf? ¿Se encuentra mejor?

Llevaban un par de días sin hablar. El señor Breitscheid había tenido una recaída y, cada vez que sucedía, Tony no se separaba de su cama hasta estar segura de que los terribles dolores de cabeza habían remitido.

—Mucho mejor, gracias.

Parecía exhausta.

—Pero no te quedes ahí de pie —dijo Mafalda acercándole una silla—. Ponte cómoda. Hoy te veo especialmente cansada.

—Lo estoy —respondió la señora Breitscheid tomando asiento y arrebujándose en una rebeca de lana gruesa que cada vez le estaba más grande. Sus movimientos eran lentos y rígidos, y Mafalda imaginó que volvían a dolerle los huesos.

—¿Te has puesto el ungüento que te dejé? —dijo sentándose frente a ella en el borde de la cama—. ¿El que me envió el padre Tyl?

La señora Breitscheid se quedó mirándola en silencio durante unos segundos. Tenía un rictus enigmático, y Mafalda se preguntó si habría dicho algo inconveniente.

—He visto lo que has escrito en el jardín.

El desafecto con que expresó aquella obviedad la desconcertó. Por supuesto que lo había visto. Era imposible no hacerlo. Pero ¿qué tenía de malo? No había nada en aquel mensaje que pudiera molestarla u ofenderla. Tan solo la inicial de Italia y un nombre de pila. Y Tony Breitscheid había sabido desde el principio la nacionalidad de Mafalda. Su fuerte acento al hablar alemán la había delatado.

—Te aseguro que no permitiré que lo descubran —alegó Mafalda—. Tendré mucho cuidado. Y en caso de que suceda, no tenéis nada que temer. Es más que evidente que no habéis sido vosotros.

—No se trata de eso.

Aquella respuesta le produjo cierta inseguridad. ¿Entonces? ¿Qué motivo había para mantener aquella actitud tan fría?

—Sé quién eres.

Mafalda la miró estupefacta. Era lo último que había esperado escuchar.

—¿Qué quieres decir? —preguntó nerviosa—. ¡Claro que sabes quién soy! Soy tu amiga, Muti. La viuda del señor Weber.

—No sigas por ahí. —Su voz era áspera, cortante, como si una persona con un carácter mucho más agrio estuviera hablando por ella—. Déjalo de una vez. No es necesario prolongar la farsa.

¿Farsa? Aquella palabra desconcertó a Mafalda. ¿A qué se refería?

—Tú sabes que nunca he querido indagar en tu vida anterior —prosiguió la señora Breitscheid—. Jamás te he preguntado por tu origen, ni por los motivos que te habían traído hasta aquí. No creí que fuera asunto mío y di por hecho que si querías contármelo lo harías por voluntad propia, cuando estuvieras preparada.

Mafalda permaneció en silencio. Tan solo cerró los ojos brevemente y respiró hondo. Así que era eso.

—Por supuesto, imaginaba que habías sido alguien importante en el mundo exterior; es evidente que de no ser así nunca te habrían recluido en esta parte del campo. Y bastaba ver tus modales y tu forma de hablar para saber que habías recibido una educación exquisita. Pero no me importaba, de veras. No sentía ninguna curiosidad. Yo solo veía a una mujer desvalida necesitada de auxilio, una más en este lugar endemoniado, alguien que pedía a gritos un pilar en el que apoyarse.

Su semblante se mantenía impasible, pero tenía los ojos vidriosos.

—Eso sí, he de reconocer que Rudolph siempre se había hecho muchas preguntas —dijo Tony tragándose las lágrimas y adoptando una actitud que pretendía parecer indiferente, casi frívola—. Estaba convencido de que te había visto en algún sitio. No sabía dónde, pero insistía una y otra vez en que tu cara le era familiar. Yo no le hacía mucho caso; a nuestra edad, los recuerdos reales se vuelven escurridizos y a menudo los reemplazamos por ideas e imágenes que se han forjado de forma espontánea en nuestras mentes ancianas.

Sin embargo esta mañana, cuando hemos leído el nombre de Mafalda escrito en la nieve, todo ha cobrado sentido. Tu actitud reservada, la vaguedad con la que hablabas del supuesto señor Weber y el que hubieras preferido que utilizáramos contigo un apelativo familiar.

—Lo siento —dijo Mafalda—. Lo siento muchísimo. —Tenía la voz tomada—. Jamás pretendí engañaros, pero no tuve más remedio. Me obligaron.

—¿Te obligaron? —preguntó *Frau* Breitscheid con desdén.

—Sí, Pister me prohibió desvelar mi verdadera identidad —profirió con desesperación—. Fue él quien inventó lo de *Frau* Weber. Era él quien no quería que nadie conociera mi nombre.

—Ya veo que no has entendido nada —declaró *Frau* Breitscheid con displicencia—. No se trata de eso. ¿De veras crees que me importa cómo te llamas? No, no es tu nombre lo que me hace daño. —De pronto las lágrimas discurrían libremente por sus mejillas—. Lo que duele, lo que resulta insoportable eres tú, la persona de Mafalda de Saboya, la esposa de un nazi, la íntima de Hitler.

Mafalda se quedó petrificada. ¿Qué era aquello? ¿Cómo podía decir algo así? Tony era su amiga. La persona con la que compartía el dolor de la reclusión.

—No me mires de ese modo. Tú eras uno de ellos —continuó. Tenía los ojos encendidos pero no había dejado de llorar—. No soy ninguna tonta, ¿sabes? Me ha bastado leer tu nombre sobre la nieve para entenderlo todo. Y para recordar una fotografía. Salió en todos los periódicos. Estabas con él, el tirano, el asesino, presidiendo un desfile.

Mafalda supo enseguida de qué hablaba. Se refería a una instantánea que se había tomado en Roma en el año treinta y ocho, durante la visita oficial de Hitler. La recordaba perfectamente. En ella se veía la tribuna de autoridades asistiendo a la parada militar en honor del canciller alemán. A la derecha del homenajeado, con gesto circunspecto, se encontraban el rey y la reina; a su izquierda, un sonriente Mussolini y ella misma, ataviada con un abrigo con el cuello de piel y un sencillo sombrero ladeado.

Y, efectivamente, la imagen había dado la vuelta al mundo.

—No tienes ningún derecho a hablarme así —le espetó Mafalda. Las palabras, llenas de dolor, le brotaban prácticamente solas—. Tú no sabes nada de mí. Yo nunca soporté a Hitler, ni tampoco a Mussolini. Cualquiera que me conozca podría decirte lo mucho que lo detestaba. Y el sentimiento era mutuo.

—Por supuesto. Cómo no. Tú no eres responsable de nada. —El tono de su voz era cada vez más altivo—. No sabes cuánta gente he conocido que afirmaba lo mismo. «Hitler nunca me gustó». «Jamás lo voté». «Siempre lo consideré un agitador». Pero aun así callaban. Callaban y acudían a los desfiles, participaban generosamente en las colectas del partido, y todo ello con el brazo en alto. Pero tú, tú eres mucho peor que ellos. Tú, junto con tu familia y tu país, los apoyasteis. Os pusisteis de su lado y os convertisteis en sus aliados en esta guerra maldita que acabará con todos nosotros.

Mafalda no pudo más. Cada vez le resultaba más fatigoso intentar defenderse. La actitud obcecada e intransigente de Tony y sus palabras, tan despectivas, tan hirientes, hicieron que rompiera a llorar.

—¡Estás siendo muy injusta! —Fue lo único que acertó a decir. Luego, derrotada, se dejó caer de lado sobre el delgado y tosco colchón en el que estaba sentada.

Tony se puso en pie.

—Tal vez sí. —Su actitud era mucho menos agresiva. Ya no parecía furiosa, tan solo apenada—. Pero no puedo evitarlo. Ahora mismo no puedo ver las cosas de otro modo. Lo siento.

A continuación se dirigió hacia la puerta. Justo antes de marcharse, se volvió de nuevo y añadió:

—Una cosa más. Será mejor que borres lo que has escrito. Es imposible que lo vean desde el aire y lo único que vas a conseguir es meterte en un buen lío.

Mafalda oyó el ruido de la puerta al cerrarse y, abrumada por la impotencia, apoyó los codos en las rodillas y se sujetó la cabeza con las manos intentando controlar la rabia que había estado oprimiéndole la garganta. No entendía nada. Había sido todo tan repentino, tan desconcertante, que no acababa de asimilar lo sucedido. Tan solo lograba pensar en las palabras de Tony, que le resonaban una y otra vez en los oídos, clavándole en las sienes y acrecentando un dolor lacerante que le nacía en el pecho y que apenas le permitía respirar. «Tú eras una de ellos». ¿Por qué? ¿A qué se debía ese comentario tan cruel? Tony era su compañera de barracón, su gran apoyo en aquel lugar. Conocía mejor que nadie su sufrimiento, la tortura que suponía estar allí encerrada, el dolor de estar lejos de los suyos. ¿Cómo podía acusarla de algo tan grave? Y todo por una fotografía. ¿De veras la estaba juzgando por la instantánea que había visto años atrás en un periódico?

Sí, era cierto, ella había estado allí, como en tantos otros actos oficiales. Había posado junto a Hitler en infinidad de ocasiones, como princesa de Italia y como esposa de Philipp. De hecho, debía de haber cientos de fotografías similares a la que recordaba Tony. En una recepción, en la ópera, en una boda... Pero aquello no significaba nada. Jamás había asistido a aquellos actos por gusto. Al contrario, no había tenido elección. Como en tantas otras ocasiones a lo largo de su vida, su presencia en aquella ceremonia había sido decisión de otros. Ella se había limitado a cumplir con su obligación, como hija y como esposa. ¿Acaso no era eso lo que se esperaba de una princesa? ¿Para lo que la habían educado?

Impelida por el enojo, se levantó del catre y comenzó a deambular por la habitación frotándose las manos nerviosamente. No era justo. Si Tony no hubiera sido tan intransigente, si le hubiese dejado explicarse, le habría contado la irritación que le había producido la visita de Hitler a Roma, o la desagradable discusión que tuvo con Philipp por ese motivo. Le habría dicho que ni su padre ni el resto de miembros de la familia habían aprobado el pacto de Mussolini con Alemania, ni tampoco que esta se hubiera anexionado Austria y parte de Checoslovaquia. Le habría reconocido que aquella escena, aparentemente festiva, en la que todos presenciaban satisfechos la parada militar, no había sido más que otra absurda pantomima.

Entonces se vio a sí misma durante la cena de gala, sentada entre Hitler y Mussolini, un par de días antes de que se tomara aquella fotografía, y un repentino mareo la obligó a buscar apoyo en la mesa del centro de la estancia. Recordaba muy bien sus sentimientos de aquella noche. No tenía ninguna duda de que se había sentido incómoda, irritada, pero también que había participado activamente en aquella farsa, lo había dado todo para que la comedia que estaban representando fuera un éxito. Y no solo porque fuera su deber. Philipp se jugaba mucho con aquella visita. Gran parte de la organización dependía de su marido, y no podía arriesgarse a perder la confianza que Hitler había depositado en él.

Y al final, aquellos ocho días, plagados de sonrisas forzadas y gestos afectados, habían sido el inicio de todo. Apenas un año después había estallado la guerra.

Angustiada, agarró una de las sillas y tomó asiento de nuevo. Luego, intentando controlar la sensación de nauseas, apoyó las manos sobre sus endebles muslos y respiró hondo. Necesitaba serenarse. Los recuerdos de aquellas fechas seguían sucediéndose de forma vertiginosa, como un torbellino que la arrastraba hasta el fondo de su mente: avenidas flanqueadas de estandartes con la esvástica, la sonrisa autocomplaciente de Mussolini, los jóvenes soldados marchando orgullosos con el fusil al hombro. ¿Cómo no se había dado cuenta antes? ¿Por qué nunca reaccionó en contra? Más allá de su papel de princesa y esposa de un dirigente alemán, ¿acaso como ser humano no podría haber hecho algo ante la miseria moral que exhibían una buena parte de los alemanes con los que ella alternaba? ¿Podía o no?

De pronto la boca comenzó a secársele y las lágrimas acudieron a sus ojos. La imagen inquietante de aquellos muchachos había terminado de turbarla. Muchos de ellos debían de tener la edad de Maurizio, o incluso de Enrico. ¡Y solo Dios sabía cuántos perderían la vida lejos de sus casas y de sus familias! ¡Cuántos perecerían en algún lugar remoto de las estepas rusas, o en los desiertos de África! Y todo por culpa de aquella decisión descabellada, de un pacto endiablado que nunca debió producirse.

Sintió que algo se le rompía por dentro. Aquellos muchachos, aquellos jóvenes incautos, habían tenido madres y esposas, mujeres como ella que habían vivido el tormento de dejar marchar a sus hombres para acabar afrontando el dolor inconsolable de su pérdida.

Como la anciana que había visto tiempo atrás durante una de sus visitas a un hospital de guerra, una campesina napolitana que había pasado noches enteras acunando en sus brazos el cuerpo moribundo de su hijo mayor, el único que había regresado con vida del frente, y cuyo grito desgarrado en el momento que exhaló su último aliento todavía le helaba la sangre.

Y entonces imaginó a esas mujeres rememorando aquella foto, tal y como había hecho Tony. Pensó en la rabia y la exasperación que les produciría. ¿Cómo reprocharles que la consideraran cómplice de lo sucedido? ¿Con qué derecho podía decirles que no había sido culpa suya? ¿Que no tuvo más remedio? Ellas habían puesto en manos de sus dirigentes su felicidad, les habían confiado a sus hijos y a sus esposos, y a cambio la monarquía había faltado a su palabra de protegerles, de velar por el bienestar de sus súbditos. Porque la única batalla que debían haber combatido aquellos pobres desgraciados era la de sacar adelante a sus familias.

Derrotada por sus pensamientos, por el dolor de sentirse cómplice de un crimen atroz, cruzó los brazos sobre la mesa y apoyó en ellos la cabeza, como si el recoveco que formaban sus codos fuera el único lugar en el mundo donde todavía podía refugiarse de su amargura.

La última imagen que le vino a la mente, justo antes de caer rendida, fue una medalla que le había regalado su abuela Margherita cuando era niña. Representaba la figura de la Virgen Dolorosa, llorando desconsolada por la muerte de su hijo.

❀❀❀

—Vamos. Tiene que despertarse.

Era una voz masculina, cálida y susurrante, que más que sacarla de su letargo parecía invitarla a seguir soñando.

—No es bueno para los huesos dormir en esa postura.

Mafalda levantó lentamente la cabeza y, con los ojos entreabiertos, buscó la mirada de quien le hablaba con tanta ternura.

—¿Padre?

La visión del sacerdote y la luz que entraba por la ventana la devolvieron de golpe a la realidad. Abochornada, se puso en pie, y al hacerlo, una manta que no recordaba haber tenido se deslizó desde sus hombros.

—Sí, hija —respondió el recién llegado—. Soy yo. Siento mucho haberla sobresaltado. He llamado a la puerta varias veces y, al no obtener respuesta, he empezado a preocuparme. Temía que hubiera sufrido una indisposición. —Su mirada todavía mostraba cierto desasosiego y Mafalda se sintió agradecida por sus desvelos—. Justo cuando empezaba a considerar si llamar a alguien, ha salido la señora Breitscheid, y me ha invitado a entrar. Por lo visto había pasado poco antes a visitarla y sabía que solo estaba dormida.

Mafalda se conmovió. Ahora entendía de dónde había salido la manta que colgaba entre el asiento y las patas de la silla, y se apresuró a recogerla.

—Es usted quien debe perdonarme a mí —dijo ella mientras la doblaba con esmero—. No sé qué me ha podido pasar. Normalmente me despierto antes de que amanezca.

El padre Tyl se quitó la gorra sin visera que acompañaba el uniforme de rayas grises. Mafalda se fijó en que estaba cubierta de pequeños copos de nieve, al igual que la parte del abrigo que cubría sus hombros. Entonces recordó las letras que con tanto esfuerzo había trazado en el jardín la mañana anterior y supuso que ya habrían desaparecido.

—¿No estará sugiriendo que ha pasado la noche en esa posición? —dijo el sacerdote con tono reprobatorio—. Espero que no. Con este frío, sería una imprudencia.

Mafalda evitó responder. Le avergonzaba reconocer la verdad y tampoco se sentía con ganas de compartir los motivos que la habían tenido despierta hasta altas horas de la noche, de modo que se limitó a ofrecerle asiento y se aproximó a la estufa para añadir un trozo de leña a los pocos rescoldos que todavía centelleaban bajo las cenizas.

—En cualquier caso, no me corresponde a mí juzgar sus hábitos de sueño —continuó el padre Tyl introduciendo su mano bajo la solapa del abrigo con intención de sacar algo—. Si estoy aquí es por una razón más importante.

El paquete que dejó sobre la mesa estaba envuelto en papel de periódico y atado con una fina cuerda deshilachada.

—Feliz Navidad —dijo esbozando una amplia sonrisa—. El Niño Dios lo dejó anoche bajo mi cama y enseguida supe que era para usted.

Mafalda, que en ese instante se acercaba a la mesa con un par de tazas metálicas y una tetera para preparar infusiones, se quedó paralizada. Casi había olvidado qué día era.

—¿A qué espera? —preguntó el sacerdote con tono risueño—. ¡Ábralo! Cualquiera diría que recibe regalos todos los días.

Con las manos temblorosas, Mafalda soltó todo lo que llevaba y tiró suavemente de uno de los extremos de la cuerda, deshaciendo el lazo que contribuía a que el contenido permaneciera bien sujeto.

Una vez hubo retirado el rígido papel impreso descubrió que en realidad no se trataba de un solo obsequio, sino de tres. El primero y más llamativo era una pluma estilográfica de color caoba, en un estado sorprendentemente bueno, pero cuyo valor hubiera desmerecido de no ser por lo que reposaba debajo: un bloc de tamaño mediano al que le faltaban la cubierta de cartón y un buen puñado de hojas, aunque todavía conservaba al menos veinte o treinta cuartillas de papel rayado. Y sobre él, el más pequeño de los presentes, una estampa religiosa, algo manoseada, que representaba a San Francisco de Asís.

Mafalda tomó esta última y le dio la vuelta. En el reverso, como era habitual, se podía leer la oración por la paz del Santo Patrón de Italia. Sin que apenas se diera cuenta, la mirada se le posó en una frase que conocía de memoria, pero que resonó en su mente como si fuera la primera vez: «Concédeme, oh, Maestro, que no busque tanto ser consolado como consolar, ser comprendido como comprender, ser amado como amar».

—¡Está en mi idioma! —exclamó interrumpiendo la lectura y levantando la vista.

—Sí. Me la dio un compatriota suyo. Poco antes de que lo trasladaran.

Mafalda se quedó perpleja. Hasta ese momento no se le había pasado por la cabeza que pudiera haber otros italianos en el campo. Los únicos reclusos con los que había tenido algún contacto, a excepción de María y los Breitscheid, eran los hombres que venían a traerles la comida o a reponer las existencias de leña y, aunque tenían prohibido hablar con ellos, había oído que eran de origen eslavo.

—¿Y sabe si hay más?

—¿Italianos? Sí, por supuesto. No son uno de los grupos más numerosos, pero claro que los hay. Algunos están por motivos políticos, otros por su condición de judíos. Estos últimos aumentaron considerablemente a partir de otoño del año pasado, pero a la mayoría se los acabaron llevando. Tengo entendido que a los campos de Polonia.

Mafalda permaneció un rato pensativa. No le cabía ninguna duda de que aquello era una señal. Necesitaba contactar con ellos. Aunque solo fuera con uno. Tenía que decirles quién era, hacerse perdonar. Entonces cayó en la cuenta de que todavía no le había dado las gracias al padre Tyl.

—No sabe lo mucho que significa para mí este regalo —dijo cogiéndole por ambas manos y apretándolas con fuerza—. Nunca podré agradecérselo lo suficiente.

—No diga bobadas —respondió él restándole importancia a lo que sin duda le había resultado muy difícil de conseguir.

El hombre se llevó la mano al bolsillo derecho de su abrigo.

—Hay algo más que quería comentarle —añadió adoptando un tono mucho más serio, casi solemne, e incluso bajando la voz—. Anoche, a escondidas de los vigilantes, un grupo reducido de creyentes celebramos una eucaristía. Tal vez fue algo imprudente, pero la conmemoración del nacimiento de Cristo merecía el riesgo.

Seguidamente dejó sobre la mesa el objeto que acaba de extraer. Era una diminuta caja de metal de forma redondeada que cabía en el puño de una persona. Estaba algo abollada y ligeramente ennegrecida, pero Mafalda reconoció enseguida de qué se trataba. Era un portaviático, muy similar a los que utilizaban los sacerdotes que la habían visitado de niña cuando Giogiò y ella habían estado a punto de morir por culpa del tifus o durante la pulmonía que había sufrido estando embarazada de Otto.

—He pensado que quizá le gustaría tomar la comunión.

Al tiempo que formulaba el ofrecimiento, el sacerdote abrió la tapa y mostró un pequeño trozo de pan duro que había en el interior.

Al verlo, a Mafalda se le llenaron los ojos de lágrimas. ¡Llevaba tanto tiempo sin comulgar!

—¡Oh, Dios mío! —exclamó entre emocionada y afligida.

Aquella reacción pareció desconcertar al sacerdote.

—Siempre que lo desee, claro está —añadió él turbado—. Espero no haberla....

Mafalda lo interrumpió.

—Por supuesto que lo deseo. Le aseguro que es una de las cosas que más me gustaría hacer ahora mismo, pero antes tengo que pedirle algo.

El padre Tyl se quedó en silencio, esperando conocer el motivo de aquella inesperada respuesta.

—Padre, necesito confesarme.

Capítulo 34

Buchenwald
Febrero de 1944

Pasada la Navidad, y a medida que trascurrían las primeras semanas del año, Mafalda fue cada vez más consciente de que se había producido en ella una profunda transformación. Era como si acabara de salir de un prolongado letargo y, por primera vez desde su llegada al campo, tenía ganas de mantenerse activa, de ocupar su tiempo y su mente.

Por desgracia, el frío glacial y las continuas tormentas de nieve y viento que arreciaban desde finales de enero ni siquiera le permitían salir al jardín, de modo que se veía obligada a pasar la mayor parte del tiempo encerrada en su habitación, leyendo algún fragmento de la Biblia en alemán que le había conseguido el padre Tyl o entretenida en la elaboración de figuritas de barro. Este último pasatiempo se le había ocurrido después de haber excavado la tierra del jardín con sus propias manos para escribir el mensaje a los Aliados. Aquel día había descubierto que, bajo la capa de nieve y más allá del manto de hierbas secas, existía un sustrato de tierra arcillosa. Desde entonces, los días menos borrascosos salía a extraer algo de tierra húmeda con la que luego fabricaba pequeñas vasijas y platos que poco a poco, a medida que perfeccionara la técnica, debían acabar conformando toda una vajilla para muñecas. La distracción la ayudaba a mantenerse lúcida y a conjurar los pensamientos aciagos, aunque en realidad no era esa su finalidad. La razón por la que dedicaba tanto tiempo a ese quehacer era que esperaba algún día, en un futuro no muy lejano, poder regalársela a su pequeña Elisabetta.

Sin embargo su principal ocupación, la que consumía una buena parte de su jornada, era la escritura. Desde el mismo veinticinco de diciembre no había día que no pasara dos o tres horas redactando alguna carta. Lo hacía siempre con extrema meticulosidad, pensando muy bien lo que quería expresar y cuidando al máximo su caligrafía. No quería que sus textos presentaran tachones y mucho menos desperdiciar ni una de aquellas hojas algo amarillentas que tanto significaban para ella. No obstante, la mayor parte de lo que escribía no estaba destinado a ser enviado por correo. A excepción de una misiva para sus padres y otra para Giogiò que había escrito los primeros días y que ya había entregado al padre Tyl, el resto, dirigidas a sus hijos y a Philipp, acababan en el estrecho espacio entre la pared y su cama. Era la mejor manera de protegerlas de las visitas inesperadas de los guardianes del campo y allí debían permanecer hasta que se reencontrara con su familia. En ellas les hacía saber lo mucho que añoraba sus besos y sus abrazos y relataba con todo lujo de detalles aquellos momentos compartidos de felicidad que habían formado parte de sus vidas y que le ayudaban a recordar por qué merecía la pena mantener la ilusión.

Pero la renovada vitalidad no solo se reflejaba en su necesidad de mantenerse ocupada, también su alma había recuperado un vigor y un empuje que hacía tiempo que no tenía. Y por supuesto, aquella energía, aquellas ganas de vivir, se las debía casi enteramente al padre Tyl. El joven religioso, con la generosidad y el cariño que le había mostrado, había conseguido que cambiara su forma de afrontar la reclusión. Mafalda ya no la veía como una condena inmerecida o como una conjura contra su persona, sino como una prueba a la que Dios la había sometido, al igual que había hecho con Job. Y tenía la absoluta certeza de que precisamente por este motivo había puesto en su camino a aquel hombre misericordioso: para insuflarle fuerzas. Fuerzas para resistir y para mantener la esperanza. Porque ahora estaba segura de que antes o después todo aquel suplicio llegaría a su fin. No sabía cuándo ni cómo, pero debía estar preparada. Desconocía cómo se estaría desarrollando la guerra, en qué situación se encontraba Italia o si aún tendría que soportar más humillaciones, pero fuera lo que fuese lo que le deparara el futuro, tenía que mantenerse en pie y aguantar todos los envites, porque llegaría el día en que el bien triunfaría sobre el mal. Y ese día, por fin, podría volver a ver a su familia.

Su relación con el padre Tyl no era la única razón por la que se sentía una persona nueva. También el terrible desencuentro con Tony el día de Nochebuena la había cambiado, aunque de un modo muy diferente. Los reproches de la que había sido su amiga, las duras palabras que habían salido de su boca y que todavía la sobrecogían, habían sido como una sacudida, una bofetada que le había puesto delante una realidad que hasta entonces se había negado a afrontar y que le había obligado a mirarse por dentro. Y a pesar de lo doloroso y desagradable que resultaba verse de ese modo, solo podía sentir agradecimiento hacia ella.

Sin embargo, muy a su pesar, su amistad se había resquebrajado. Aunque sus habitaciones seguían estando separadas por el mismo estrecho pasillo, apenas se veían. Tony ya no se presentaba sin más en busca de compañía. Pasaba las horas a solas con su marido y las pocas veces que abandonaba su encierro siempre se las arreglaba para evitarla. Mafalda, aun deseando romper esa distancia, no sabía cómo hacerlo. Le hubiera gustado pedirle perdón, decirle lo arrepentida que estaba, pero tenía miedo de llamar a su puerta y abordar la cuestión. Le horrorizaba que pudiera rechazarla y, sobre todo, ver otra vez aquella mirada de desprecio y decepción que tanto dolor le había causado.

Debido a este alejamiento, pasaba cada vez más tiempo con María y su relación con ella también había empezado a cambiar. Aunque desde el primer día se profesaban un sincero afecto mutuo, siempre había habido entre ellas una barrera invisible, un obstáculo que había impedido que llegaran a conocerse del todo. Y ese obstáculo era el pasado. Ninguna de las dos hablaba jamás de su vida anterior. En su caso la razón era muy sencilla, no podía arriesgarse a revelarle su verdadera identidad, tanto la una como la otra tenían mucho que perder. Pero en el caso de María, Mafalda no lograba comprender el porqué de su hermetismo. Era una mujer muy introvertida, aunque estaba convencida de que no se trataba de simple timidez.

Por eso en las últimas semanas Mafalda se había propuesto romper ese muro. Sentía que se lo debía. Todos los que estaban allí tenían una historia de dolor a sus espaldas y ella había vivido tanto tiempo centrada en el suyo, tantos meses compadeciéndose de sí misma, que no había reparado en que aquella joven mujer que le había dado de comer, la había aseado y no se había separado de su lado durante las primeras noches, estaba viviendo su propia tragedia. Y había llegado el momento de darle la opción de aliviar su pena. Hasta la fecha solo sabía que era originaria de Danzig y que antes de que le asignaran sus cuidados había trabajado en el *Effektenkammer* del campo, el almacén donde se clasificaban y distribuían la pocas prendas de vestir de que disponían los reclusos, incluidos los raídos uniformes grises como el que ella misma llevaba. Esto último se lo había contado por voluntad propia el día de Año Nuevo. Lo había hecho cuando estaban sentadas frente a frente, Mafalda moldeando una taza de barro sobre la superficie rugosa de la mesa de madera y María zurciéndole una de sus medias.

Aquella revelación espontánea había significado mucho para Mafalda, sin duda suponía un gran paso, pero anhelaba más. Y no solo porque estaba convencida de que a María le ayudaría hablar de sí misma, sino también porque para ella representaba a todos los demás internos, a los que vivían en el campo central, aquellos a los que había aludido Tony cuando le había explicado que su marido y ellas eran unos privilegiados, y a todos los italianos que sabía que estaban allí, tan cerca, a los que habría querido ofrecer consuelo.

Un día, mientras cenaban un plato de sopa caliente y unas patatas hervidas, Mafalda se quedó mirándola. Devoraba con fruición un trozo de la hogaza de pan negro que les llevaban una vez a la semana y que ella apenas probaba. Tenía las encías demasiado delicadas y en cuanto le hincaba el diente empezaba a sangrar abundantemente. A María, en cambio, era lo que más le gustaba.

Siempre le había llamado la atención la manera en que se lo comía. Lo hacía con el cuerpo encorvado, sujetando el mendrugo con ambas manos. Le recordaba a las ardillas que vivían en el bosque que rodeaba Villa Polissena y que roían los frutos secos sin bajar jamás la guardia, como si temieran que un gato o algún otro animal de mayores dimensiones pudiera arrebatárselo.

—¿Tienes a alguien en el campo grande?

La pregunta prácticamente se le escapó de la boca. No pretendía ser tan brusca.

María levantó la cabeza y la miró sorprendida, pero no dijo nada.

—Quiero decir... ¿tienes familiares? ¿Amigos? ¿Gente en la que puedas confiar?

Al escucharse a sí misma se sintió algo estúpida. No era así como le habría gustado empezar la conversación.

—No, señora. No tengo a ningún familiar, y allí es mejor no hacer amigos. —María bajó de nuevo la vista—. Nunca sabes cuándo puedes perderlos.

Sin más explicaciones, volvió a llenarse la boca.

La crudeza con la que había respondido hizo que Mafalda se arrepintiera de inmediato. No había sido una buena idea. Se había equivocado por completo.

Entonces, inesperadamente, María retomó la palabra.

—Hubo alguien —dijo—. Una mujer de Múnich. Pero fue hace tiempo, poco después de llegar al campo. Trabajábamos juntas y dormíamos en la misma litera.

Esta vez María no había levantado la vista. Seguía concentrada en el trozo de pan que sostenía a la altura de su pecho y hablaba en voz muy baja.

—Cuando la conocí estaba embarazada, pero su marido nunca llegó al campo. Lo subieron a otro tren.

Al oír aquello a Mafalda se le encogió el corazón, pero se esforzó en no mostrar ningún tipo de reacción. No quería interrumpirla. Tenía miedo de echarlo todo a perder.

—Al principio no se le notaba. —Esta vez María había levantado definitivamente la cabeza, pero no la miraba a ella. Sus ojos apuntaban hacia la ventana, a un lugar impreciso del muro que rodeaba el barracón—. El vientre apenas estaba hinchado, pero cuando lo descubrieron, vinieron a buscarla y se la llevaron a rastras.

—¿Volviste a saber de ella? —dijo por fin Mafalda. Lo preguntó despacio, con voz temblorosa. Tenía miedo a la respuesta.

—Sí, al cabo de dos días se reincorporó al trabajo. No quiso hablar de lo sucedido, pero todas supimos que la habían obligado a abortar. Una semana después, cuando recorríamos el camino de regreso a nuestro barracón, se escapó de la fila y se arrojó contra la valla electrificada.

No dijo nada más y Mafalda tampoco le preguntó. Simplemente dejó la cuchara sobre la mesa. El horror la había dejado paralizada, arrebatándole de golpe las ganas de comer y la capacidad de articular palabra.

María se levantó de la mesa, tomó su plato y sus cubiertos y, arrastrando los pies, se dirigió a la cocina. Una vez se hubo marchado, Mafalda se echó a llorar y, en silencio, rogó a Dios por el alma de aquella mujer y aquella criatura no nacida.

❃❃❃

Con la mano temblorosa, se apartó un mechón de pelo que se le había pegado a la frente. Estaba empapada, al igual que el resto de la cara. Luego levantó la cabeza de la letrina y apoyó la espalda en la puerta. Los intentos de su cuerpo por vaciar un estómago que hacía tiempo que no contenía nada estaban siendo extenuantes y, a pesar de la violencia de las arcadas que le sobrevenían cada pocos minutos, apenas conseguía expulsar nada excepto un poco de espuma color verdoso con hilillos de sangre. Le habría gustado llamar a María, pero todavía era de noche y esta siempre llegaba poco después del amanecer.

Todo había empezado dos días antes, con una molestia justo debajo de las costillas que le había impedido probar bocado desde entonces. Mafalda se lo había atribuido a algún tipo de indigestión, pero hacía un rato se le había despertado un dolor insoportable que se extendía por todo el pecho hasta llegar al hombro derecho. Y entonces habían empezado los vómitos.

—¡Mafalda! ¿Te encuentras bien?

Era la voz de Tony, que le llegaba desde el pasillo. Debía de haber oído los jadeos y los sonidos roncos que le salían desde las entrañas.

—No —musitó.

El esfuerzo por que su voz resultara audible la dejó agotada y deslizó la espalda por la rugosa superficie de los tablones hasta quedar sentada en el suelo.

—¡Voy a entrar!

Mafalda sintió la presión de la puerta sobre su espalda e intentó apartarse, pero era demasiado para ella. No le quedaban fuerzas.

Entonces oyó que Tony llamaba angustiada a su marido.

Pasados unos segundos, se oyó gritar al señor Breitscheid.

—¡Si puede oírme, apártese!

Como pudo, se dejó caer hacia un lado y encogió las piernas hasta pegarlas lo más posible al cuerpo. Aun así, la madera le golpeó en una de las pantorrillas, pero el dolor en el pecho era demasiado fuerte como para que el impacto le afectara lo más mínimo.

—¡Ayúdame! —La orden del señor Breitscheid, que había conseguido entrar por el resquicio abierto, iba dirigida a Tony—. ¡Hay que llevarla a la cama!

Entre los dos se las arreglaron para sacarla del cubículo y, agarrándola por los brazos, la condujeron a su habitación. Una vez estuvo tumbada, se quedaron de pie mirándola unos segundos.

—Está muy pálida —dijo Tony. Hablaba con la solemnidad que habría empleado un médico, y al igual que ellos, lo hacía como si Mafalda no pudiera escucharla—. Tienes que avisar a los guardias. Habría que llevarla a la enfermería.

El señor Breitscheid abandonó el lado de la cama y se dirigió al exterior.

En ese momento empezaron los escalofríos.

Tony le apoyó el dorso de la mano sobre una de las mejillas y exclamó:

—¡Estás ardiendo!

A continuación desapareció de su vista y regresó con un trapo húmedo que le colocó en la frente. Luego agarró el taburete de tres patas y se sentó junto a la cabecera.

—No te preocupes —le dijo agarrándole la mano izquierda entre las suyas—. Te vas a curar.

Mafalda la miró a los ojos y vio que le caía una lágrima. Entonces se preguntó si sería aquella la última vez que veía el rostro de su amiga.

Buscando fuerzas de flaqueza, hizo un último esfuerzo. No podía irse así.

—Lo siento —logró decir en un susurro.

Todavía no había amanecido cuando la sacaron de su habitación. La llevaban entre dos internos; el más alto la sujetaba por las axilas, mientras que su compañero, pequeño y extremadamente joven, lo hacía por los tobillos provocando que el abrigo que le había puesto Tony antes de salir le arrastrara por el suelo.

Durante el tiempo que había permanecido tumbada en la cama las náuseas habían remitido, pero el dolor seguía oprimiéndole el pecho y la forma en que la acarreaban, zarandeándola de un lado a otro, no hacía más que acrecentarlo. Aun así, mientras la trasladaban por el pasillo, Mafalda no podía apartar la vista del muchacho que tenía frente a ella. Su aspecto aniñado era más que evidente, aunque no así la mirada, que recordaba a la de un anciano que contempla la vida con distancia, como quien ve alejarse algo que ya no le pertenece.

Una vez en el jardín, vio de nuevo a Tony y a su esposo. Habían abandonado su cuarto con la irrupción de aquellos dos hombres y ahora estaban allí de pie, abrazados, observando cómo la llevaban hacia la puerta de hierro que conducía al otro lado del muro de ladrillos. Todavía estaba demasiado oscuro como para distinguir algo más que sus siluetas, pero aun así Mafalda volvió la cabeza y se quedó mirándolos hasta que, al cruzar el umbral, desaparecieron de su vista. Justo en ese instante, uno de los internos dio un traspié y golpeó de costado contra el marco. Sin quererlo, dejó escapar un quejido, pero los dos hombres tuvieron la misma reacción que si hubieran transportado un saco de harina.

Una vez en el exterior, la llevaron hasta la parte trasera de una camioneta que tenía el portón bajado y se situaron en paralelo a este. Mafalda pudo ver que la zona de carga estaba llena de herramientas de labranza y que apenas quedaba un espacio cerca del borde cubierto de arenilla.

—¿Pero qué hacéis, idiotas?

La pregunta se oyó justo cuando la levantaban para depositarla en el estrecho hueco que quedaba libre. Los dos hombres se detuvieron en seco.

Un SS apareció junto a ellos, con el casco calado hasta los ojos y la metralleta en ristre.

—La llevamos a la enfermería. —Era la voz del que la sujetaba por debajo de los brazos. Mafalda no podía verlo, pero hablaba con una docilidad que contrastaba con la agresividad con la que le clavaba los dedos en la carne.

—¿Y la pensáis subir ahí, pedazo de animales? —El tono del recién llegado era cada vez más agresivo.

—No tenemos otra cosa —continuó el mismo recluso—. Nos han dicho que la ambulancia estaba ocupada.

—«No tenemos otra cosa» —repitió el SS mofándose de su respuesta—. No podéis tratarla así, inútil. ¿No sabes que los presos de este barracón no son normales?

Hablaban entre ellos sin importarles que Mafalda estuviera allí presente, aquejada de un dolor insoportable, en una posición denigrante y temiendo caer al suelo en cualquier momento.

—¿Y qué quiere que hagamos? —Esta vez la voz sonó ligeramente crispada—. A mí me han dicho que viniera a por ella y no tengo ningún otro vehículo.

—Yo no sé quién os ha mandado ni lo que os ha dicho, solo te advierto una cosa: si se os muere de camino, vosotros vais detrás.

El joven que estaba a los pies de Mafalda y que había escuchado la conversación impasible, sin relajar ni un segundo la presión con que le agarraba los tobillos, intervino por primera vez.

—¿Y si la sentamos delante? —sugirió con aquella mirada inexpresiva que seguía impresa en sus ojos—. Yo puedo subir aquí atrás, si es necesario.

Durante un par de segundos nadie dijo nada.

—¡De acuerdo! —concluyó el interno al que Mafalda no podía ver la cara—. Pero primero terminas de ayudarme.

Una vez en el asiento delantero, la prisionera, aliviada por encontrarse en una posición algo más honrosa, reclinó la cabeza sobre el respaldo y se llevó la mano izquierda a la parte del pecho donde el dolor era más intenso. Luego volvió la cara hacia la ventanilla. Quería evitar la expresión iracunda de aquel recluso, que parecía considerarla como un engorro y que en aquel momento arrancaba bruscamente la camioneta.

Al mirar a través del cristal, Mafalda reconoció la zona boscosa salpicada de edificios que había visto el día de su llegada al campo. De eso hacía más de cuatro meses y, a pesar de lo mucho que había anhelado acceder al otro lado del muro de ladrillos, nada de aquello estaba a su alcance. Era como si no fuera real. Seguía estando igual de cautiva, igual de desamparada.

Buscando aliviar las molestias del desagradable traqueteo, cerró brevemente los ojos y respiró hondo. Minutos después, cuando volvió a abrirlos, descubrió que pasaban junto a las oficinas donde había estado la mañana de su llegada, el lugar donde había conocido al comandante del campo.

Asqueada por el recuerdo de aquel ser despreciable, de su actitud altiva y de la mirada perversa, apartó la vista y miró al frente. Al hacerlo, sus ojos divisaron una construcción que le resultó familiar. Al final del amplio camino asfaltado, iluminada por unos potentes focos, estaba la entrada al recinto vallado que tanto la había inquietado. Era igual que la recordaba, con su atalaya de madera y su verja de hierro. Y de pronto entendió adónde la llevaban. Se dirigían al campo central. La enfermería a la que se habían referido los hombres que la trasladaban debía de estar allí, al otro lado de las alambradas.

Cuando hubieron recorrido la distancia que les separaba de la puerta, la camioneta se detuvo delante de una barrera levadiza. A su alrededor había varios soldados. Llevaban una ametralladora cruzada sobre el pecho e iban acompañados por perros cuyas correas tenían que sujetar con firmeza para que no se desbocaran. Uno de ellos, que estaba apostado junto a una garita, se acercó a la camioneta y agachó la cabeza.

—La llevamos al *Revier* —dijo el conductor sin esperar a que le preguntaran—. Viene de los barracones de aislamiento.

El soldado echó un vistazo al interior y se quedó mirando fijamente a Mafalda. Luego desapareció. Al cabo de un rato se acercó de nuevo al vehículo.

—Podéis pasar —ordenó acompañando sus palabras con un movimiento del brazo.

Al tiempo que se alzaba la barrera, otros dos vigilantes se aproximaron a la verja que había más allá y procedieron a abrirla. Mientras lo hacían, Mafalda descubrió algo que no había advertido antes. En el centro, delimitados por un rectángulo, los barrotes se plegaban dibujando una serie de letras que componían una frase en alemán. Estaba escrita de modo que se leyera desde el interior y tardó unos instantes en descifrar la sentencia. Una vez cayó en la cuenta, sintió un escalofrío. «*Jedem das Seine*». Su significado no podía ser más siniestro: «A cada cual, lo suyo».

De repente la camioneta volvió a ponerse en marcha y una voz potente pero confusa se filtró a través del ruido del motor y los aullidos de los perros. Parecía como si alguien estuviera dándole órdenes, o tal vez amenazándola. Pero no conseguía entender de dónde provenía. No podía ser el conductor, que seguía mirando al frente, sin hacerle caso. Llegaba de algún lugar impreciso, tal vez desde el interior de su mente, y durante un instante creyó que la fiebre le estaba provocando alucinaciones.

Trascurridos unos segundos, mientras pasaban al otro lado de la verja, la voz se volvió menos confusa. Y todo cobró sentido. Los bramidos no iban dirigidos a ella. Se difundían través de unos altavoces.

Aquello la dejó aturdida. No entendía lo que estaba sucediendo. Hasta que los vio.

—¡Joder! Lo que faltaba —masculló entre dientes el conductor.

A un par de metros, otro vigilante les daba el alto con la mano obligándolos a detenerse en el pequeño pasaje cubierto que formaba la puerta de entrada. Pero Mafalda no hizo caso del gesto. Solo tenía ojos para la escena que se desarrollaba más allá.

Delante del vehículo se extendía una enorme explanada atestada de hombres. Tenían todos el mismo aspecto, con el cabello rasurado y los uniformes de rayas grises, y estaban distribuidos en grupos, como militares en formación. Eran varios miles, pegados hombro con hombro, quietos como estatuas, y de no ser por la diferencia de altura habría resultado imposible distinguir a unos de otros. Los ojos hundidos, los pómulos pronunciados y la piel cetrina hacían que sus rostros parecieran casi idénticos.

Por encima de ellos, las luces de los focos se desplazaban rápidamente, como si buscaran detectar algo diferente, algo fuera de lo común en medio de aquella masa uniforme. A lo largo de los pasillos que se formaban entre un grupo y otro pululaban decenas de soldados que, al igual que los vigilantes de la puerta, iban armados y acompañados de perros de presa. Y frente a ellos, de espaldas a la camioneta, había un grupo de oficiales encabezados por un comandante que parecía supervisarlo todo.

Mafalda parpadeó varias veces. La potente luz le deslumbraba y no lograba entender lo que estaba pasando. Tan solo veía una imagen espectral, la imagen de la indignidad.

Al cabo de unos instantes, de entre la masa humana surgió el casco de otro militar. Se abría paso a través de los reclusos, como si atravesara un campo de juncos que se plegaban a la menor presión. Lo hacía con tal presteza que hasta que hubo llegado al espacio vacío que se interponía entre los prisioneros y sus captores Mafalda no se dio cuenta del peso que acarreaba. Agarrándola por el brazo, con la falta de cuidado de quien transporta una carga tan ligera como desdeñable, llevaba a rastras a un prisionero. Su cuerpo parecía tan consumido que el soldado apenas tuvo que esforzarse para arrojarlo a los pies de sus superiores.

La plaza quedó en completo silencio durante unos segundos. No se oían ni los ladridos de los perros, ni las órdenes desde los altavoces, ni los pasos enérgicos de los soldados que vigilaban a los presos. Pasado ese tiempo, el comandante se acercó despacio, asiendo una fusta en la mano derecha, y se quedó mirando aquel cuerpo escuálido, contraído, cuyas articulaciones sobresalían por debajo del uniforme harapiento y cubierto de polvo.

—¿Qué pasa contigo? —vociferó—. ¿No puedes aguantar de pie hasta que acabemos el recuento?

La pregunta no necesitó de los altavoces para que se propagara por toda la explanada.

Seguidamente le propinó una patada en el costado que lo dejó boca arriba. El recluso, que hasta ese momento había permanecido inerte, se cubrió la cabeza con las manos y encogió las rodillas.

—¡Responde, rojo de mierda! ¡No tengo todo el día!

El chasquido de la fusta al golpear la piel resonó como un disparo. Aun así el hombre no respondió. Ni siquiera se quejó. Permaneció allí, bajo los focos, en la misma posición.

—¡Tú lo has querido, hijo de puta! —sentenció el comandante con frialdad.

Luego volvió la cabeza hacia uno de los oficiales que se encontraban a su espalda e hizo un gesto con la barbilla. Este no necesitó más. Sin decir ni una palabra, se plantó junto al recluso en dos zancadas, extrajo una pistola de su cinturón y le apuntó a la cabeza.

Mafalda, aterrorizada, se cubrió los ojos con las manos, pero el estallido de pólvora, pavor y sangre resonó en su pecho. Lo último que oyó antes de perder el conocimiento fue la orden del comandante:

—Volved a contar. A ver si esta vez cuadran los números.

Capítulo 35

Buchenwald
Febrero de 1944

—*egítség! Segítség!*
      Mafalda permaneció con los ojos cerrados. Conocía ya aquel lamento profundo, ronco y quebrado. Hacía un buen rato que lo escuchaba, desde que había vuelto en sí, y sabía que la voz provenía de la cama de al lado, de la mujer a la que le faltaban las dos piernas y que tenía los muñones vendados con tiras de papel empapadas de sangre.

Si hubiera servido de algo, si hubiera podido ofrecerle aunque fuese unas palabras de consuelo, se habría vuelto hacia aquella desgraciada y habría hecho un esfuerzo por mirarla, por comunicarse con ella. Pero no había nada que hacer. Aquel era el delirio de una moribunda y Mafalda no quería, no podía presenciar otra muerte. No en aquel momento.

Por otro lado, si hubiera abierto los ojos habría visto también a las otras enfermas. Por lo que había atisbado anteriormente, debía de haber unos diez catres dispuestos en dos hileras enfrentadas. El suyo estaba situado al fondo, junto a una ventana; los demás estaban ocupados por internas en condiciones en apariencia bastante graves, aunque no tan lamentables como las de la mujer desahuciada, y prefería

364 ✤✤✤✤ *La princesa de Buchenwald*

no volver a afrontar aquella imagen desoladora y tratar de no hacer caso de las toses, los gemidos y algún que otro grito inesperado que le helaba la sangre.

Ella, por suerte, se encontraba mejor, al menos del dolor en el pecho, pero las náuseas habían vuelto y no entendía si se debían a la dolencia que la aquejaba o al ambiente hediondo que había entre aquellas cuatro paredes de madera. Olía a heces y a vómito, a sangre y a alcohol, a sudor y a orina. Sin embargo el olor más fuerte no lo generaban las enfermas, sino que provenía de fuera. Era el mismo que llegaba de vez en cuando a su barracón cuando cambiaba el viento, aquella especie de humo intenso que a veces les obligaba a taparse la boca con un pañuelo. Pero allí era mucho más penetrante y lo impregnaba todo de tal modo que el mero hecho de respirar se volvía insufrible.

De repente el tacto de una mano la sacó de sus pensamientos e, instintivamente, buscó con la vista al dueño de aquella piel rugosa que se posaba en su frente. A la derecha de su cama un hombre con unas minúsculas gafas de metal ligeramente torcidas la observaba con detenimiento.

—¡Vaya! Veo que está mejor.

Hablaba alemán con la corrección y la confianza de quien utiliza su lengua materna, e iba vestido con una bata blanca desabotonada que dejaba entrever el uniforme de los reclusos. Era difícil adivinar su edad, pero por la incipiente barba gris y la reluciente piel de la parte superior de la cabeza debía de superar los sesenta años.

Con sumo cuidado, le apoyó el dedo índice bajo el ojo y tiró del parpado mientras fruncía los labios.

—Todavía hay anemia —concluyó—, pero la ictericia ha disminuido. ¿Sigue teniendo ganas de vomitar?

Mafalda movió la cabeza afirmativamente.

—Me lo imaginaba, aunque no me preocupa. Lo importante es que ha bajado la fiebre. Pero es posible que a lo largo del día vuelva a subir.

—¿Es usted médico? —preguntó ella en un susurro. Hacía mucho que no abría la boca y le costaba hacerse oír.

—No, señora, en realidad soy arquitecto. O mejor dicho, lo era —añadió con una sonrisa cargada de amargura—. Soy lo que llamamos aquí un «sani», un sanitario. En teoría somos los ayudantes de los médicos, aunque no crea que los vemos muy a menudo. A ellos no les gusta este ambiente. Prefieren estar con el resto de camaradas de la SS. Solo vienen a revisar que todo esté en orden o para realizar alguna operación de envergadura. Bueno, y para visitar el barracón de los enfermos infecciosos. El resto nos lo dejan a nosotros. Y le puedo asegurar que es mejor así. No crea que son tan simpáticos como yo —dijo guiñándole un ojo—, en especial el doctor Eisele.

Le hablaba con dulzura, en un tono relajado, y a Mafalda le agradó aquella amable locuacidad. Pero al pronunciar aquel nombre su rostro se tensó.

—Por cierto, me llamo Wegener. Karl Wegener. Y usted es *Frau* Weber, ¿verdad?

La mirada se le iluminó de nuevo y Mafalda asintió con un amago de sonrisa.

—Bueno, *Frau* Weber, volviendo a su estado, todo hace pensar que se ha tratado de una inflamación de la vesícula. Suele suceder después de una pérdida de peso considerable. Duele mucho, pero no reviste gravedad. Es más, en muchos casos se resuelve por sí sola. Aun así, le hemos suministrado suero y un calmante por vía intravenosa para ayudar a la recuperación.

A Mafalda le sorprendió su seguridad, y debió de leérsele en la cara porque el sanitario sonrió de nuevo.

—Llevo mucho tiempo aquí y he visto otros casos como el suyo. Los vómitos, la fiebre, el tono amarillento de la piel, la remisión espontánea... Al final las enfermedades que presentan los reclusos son todas muy similares. Y usted, afortunadamente, ha desarrollado una de las más benignas.

Mafalda volvió la cabeza hacia su izquierda y preguntó:

—¿Y a ella? ¿Qué le ha sucedido?

El señor Wegener miró a la mujer malherida de la cama contigua y apretó la mandíbula.

—Fue un desgraciado accidente; en la Gustloff Werke, la fábrica de armamento. Ella y otra reclusa trataban de solucionar un problema en una máquina. En un momento dado se les cayó encima y las aplastó. Su compañera tuvo más suerte, murió en el acto.

La dulzura del semblante de Wegener se había desvanecido.

—No nos permiten suministrarle morfina. Dicen que no tiene sentido desperdiciarla.

Mafalda cerró los ojos y sintió una opresión en el cuello, como si la garganta se le hubiera cerrado de golpe.

—¡Bueno! —exclamó el señor Wegener pasados unos segundos, retomando de forma deliberada el tono afable y desenfadado—. Pero estábamos hablando de usted, y lo que importa es que se va a curar. De eso me encargo yo. Y ahora procure seguir descansando. Todavía está muy débil y tiene la tensión muy baja. Si conseguimos que la fiebre desaparezca del todo creo que podré darle el alta.

Mafalda no confió demasiado en sus palabras. Le parecieron un recurso para animarla. Y bastante torpe, por cierto. Pese a ello, el gesto estaba cargado de bondad y, tras sujetarle la mano, hizo un esfuerzo por apretársela.

—Gracias —dijo.

—No hay por qué darlas —respondió el señor Wegener—. Una cosa más, no creo que pueda pasar a verla en bastante tiempo. Fuera hay una infinidad de reclusos esperando a que los atiendan. Si necesita vomitar, debajo de la cama tiene un cubo.

La luz que entraba por la ventana la obligó a despertarse. Había pasado muchas horas inmersa en un agitado duermevela, alternando los momentos de náuseas y desasosiego con pesadillas en las que se veía a sí misma sin brazos ni piernas, rodeada de gente que hacía caso omiso de sus gritos de auxilio y sus súplicas. Y una y otra vez, cuando el terror la sacaba de improviso de aquel delirio, se descubría a sí misma bañada en sudor y con el corazón desbocado.

Sin embargo, en esta ocasión se sentía más descansada, aunque ligeramente aturdida. Con los ojos entreabiertos, posó la mirada en los tablones desnudos y las vigas de madera que conformaban el techo de la enfermería y se preguntó cuánto tiempo llevaría allí. Pero no encontró respuesta. Era imposible saberlo. Ni siquiera conseguía discernir qué hora era. A juzgar por la penumbra en la que estaba sumida la sala, supuso que todavía era de noche y que el resplandor provenía de alguna linterna o de los faros de un automóvil, aunque tampoco estaba segura. Era posible que estuviera amaneciendo. En cualquier caso, ciertos indicios le hicieron pensar que quizá no se equivocaba tanto: apenas había actividad, el resto de enfermas parecía descansar y no se oía prácticamente ningún ruido.

Conforme iba tomando conciencia de su cuerpo, descubrió que las arcadas habían desaparecido y que apenas sentía dolor, tan solo una ligera molestia en el costado que atribuyó a los días que llevaba tumbada. Además, le habían quitado el gotero. Y, sorprendentemente, había recuperado el apetito.

El reposo, junto a los calmantes, había surtido efecto. Solo esperaba que la fiebre hubiera desaparecido. De ser así, tal vez el señor Wegener podría darle el alta. Porque quería irse de allí cuanto antes. No veía la hora de regresar a su barracón, el lugar que durante tanto tiempo había sido su celda y que de pronto veía como un refugio, un rincón donde esconderse del horror y la muerte que reinaban allí fuera.

Entonces volvió la cabeza hacia su izquierda, preocupada por el silencio de la mujer malherida. Ya no gemía ni gritaba, y temió que estuviera inconsciente, o incluso muerta. Pero no fue así. En lugar de eso descubrió un revoltijo de sábanas amontonadas sobre el jergón.

La visión del camastro vacío le cortó la respiración, pero pronto el estupor se transformó en alivio. Se había terminado. El dolor atroz que había padecido aquella pobre desgraciada había cesado. Por fin Dios la había acogido en su seno. Sin embargo, al pensar en cómo se había ido, se sobrecogió. Había dejado este mundo completamente sola, lejos de su casa, de su gente, junto a una desconocida que ni siquiera sabía su nombre y despojada absolutamente de todo, incluso de su dignidad. Mafalda se llevó la mano a la frente para santiguarse y rezó una oración por su alma.

Cuando acabó la plegaria permaneció allí tumbada sin moverse, dándole vueltas a algo que la atormentaba desde que había comenzado su reclusión pero que, en ese instante, la golpeó con una intensidad inusitada, sacudiéndola por dentro. ¿Qué sería de ella si sufría la misma suerte que aquella mujer? Se encontraba mejor, aunque ello no significaba nada. Por mucho que se esforzara por mantenerse con vida, en apenas un instante ella también podía sufrir un accidente, o cualquier enfermedad letal que se la llevara de forma repentina. Siempre había sido una persona de salud débil. Y al igual que la del resto de reclusos, su vida ya no tenía ningún valor. Y menos aún para sus carceleros. Eran capaces de volarle la cabeza a alguien por una nimiedad o abandonar a un moribundo retorciéndose de dolor sin proporcionarle una medicación que le calmara. En su caso, al menos de momento, parecía que tenían interés en mantenerla con vida. Tal vez la reservaban para canjearla por alguien, o para torturar o chantajear a su familia. En cualquier caso, tal y como le había explicado Tony en una ocasión y había confirmado el vigilante que hacía guardia al otro lado del muro, los presos de los barracones de aislamiento eran especiales. Pero tampoco eso era garantía de nada. De un día para otro alguien podía decidir que ya no les resultaba útil. Y en ese caso los guardianes que dirigían aquel infierno se desharían de ella, sacrificada como un animal de carga que ha dejado de cumplir su función, como habían hecho con el pobre hombre que había sido ejecutado delante de sus compañeros.

Sin embargo, lo que le angustiaba más no era su muerte. Hacía mucho que había asumido que tal vez nunca saldría de allí con vida. Su preocupación, la causa principal de sus desvelos, era que nadie sabía dónde estaba. Los nazis se habían ocupado de hacerla desaparecer, de borrarla por completo de la faz de la tierra. Y la mejor manera de conseguirlo había sido convertirla en otra persona. Así, si al final dejaba este mundo, el cadáver que saldría por la puerta del barracón no sería el de Mafalda de Saboya, sino el de *Frau* Weber. Su única esperanza era que Tony, su marido o el padre Tyl, las personas que sabían quién era realmente, la sobrevivieran y se pusieran en contacto con sus seres queridos. O que alguna de las cartas que escribía consiguiera burlar la vigilancia y salir del campo. De lo contrario, sus hijos nunca sabrían qué había sido de su madre, y sus padres y Philipp, si es que seguía con vida, jamás podrían darle sepultura.

Al darse cuenta de que tenía las manos entrelazadas sobre su pecho como si todavía estuviera rezando, las separó poco a poco y dejó caer los brazos pesadamente a ambos lados del cuerpo. Quería pedirle a Dios que la ayudara, pero se sintió ridícula, una estúpida egoísta. En aquel lugar había mucha gente que necesitaba la misericordia divina, la mayoría mucho más que ella, y no tenía derecho a pedir nada. Si acaso, debía darle gracias por todo lo que le había dado.

Cansada de tanto dolor, cerró de nuevo los párpados y pensó en Tony y en lo mucho que deseaba abrazarla. No podía seguir prolongando aquel distanciamiento. Tenía que hablar con ella, y lo haría en cuanto volviera al barracón. Necesitaba pedirle perdón. Decirle que se arrepentía de haber sido cómplice de aquel régimen sanguinario y de no haberse rebelado contra él a tiempo.

Cuando abrió de nuevo los ojos se dio cuenta de que se había quedado dormida. Y aparentemente durante un buen rato; la habitación ya no estaba en penumbra, la iluminaban los rayos del sol. Por lo demás, el silencio ya no era tal, la mayoría de las enfermas ya habían despertado y la cama de su izquierda volvía estar ocupada. Esta vez se trataba de una mujer de piel oscura, con los ojos color azabache y las cejas muy pobladas. Mafalda pensó que debía de ser de raza gitana, pues le recordaba a los zíngaros de Rumanía o Bulgaria. Por suerte no parecía muy enferma, aunque tenía la mano sobre la mejilla, la mandíbula claramente inflamada y el rostro crispado de quien sufre un dolor insoportable.

De pronto un cierto bullicio que provenía del exterior hizo que se olvidara de su compañera y volviese la cabeza hacia la ventana. Con no poco esfuerzo, se incorporó ligeramente y recolocó la rígida almohada en la que tenía apoyada la cabeza para poder tener una visión más amplia y ver si divisaba algo. Al comprobar que no servía de nada, se decidió a levantarse. Todavía estaba débil, pero así podría comprobar si se mareaba o si lograba mantenerse en pie.

Se envolvió la espalda y los hombros con una manta que le cubría las piernas y bajó por el lado derecho de la cama. Tenía los pies descalzos; vio que sus zapatos estaban cerca de la cabecera y se los puso. Luego apoyó las manos sobre el colchón y se incorporó. La sensación fue muy agradable. Había recuperado el control de su cuerpo y ya no se sentía tan desvalida.

Una vez se aseguró de que no iba a perder el equilibrio, se acercó a la ventana y miró hacia el exterior. Necesitaba entender dónde estaba, cómo era exactamente aquel lugar. Lo primero que vio al otro lado de los cristales empañados fue un barracón de madera, grande y alargado, que estaba situado justo enfrente, en paralelo a su habitación. A lo largo de su fachada discurría una fila formada por decenas de personas, hombres y mujeres de diversas edades, pero todos con el mismo aspecto desolador. Eran los presos a los que había aludido Wegener, que esperaban para ser atendidos. Mafalda se quedó mirándolos un buen rato sin que ninguno se diera cuenta de que estaban siendo observados. Se fijó en un muchacho con una herida en el brazo que intentaba contener la hemorragia con un trapo mugriento y una anciana con la piel cubierta de ronchas del tamaño de una moneda que parecían en carne viva. Entonces se preguntó cómo se las arreglaba un puñado de sanitarios sin preparación como Wegener para atender a toda aquella gente.

—¿Qué está haciendo ahí?

Mafalda se volvió hacia la voz femenina que la había increpado y descubrió a una mujer con una cofia de enfermera que, con expresión malhumorada, la miraba desde la puerta abierta de la habitación. Tenía acento eslavo y la rigidez corporal propia de los temperamentos inflexibles. Entre las manos sostenía una bandeja metálica con una jeringuilla dentro.

—Necesitaba ir al retrete —respondió Mafalda con voz temblorosa. Fue lo primero que se le ocurrió, aunque en realidad era cierto. Sabía que todas las camas tenían un orinal debajo, pero le daba mucho pudor utilizarlo y llevaba un buen rato resistiendo.

—¿Y lo buscaba al otro lado de la ventana?

Mafalda no respondió, solo bajó la cabeza en actitud sumisa, sintiendo sobre sí las miradas del resto de enfermas, que observaban la escena en silencio.

—¡Responda! —le ordenó la mujer.

—No sabía si podía dejar la habitación. Esperaba que viniera alguien para pedir permiso y mientras se me ocurrió asomarme.

La mujer la observó de arriba abajo en silencio y luego paseó la mirada por la estancia, deleitándose en el poder que tenía sobre las allí presentes. Por su indumentaria era una «sani», y por lo tanto una reclusa, pero su actitud era muy diferente a la de Wegener. Se notaba hasta qué punto era consciente de que su estatus era mayor que el de las enfermas, y eso le proporcionaba un gran placer.

Mafalda miró por el rabillo de ojo a la mujer gitana. Parecía muy asustada.

—Está bien —dijo finalmente la «sani»—. Puede salir. La letrina está al fondo.

Sin relajar ni por un segundo su actitud envarada, se apartó para cederle el paso y cerró ella misma la puerta.

Una vez fuera, Mafalda se sintió totalmente perdida. Ante sus ojos había un pasillo largo y estrecho con ocho puertas, cuatro a cada lado. No quería volver atrás y preguntarle a aquella mujer desagradable cuál de ellas correspondía al retrete, así que supuso que debía de estar detrás de la última a su izquierda. Era algo diferente del resto, más tosca y un poco más pequeña.

Se acercó despacio, intentando no hacer ruido, temerosa de que alguien le saliera al paso y le preguntara qué hacía allí, y al llegar a su destino presionó con cautela. Estaba cerrada. Entonces creyó escuchar una voz en el interior y, sin pensárselo, pegó el oído a la misma.

—*Non m'aspettar, rondinella straniera, non mi cercar, se non torno stasera...*

No podía ser. ¿Cómo era posible que estuviera escuchando esa melodía, esas notas que conocía tan bien y que ella misma había cantado tiempo atrás, mientras podaba las flores del jardín o tejía ropita infantil delante de la chimenea de su salita de estar?

Las manos empezaron a temblarle. Emocionada, apoyó la frente sobre la misma puerta y cerró los párpados. Debía tranquilizarse.

Mientras inspiraba hondo, intentando recuperar la serenidad, la puerta se abrió. En otro momento Mafalda se habría apartado para dejar paso, aunque su reacción fue muy diferente. Movida por un impulso, se situó delante. No tenía intención de amedrentar a la dueña de aquella voz, pero tenía que abordarla. Necesitaba hablar con ella.

—*Dieses Lied...*

Era joven, casi una niña; tenía los ojos grandes y la nariz afilada, y estaba asustada. Muy asustada.

—Esa canción... —repitió casi susurrando, esta vez en italiano—. Yo conozco esa canción.

La muchacha se quedó mirando su camisa de dormir, la manta que le cubría los hombros y sus zapatos deslustrados. De inmediato los músculos de su rostro se relajaron.

—¿Es usted italiana? —hablaba en voz muy baja, con la misma dulzura con la que había cantado las hermosas y tristes palabras de aquel tango.

En ese momento Mafalda sintió de nuevo un impulso irrefrenable. Tenía que decírselo, y cuanto antes. No podía dejarlo pasar. Sabía que no volvería a presentársele una oportunidad como aquella.

—¿No me conoces? Mírame bien, por favor, aunque ahora mismo sea difícil reconocer en mí a quien fui. Soy Mafalda de Saboya. Soy la hija del rey de Italia —afirmó, como si quisiera convencerse incluso a sí misma.

La joven se la quedó mirando con el ceño ligeramente fruncido, y a Mafalda le resultó imposible interpretar lo que significaba aquel gesto. Podía indicar tanto desconcierto como incredulidad. O tal vez ninguna de las dos cosas.

—¿La princesa?

—Sí, la princesa —lo dijo con tristeza; le había sonado extraño escuchar que la llamara de ese modo. Allí, frente a aquella mujer, desvalida como ella, despojada de su dignidad, no podía, no quería ser «la princesa»—. Pero tú, *cara mia* —continuó diciendo Mafalda—, tú eres más princesa que yo. Tú un día podrás volver a Italia. Yo no.

No sabía por qué había dicho aquello. Tal vez porque, de pronto, sentía la necesidad de compartir con alguien aquella funesta sensación que la asaltaba cada vez con más frecuencia y que nunca antes había expresado en voz alta. La idea de que nunca saldría de allí con vida.

La muchacha no respondió y Mafalda permaneció igualmente callada. No sabía cómo actuar. Había deseado tanto poder encontrar a un compatriota y, de repente, estaba paralizada.

De pronto la joven extendió el brazo lentamente y, sin previo aviso, acercó la mano al pelo de Mafalda, cada vez más escaso y sucio, y deslizó un mechón entre los dedos índice y pulgar. No hizo falta que dijera nada. Al ver la expresión de su rostro, Mafalda se dio cuenta de que añoraba la posibilidad de tocar unos cabellos como aquellos, tan diferentes de la capa de cerdas ásperas y erizadas que nacían en su cabeza rapada.

Entonces un ruido inesperado, como un crujido que Mafalda no supo de dónde provenía, las sacó de su ensimismamiento.

—Tengo que irme —dijo la joven apresurándose por el pasillo.

Mafalda, con la misma celeridad, entró en la letrina y cerró la puerta. Cuando estuvo a solas, murmuró para sí: «Que Dios te proteja».

De vuelta a la habitación, descubrió con alivio que la enfermera había desaparecido. Se había demorado unos minutos en las letrinas, intentando controlar la respiración acelerada y adoptar una falsa serenidad que no despertara suspicacias, pero le había bastado pisar de nuevo el pasillo para darse cuenta de la inutilidad de sus esfuerzos. Seguía teniendo la boca seca y era incapaz de controlar el temblor de las manos.

Afortunadamente, tras la marcha de aquella «sani» de aspecto iracundo, tan diferente de Wegener, todo había vuelto a la normalidad. El resto de enfermas seguía igual, como si nada hubiera pasado, y la mujer de piel oscura que tan alterada estaba unos minutos antes yacía tranquila, con las facciones relajadas y los ojos cerrados. Le parecía imposible que se hubiera dormido en aquel lapso tan breve e imaginó que su aparente placidez era un intento deliberado de superar el momento de agitación que acababa de vivir. Y precisamente eso era lo que debía hacer ella.

Para molestar lo menos posible, Mafalda caminó con sigilo hasta su cama y se introdujo de nuevo bajo las sábanas pensando en lo que le acababa de ocurrir, no sin antes doblar la almohada por la mitad para mantener la cabeza ligeramente erguida. Mientras, recordó aquella voz arrulladora, los compases de su canción melancólica y el tacto de los dedos deslizándose por su pelo. Había sido todo tan repentino, tan precipitado, que le parecía irreal.

Y sin embargo, había sucedido. Dios había escuchado sus súplicas y le había dado la oportunidad de revelar a alguien su presencia allí. Alguien que, si al final ella no lograba sobrevivir, podría dar testimonio de que se habían encontrado, de que la había visto con sus propios ojos.

Pero entonces, mientras reclinaba la cabeza y se recreaba en su buena fortuna, la asaltó una duda, una idea inquietante que en cuestión de segundos se trasformó en una mano invisible que la agarró por la garganta y le cortó la respiración. ¿Y si aquella mujer no era la persona dulce y desvalida que ella había creído ver? ¿Y si acababa de cometer un terrible error? Nerviosa, se atusó el cabello y recordó el día en que el señor Breitscheid le había hablado de los confidentes. «Están por todas partes», había afirmado. «La persona que menos te esperas podría estar traicionándote». O de cuando el padre Tyl le había advertido que era mejor no revelar su identidad a María.

De improviso el rostro de la joven tomó forma de nuevo ante sus ojos. Aquella mirada enigmática, la expresión insondable que había interpretado como una muestra de incredulidad y, sobre todo, aquella pregunta: «¿La princesa?».

El sentimiento de culpa que la atormentaba desde la discusión con Tony afloró de repente y rememoró todas las veces que se había cuestionado si su pueblo les perdonaría alguna vez que les hubieran embarcado en aquella guerra. De inmediato, la inquietud se convirtió en desasosiego. ¿Albergaría aquella joven un sentimiento de rencor hacia su familia? ¿Había sido ella tan ingenua como para confundir con dulzura lo que en realidad era astucia?

Pero no, no podía dejarse llevar por el pánico. Era posible, incluso probable, que aquella joven detestara a cualquier persona relacionada con la monarquía, pero no le había parecido el tipo de persona capaz de delatar a nadie. La expresión de su rostro era demasiado cándida, demasiado afable. Aquella idea apaciguó un poco sus ánimos, aunque no logró disipar del todo su inquietud. En demasiadas ocasiones las personas sin escrúpulos, aquellas capaces de las mayores bajezas, se ocultaban bajo una máscara de aparente bondad. Además, aun en el caso de que la muchacha no tuviera intención de traicionarla, no podía descartar que relatara lo sucedido a otros reclusos. Y si lo hacía, bastaría poco para que su confidencia acabara propagándose entre los italianos del campo. De hecho, era precisamente eso lo que Mafalda deseaba inconscientemente desde un principio, la razón por la que había querido que aquella mujer supiera quién era. Sin embargo, por primera vez la posibilidad de que su atrevimiento llegara a oídos del comandante Pister se cruzó por su mente y el miedo a ser descubierta le oprimió el corazón.

¡Cómo podía haber sido tan imprudente!

De repente, el crujido de la puerta al abrirse hizo que se agarrara con ambas manos a los lados del jergón.

Allí estaba de nuevo, de pie en el umbral. Era la enfermera de mirada despiadada, con la misma expresión de suficiencia con la que se había presentado antes. Pero esta vez no venía sola: iba acompañada de otros dos reclusos, dos hombres de considerable estatura. Al verlos, Mafalda tragó saliva y los músculos del cuello se le tensaron de golpe. Y no fue la única que se sintió amenazada. Las miradas de las otras pacientes se concentraron en los recién llegados, a excepción de la de la mujer de piel oscura, que seguía en la misma plácida posición.

Mafalda se preguntó qué motivos podía tener para volver. Apenas habían pasado unos minutos desde su visita anterior. ¿Era posible que la conversación del pasillo hubiera llegado a sus oídos? ¿Tan pronto? Temiéndose lo peor, y resignada a aceptar lo que le deparara el destino, irguió la espalda y miró de frente a la enfermera.

Sin embargo, esta no le devolvió la mirada. Ni a ella ni a nadie. Ni siquiera se dignó a pasear sus ojos desafiantes por la habitación como había hecho la primera vez. Con la misma decisión con la que realizaba todos sus movimientos, la mujer se dirigió en silencio a la mujer de piel oscura, la agarró por la muñeca y le presionó en la cara interna utilizando los dedos índice y corazón.

Apenas un instante después, con expresión displicente, soltó su presa. El brazo de la mujer, esquelético e inerte, quedó colgando en una postura imposible sin que su dueña hiciera nada por remediarlo.

—Adelante —dijo entonces dirigiéndose a los hombres que seguían en el umbral—. Lleváosla.

Mafalda reprimió una exclamación de estupor y una extraña sensación de vértigo se apoderó de ella. No podía ser. Hacía un momento aquella mujer estaba perfectamente. Tan solo tenía un llamativo flemón que le deformaba la mejilla.

De improviso sintió ganas de ponerse a gritar, de proclamar a los cuatro vientos que no se la llevaran, que era imposible que estuviese muerta. Pero no lo hizo. Sencillamente se quedó quieta, observando por el rabillo del ojo a la enfermera que, con intención de dejar espacio a sus ayudantes, se había situado delante de la ventana, con los brazos cruzados bajo el pecho y las piernas entreabiertas. Desde allí, en una posición que Mafalda no había visto jamás adoptar a una mujer, controlaba toda la habitación.

Entonces, inesperadamente, posó sobre ella una mirada cargada de desprecio infinito.

—Y cuando hayáis acabado volvéis a por esta —dijo señalándola con un gesto de la barbilla.

La frase, rotunda e inequívoca, terminó de helarle la sangre.

—Esto no es una pensión —continuó la enfermera—. Si está bien para andar paseándose por ahí, lo está también para volver a su barracón.

Luego, mientras los hombres cruzaban el umbral con el cadáver a cuestas, concluyó:

—Un par más y habremos terminado. ¿Querían veinte camas libres? Pues las tendrán.

✸ ✸ ✸

Mafalda salió del barracón por su propio pie, con las piernas todavía temblándole, escoltada por otra mujer que no había visto antes y que también llevaba cofia de enfermera. Llevaba puesta una bata de rayas grises. Se la habían arrojado a la cara cinco minutos antes ordenándole que se cambiara, y aunque hubiera preferido quedarse con su camisón de dormir, el que llevaba a su llegada, lo que menos le importó fue tener que renunciar a aquella prenda. Si hubiera hecho falta se habría puesto un saco que le cubriera de la cabeza a los pies. Cualquier cosa con tal de abandonar aquel lugar cuanto antes.

Por suerte, el medio de transporte que la esperaba para su traslado no tenía nada que ver con el que la había llevado hasta allí. Se trataba de una ambulancia aparcada a escasos veinte metros, justo delante del barracón de enfrente. Tenía el motor encendido y, a diferencia de la camioneta en la que había llegado, la parte posterior era un habitáculo techado, de paredes rígidas y opacas, con los portones abiertos y una escalerilla desplegada.

Mientras recorría la distancia que la separaba del vehículo estiró el cuello y miró afanosamente a su alrededor. Había cierto movimiento de personas que iban y venían entre las cinco o seis construcciones más próximas. Supuso que todas ellas formaban parte de la enfermería, de modo que no le pareció descabellado que entre ellas se encontrara el señor Wegener. No quería irse sin mostrarle su agradecimiento, aunque fuera con un gesto desde la distancia, y a pesar de que sabía que las posibilidades eran mínimas no iba a darse por vencida hasta que estuviera dentro de la ambulancia.

—¿Se puede saber qué estás mirando? —bramó la mujer que la acompañaba—. ¡Deja de curiosear y sube de una vez!

Mafalda no respondió, se limitó a reaccionar al empellón que recibía poniendo el pie sobre el primer peldaño de la escalerilla. De improviso, un movimiento sutil pero al mismo tiempo intenso y apremiante le hizo hacer caso omiso de la orden que acababa de recibir. Movida por un impulso, volvió de nuevo la cabeza, esta vez en la otra dirección, y descubrió que estaban justo delante de una ventana. Al otro lado, una imagen borrosa como una fotografía desenfocada: un rostro femenino, de ojos grandes y nariz afilada que, con la palma de una mano apoyada sobre el cristal, movía los labios lentamente para que Mafalda pudiera leer en ellos una palabra.

«*Addio*».

Capítulo 36

Buchenwald
Abril de 1944

De regreso a su barracón y durante las semanas posteriores, Mafalda vivió atormentada por todo lo que le había sucedido en el campo grande. En los momentos más inesperados, sin siquiera proponérselo, su mente revivía las escenas de horror y muerte que había presenciado, provocándole un sudor frío y una sensación de vértigo imposibles de controlar. Una y otra vez le asaltaba la imagen de la reclusa con las piernas mutiladas que agonizaba junto a su cama, la mirada de pánico de la mujer gitana antes de morir o el estruendo del disparo que había segado la vida de aquel hombre desvalido. Solo había dos cosas que conseguían disipar aquellos pensamientos y alejar momentáneamente la sensación de angustia incontrolable: la estampa de San Francisco que le había regalado el padre Tyl y el recuerdo de la joven italiana despidiéndose de ella.

Al pensar en aquella muchacha, en sus dedos deslizándose por su pelo, en la mano apoyada en el cristal, Mafalda sentía una emoción inexplicable. Apenas habían intercambiado un par de frases, pero era como si se hubiera creado entre ellas una especie de comunión, un vínculo que las uniría para siempre. Y en los momentos más oscuros, aquella convicción le proporcionaba la paz necesaria para seguir adelante.

Pero el recuerdo de la joven no fue lo único que logró que, pasado un tiempo, los episodios de angustia se fueran espaciando y volviéndose cada vez menos intensos hasta convertirse en algo anecdótico. Su definitiva reconciliación con Tony también tuvo mucho que ver. Su amiga, que al verla de nuevo la había acogido con los brazos abiertos y la emoción de una madre que descubre la milagrosa recuperación de su hija, le demostró que su afecto era mucho más fuerte que sus diferencias y, gracias a aquella actitud abierta y generosa, Mafalda reunió el valor necesario para abrirle su alma. Fue así como, una noche, durante una larga y dolorosa conversación que no resultó fácil para ninguna de las dos, le pidió disculpas por haberle ocultado la verdad y por todos los errores que había cometido en su vida anterior. Por su pasividad, por ese no querer ser consciente del todo de lo que ocurría a su alrededor hasta que ya fue demasiado tarde. No obstante, lo que realmente cambió para siempre su relación fue que, ahora que ya no tenía que fingirse otra persona, por fin podía hablarle sin tapujos de todo: de los motivos por lo que estaba allí, de su arresto, e incluso de sus sentimientos encontrados hacia su padre y su marido.

—Últimamente no dejo de pensar en ellos —confesó Mafalda un día lluvioso a principios de abril—, pero no del modo en que me gustaría. Es como si tuviera el corazón dividido. Por un lado me angustia que puedan encontrarse en peligro, o peor aún, que les haya sucedido algo grave. En los días previos a mi detención me fue imposible contactar con ellos. Mis padres acababan de abandonar Roma y mi marido estaba aquí, en Alemania, pero no hubo manera de localizarlo. —Tenía los brazos apoyados sobre la mesa y se retorcía las manos con nerviosismo—. Y sin embargo, al mismo tiempo, cuando recuerdo aquellos momentos terribles, me invade un sentimiento como de rabia, de resquemor.

Tony la miraba sin decir nada, y Mafalda imaginó que le estaba resultando difícil oír hablar de todo aquello.

—Aún no entiendo cómo pudieron permitirlo —dijo Mafalda sacudiendo la cabeza con expresión de impotencia—. ¿Por qué dejaron que llegáramos a ese punto? Veían lo que estaba pasando. Tenían que saber que nos dirigíamos hacia una catástrofe, y aun así no hicieron nada para impedirlo.

Sintió que la angustia se le acumulaba en la garganta y necesitó inspirar hondo.

—Lo más absurdo de todo es que, en realidad, mi padre nunca soportó a Mussolini —comentó con la mirada perdida en los nudos que formaba la madera de la mesa—. ¡Por no hablar de Hitler! Tendrías que haber oído lo que pensaba de él. Que si estaba loco, que si era un depravado... Pero aun así permitió que el *Duce* pactase con Alemania, que promulgara un sinnúmero de leyes raciales para congraciarse con Hitler y que acabara declarando la guerra a Inglaterra y Francia... ¡Los que habían sido nuestros aliados! Y lo peor de todo es que, desde el primer momento, sabía que Italia no estaba preparada. —En aquel instante Mafalda levantó la mirada y buscó los ojos de Tony—. No te vas a creer lo que me contó Philipp cuando ya estábamos metidos de lleno en la contienda. Un día en que las noticias no eran muy esperanzadoras, me reveló que buena parte de los tanques que desfilaron por las calles de Roma durante la visita de Hitler estaban en realidad vacíos. No eran más que un armazón sin nada dentro, una artimaña para impresionar al *Führer* y, de paso, engañar al mundo entero.

Al ver la cara de estupor de Tony, no pudo evitar sentir vergüenza por lo que estaba contando.

—Y mi padre, sabiendo todo eso, no hizo nada. ¡Nada! Envió a su pueblo directo al matadero. Y cuando al final se decidió a actuar lo hizo de la peor manera posible, dejando en la estacada al ejército, a la ciudad de Roma y a todos los italianos, incluyéndonos a mis hijos y a mí.

Mafalda hizo una pausa y bebió un trago del vaso que reposaba sobre la mesa.

—En cuanto a Philipp... —continuó—, él lo es todo para mí, siempre lo ha sido. Mi compañero de vida, el padre de mis hijos... Y quiero pensar que todas las decisiones que ha tomado a lo largo de nuestro matrimonio han sido pensando que estaba haciendo lo mejor para nosotros. Aunque hay algo que me resulta muy difícil de aceptar. —Durante unos segundos apretó los labios con fuerza, esperando que así dejara de temblarle la voz—. A diferencia de mi padre, él sí creyó en Hitler. Estaba convencido de que era lo que su pueblo necesitaba, que había llegado para salvar Alemania.

En aquel instante vió cómo Tony cerraba los ojos y negaba lentamente con la cabeza, como si no pudiera soportar escuchar aquella frase maldita que todo el mundo repetía. Durante unos minutos, las dos se quedaron absortas en sus propios pensamientos.

—Es cierto que nunca mostró esa veneración, ese fervor incomprensible que vi en otra mucha gente —prosiguió Mafalda—, pero durante años lo apoyó de modo incondicional. Y precisamente por eso no puedo perdonarlo. Tomó una serie de decisiones, fruto de la reflexión y sopesadas con calma, que sabía que afectarían a nuestra vida y la de nuestros hijos, y que terminaron por echar a perder todo lo que habíamos construido. —Conforme hablaba, sentía como la rabia acumulada iba impregnando sus palabras—. Él no estaba ciego, más bien al contrario. Lo vio todo desde la primera fila. Las mentiras, las argucias, la forma en que engañaron a tanta gente. Escuchó a Hitler prometer que no se anexionaría Austria, que no se saltaría el Pacto de Múnich, que no invadiría Polonia. Y a pesar de todo siguió ahí, a su lado. Podría haber dado un paso atrás, desligarse del partido... Pero no. Permaneció impertérrito, escuchándolos despotricar contra mi padre, contra los católicos, contra los judíos. Es cierto que no estaba de acuerdo con aquella forma de pensar, y sin embargo siempre calló. Y lo que más me duele es que estoy convencida de que vio y oyó muchas otras cosas que no compartió conmigo. Cosas terribles que omitió para no preocuparme. —Finalmente, con la voz rota, añadió—: Y quizás incluso participó.

Con las lágrimas corriendo por sus mejillas miró a su amiga. Por fin había soltado esa sombra que la estaba corroyendo por dentro desde hacía mucho. Por fin le había puesto palabras a ese dolor íntimo.

—Y lo peor es que, cuanto más lo pienso, más me doy cuenta de que yo tampoco hice nada. De que yo también soy culpable. Y el dolor que me ahoga por dentro es a menudo insoportable. —Sentía como si las palabras que estaba pronunciando le rasgaran el pecho, pero no podía parar—. Tuviste razón al echarme en cara que yo fui una de ellos, porque lo fui, y no puedo descargar mi culpa sobre los demás. Cada uno debe asumir lo que ha hecho o lo que ha dejado de hacer. Porque entre todos hemos permitido que se llegara hasta aquí.

Tony apoyó la mano sobre el brazo de Mafalda y permaneció así durante un buen rato, sin pronunciar palabra.

—¿Sabes? —dijo por fin—. Yo también he reflexionado mucho en estas últimas semanas, a raíz de nuestro desencuentro. He pensado en lo que nos dijimos aquella noche, pero también en lo que le ha sucedido a mi país en estos años. Me he preguntado qué hizo que tanta gente, de un día para otro, adornara sus balcones con las banderas nazis, acudiera en masa a inscribirse al partido y se entusiasmara de aquel modo en los mítines y desfiles vociferando sin pudor consignas cargadas de odio. Pero sobre todo —prosiguió unos segundos después— me pregunto por qué nadie hizo nada cuando comenzaron a señalarnos, o cuando empezaron las persecuciones. Por qué aceptaron sin rechistar la idea de que los comunistas, los judíos, los socialdemócratas y todos los que no pensábamos como ellos éramos «enemigos de Alemania». ¡Por el amor del cielo! ¡Éramos sus compatriotas! ¡Sus vecinos! ¡Sus compañeros de trabajo!

Esta vez fue Tony la que tuvo que dejar de hablar para no dejarse llevar por el dolor.

—Y también he pensado mucho en Rudolph y en mí —añadió entonces—, y en la decisión que tomamos en su momento. Al fin y al cabo, en cuanto vimos las orejas al lobo optamos por marcharnos. Abandonamos nuestro país por miedo, con la excusa de que, una vez a salvo, combatiríamos al régimen desde el exilio.

Un silencio denso y prolongado se impuso entre ellas.

—Nunca sabré si hicimos lo correcto —dijo—, pero en aquel momento nos pareció lo más acertado. Lo que sí sé es que, cuando este terrible conflicto acabe, si es que lo hace algún día, todos y cada uno de nosotros deberemos enfrentarnos a nosotros mismos y a nuestras conciencias y analizar cuál es nuestra parte de culpa. Tendremos que preguntarnos si contribuimos a que sucediera o si hubiésemos podido hacer algo más para evitarlo. Pero para que eso sea posible —añadió con los ojos empañados por una profunda tristeza—, mi país no solo tendrá que perder la guerra, sino que deberá sufrir una derrota aplastante. Solo así saldremos de esta —concluyó—. Es la única manera.

Capítulo 37

Buchenwald
Mayo de 1944

Acabada la temporada de lluvias, Mafalda, Tony y su marido se acostumbraron a pasar cada vez más tiempo en el jardín. Después de tantos meses recluidos entre cuatro paredes, soportando el frío y la humedad que penetraban por entre los tablones impregnándolo todo de un desagradable olor a madera podrida, necesitaban un poco de aire fresco, aunque la única manera de conseguirlo fuera pasando las horas muertas en aquel reducido rectángulo de tierra baldía. Por suerte, el efecto de los rayos del sol y el olor a brotes frescos que llegaba del bosque de hayas mejoró notablemente la salud de todos ellos, en especial la del señor Breitscheid, que acusaba cada vez menos los fuertes dolores de cabeza que le habían obligado a hacer reposo la mayor parte del invierno. Ahora era habitual verlo pasear meditabundo, con las manos a la espalda, recorriendo una y otra vez los límites establecidos por el muro de ladrillos, una actividad que realizaba por imposición de su mujer, que estaba convencida de que aquel ejercicio prevenía posibles recaídas.

Con el avance de la primavera, también se instaló en ellos un talante más positivo, y no solo porque el tiempo fuera más agradable. Había otras dos razones por las que la reclusión parecía algo más llevadera respecto a los meses anteriores. La primera y más importante era la actitud mucho más relajada de sus carceleros. Las irrupciones intempestivas con la intención de amedrentarles habían ido espaciándose hasta desaparecer por completo y las visitas inesperadas habían dejado de ser un motivo de inquietud.

El segundo motivo, íntimamente relacionado con este, era la repentina desaparición de *Frau* Gunnard y su sustitución de un día para otro por un kapo de origen rumano llamado Cernat. Se trataba de un hombre de cierta edad que, a pesar de que se mostraba firme con el respeto del reglamento, no disfrutaba poniéndoles en apuros e incluso, en ocasiones, demostraba que podía ser bastante flexible, sobre todo con las visitas del padre Tyl o las entradas y salidas de María.

Todo aquello hizo que en Mafalda empezara a madurar una idea que acabó proponiendo a Tony una mañana poco antes del mediodía, mientras disfrutaban del calor de los rayos de sol.

—¿Sabes? He estado pensando que quizá podríamos aprovechar una parte del jardín para crear un pequeño huerto. El suelo ha mejorado mucho últimamente. Ya no está tan seco.

—¿Un huerto? ¿Aquí?

Tony miraba con incredulidad las hierbas silvestres que habían brotado después de las lluvias.

—Sí, es perfectamente posible —prosiguió Mafalda—. Eso sí, tendríamos que limitarnos a plantas que requieran pocos cuidados.

—¿Y de dónde piensas sacarlas? —inquirió Tony.

—De las verduras y hortalizas que nos traen de vez en cuando; bastará con hacer rebrotar alguna que otra: patatas, cebollas, remolacha..., cualquiera de esas nos podría servir.

—No sé... —dijo Tony con expresión meditabunda—. Me extrañaría mucho que nos dejaran hacer algo así.

—Que yo sepa, no está prohibido —repuso Mafalda—, aunque tampoco hace falta pedir permiso. Ocuparemos solo un espacio reducido, lo necesario para un puñado de plantas. Nadie lo notará. Además, si nos limitamos a cultivar tubérculos pasarán fácilmente desapercibidas.

Al ver que la expresión de Tony seguía siendo de desconfianza, se animó a atajar sus posibles reticencias.

—Piénsalo bien —continuó—. Sería una manera de distraernos. Detesto estar así, mano sobre mano o dando vueltas y más vueltas alrededor del barracón.

—¿Y si nos descubren?

Mafalda sonrió ante la pregunta de su amiga.

—Pues nada —respondió—. Si nos descubren, mala suerte. ¿Qué crees que nos pueden hacer? ¿Obligarnos a arrancarlas?

Conforme hablaba, vio como la expresión de Tony cambiaba progresivamente.

—Ahora que lo dices —dijo esta después de unos segundos de reflexión—, hace días que pienso en cómo entretener a Rudolph. Esa obsesión suya con los aviones está empezando a quitarle el sueño. El jueves pasado, sin ir más lejos, estuvo dando vueltas en la cama hasta bien entrada la noche, y sé muy bien que el motivo era ese.

Mafalda sabía de qué le hablaba. En las últimas semanas el marido de su amiga insistía en que la guerra estaba a punto de dar un vuelco, si no lo había hecho ya, y que muy pronto todo habría terminado. El motivo de su convencimiento era que en más de una ocasión había avistado algún que otro avión sobrevolando el campo a gran altura. Según él, se trataba de incursiones aéreas aliadas para estudiar el terreno e indicaban que la situación de preponderancia de Alemania en el frente occidental estaba cambiando. Y no solo eso, insistía en que la actitud cada más relajada de sus carceleros era una prueba de ello. Estaban demasiado preocupados por lo que sucedía en el frente.

Mafalda no podía negar que aquella tesis le resultaba muy atractiva y, aunque no estaba segura de que tuviese suficiente fundamento, las ideas de Breitscheid habían despertado en ella el recuerdo de lo que le había dicho su primo Michele en Bad Homburg tres años atrás, cuando había insistido en que los Aliados ganarían la guerra.

—Pues con más motivo —prosiguió, respondiendo a las inquietudes de Tony sobre su marido—. Los trabajos en el huerto le permitirían estar pendiente de lo que pasa en el cielo, pero realizando algo provechoso que, además, conlleva un cierto ejercicio físico. Y estoy segura de que acabaría durmiendo mejor.

Esta última explicación terminó de convencer a su amiga y, unos días más tarde, empezaron a labrar la tierra de una esquina del jardín con ayuda de la azada rota que todavía guardaban en el barracón. Aunque no se temían graves represalias si los descubrían, lo hacían por turnos, mientras los otros dos vigilaban, y siempre en un momento del día en que las posibilidades de recibir visita eran más reducidas.

Una semana más tarde, mientras Mafalda explicaba a su amiga cuánto tiempo tendrían que esperar para saber si el par de zanahorias germinadas que acababan de plantar terminaba prosperando, Cernat se presentó de improviso. Iba acompañado de un hombre con traje de recluso que llevaba un pico al hombro.

Desconcertadas, las dos mujeres interrumpieron la conversación.

Una vez cerró la puerta de hierro tras de él, el kapo, sin hacerles ningún caso, se dirigió al hombre que iba con él.

—Es aquí —dijo.

Este apoyó el pico sobre el suelo y paseó la mirada por el jardín. Mafalda, viendo aquel gesto escrutador, echó un vistazo a la zona en la que se unían los dos muros. Si uno se fijaba bien, era evidente que alguien había estado removiendo el terreno. Lo que no entendía era cómo lo habían descubierto.

—No será un problema —dijo finalmente el hombre que acompañaba a Cernat—. Eso sí, nos llevará unos días.

Aquellos comentarios la descolocaron por completo. ¿De qué diantres estaban hablando?

En ese momento el señor Breitscheid apareció por la puerta del barracón. Debía de haber oído las voces masculinas.

—¿Qué es lo que llevará unos días? —preguntó con naturalidad. Mafalda sabía que mantenía una buena relación con Cernat, pero el tono que había utilizado, excesivamente directo y desinhibido, le pilló por sorpresa.

—Excavar la zanja —respondió Cernat.

Los tres habitantes del barracón se quedaron mirándolo con extrañeza. Al darse cuenta de sus gestos de incomprensión, el supervisor continuó:

—A partir de mañana vendrá un grupo de obreros a hacer unos trabajos —explicó—. Tienen órdenes de excavar una zanja como las que están realizando alrededor de las viviendas de la SS. Debería servir de refugio si sufrimos un ataque aéreo.

Mafalda, sobrecogida, buscó de nuevo con la mirada al matrimonio Breitscheid. Lo que vio fue la confirmación de que sus oídos no le habían jugado una mala pasada. Tony y Rudolph se agarraban de la mano y se miraban como si no hubiera nadie más. El rostro de él mostraba el orgullo irreprimible de quien había sabido desde el principio que estaba en lo cierto; el de ella, el desconcierto de quien no sabe cómo reaccionar a una noticia, si con miedo o con gritos de júbilo.

Los obreros llegaron poco después del amanecer. Mafalda, que estaba en su habitación leyendo unos salmos, no los oyó entrar. Sin embargo, tan pronto como empezaron a trabajar, los rítmicos e insistentes golpes le impidieron continuar con sus oraciones.

Con la Biblia todavía entre las manos, se planteó si salir al jardín. Se moría de curiosidad por saber todo lo relacionado con aquella zanja. Su tamaño, el tiempo que tardarían en cavarla... pero en realidad lo que más le preocupaba era la posibilidad de que el campo fuese bombardeado. Y no era la única que se hacía preguntas. La noche anterior había estado con Tony y su esposo, comentando la inesperada noticia y lo que esta significaba.

—No creo que debamos preocuparnos —había dicho el señor Breitscheid—. Al contrario, es un motivo más para ser optimistas.

—¿Optimistas? —Tony había mirado a su marido como si hubiera perdido la razón.

—Así es. Por muy disparatado que te pueda parecer, es otra muestra de lo que vengo diciendo desde hace tiempo. Esta gente tiene miedo. Y si lo tienen es porque el cerco se está estrechando cada vez más.

—Pero ¿de qué nos sirve que el rumbo de la guerra haya virado si acaban bombardeándonos? —había preguntado Mafalda.

—Es que no lo harán. Las zanjas, tanto la nuestra como las que están excavando junto a las viviendas de la SS, obedecen solo al nerviosismo de los nazis. Pero los Aliados saben muy bien dónde tienen que atacar, y nosotros no estamos entre sus objetivos. Antes bombardearán un aeropuerto o una ciudad que un campo de prisioneros.

A Mafalda aquellas explicaciones la habían tranquilizado un poco pero, aun así, había tardado varias horas en conciliar el sueño y se había despertado mucho antes de lo habitual, todavía algo alterada.

Entonces, decidida a averiguar algo más, dejó la Biblia sobre la mesa y abandonó su cuarto.

—Ya han empezado.

Tony, que estaba junto a su marido apoyada en el quicio de la puerta que daba al exterior, se volvió hacia ella.

—Lo sé. Lo he oído.

La pareja se apartó para que Mafalda tuviera acceso a la visión del jardín. Cuando se asomó, vio a un grupo de hombres entregados al trabajo que se les había encomendado. Lo hacían bajo la atenta mirada de Cernat, que de vez en cuando indicaba un punto con la mano, como dando a entender hasta dónde debían extenderse las obras. En total eran cinco, y al ver el lamentable estado físico en el que se encontraban Mafalda se preguntó cómo era posible que todavía les quedaran fuerzas para levantar sus pesadas herramientas. Entonces pensó en lo mucho que le habría gustado ofrecerles un trozo de la hogaza de pan que guardaban en la cocina, o del caldo que había sobrado de la cena y que María había reservado en una vasija de barro. Pero no podía. Tenían terminantemente prohibido establecer ningún tipo de contacto con otros internos.

Mientras se preguntaba cuánto habrían padecido aquellos pobres desgraciados para encontrarse en esas condiciones, se fijó en uno de ellos. Acababa de dejar el pico para quitarse la gorra de tela raída y la estaba sacudiendo enérgicamente con intención de espantar una mosca que le molestaba.

—*Su buginu!*

La espontánea imprecación, dicha entre dientes pero con el ímpetu suficiente como para que llegara a sus oídos, hizo que a Mafalda le diera un vuelco el corazón.

Conocía bien aquellas palabras. Era una expresión muy común en dialecto sardo.

De inmediato, las manos comenzaron a temblarle y la frente se le empapó de sudor. ¡No podía ser! Entonces, temerosa de que su subconsciente la hubiera traicionado, buscó con la mirada la pechera del uniforme del hombre. Lo que vio no dejaba lugar a dudas. Un triángulo rojo invertido con la letra I en el centro.

✤✤✤

—Tengo que hablar con él.

Se había recluido en su cuarto con intención de serenarse y ahora recorría inquieta los pocos metros que había entre la puerta y la pared opuesta, repitiendo una y otra vez la misma frase.

Tony, que al verla marcharse inesperadamente con el rostro demudado había ido tras ella, la miraba desde el borde de la cama con expresión taciturna.

—Cernat no lo permitirá —dijo—. Las normas son muy claras.

Mafalda no respondió. Sabía que su amiga tenía razón, pero no podía rendirse con tanta facilidad. Tenía que haber alguna manera.

—Me ofreceré a servirles un poco de agua —resolvió—. A eso no podrá negarse. Luego, cuando me acerque a él...

Su voz languideció cuando vio que Tony negaba con la cabeza y enseguida se dio cuenta de lo absurdo que había sonado. Aquella maniobra apenas le proporcionaría un par de segundos, y ella necesitaba más tiempo.

Durante un buen rato ambas permanecieron en silencio. Mafalda sin dejar de moverse y Tony frotándose la frente con ahínco, como si con aquel gesto pudiera dar con la forma de satisfacer los deseos de su amiga.

—¿Y si se lo explico? —preguntó finalmente Mafalda—. Cernat es una persona razonable. Puede que lo entienda.

Tony se puso rígida y se quedó mirándola fijamente.

—Ni se te ocurra —dijo con rotundidad—. Si conoce tus motivos, aún será más difícil conseguirlo. Tendrá miedo de las represalias.

—Entonces esperaré a que venga María —resolvió Mafalda—. Ella es una presa común, puede hablar con quien quiera.

—Eso no tiene ningún sentido —repuso Tony—. En primer lugar, María no conoce tu verdadera identidad, de modo que no podría trasmitirle muchas de las cosas que te gustaría que supiera. Y segundo, no le puedes pedir que se acerque mientras Cernat esté ahí delante, haciendo guardia. La única opción que te queda —concluyó— es esperar a que se marche.

Mafalda se dejó caer sobre una de las sillas que estaban junto a la mesa, apoyó los codos sobre esta última y hundió la cabeza entre las manos.

—¿Y si no lo hace?

—Lo hará. Si no hoy será mañana. Seguro que acabará yéndose. Puede que tenga órdenes de supervisar las obras, pero nadie es capaz de pasarse varios días ahí de pie, mano sobre mano, sin nada que hacer excepto tragar polvo.

Mafalda pasó el resto de la mañana pendiente de lo que sucedía en el jardín. Esperaba que, antes o después, se cumplieran las predicciones de Tony y Cernat abandonara su puesto dejando a los reclusos sin supervisión.

Por desgracia para ella, las horas pasaron sin que nada sucediese. Parecía como si alguien hubiera ordenado al kapo que no dejara a los hombres solos ni un segundo. Sin embargo, a eso de las dos de la tarde, cuando Mafalda ya empezaba a desesperar, el rumano decidió marcharse.

No dio explicaciones a nadie. Se limitó a decirles a los obreros que siguieran con lo que estaban haciendo. Ni más ni menos. No precisó si se iba solo para unos minutos o si su ausencia se prolongaría hasta poco antes de las ocho, la hora en que todos los internos comunes tenían que estar de vuelta en el campo grande.

Mafalda, que en ese momento estaba en su habitación, lo supo por Tony y, sin pensárselo dos veces, agarró una taza de latón de la cocina, la llenó de agua y se dirigió al exterior. No le importó que Cernat pudiera regresar. Por muy arriesgado que fuese, tenía que aprovechar aquella eventualidad. Tal vez no volviera a producirse.

—Ten mucho cuidado —le advirtió su amiga, que la siguió hasta el umbral.

Una vez fuera, Mafalda se acercó con paso decidido al extremo izquierdo del jardín y se detuvo a apenas un paso del hombre con el que tanto deseaba hablar. Este, que se encontraba dentro del agujero que había estado excavando, bajó el pico y levantó la vista.

Al ver su rostro, con las cejas ligeramente levantadas, la frente tensa y la boca entreabierta, Mafalda pensó que más que sorprendido parecía asustado, y lo entendió perfectamente. Ella también lo estaba.

Entonces, intentando no derramar el contenido, se inclinó hacia delante y le tendió la taza.

—Le he traido un poco de agua —dijo en su lengua materna.

El hombre, que había alargado las manos y estaba a punto de llevarse el recipiente a la boca, la miró desconcertado.

De pronto el ruido de los picos cesó por completo y Mafalda sintió cuatro pares de ojos más observándola. Aquel silencio repentino la cohibió aún más. Angustiada, volvió la cabeza y buscó a Tony, que lo seguía todo desde la puerta. Esta le indicó con la barbilla que continuara.

—Es usted italiano, ¿verdad?

Mafalda dirigió la mirada hacia el triángulo de su uniforme. Él agachó la cabeza y contempló aquella marca inconfundible.

—Sí, señora —respondió. Tenía la voz grave y algo cascada. Se bebió el agua de un solo trago y añadió—: De Sassari.

Luego se secó la boca con la manga del uniforme y le devolvió la taza.

—Gracias. Muchas gracias —dijo mirándole a los ojos.

En aquel momento la expresión de su rostro cambió. Había fruncido el ceño y tenía la cabeza ligeramente ladeada, como si algo de lo que veía en ella le resultara familiar.

A Mafalda se le aceleró el corazón.

—¿Me reconoce?

El hombre permaneció callado, como si sopesara lo que estaba a punto de decir.

—Se parece usted a nuestro rey —dijo finalmente—. ¿Es usted una de las princesas de Saboya?

A Mafalda se le hizo un nudo en la garganta y sintió que le embargaba la misma sensación de ansiedad y entusiasmo de aquel instante en la enfermería, cuando oyó cantar a la joven italiana. Pero no podía dejarse llevar por la euforia. Tenía que poner orden en su mente.

Por desgracia no tuvo tiempo; antes de que pudiera decir nada, el ruido de la puerta de hierro al abrirse la sacó de su hechizo.

❁ ❁ ❁

Aquella noche apenas pegó ojo. No conseguía apartar de su mente lo sucedido: la conversación con el obrero italiano, la llegada de Cernat, su mirada al sorprenderla junto a la zanja con una taza entre las manos... Sabía que había cometido una imprudencia, y le atormentaban las posibles consecuencias de sus actos.

En contra de lo que había pensado al verse descubierta, el kapo no había tenido ninguna reacción inmediata. No le había recriminado que incumpliese las normas, y tampoco la había emprendido a gritos contra el recluso italiano. Tan solo les había mirado con gesto severo, como indicándoles que se había dado cuenta de todo. Pero Mafalda estaba segura de que la cosa no iba a quedar así. Y lo que más le preocupaba era que su compatriota fuera castigado por su culpa. Si Cernat lo comunicaba a las autoridades del campo, las represalias podían ser durísimas.

Ese fue el motivo por el que a la mañana siguiente, apenas oyó de nuevo el ruido de los picos, se dirigió apresuradamente a la puerta. Necesitaba saber si el grupo de obreros estaba formado por los mismos hombres; de no ser así, significaría que sus peores presagios se habían cumplido.

En cuanto llegó, la expresión de su rostro se transformó.

Todos y cada uno de los internos que habían estado trabajando en la zanja el día anterior se encontraban más o menos en el mismo lugar, incluido el recluso italiano. Daba la sensación de que nada hubiera cambiado, excepto por un detalle. Cernat, en lugar de dar órdenes y supervisarlo todo con gesto adusto, estaba hablando con Tony y el señor Breitscheid.

—Mire —dijo este último al verla asomarse—, aquí tiene a *Frau* Weber. Puede decírselo usted mismo.

Al oír aquello, Mafalda sintió que se le encogía el estómago.

—¡Ah, perfecto! —El kapo se volvió hacia ella. Tenía una expresión afable, muy distinta de la que Mafalda había esperado encontrarse tras el incidente del día anterior—. Les estaba explicando a los señores Breitscheid que, desgraciadamente, esta mañana voy a estar muy ocupado con algunos quehaceres y durante un par de horas no podré inspeccionar las obras.

Mafalda no daba crédito. ¿De veras estaba diciéndoles que se marchaba? ¡Y no solo! Además les avisaba de cuánto tiempo estaría fuera.

Acto seguido, incluyendo de nuevo en la conversación a Tony y a su marido, el hombre añadió:

—Confío en ustedes para que todo trascurra con normalidad. Espero que no me defrauden.

Aquella última advertencia no hizo más que acrecentar el desconcierto de Mafalda. Entonces se planteó una posibilidad nada desdeñable. ¿Y si les estaba tendiendo una trampa?

Justo cuando estaba a punto de salir, Cernat se dio media vuelta.

—¡Una cosa más, *Frau* Weber! He pensado que quizá podría proporcionarles un poco de agua a los obreros para que puedan beber. No hace falta que utilice una taza —añadió guiñándole un ojo—. Un cubo estaría bien.

Mafalda, incapaz de pronunciar palabra, asintió con la cabeza.

A continuación, dirigiéndose al recluso italiano, Cernat ordenó:

—Boninu, acompaña a la señora al interior del barracón. Tiene algo que darte.

—Tome. Tenga también esto.

Leonardo Boninu intentaba masticar a toda prisa, ayudándose con la mano para que los trozos de pan no se le escaparan entre los dientes. Mafalda, por su parte, recorría la cocina recabando toda la comida que podía para que se la llevara a sus compañeros.

Cuando hubo terminado de tragar, el recluso italiano agarró el puñado de rábanos que Mafalda acababa de ofrecerle y se los metió bajo la gorra. Luego aferró los dos trozos de zanahoria y un mendrugo de pan y los camufló bajo la manga del uniforme.

—Y ahora será mejor que agarre el cubo y volvamos fuera —dijo Mafalda nerviosa.

Le habría gustado apurar un poco más el tiempo, pero no podían permitírselo. Ya se estaban arriesgando demasiado. A pesar de la aparente complicidad mostrada por Cernat, cualquier imprevisto, cualquier movimiento en falso podía causarles graves problemas.

Cuando estaban a punto de salir por la puerta, Boninu se volvió e inclinó la cabeza.

—Gracias, alteza —dijo con la voz tomada.

Ella, intentando contener las lágrimas, le agarró las manos y respondió:

—Que Dios le proteja.

Capítulo 38

Buchenwald
Agosto de 1944

El aullido inesperado de las alarmas antiaéreas comenzó poco antes de mediodía. A Mafalda la sorprendió en la cocina, cortando en láminas el primer manojo de rábanos que había prosperado en el huerto, y el sobresalto fue tal que el cuchillo se le resbaló y cayó al suelo, a escasos centímetros de su pie izquierdo. Haciendo caso omiso del incidente que había estado a punto de producirse, lo recogió apresuradamente y lo dejó sobre la tabla de madera que había estado usando. Luego se desprendió del pedazo de tela raída que usaba como delantal, lo puso junto al resto de utensilios y se dirigió a paso ligero hacia el jardín.

Debía de ser la cuarta o quizá la quinta vez en lo que llevaban de mes que las sirenas la obligaban a salir corriendo del barracón, y aunque siempre se había tratado de falsas alarmas no acababa de acostumbrarse. Tan pronto como oía aquel sonido obstinado y estridente la invadía una profunda desazón. Le habría gustado ser como Rudolph Breitscheid, que, fiel a su teoría, consideraba que aquellas abruptas interrupciones de la rutina, cada vez más frecuentes, no debían preocuparles en absoluto, más bien al contrario, pues eran la confirmación de que el final de la guerra estaba cada vez más cercano.

Cuando llegó a la puerta y la encontró entreabierta, Mafalda imaginó que sus compañeros de barracón estarían ya junto a la zanja.

—De momento no se ve nada —comentaba Breitscheid en el preciso instante en que ella cruzaba el umbral.

Estaba en un extremo del jardín, con la espalda pegada a la pared de ladrillos y la mano derecha apoyada en la frente a modo de visera. De ese modo, y gracias a su notable estatura, conseguía otear mejor que nadie la parte de cielo que se extendía al otro lado del muro. No era la primera vez que Mafalda lo veía adoptar esa postura, pero no pudo evitar que, una vez más, le llamara la atención aquella actitud escrutadora pero serena, tan alejada de la inquietud que ella sentía.

—¿Y María? ¿No sale? —le preguntó Tony apenas la vio. Se encontraba unos pasos a la izquierda de su esposo, y aunque no estaba tan relajada como él era evidente que empezaba a considerar aquellos momentos como parte de la rutina del campo.

—No está —respondió Mafalda—. Cernat ha venido a buscarla hace un rato. No ha dicho para qué. Imagino que será algo relacionado con...

De improviso un murmullo lejano, inesperado, la obligó a interrumpir sus palabras. Instintivamente levantó la mirada, intentando averiguar el origen de aquella especie de zumbido. Esperaba ver uno de los aeroplanos solitarios que habían avistado en otras ocasiones y que solían volar a gran altitud, pero esta vez la imagen que tenía ante sus ojos era muy diferente. A lo lejos, proveniente del norte, una nube oscura, acechante, se aproximaba a una velocidad inusitada. Desconcertada, Mafalda se volvió hacia Breitschied en busca de respuestas, pero ni él ni Tony tenían ojos para nada que no fuera aquella visión inquietante.

En cuestión de segundos los bordes de aquel manto lúgubre se volvieron más nítidos y el rumor se transformó en un rugido atronador que la obligó a taparse los oídos. Y entonces los vio. Efectivamente eran aviones militares, pero no uno, ni dos, sino varios cientos, surcando el cielo en perfecta formación como una descomunal bandada de pájaros.

Mafalda jamás había presenciado nada igual y, por un instante, la visión la dejó boquiabierta. Era un espectáculo turbador y al mismo tiempo imponente, grandioso. Y de golpe algo quebró aquella imagen colosal. Surgió del aeroplano situado a la cabeza, pero no era una bomba; se trataba de una especie de humo blanco que lentamente se desprendía de su vientre y que empezó a extenderse como una gruesa alfombra de color lechoso.

—¡Rápido! ¡A cubierto!

Los gritos de Breitscheid la sacaron de su ensimismamiento. La tenía sujeta por un brazo, lo que la había obligado a retirar las manos de los oídos, y en aquel momento tiraba de ella en dirección a la zanja.

Mafalda no entendía a qué obedecía aquella capa de aspecto mullido que poco a poco se extendía sobre sus cabezas pero, movida por su aspecto amenazador, se sentó en el suelo y ayudándose con ambas manos se arrastró hasta acabar dentro de la rudimentaria trinchera. Tony, que sorprendentemente ya se encontraba en el interior con una mano tendida, la ayudó para que no perdiera el equilibrio.

—¡Están marcando el objetivo! —vociferó Breitscheid mientras se situaba al otro lado de su esposa con una agilidad inusitada—. ¡Nos van a bombardear!

Aquellas palabras produjeron un efecto inmediato en Mafalda, una reacción física que afectó a todos y cada uno de los músculos de su cuerpo. Era una especie de rigidez asfixiante que le oprimía la garganta, le estrujaba el estómago y le agarrotaba los miembros. A pesar de ello, logró agacharse todo lo que pudo y cubrirse la cabeza con los brazos.

Permaneció así durante unos minutos, con los ojos cerrados y los oídos embotados por aquel bramido infernal que hacía temblar el suelo bajo sus pies, aterrorizada por la certeza de que no tenía escapatoria.

Y entonces llegó el sonido más temido, un silbido agudo y perturbador como el que había oído tiempo atrás a las afueras de Roma el día que habían atacado por primera vez la capital, pero mucho más penetrante. Después, una explosión de una magnitud diabólica. Y otra, y otra más.

Pasados unos segundos, una cascada de tierra y piedras cayó sobre sus cabezas y todo quedó en silencio.

Mafalda abrió los ojos intentando entender, aunque no vio nada. Todo a su alrededor estaba borroso. Apenas percibía un fulgor difuso oculto tras una bruma herrumbrosa. Intentó moverse, pero un dolor insoportable, invalidante, se había apoderado de ella. Tenía la sensación de estar tumbada, tal vez boca arriba, no estaba segura. Ni siquiera podía hablar. Quería gritar, pedir ayuda, pero los labios no le respondían. Tan solo se movían torpemente, como si ya no supieran articular las palabras más elementales. Entonces sintió un fuerte escozor en la garganta acompañado de una sensación arenosa en el paladar y, de improviso, un líquido denso, pastoso, brotó con violencia de su boca.

Cuando comenzó a oír las voces había trascurrido mucho tiempo. O eso le parecía. En realidad podían haber pasado varias horas o apenas unos minutos. Solo sabía que poco después del silencio que había suplantado al estruendo de las bombas el dolor había desaparecido y una inesperada e imperiosa sensación de ingravidez la había sumido en un sopor que se había prolongado hasta aquel momento.

—¡Aquí! ¡Aquí! ¡Debajo de estas piedras!

Los gritos amortiguados se volvieron cada vez más nítidos y, de nuevo, una fuerza avasalladora le oprimió los sentidos. La cabeza le iba a estallar y casi no podía respirar.

Poco a poco volvió a tomar conciencia de su cuerpo; la sequedad de la garganta, el peso aplastante que le constreñía los miembros y aquel temblor impreciso que le nacía en mitad del pecho y que parecía luchar por abrirse paso a través de algún orificio.

—¡Es otra mujer! —clamó una voz masculina.

En ese instante notó que algo cálido se deslizaba varias veces por su rostro, retirándole aquella capa arcillosa y compacta que le cubría la boca y le sellaba los párpados.

—¡Está viva!

Tardó unos segundos en identificar las imágenes borrosas que iban tomando forma a su alrededor. Varios pares de ojos que la escudriñaban desde diferentes posiciones, el cielo cubierto de una densa nube de humo y polvo y la difusa luz del día filtrándose a través de ella.

Lentamente la sensación de asfixia fue cediendo y consiguió discernir lo que estaba pasando. Los dueños de aquellas voces apremiantes y resolutivas eran reclusos y en aquel momento estaban arrodillados a su alrededor, retirando la tierra y los escombros que la cubrían.

Al instante alguien la agarró por la nuca e, irguiéndole ligeramente la cabeza, le acercó a la boca un tazón metálico y le mojó los labios. Entonces, sin previo aviso, el dolor sordo, difuso, que la había atenazado se transformó en una punzada violenta en la parte izquierda de su cuerpo que le hizo soltar un alarido.

—¡Dios mío! —exclamó uno de los hombres—. ¡Su brazo!

Rota de dolor y aterrada por los rostros desencajados de sus rescatadores, Mafalda se mordió el labio inferior y volvió la cara buscando el motivo de aquella quemazón.

Desde debajo del codo y hasta la muñeca, su antebrazo se había convertido en una masa informe de color negruzco de la que apenas se podía reconocer nada, tan solo un fragmento de algo sólido de color más claro y aspecto punzante que sobresalía por la parte superior y que parecía un hueso fracturado. En cuanto a la mano, le faltaba el dedo meñique y tenía un agujero en mitad de la palma del que rezumaba un líquido espeso.

La cabeza empezó a darle vueltas.

—Rápido. Hay que sacarla cuanto antes —apremió alguien.

—No, primero hay que hacerle un torniquete —repuso otro—. Tenemos que cortar la hemorragia.

Las voces comenzaron a discutir en un idioma incomprensible. Mafalda, exhausta, cerró los ojos y comenzó a rezar. Sentía como si las pocas fuerzas que le quedaban la estuvieran abandonando para siempre, como si ya no hubiera nada que hacer.

Entonces, cuando estaba a punto de desfallecer, notó que la cogían en volandas y la depositaban sobre una superficie rígida. La habían liberado. Aquello le dio fuerzas para resistir, para seguir luchando. Notó que alguien le levantaba el brazo herido. Consciente de que, quien quiera que fuese, se disponía a manipular la herida, tomó aire y volvió la cabeza para el lado opuesto con intención de soportar el dolor sin desmayarse.

Al hacerlo, una imagen borrosa se coló a través de sus párpados entreabiertos. Era un montículo enorme de madera y cascotes del que emanaba una columna de humo y, junto a él, tendido en el suelo, un bulto alargado tapado con una sábana. El tamaño de la silueta y los voluminosos zapatos de caballero que se adivinaban en uno de los extremos le bastaron para entender lo que aquel trozo de tela intentaba ocultar. Era el cadáver del señor Breitscheid.

De improviso, un grupo de personas se cruzó por delante. Acarreaban un tablón de madera que parecía una puerta, o quizás una escalera. Acostada sobre ella estaba Tony. Llevaba una venda alrededor de la frente y una pierna entablillada. A pesar de ello, estaba consciente y gritaba con desesperación el nombre de su esposo.

Mafalda separó los labios para llamarla. Justo en ese preciso instante, una presión insoportable a la altura del hombro izquierdo le cortó el aliento. Antes de dejarse vencer por el agotamiento, un hombre de ojos tristes y sonrisa cálida le pasó la mano por el cabello y le susurró:

—No tenga miedo. La vamos a salvar.

Una vez más, las voces la hicieron volver de aquel letargo forzado, de aquel lugar incierto en el que el dolor desaparecía y su cuerpo se tornaba liviano, casi etéreo. Pero a diferencia de lo que le había sucedido con anterioridad, esta vez tardó algo más en entender lo que decían. No provenían de un lugar cercano o de una persona en concreto, sino que se trataba de un rumor confuso, una amalgama de sonidos que recordaba al bullicio propio de una calle concurrida y que se propagaba desde lugares muy apartados entre sí.

Cuando con mucho esfuerzo logró abrir los ojos se dio cuenta de que seguía tumbada sobre la misma superficie rígida. Sin embargo, algo había cambiado. Ya no estaba a ras de suelo, sino suspendida en el aire gracias a dos hombres que sujetaban por los extremos aquella especie de improvisada camilla y que, extrañamente, permanecían inmóviles, como si no supieran qué hacer con ella.

Intentando entender algo, miró a su alrededor y descubrió que seguía estando a cielo abierto, pero la capa turbia que lo había ensombrecido todo había desaparecido. Y tampoco había ni rastro del enorme montón de escombros, ni del señor Breitscheid. En torno a ella había numerosos barracones de madera y ni uno solo parecía haber sufrido daño alguno. Era como si los únicos indicios de que habían sido bombardeados fueran las heridas de su cuerpo.

Tardó en entender lo que estaba sucediendo hasta que, finalmente, reconoció algunas de aquellas construcciones. Se encontraban en el campo grande, sobre el camino de tierra que conducía a la enfermería.

—¡Ya le he dicho que no! ¡De ninguna manera!

Los gritos los profería un sanitario de voz cascada y actitud displicente e iban dirigidos a un hombre con uniforme de recluso que se encontraba a cierta distancia de ellos, de espaldas a Mafalda.

—¿Pero es que no lo entiende? Esta mujer necesita que la operen de inmediato.

Entonces el recluso se volvió hacia ella con el brazo estirado como indicando a quién se refería. Mafalda reconoció la voz. Era la misma que le había consolado después de que la sacaran de debajo de los escombros, pero el tono esperanzador se había desvanecido dando paso a una actitud casi desafiante.

Mafalda sintió un dolor lacerante y bajó la vista buscando la herida de su brazo, aunque no vio nada. Alguien se había molestado en cubrirla con una manta que le tapaba desde los hombros hasta los tobillos.

—¿Cómo quiere que se lo diga? —vociferó el sanitario—. Tengo órdenes de evacuar todos los pabellones y atender solo a los SS. Y ahora, ¡largo de aquí! ¡No quiero verle más!

El recluso obedeció y, tras darse media vuelta, se dirigió hacia ellos. Caminaba con los hombros hundidos y la cabeza baja, pero cuando terminó de recorrer la distancia que los separaba Mafalda vio que su rostro mostraba una mezcla de rabia y resolución.

—¿Qué hacemos ahora?

La pregunta la había hecho el hombre situado a sus pies. Por primera vez, Mafalda pudo ver que llevaba la cabeza cubierta por una gorra.

—Llevadla al otro lado y esperadme junto a la pared —dijo el interpelado indicando un lugar más allá del camino en el que se encontraban—. Yo vuelvo enseguida. Sé de alguien que quizá podría ayudarnos.

Sin más explicaciones, desapareció de su vista y los dos hombres que la acarreaban se pusieron en marcha en dirección al lugar que les habían indicado.

Mafalda cerró de nuevo los ojos. El balanceo lento y acompasado que provocaba el desplazamiento no hacía más que acrecentar el dolor y empeorar aquella sensación de vértigo. Hubiera querido decir algo, pedirles a aquellas almas bondadosas que no se desvivieran más por ella, que la dejaran marchar, pero no podía. Los esfuerzos por mantenerse consciente la dejaban agotada y ya no le quedaban fuerzas ni para respirar.

Súbitamente, el rugido de un motor que se aproximaba a toda velocidad consiguió que abriera de nuevo los ojos.

—¡Cuidado! —prorrumpió el hombre cuyo torso se erguía por encima de la cabeza de Mafalda.

Su compañero, que se encontraba en mitad del camino de tierra y al que la situación había pillado de espaldas, dio un respingo y por muy poco consiguió esquivar una fila de ambulancias que levantaron una densa polvareda.

Mafalda volvió la cara hacia un lado presa de un ataque de tos que se prolongó durante unos segundos interminables. El esfuerzo la agotó todavía más.

—*È lei! È la principessa!*

Aquellas palabras inesperadas, dichas en un italiano claro y rotundo, aceleraron aún los latidos de su corazón. Confundida, buscó a su alrededor.

—*Oh, mio Dio!* —exclamó otra voz masculina.

Dos reclusos cuyos rostros no reconoció se habían colocado junto a ella y la miraban con gesto de preocupación. Su piel y sus ropas estaban cubiertas de polvo. Aun así, logró distinguir la I mayúscula en el triángulo cosido a sus uniformes.

—*Altezza...*

Hubiera querido decirles muchas cosas, mitigar de alguna manera la profunda aflicción que se leía en sus ojos, pero apenas podía respirar. Entonces, sacando fuerzas de flaqueza, acertó a decir:

—*Italiani... io muoio, ma non voglio che mi ricordate come una principessa, ma come una sorella italiana.*

El roce de la tela húmeda sobre sus labios resecos supuso un alivio momentáneo, pero lo que realmente la reconfortó fue comprobar que aquellas facciones familiares seguían allí, sonriéndole desde una silla junto a su cama.

—María...

Se encontraban en el *Sonderbau*, el prostíbulo del campo. Hacía ya tres días que la habían llevado hasta allí y desde entonces María y una joven llamada Irmgard se turnaban para no dejarla sola. Gracias a sus cuidados se sentía algo más lúcida. Aun así, el dolor y la sensación de calor intenso persistían, y todavía le costaba hablar.

—Estoy aquí, alteza —respondió María agarrándole la mano.

Desde que se habían reencontrado no había vuelto a llamarla *Frau* Weber, pero a Mafalda seguía resultándole extraño.

—¿Has sabido algo? —preguntó, esforzándose por hacerse oír.

Mafalda esperaba que hubieran encontrado al padre Tyl. Necesitaba su bendición.

—No, alteza. Aún no. Pero el doctor Horn ha estado aquí hace un momento, mientras dormía. Ha dicho que lo ha conseguido; vendrán a buscarla en cuestión de minutos.

La voz de María sonaba esperanzada, y Mafalda sintió una profunda gratitud hacia ella y hacia el cirujano checoslovaco que le había realizado las primeras curas. Él y el doctor Thomas llevaban días detrás del médico jefe de la SS, insistiéndole en lo mucho que urgía operarla, y al parecer habían logrado su propósito. Pero sus esfuerzos no conducirían a ninguna parte. Querían dejarla morir, lo sabía a ciencia cierta, y en aquel momento lo único que deseaba era recibir la extremaunción.

—Es demasiado tarde... —susurró.

—No diga eso... —protestó María. Tenía la voz tomada, como si estuviera a punto de echarse a llorar—. Ya verá como todo sale bien.

En aquel momento la puerta de la habitación se abrió. Era Irmgard.

—Ya están aquí —anunció.

Al oír aquello, Mafalda asió con fuerza la mano de su fiel compañera y dijo con la voz rota:

—María... Gracias, muchas gracias.

Epílogo

La mañana del veintinueve de agosto el padre Tyl acudió al horno crematorio para bendecir los cuerpos antes de que fueran incinerados, como de costumbre. Por lo general estaban dispuestos en hilera sobre el suelo del patio posterior, pero ahora ya no era así. Desde el día del bombardeo había aumentando de tal manera el número de fallecidos que habían acabado amontonándolos unos sobre otros, en un amasijo de rostros cadavéricos y miembros desmadejados.

La mayoría de las víctimas provenían de la fábrica de armamento y no del campo de prisioneros, que, afortunadamente, había resultado indemne. Pero no todas las muertes se habían producido allí. Algunas bombas habían alcanzado la zona colindante, donde se erigían las viviendas de la SS, ocasionando numerosas bajas entre sus captores. Sin embargo, los cuerpos de estos no se encontraban en aquellos montículos siniestros, sino en una serie de ataúdes de madera que las autoridades habían mandado construir apresuradamente. De hecho, de camino hacia allí se había cruzado con un grupo de hombres a los que les habían asignado la tarea de trasladarlos al cementerio de la ciudad para el funeral que tendría lugar al día siguiente.

En aquel momento sus ojos se posaron sobre uno de los cadáveres desnudos. Pertenecía a una mujer y le había llamado la atención por el repulsivo muñón ensangrentado a la altura del hombro izquierdo del que todavía colgaban algunos trozos de carne.

Entonces lo vio. Aquel rostro demacrado, con los párpados cerrados y la boca entreabierta. Era el rostro de la princesa Mafalda.

—¡Oh, no! —musitó—. ¡No!

El dolor fue tan intenso, tan excesivo, que creyó que iba a caerse redondo al suelo.

Aturdido, apoyó una mano sobre la pared de ladrillos y se llevó la otra al pecho. ¿Cómo era posible? La última vez que la había visto se encontraba en perfecto estado. Y de pronto lo entendió todo. Su barracón, el que había visitado en tantas ocasiones, se encontraba muy cerca de donde habían caído las bombas.

En cuanto se hubo recuperado del *shock,* lo primero que le vino a la cabeza fueron sus hijos. Aquellos niños de los que tanto le había hablado y de cuyo paradero no sabía nada. Y luego pensó en el que era su mayor tormento. «Si yo muero», le había dicho en más de una ocasión, «nadie sabrá qué ha sido de mí».

Y entonces recordó al grupo de hombres con el que se había cruzado. Si se daba prisa, tal vez llegara a tiempo. No tenía nada que perder.

Una hora más tarde, en un rincón de la zona sur del cementerio de Weimar, el padre Tyl inclinó la cabeza y rezó un breve responso. A continuación alzó la mano y realizó la señal de la cruz sobre el pequeño túmulo de tierra.

—Descanse en paz, Mafalda de Saboya, princesa de Italia.

Nota de la autora

Mafalda de Saboya murió el 28 de agosto de 1944, exactamente un año después del fallecimiento de su cuñado, el rey Boris de Bulgaria. Lo hizo en el prostíbulo del campo de concentración de Buchenwald, el lugar en el que agonizó durante cuatro terribles días tras una operación para amputarle el brazo de la que nunca llegó a despertar. No obstante, en los registros del campo no quedó constancia alguna de que la princesa se encontrara entre los internos que fallecieron ese día. Según estos, la mujer que murió como consecuencia del bombardeo sobre la fábrica de armamento Gustloff se llamaba *Frau* von Weber.

Tampoco el encargado de los archivos del cementerio de Weimar, donde fue sepultada gracias a la intervención del padre Tyl, hizo constar su verdadero nombre. No se sabe si por desconocimiento o de forma deliberada, el caso es que, junto al número 262, en mitad de una lista plagada de miembros de las SS, se limitó a anotar: *«unbekannte Frau»*, «una mujer desconocida». Tan solo una rudimentaria inscripción en el poste que marcaba el lugar de sepultura daba una pista sobre quién yacía realmente en esa tumba: en ella se podía leer simplemente «Mafalda», y el autor, cuya identidad se desconoce, la grabó deliberadamente en la parte que quedaba oculta bajo tierra.

Todo esto nos lleva a pensar que, al menos durante unos meses, los nazis consiguieron lo que Mafalda tanto temía: arrebatarle su identidad y borrar todo rastro de su paso por Buchenwald. De hecho, tan solo un reducido número de internos, entre los que se encontraban el propio padre Tyl, Tony Breitscheid, la testigo de Jehová María Ruhnau y un puñado de italianos que se habían cruzado fugazmente con ella, sabía que una de las hijas del rey de Italia había compartido reclusión con ellos. Sin embargo, a raíz de la liberación, el 11 de abril de 1945, un grupo de marinos italianos hizo que cambiara el curso de los acontecimientos.

Durante el periodo de documentación para escribir esta novela y gracias a la intermediación del señor Carlo Di Nitto, tuve el privilegio de hablar personalmente con Apostolo Fusco, el último superviviente de estos siete militares originarios de la ciudad de Gaeta, que, desgraciadamente, falleció poco después, en mayo de 2017. Cuando le entrevisté tenía noventa y cuatro años y, aunque sufría problemas de visión, conservaba una mente extraordinariamente lúcida que le permitió rememorar desde cómo supieron de la desgraciada muerte de la princesa hasta las dificultades que se encontraron para localizar su tumba y rendirle el tributo que consideraban que merecía.

Más o menos por las mismas fechas en que los marinos encontraron los restos de Mafalda, y sin que tuvieran conocimiento de ello, el interno Fausto Pecorari, médico de Trieste, recibió un encargo muy especial de las autoridades aliadas: recabar toda la información que pudiera sobre la supuesta estancia de Mafalda en Buchenwald. Aunque no había coincidido con ella, pues había llegado al campo en septiembre de 1944, el doctor Pecorari conocía muy bien la historia que corría entre los internos de origen italiano desde el día del bombardeo y logró elaborar un detallado informe en el que recopiló los testimonios de todos aquellos que habían tenido contacto con ella. Gracias a esta investigación, de la que da cuenta el libro de Renato Barneschi *Frau von Weber. Vita e morte di Mafalda di Savoia a Buchenwald*, publicado en 1982, se sabe que muy probablemente Schiedlausky, el oficial de las SS que dirigía la enfermería y que se encargó de la operación para amputarle el brazo, habría hecho todo lo posible por que la princesa no saliera adelante.

Fue así como Mafalda escapó del destino que los nazis le habían marcado. Por desgracia, lo que nadie lograría remediar jamás es que muriera sin saber qué había sido de sus hijos ni de su marido. Aunque en más de una ocasión compartió con Tony sus sospechas de que Philipp hubiera corrido su misma suerte, nunca llegaría a saber que su esposo fue arrestado incluso antes que ella, el 8 de septiembre de 1943, día en que Italia firmó el armisticio con los aliados. Curiosamente, la detención se produjo en el mismo cuartel general del *Führer*, después de que ambos compartieran cena y conversación hasta altas horas de la madrugada, una velada que se desarrolló de forma cordial. Una vez acabada, dos SS lo esperaban en la puerta para arrestarlo en nombre de Hitler.

Con posterioridad, tal y como cuenta Jonathan Petropoulos en su libro *Royals and the Reich,* fue recluido en el campo de concentración de Flosenbürg, en Múnich, donde permaneció hasta el 15 de abril de 1945 bajo el nombre de *Herr* Wildhof. Después de ese día, y ante la cercanía de los Aliados, fue trasladado en varias ocasiones junto con otros prisioneros denominados «prominentes» hasta que el 4 de mayo, durante uno de esos traslados, fue liberado por las tropas estadounidenses en la región italiana de Alto Adigio.

En contra de lo que pueda parecer, este hecho no puso fin al periodo de reclusión de Philipp. Una vez los Aliados confirmaron su identidad, fue detenido por colaboración con el régimen nazi y pasó casi dos años en un centro de reclusión en Darmstadt, donde coincidió con su primo Auwi y con Otto Skorzeny, el coronel que había liderado el rescate de Mussolini.

En lo que respecta a sus hijos, unos días después de la detención de Mafalda el comisario Marchitto recogió a los tres pequeños en el Vaticano y los entregó al coronel Kappler, el mismo que había arrestado a su madre. Afortunadamente, este se limitó a enviarlos en tren a Frankfurt, donde pudieron reunirse con su familia paterna. Maurizio, por su parte, continuó prestando servicio en las baterías antiaéreas de Kassel hasta poco antes de que acabara la contienda. Durante ese tiempo, y según cuenta Enrico en su biografía *Il lampadario di cristallo,* intentaron contactar en numerosas ocasiones con Emmy Göring para suplicarle que les dijera algo sobre el paradero de sus padres. Después de mucho insistir, lo único que consiguieron sonsacarle fue que estaban a salvo, pero que deberían esperar al final de la guerra para reencontrarse con ellos. El 20 de abril de 1945 conocieron la noticia de la muerte de Mafalda a través de la radio.

Dieciséis años más tarde llegó a Roma una carta procedente de los Estados Unidos cuyo remitente era un alto oficial del ejército aliado. Había sido escrita en el verano de 1945 por Tony Breitscheid. En ella se dirigía en francés a la reina Elena para relatarle la historia del último año de vida de Mafalda y le pedía encarecidamente que hiciera saber a sus hijos el inmenso amor que sentía por ellos y lo mucho que los había tenido presentes hasta el final de sus días. Cuando por fin llegó a manos de estos, hacía ya varios años que la señora Breitscheid había fallecido.

Desde el 26 de septiembre de 1951 los restos mortales de la princesa reposan en el pequeño cementerio de la familia Hesse, en Kronberg. En la exhumación del cadáver previo a su traslado no estuvo presente ningún familiar. Las autoridades de la antigua República Democrática Alemana solo consintieron que accediera al cementerio de Weimar el coronel al mando de la misión italiana para la recuperación de los restos de los caídos durante la guerra. Junto a su sepultura actual se encuentran la lápida y la cruz de madera de haya que se procuraron los marinos de Gaeta allá por 1945.

Agradecimientos

Aunque tradicionalmente el proceso de escritura se suele considerar un camino solitario, he de reconocer que ese no ha sido mi caso. No solo me he sentido siempre acompañada, sino que estoy en deuda con numerosas personas que, en mayor o menor medida, han contribuido a que esta novela salga a la luz y a los que debo un sincero agradecimiento.

A la gran familia de la Escuela de Escritura del Ateneu Barcelonès, en concreto a mis profesores Rosa María Prats, por introducirme en el mundo de la escritura creativa y animarme a iniciar este proyecto; a Enrique de Hériz, tristemente fallecido, por contribuir con sus conocimientos a darle forma a la historia; y a Mercedes Abad y Olga Merino porque con su talento, dedicación y cariño hicieron que todo resultara más sencillo. Y, cómo no, a mis compañeros de los diferentes cursos, por sus comentarios constructivos y por su amistad, entre ellos a las maravillosas mujeres de la 307, a Antonio Támez, Leonardo de la Torre, Ángeles Gil, Laura Tarragó, Sara Tusquets, Ana Moya y, muy especialmente a Enric Juvanteny, Quima Bolsa y Carolina Saavedra, que han estado ahí en todo momento, aconsejándome, animándome y aportando valiosas ideas.

Al señor Carlo Andrea Di Nitto por su amabilidad y hospitalidad en mi visita a Gaeta, pero sobre todo, por haberme facilitado el encuentro con Apostolo Fusco, el único miembro del grupo de marinos italianos que aparecen en esta novela que seguía con vida cuando me embarqué en el proceso de documentación. Una experiencia que nunca olvidaré.

A los trabajadores del cementerio de Weimar, por buscar y facilitarme copias de los archivos del mismo de forma totalmente desinteresada y ofrecerme su ayuda con gran amabilidad y simpatía.

Al equipo de Libros de Seda y en concreto a María José de Jaime por apostar por mi manuscrito, por su gran profesionalidad y por su apoyo en el proceso de edición.

A Pepa, Llanos, Ángel y Marta, por leer mi novela y mostrarme su aliento y sincero entusiasmo desde el momento que supieron de su existencia; y a Blanca, por resolver mis dudas en las cuestiones médicas.

A mis padres y hermanos, por estar siempre ahí, y en especial a mi madre, Juana, de la que he heredado la pasión por la lectura; por su amor incondicional, por creer en mí y por haber estado siempre dispuesta a saciar mi inagotable deseo de atesorar libros desde que era una niña.

Y el mayor de los agradecimientos a mis hijos, Nicola y Michele, por llenar mi vida de felicidad, y a mi marido, Luca, por ser mi gran pilar. Sin tus ánimos, tu fe en mí y tu apoyo constante esta novela jamás hubiera existido.

La princesa Mafalda y Philipp.

Descarga la guía de lectura gratuita
de este libro en:
https://librosdeseda.com/